Petra Pallandt
Bittere Rache

Petra Pallandt, Jahrgang 1967, wuchs in einer hessischen Kleinstadt auf. Nach dem Abitur studierte sie zunächst Musik und absolvierte anschließend eine Ausbildung zur medizinisch-technischen Assistentin, gefolgt von einem Psychologiestudium in Marburg. Heute arbeitet sie als Psychotherapeutin in eigener Praxis. Petra Pallandt lebt mit ihrem Mann und drei Kindern in Wuppertal.

Petra Pallandt

Bittere Rache

KBV

Originalausgabe

www.kbv-verlag.de
E-Mail: info@kbv-verlag.de
Telefon: 0 65 93 - 998 96-0
Fax: 0 65 93 - 998 96-20
Umschlaggestaltung: Ralf Kramp
unter Verwendung von: © grapestock - www.fotolia.de
Lektorat: Volker Maria Neumann, Köln
Druck: CPI books, Ebner & Spiegel GmbH, Ulm
Printed in Germany
ISBN 978-3-95441-294-5

Kapitel 1

Jedem Anfang wohnt ein Zauber inne«, klang es in Sandras Kopf, als sie über die Straße auf das große Gebäude zuging. Sie verzog die Lippen. Von allen dummen Sprüchen war das einer der dümmsten, wie sie fand. Worin sollte wohl der Zauber wohnen, wenn man sich zu seinem ersten Arbeitstag einfinden musste? In einer neuen Abteilung, einem neuen Team. In ihrem Fall: einem neuen Präsidium, denn sie stand vor dem Polizeipräsidium der Stadt Wuppertal. Und damit eigentlich am Ziel ihrer Wünsche, denn genau hier hatte sie stehen wollen, nachdem sie zuvor etliche Jahre in verschiedenen kleineren Dienststellen im Bergischen Land zugebracht hatte. Wenn nur der Einstand nicht wäre.

Das Präsidium ragte vier Stockwerke hoch vor ihr auf, massiv und dominant. Sie hätte es nicht als Beschuldigte eines Verbrechens betreten mögen. Sie mochte es allerdings auch nicht als Neue betreten, die sich in Kürze einer Gruppe von ganz bestimmt skeptischen Kollegen vorstellen musste. Aber daran ließ sich nichts ändern. Ihr war jedenfalls keine Methode bekannt, den Anfang zu überspringen und gleich mit der zweiten Woche zu beginnen. Oder dem zweiten Monat oder am besten gleich dem zweiten Jahr, wenn man sich an sie gewöhnt haben würde wie an die Büromöbel, die einen Tag für Tag umgaben.

Sandra spürte, wie es in ihren Beinen kribbelte. Wann immer sie innerlich unter Druck geriet, wollte sie laufen. Oder Gewichte stemmen oder auf Sandsäcke einschlagen. Auf jeden Fall sich bis an die Grenzen der Erschöpfung körperlich verausgaben. Das war die einzige Möglichkeit, sich wieder zu beruhigen. Sie hatte in ihrem Leben vermutlich schon mehrmals laufend die Welt umrundet und solche Mengen von Sand verprügelt, dass man damit ganze Traumstrände füllen konnte.

Aber jetzt ging das leider nicht. Sie wurde in zehn Minuten dort drinnen erwartet. Sandra seufzte und straffte die Schultern. Sie reckte den Hals, was ihren 1,63 Metern Körpergröße vielleicht noch einen weiteren Zentimeter hinzufügen würde. Dann betrat sie das Gebäude und ging als Erstes auf den Pförtner zu, der gerade unterhalb des Tresens nach etwas kramte. Er hob ruckartig den Kopf und setzte sich mit einer raschen, geübten Bewegung ein Fläschchen an den Mund.

»Guten Tag«, grüßte Sandra.

Der Mann zuckte zusammen und verbarg sofort die Flasche in seiner Hand. Er räusperte sich. »Medizin«, sagte er. »Gegen ... Asthma.« Er sprach mit zur Seite gedrehtem Kopf, vermutlich damit sie seine Fahne nicht roch.

Auch ein Blinder hätte gesehen, dass der Mann flunkerte. Aber das war sein Problem. Sandra mischte sich nicht in die Geheimnisse anderer Menschen ein. Jedenfalls nicht immer.

»Ich möchte zu Herrn Kriminalhauptkommissar Fladerer«, sagte sie.

»Haben Sie einen Termin?«

»Ja. Ich habe heute meinen ersten Arbeitstag hier. Sandra Santori ist mein Name.«

Nun schaute der Mann sie zum ersten Mal direkt an. Auf seiner Stirn konnte Sandra lesen: *Die?*

Sandra war klein, sie war dünn und hatte feuerrote Haare, die nie dort blieben, wo sie sie morgens hinkämmte. Anscheinend stellte sich der Mann eine Kommissarin anders vor.

Laut sagte er: »Ah ja, Frau Santori. Ich habe gehört, dass Sie heute kommen. Kriminalhauptkommissar Fladerers Büro befindet sich im zweiten Stock, Zimmer 217. Sie können den Fahrstuhl nehmen, dann rechts den Flur entlang, und dann sind Sie auch schon da.«

»Vielen Dank«, nickte Sandra. Eierlikörtorte, dachte sie im Weggehen unwillkürlich. Dieser Pförtner war weich, süßlich und voller Alkohol.

Sandra nickte ihm noch mal zu und wandte sich zur Treppe, nicht zum Fahrstuhl. Die 70 bis 80 Treppenstufen in den zweiten Stock waren immerhin besser als nichts, wenn sie schon nicht mehrere Kilometer laufen konnte. Sie nahm immer zwei Stufen auf einmal, ohne sich am Geländer hochzuziehen. Keine Minute später war sie oben, ohne außer Atem zu sein.

Sie wandte sich nach links, da der Fahrstuhl dem Treppenhaus gegenüberlag, fand das Zimmer 217 und klopfte genau eine Minute nach der vereinbarten Zeit an.

Anstelle eines »Herein« wurde Sekunden später die Tür aufgerissen, und eine Buttercremetorte schaute heraus. Fettmassen türmten sich in Ringen übereinander, das rote Gesicht glänzte wie poliert und wurde von einem Bart, der eines Walrosses würdig gewesen wäre, in eine obere und eine untere Hälfte geteilt. Der Kopf saß ohne den Umweg über einen Hals direkt auf den Schultern, das untere der beiden Kinne hing bis aufs Brustbein herab.

Unter dem Bart verzog sich der Mund zu einem Lächeln. Aber nicht nur der Mund, das ganze Gesicht lächelte. Eigentlich lächelte sogar der komplette Körper.

»Frau Santori, nicht wahr?«, kam es unter dem Schnurrbart hervor. Die Stimme klang etwas kurzatmig. »Kommen Sie doch herein. Ich freue mich, Sie kennenzulernen.«

»Ich ... ich auch«, stotterte Sandra, überrascht von so viel Herzlichkeit. Als sie dem Mann ins Büro folgte, überlegte sie, was sie gerade gesagt hatte. Freute sie sich auch, sich kennenzulernen?

Der Mann steuerte einige bequem aussehende Sessel an, die um einen Tisch vor dem Fenster gruppiert waren, und ließ sich in einen von ihnen hineinfallen. Anders konnte er sich mit seinem enormen Gewicht vermutlich nicht hinsetzen. Sandra nahm ihm gegenüber Platz.

»Kaffee?«, fragte Fladerer.

»Gerne.«

»Vermutlich schwarz, richtig? Keine Milch und keinen Zucker?«

Sandra nickte und bekam ihre Tasse gereicht. Ihr Vorgesetzter kippte ein halbes Kännchen Sahne in seinen eigenen Kaffee und gab anschließend vier Stück Süßstoff hinzu. Sandra musste die Lippen fest zusammenpressen, um nichts Schlaues zum Thema Kalorien von sich zu geben.

»Mögen Sie?«, fragte Fladerer als Nächstes und hielt ihr einen Teller mit englischem Teegebäck hin.

Sandra nahm ein Plätzchen und drehte es so lange zwischen den Fingern hin und her, bis diese vor Fett glänzten.

Kriminalhauptkommissar Fladerer griff selbst eine ganze Handvoll des Gebäcks und ließ sich ein Stück nach dem anderen mit geschlossenen Augen auf der Zunge zergehen. »Köstlich«, seufzte er, als nichts mehr übrig war, und spülte mit einem Schluck Kaffee nach. »Aber nun zu Ihnen. Ich bin sehr erfreut, Sie heute bei uns begrüßen zu dürfen. Sehr erfreut, wirklich.«

»Ach?«, murmelte Sandra.

»In der Tat. Ich habe hier Ihre Personalakte vorliegen und muss sagen, ich bin sehr angetan.«

»Ja?«, fragte Sandra vorsichtig. Sie hatte noch nie einen Blick in ihre Akte geworfen und hatte keine Vorstellung, was dort so alles eingetragen wurde. Ob darin ihre gelegentlichen Ausrutscher erwähnt wurden? Die immer dann geschehen waren, wenn sie keine Gelegenheit gehabt hatte, den inneren Druck sozialverträglich abzubauen? Aber hätte Fladerer dann gesagt, er wäre angetan? Hoffentlich wurde wenigstens die Geschichte mit dem Kollegen, der ihr vor einiger Zeit zu nahe gekommen war, nicht erwähnt. Ihr früherer Chef hatte ihr deswegen jedenfalls keinen Ärger gemacht.

»Sie haben ausgezeichnete Beurteilungen erhalten«, fuhr Fladerer fort. »Vielleicht nicht unbedingt, was alte Tugenden wie Pünktlichkeit und Ordnung angeht. Sondern vor allem, was die Ermittlungsarbeit betrifft.«

»So?« Vielleicht könnte sie bald mal etwas anderes als nur Einwortsätze von sich geben, dachte Sandra.

»Ja. So. Sie müssen wissen, Ihr vorheriger Chef ist ein alter Freund von mir. Wir waren zusammen auf der Polizeischule. Und daher habe ich nicht nur Ihre Akte hier vor mir, sondern bin auch im Besitz weiterer interessanter Informationen.«

»Hm«, machte Sandra, was streng genommen noch nicht mal ein Einwortsatz war.

»Wie mein Freund und Kollege mir mitteilte, haben Sie ein gutes Gespür für Menschen. Können hinter die Fassade blicken. Wenn Sie es genau wissen wollen: Er bezeichnete sie als fleischgewordenen Lügendetektor.«

»Also ...«, murmelte Sandra. Mehr fiel ihr nicht ein.

»Ich habe auch gehört, dass Sie ein sehr emotionaler Mensch sind«, fuhr Fladerer fort.

Sandra wurde rot und öffnete den Mund. Aber diesmal kam lediglich ein Keinwortsatz heraus. »Emotional« war genau das, was sie nicht sein wollte. Und aus dem Mund eines Polizisten war es nicht unbedingt ein Kompliment.

»Machen Sie sich keine Gedanken, ich sehe darin kein Problem«, lächelte Fladerer. »Im Gegenteil. Und wenn doch mal eines daraus entstehen sollte, kommen Sie bitte zu mir und reden darüber, ja?«

Nie im Leben, dachte Sandra und nickte vage mit dem Kopf.

»Ich hab mir schon gedacht, dass Sie das nicht wollen.« Ihr Vorgesetzter zwinkerte. »Aber das Angebot steht. Obwohl Sie sich gegen gewisse Probleme wie zum Beispiel zudringliche Kollegen ganz gut wehren können, wie ich erfahren habe.« Er grinste von Ohr zu Ohr. »Ist seine Nase denn wieder gut zusammengewachsen?«

»Also ...«

»Na, schon gut. Geht mich ja nichts an. Jetzt werde ich Sie erst mal Ihrem direkten Kollegen Herrn Bellers vorstellen. Anschließend findet eine Morgenbesprechung statt, bei der Sie die anderen aus dem Team kennenlernen werden. Kommen Sie.« Ächzend stemmte er sich aus dem Sessel hoch.

Sandra starrte fasziniert auf den ausladenden Körper, dessen Massen bei jeder Bewegung leicht vibrierten. Nachdem er sich erst mal in Gang gesetzt hatte, lief Fladerer dann aber so schnell über den Flur, dass Sandra sich beeilen musste, um Schritt zu halten. Schließlich hielt ihr Vorgesetzter vor dem Büro 224. Neben der Tür war ein Schild angebracht: *Kriminaloberkommissar Markus Bellers, Kriminaloberkommissarin Sandra Santori. Direktion Kriminalität.*

Fladerer klopfte und wartete auf das »Herein«.

»Hallo Herr Bellers. Hier ist Ihre neue Kollegin. Sandra Santori, Markus Bellers«, stellte Fladerer sie einander vor.

Markus Bellers stand auf. Er war sehr groß, weit über 1,90 Meter. Obwohl er um die Körpermitte ein wenig Fett angesetzt hatte, sahen seine Schultern aus, als hätte er Zeit seines Lebens Steine geschleppt. Die Oberarme waren dicker als Sandras Oberschenkel. Alte Narben im glatt rasierten Gesicht sowie ein Buckel in der Nase ließen auf eine bewegte Vergangenheit schließen. Trotzdem musste Sandra bei seinem Anblick an einen Baumkuchen denken, allerdings ohne Schokolade.

»Machen Sie sich keine Sorgen«, lächelte Fladerer. »Er war früher mal Deutscher Box-Vizemeister im Schwergewicht. Deshalb sieht er so aus. In Wirklichkeit ist er das reinste Lämmchen.«

Das Lämmchen verzog etwas gequält die Mundwinkel, sagte aber nichts.

Sandra nickte und versuchte ein Lächeln.

»Sie werden sich schon aneinander gewöhnen«, beruhigte Fladerer.

Markus Bellers reichte ihr seine Pranke, und Sandra hielt die Luft an. Aber er drückte ihre Hand nur ganz kurz und nicht sehr fest. Dabei sah er auf ihr rechtes Ohr und sagte: »Angenehm.« Was nicht stimmte.

Sie antwortete: »Freut mich.« Was ebenfalls nicht stimmte.

Sandra schaute sich im Büro um und sah zwei Schreibtische, ein Regal und einen Schrank. Alles wirkte, als handelte es sich bei diesem Büro um einen Ausstellungsraum. Hätte sie nicht gesehen, von welchem Tisch Bellers aufgestanden war, sie hätte nicht sagen können, welchen von beiden er benutzte. Die Schreibtischunterlage an seinem Platz lag genau parallel zur Tischkante, die Stifte waren ordentlich in einem Kästchen verstaut. Der Bildschirm bildete einen rechten Winkel zur Längsseite einiger Akten, die Ecke auf Ecke übereinandergestapelt waren. Lediglich ein Kugelschreiber, der schräg neben den Akten lag, störte die

Reinheit der rechten Winkel. Noch während Sandra auf den Stift schaute, trat Bellers zurück an seinen Schreibtisch und legte den Kuli parallel zum Rand der Schreibtischunterlage.

»Sie erklären ihr ein paar Dinge, ja?«, sagte Fladerer zu ihm. »Wir sehen uns dann in zwanzig Minuten im Besprechungsraum.«

Nachdem er gegangen war, schauten Bellers und Sandra umher, als hätten sie noch nie etwas Interessanteres als Metallschränke und klobige Schreibtische gesehen.

Schließlich fragte Bellers: »Tja. Wollen Sie irgendwas wissen?«

»Ich denke, das ergibt sich, wenn wir mit der Arbeit begonnen haben.«

»Ja.«

Das Gespräch versiegte.

»Gut. Dann werde ich mal wieder ...« Bellers murmelte irgendetwas Unverständliches und setzte sich. Er starrte wie gebannt auf den Bildschirm. Sandra konnte sehen, dass seine Schultern ebenso angespannt waren wie ihre eigenen.

Sie ging zu dem anderen Schreibtisch, der ja dann wohl ihrer war, und fuhr den Computer hoch. Sie räusperte sich: »Ähm, entschuldigen Sie. Kennen Sie das Passwort?«

»Hm? Ach so.« Bellers schaute auf, als hätte er vergessen, dass sie da war. Sandra hatte aber gemerkt, dass er jede ihrer Bewegungen verfolgt hatte. Jetzt sah sie, wie er mit dem Kugelschreiber spielte, während seine Ohren flammend rot wurden.

»Das Passwort ist ›Titten‹. Sie können es aber natürlich jederzeit ändern«, murmelte er.

»Titten?«

»Von Ihrem Vorgänger. Nicht meine Idee.«

»Verstehe.« Nur gut, dass sie nicht mit diesem Vorgänger zusammenarbeiten musste. Markus Bellers hatte bestimmt so etwas wie: »wqrz27« als Passwort gewählt und wechselte es vorschriftsmäßig einmal pro Woche.

Sandra gab also *Titten* ein und ging anschließend als Erstes auf *Einstellungen,* um ein neues Passwort zu vergeben. Sie wählte *Inge03,* wie immer. Und wie immer gab es ihr ein gutes Gefühl, den Namen zu schreiben und an die dazugehörige Person zu denken. Und an das Jahr, in dem sie sich kennengelernt hatten.

Dann klickte sie eine Weile herum, um sich einen Überblick über die Programme zu verschaffen. Der Computer war voller Dateien, anscheinend hatte man ihn einfach so gelassen, wie ihn ihr Vorgänger übergeben hatte.

Immer wieder schielte Sandra auf die Zeitangabe am unteren Bildschirmrand. Nur noch 17 Minuten bis neun, nur noch 16 Minuten, nur noch ... Zu diesem Zeitpunkt dachte Sandra noch, das gefürchtete Zusammentreffen mit den neuen Kollegen sei im Moment ihr größtes Problem. Nur wenig später verloren solche Nichtigkeiten jegliche Bedeutung, als Sandra hilflos miterleben musste, was über sie, das Präsidium und die ganze Stadt hereinbrach.

Kapitel 2

Sandra war noch immer damit beschäftigt, die Dateien ihres Vorgängers anzuschauen und über die ganzen Rechtschreibfehler zu staunen, als sie plötzlich unruhig wurde. Sie wusste erst nicht warum, aber auch Bellers hatte aufgeschaut und verharrte mit dem Kugelschreiber auf halbem Weg zu dem Notizblock, in dem er gerade etwas notieren wollte. Dann stand er wortlos auf und verließ einfach das Büro. Sandra starrte ihm hinterher. Was war jetzt? Es war doch noch Zeit bis neun Uhr? Und hätte er ihr nicht den Weg zu dem Besprechungsraum zeigen müssen?

Dann wurde ihr bewusst, dass die Geräuschkulisse im Präsidium sich verändert hatte. Fußgetrappel auf dem Flur, erregte Stimmen, die sich Sätze zubellten, von denen sie nur einzelne Wörter verstehen konnte. Türen wurden aufgerissen und offenbar gegen Wände geknallt, Sachen fielen zu Boden.

Sandra stand auf und schaute aus dem Fenster, von dem aus sie auf den Parkplatz des Präsidiums schauen konnte. Wie Ameisen, deren Hügel jemand mit einem Stock zerstört hat, rannten Menschen aus den verschiedenen Ausgängen und über den Platz. Im Gegensatz zu Ameisen ging es jedoch nicht zügig und geordnet zu, stattdessen prallten immer wieder Personen zusammen, standen sich im Weg oder wurden von den ersten bereits rollenden Fahrzeugen angehupt. Sandra sah, wie ein junger Beamter sich vergeblich bemühte, gegen den Strom ins Gebäude zurückzukehren. Vermutlich hatte er etwas vergessen. Eine Frau fiel zu Boden, sprang sofort wieder auf und rannte weiter, als hätte nichts ihren Lauf unterbrochen.

Irgendetwas musste geschehen sein. Eine Massenkarambolage auf der Autobahn?

In diesem Moment kehrte Bellers zurück, rannte zu seinem Schreibtisch, riss die oberste Schublade auf und holte einen Autoschlüssel heraus.

»Kommen Sie!«, rief er, hetzte zur Tür und dann wieder zurück zum Schreibtisch, wobei er Sandra fast umrannte. Am Schreibtisch schloss er die Schublade, dann wendete er sich wieder zur Tür und lief schließlich über den Flur zum Treppenhaus.

»Was ist denn los?«, fragte Sandra, die mühelos mit ihm Schritt halten konnte, obwohl seine Beine erheblich länger waren als ihre.

»Bombe«, keuchte Bellers und verfehlte die letzte Stufe, fing sich aber wieder.

»Wie, Bombe? Warum?«

Inzwischen rannten sie über den Parkplatz, und Bellers betätigte noch im Rennen die Fernbedienung seines Wagens.

»Steigen Sie ein«, rief er und stieß sich selbst seinen Kopf am Wagendach. »Eine Autobombe ist explodiert. Es gab Tote.«

In Sandras Ohren rauschte das Blut. Eine Bombe! Tote! Ein Terroranschlag? In Wuppertal? Vor ihrem inneren Auge spielten sich Szenen ab, wie sie sie im Zusammenhang mit den Anschlägen von Paris im Fernsehen gesehen hatte. Zerstörte Straßenzüge, tote Menschen. Andere Menschen, die in Panik flohen. Cafés und Restaurants, deren Fensterscheiben in Scherben auf dem Boden lagen und in denen sich Unsagbares abgespielt hatte. Aber doch nicht in Wuppertal?

»Ein Terroranschlag?«, fragte sie.

»Das ist nicht bekannt. Vorerst müssen wir alle Möglichkeiten berücksichtigen.«

Immer noch war Sandra wie betäubt. Die Zeit schien still zu stehen. Und nicht nur die Zeit, sondern auch Bellers' Wagen.

»Warum fahren Sie nicht los?«

»Sie sind nicht angeschnallt.«

Sandra starrte ihn an. Machte er etwa in dieser Situation Witze? Nein, er schien es vollkommen ernst zu meinen. Kopfschüttelnd schnallte sich Sandra an, und Bellers rollte vom Parkplatz. Fast als Letzter in der Schar der Ameisen, und trotzdem nicht schneller als mit den auf dem Parkplatz vorgeschriebenen zehn Stundenkilometern, wie Sandra mit einem Blick auf den Tacho feststellen konnte.

Auf der Friedrich-Engels-Allee beschleunigte er auf fünfzig, und dabei blieb es. Sandra schüttelte erneut den Kopf.

»Wohin fahren wir?«, fragte sie schließlich.

»Nach Sonnborn. Genaues weiß ich auch noch nicht, aber ...« In diesem Moment klingelte sein Handy. Bellers fummelte eine Weile daran herum, bis es sich vorschriftsmäßig in der Freisprechanlage befand. »Ja? Bellers hier!«

»Fladerer. Wir planen um. Sie fahren zum Bayer Sportpark. Ich wiederhole: zum Bayer Sportpark.«

»Ist dort die Bombe ...«

»Nein, das war in der Kaiser-Wilhelm-Allee. Direkt neben dem Zoo. Die Anwohner werden derzeit zum Sportpark gebracht. Das ganze Gebiet ist abgesperrt. Sie und die anderen fahren bitte sofort zum Sportpark und sprechen mit den Menschen.«

»Gab es weitere Explosionen? Oder sonstige Attentate?«, rief Sandra dazwischen.

»Bis jetzt nicht. Auffallend ist, dass offenbar nur präzise dieses eine Auto gesprengt und nicht ein Schaden so groß wie möglich angerichtet werden sollte.«

»Was ist daran auffallend?«

»Nun, zumindest spricht das nicht unbedingt für einen terroristischen Anschlag. Aus der Luft waren bisher auch keine weiteren Attentate an anderen Orten zu entdecken.«

Jetzt erst wurde Sandra bewusst, dass der Ameisenhaufen durch fliegende Artgenossen unterstützt wurde. Über ihnen kreisten mehrere Hubschrauber und scannten vermutlich das Stadtgebiet ab.

»Ich melde mich wieder«, kam es aus dem Handy, dann hatte Fladerer aufgelegt.

»Warum können wir nicht zum Tatort, wenn er dorthin kann?«, fragte Sandra.

»Haben Sie nicht gehört? Es ist abgesperrt.«

»Mag sein. Aber das sind Tatorte doch immer. Und ich mache mir gerne selbst ein Bild.«

»Das können Sie ja bei Delikten wie Morden gerne tun. Aber nicht, wenn im Raume steht, dass ein terroristischer Anschlag verübt wurde. In einem solchen Fall kommt es durch die Leitstelle zur Erstbewertung ›Anschlag‹, und darauf folgt die entsprechende BAO. Sagt Ihnen das etwas?«

Das sagte Sandra überhaupt nichts. War wahrscheinlich eine der unzähligen Abkürzungen, die sie damals auf der Polizeischule als unwichtig abgetan hatte. »So ungefähr«, gab sie vage zurück.

»Also nicht. BAO steht für Besondere Aufbauorganisation. Am besten lassen Sie es gut sein und halten sich an die Anweisungen Ihres Dienstgruppenleiters, nämlich Fladerer. Wissen Sie, Regeln und Ablaufpläne werden nicht zum Spaß gemacht. Dabei hat sich jemand etwas gedacht. Und in diesem Fall bedeutet das, dass sich die einen um eine mögliche Terrorgefahr kümmern, während die anderen, nämlich wir, den Anschlag wie eine nicht-terroristische kriminelle Tat behandeln und ermitteln wie gewohnt. Indem sie in diesem Fall zuallererst die Opfer identifizieren und anschließend mit Zeugen sprechen.«

Sandra schaute angestrengt aus dem Fenster und zuckte mit den Schultern. Nachdem sie ein paar Mal geschluckt hatte, sagte sie: »›Wie gewohnt‹ heißt bei mir aber, ich verschaffe mir ein Bild vom Tatort.«

»In diesem Fall nicht. Die BAO ...«

Sandra schaltete ab. Dieser Mensch war unerträglich. Wenn sie doch bloß weiter mit ihrem früheren Kollegen Klaus zusammenarbeiten könnte. Mit dem war alles immer so unkompliziert gewesen.

Je näher sie dem Zooviertel kamen, um so größer wurde die Dichte der Fahrzeuge, die mit Blaulicht und Sirene durch die Straßen jagten. Andere, normale Autofahrer blieben am Rand stehen und beobachteten mit offenen Mündern das Geschehen. Hinter den Bayer-Werken waren die Straßen ins Zooviertel hinein abgesperrt. Vorbeifahrende Autos wurden weitergewunken, Autos, die durch die Absperrung wollten, angehalten, kontrolliert und dann ebenfalls weitergewunken. Niemand kam in das Zooviertel hinein. Aus der anderen Richtung dagegen, vom Zoo und aus den umliegenden Wohnstraßen, bewegten sich Menschen mit und ohne Autos aus dem abgesperrten Bereich heraus. Einige von ihnen wurden in Busse geleitet, andere fuhren mit ihren Pkws in Richtung Vohwinkel, zu dem Bayer Sportpark. Dies alles wurde sowohl von der Polizei, als auch von der Presse gefilmt.

Hinter der Absperrung sah Sandra etliche Beamte hin und her laufen, einige von ihnen mit Spürhunden. Am liebsten wäre sie ausgestiegen und zu ihnen gegangen, aber Bellers fuhr gerade am Zooviertel vorbei und bog schließlich in die Seitenstraße zu den Sporthallen ein.

Kapitel 3

Bellers fuhr auf den Parkplatz vor den Sporthallen und hielt zwischen zwei Streifenwagen. Sandra wollte schon aussteigen, da setzte er noch mal zurück, um anschließend exakt in die Mitte der Parklücke zu fahren.

Während sie zum Eingang gingen, meldete sich Fladerer erneut auf Bellers' Handy. »So? Gut. Machen wir«, war alles, was Bellers antwortete.

»Was war denn?«, fragte Sandra.

»Fladerer. Er hat gesagt, dass es mindestens drei Tote gegeben hat. Und das Nummernschild des Wagens ist gefunden worden. Der Halter ist ein gewisser Dieter Lamprecht, wohnhaft in der Kaiser-Wilhelm-Allee 17. In dem Haus, vor dem die Bombe explodiert ist.«

»Also ist er vermutlich getötet worden«, murmelte Sandra.

»Das ist nicht sicher«, widersprach Bellers. »Bislang konnte keiner der Toten identifiziert werden. Eine der drei Personen im Auto scheint übrigens weiblich gewesen zu sein.«

»Seine Frau?«

»Wir wissen doch noch nicht mal, ob er eine Frau hatte.«

Sie kamen in ein Foyer, von dem aus mehrere Sporthallen, ein Kraftraum und ein kleines Schwimmbad abgingen. Im Foyer hatten sich bereits an die hundert Menschen versammelt, die sich um uniformierte Beamte scharten, durcheinanderredeten, wild gestikulierten und immer wieder ihre Handys checkten, vermutlich um im Life-Stream zu verfolgen, was gerade geschah.

Bellers wurde von einem der Beamten begrüßt, und sie gingen zu dritt in eine Nische etwas abseits der schnatternden Menge.

»Wie sieht's aus?«, fragte der Beamte.

»Soweit man es bis jetzt beurteilen kann, gibt es keine Hinweise auf eine erhöhte Gefahrenlage«, gab Bellers zurück. »Keine weiteren Sprengstofffunde, kein Bekennerschreiben, keine sonstigen Attentate. Wie ist es hier?«

»Die Leute sind aufgebracht, siehst du ja.« Der Mann wies auf die Menschen im Foyer. »Einige stehen vermutlich unter Schock. Aber bislang haben wir keine Notfälle oder Probleme.«

»Gut. Ich müsste dann mit den Menschen sprechen, die etwas beobachtet haben, oder die den Halter des Wagens, Dieter Lamprecht, kennen.«

Der Beamte nickte. »Haben wir schon vorbereitet. Diejenigen, die glauben, etwas aussagen zu können, sind vorerst dort untergebracht.« Er wies auf den Kraftraum. »Es sind auch schon Kollegen von euch dort.«

Bellers nickte. »Danke. Und ihr stellt die Personalien dieser Menschen hier fest, ja?«

»Und schicken euch diejenigen, die etwas wissen, klar.«

Sandra und Bellers gingen in den Kraftraum. Dort wurden sie direkt von einem bulligen Mann in Trainingshose und weißem T-Shirt mit gelblichen Schweißflecken unter den Armen begrüßt.

»Hallo, sind Sie von der Polizei?«, fragte er. »Kann ich vielleicht endlich mal eine Aussage machen?«

»Ich bitte darum«, gab Bellers zurück.

»Also, ich wohne in direkter Nachbarschaft zu dem Auto. Gesehen hab ich zwar nichts, außer dass Lamprechts Auto völlig zerstört ist. Und den Knall habe ich gehört, natürlich. Ich habe auch die Polizei angerufen.« Er wartete kurz, aber Bellers reagierte nicht. Erst als Sandra sagte: »Das haben Sie gut gemacht, und weiter?«, fuhr er fort. »Ich wollte nur sagen, dass bei uns vorne an der Ecke so Islamisten wohnen. Die sind vor ein paar Monaten eingezogen. Und prompt geht hier eine Bombe hoch. Das ist ja wohl kein Zufall.«

Eine ähnlich beleibte Frau neben ihm nickte heftig mit dem Kopf. »Ganz genau. Die reden mit niemandem. Und der Mann hat manchmal so ein Käppi auf dem Kopf. Und einen schwarzen Bart. Das sind Radikale, das sieht man sofort.«

»Aha«, sagte Sandra. »Haben Sie denn etwas beobachtet? Nur weil diese Menschen vielleicht Muslime sind ...«

»Das sind doch alles Terroristen«, blaffte der Mann.

»Sie müssten nur mal sehen, wie die uns immer anstarren«, stimmte die Frau zu. »Mit so einem stechenden Blick. Wie Verbrecher.«

»Vielleicht würden die nicht so finster schauen, wenn Sie nicht immer so unfreundlich zu Ihnen wären«, mischte sich ein anderer Mann ein. Er trug einen Anzug und einen Aktenkoffer in der Hand und hatte vermutlich eigentlich zur Arbeit gehen wollen.

»Herr Özal ist ein Kollege von mir«, erklärte er dann Sandra. »Er ist Elektroingenieur. Lebt mit seiner Frau, die Lehrerin am Schulzentrum Süd ist, und drei Kindern, die alle das Gymnasium besuchen, seit einigen Monaten hier im Viertel. Ich gehe nicht davon aus, dass er Bomben legt, bloß weil er einen Vollbart trägt.«

Sandra nickte. »Gibt es sonst irgendwelche Beobachtungen? Wichtige, meine ich.«

Der Mann in der Trainingshose schnaubte und wandte sich ab. Er griff nach dem Arm der dicken Frau: »Komm, Bettina. Die Polizei will ja scheinbar unsere Hinweise nicht anhören.«

»Einen Moment bitte«, rief ihm Sandra hinterher. »Ich brauche Namen und Adressen von Ihnen.«

»Warum? Wir haben nichts getan. Wir sind anständige Leute, die ihre Steuern zahlen und ...«

»Und die seit Jahren arbeitslos sind und eben keine Steuern zahlen«, warf der Anzugträger ein, ohne ihn anzuschauen.

»Das ist ja wohl ...«, begann der Mann, aber diesmal unterbrach ihn Sandra: »Darf ich um Namen und Adresse bitten? Damit wir uns mit Ihnen in Verbindung setzen können, wenn wir mehr wissen wollen.«

Vor sich hinmurmelnd schrieb der Mann seinen Namen und die Adresse in Bellers' Notizbuch. Es stellte sich heraus, dass er und seine Frau in einer der Villen in dieser Straße wohnten, dort allerdings im Souterrain. Als Beruf gab der Mann *Hausmeister* und für seine Frau *Hausfrau* an.

Der Reihe nach schrieben alle Anwesenden ihre Namen und Adressen in das Notizbuch. Danach verteilten sie sich auf die anwesenden Polizeibeamten und erzählten ihnen, was sie wussten oder zu wissen glaubten.

Die Letzte, die ihre Adresse in Bellers' Notizbuch schrieb, war eine alte Dame mit zerknittertem Gesicht, die kaum den Stift zwischen den verkrümmten Fingern halten konnte. Sie gab schließlich den ersten brauchbaren Hinweis: »Ist der Dieter ums Leben gekommen?«, nuschelte sie, mit einer Zigarette zwischen den Lippen, die hier drinnen natürlich nicht erlaubt war. Aber alle hatten gerade andere Sorgen.

Außer Bellers: »Entschuldigung. Aber hier ist Rauchverbot«, mahnte er, und nach kurzem Zögern drückte die alte Dame ihre Zigarette in einem kleinen Taschenaschenbecher aus.

»Sie kennen ihn?«, fragte Sandra.

Die alte Dame nickte, während sie mit zittrigen Fingern in altdeutscher Schrift ihren Namen schrieb. Dann wandte sie sich zum Gehen. Sie neigte jedenfalls nicht zu Klatsch und Tratsch.

»Moment, bitte. Können Sie mir mehr über ihn erzählen?«

»Schon. Ich kenne ihn schon, seit er auf der Welt ist.« Pause. Nein, sie neigte wirklich nicht zum Tratsch.

»Was können Sie mir denn über ihn erzählen? Und sollen wir uns vielleicht dort drüben hinsetzen?« Sandra zeigte auf eine Hantelbank. Möglicherweise war die Frau ja gesprächiger, wenn nicht mindestens zehn Personen drum herum standen und zuhörten.

Die alte Dame folgte ihr. »Was wollen Sie denn wissen?«

»Alles, was Sie wissen, am besten.«

»Womit fange ich an? Also, der Dieter hat irgendwas mit Musik gemacht. Aber nicht selbst. Er hat irgendwelche Musiker gemanagt, wie das heute immer heißt. Hat denen Konzerttermine besorgt oder Plattenverträge und so. Heißt das eigentlich immer noch Plattenverträge? Es gibt doch gar keine Schallplatten mehr.«

»Also ist er Musikagent?«

»Ja, genau. So hat er sich bezeichnet.«

»Und können Sie sich vorstellen, was passiert sein könnte? Und warum?«

»Nein.«

»Hatte er vielleicht Feinde? Oder haben Sie mitbekommen, ob jemand Streit mit ihm hatte?«

»Es heißt zwar: über die Toten nichts Böses«, antwortete die alte Dame. »Aber das hilft Ihnen ja nicht weiter. Dieter hat leider mit vielen Menschen im Streit gelegen. Mit sehr vielen. Aber Genaueres weiß ich nicht.«

Genaueres weißt du doch, du willst es nur nicht sagen, dachte Sandra.

Laut fragte sie: »Können Sie mir nicht wenigstens einen Namen sagen? Vielleicht von der Person, mit der er den schlimmsten Ärger hatte?«

Die alte Dame schürzte die Lippen. Dann sagte sie: »Na gut. Den größten Ärger hatte er mit seiner Frau. Aber die ist ja wohl mit ihm in die Luft geflogen, hm?

Die ganzen Leute mit ihren Handys sagen jedenfalls, es habe drei Tote gegeben. Also würde ich es an Ihrer Stelle mal bei seinen diversen Exfrauen versuchen. Die feiern bestimmt eine Party, wenn sie hören, was passiert ist.«

»Gab es Probleme zwischen Lamprecht und seinen früheren Partnerinnen?«

»Probleme ist gar kein Ausdruck. Aber das müssen Sie jetzt wirklich selbst herausfinden.« Damit drehte sie sich um und ging zu den anderen zurück.

»Nun gut. Lamprecht scheint also schon mal kein Engel gewesen zu sein, bei dem sich niemand auch nur die leiseste Vorstellung machen kann, weshalb ihn jemand töten sollte.«

»Sie sind zu voreilig, Frau Santori«, ermahnte Bellers. »Noch wissen wir nicht mal, ob er überhaupt ums Leben gekommen ist.«

»Es ist aber doch sehr wahrscheinlich, oder nicht? Wäre er sonst nicht hier aufgetaucht und hätte sich gemeldet? Inzwischen dürfte es niemanden mehr in Wuppertal geben, der nicht von den Ereignissen gehört hat.«

»Es könnte doch sein, dass er auf Reisen ist. Oder stellen Sie sich vor ...«

Bellers dozierte noch lange darüber, was Sandra sich vorstellen sollte, aber sie hörte nicht mehr zu. Schließlich ließ sie ihn einfach stehen und sprach mit der nächsten Zeugin, einer Nachbarin des Opfers. Des mutmaßlichen Opfers, verbesserte sie sich im Stillen.

Kapitel 4

Die Befragungen zogen sich bis zum späten Nachmittag hin. Immer wieder wurde Bellers von Fladerer telefonisch auf dem Laufenden gehalten, vor allem mit der Information, dass es nach wie vor keine Hinweise auf einen terroristischen Anschlag gebe. Um 13.00 und um 16.00 Uhr schauten sie sich jeweils die Pressekonferenzen aus Düsseldorf an, an denen unter anderem der nordrhein-westfälische Innenminister teilnahm. In der ersten informierte er die Öffentlichkeit, dass es bislang keine konkreten Hinweise auf eine terroristische Tat gebe. In der späteren hieß es, man gehe von einem Verbrechen mit kriminellem Hintergrund aus, ermittle aber zunächst weiter in alle Richtungen. Am späten Nachmittag durften die Anwohner des Zooviertels in ihre Häuser zurückkehren, die Mitarbeiter der Kriminalpolizei wurden zu einer Besprechung ins Präsidium beordert. Das hieß, Sandra würde jetzt, mit mehrstündiger Verspätung, ihre übrigen Kollegen kennen lernen.

Sie und Bellers kamen als Erste in den Besprechungsraum, was sie vor das Problem stellte, ob sie sich entweder direkt neben Bellers setzen und möglicherweise aufdringlich wirken, oder ein oder zwei Stühle frei lassen und gehemmt oder abweisend wirken sollte. Sie löste das Problem, indem sie selbst auf einen Stuhl zustürzte und sich als Erste setzte. Jetzt musste Bellers sehen, was er tun wollte. Er entschied sich für einen Stuhl Abstand.

Nach und nach kamen die anderen in den Raum. Zuerst eine Kollegin um die dreißig. Oder bei näherem Hinsehen vielleicht um die vierzig. Mit Absätzen war sie an die 1,80 Meter groß, und die glatten, blonden Haare berührten den Bund ihrer hautengen Jeans. Als sie Sandra sah, runzelte sie die Stirn, verzog aber sofort den Mund zu einem breiten Lächeln, als hinter ihr ein Kollege etwa Mitte dreißig eintrat. Er war drahtig wie ein Langläufer.

Die Frau sagte: »Schau mal, Luk. Unsere neue Kollegin ist da.«

Der Langläufer kam auf Sandra zu und sagte: »Angenehm. Sehr angenehm! Ich bin Lukas Mann. Luk, für meine Freunde. Den Namen solltest du dir merken.« Er lächelte ein Lächeln, das er vermutlich als diabolisch bezeichnet hätte. »Und du?«

»Sandra Santori«, antwortete Sandra und wartete auf den Kommentar. Der auch prompt kam: »Sandra Santori? Oder vielleicht San-San für deine Freunde?«

»Nein, einfach nur Sandra.«

Die Kollegin hatte sich bereits hingesetzt, ohne sich vorzustellen, und nun kamen zwei weitere Kollegen in den Raum, die sich als Bernd Bongarz und Michael Schweizer vorstellten. Bongarz war um die fünfzig, trug einen sauber gestutzten Vollbart und vollständig knitterfreie Jeans und Hemd. Als ob er die Sachen unmittelbar vor der Besprechung aus der Wäscherei geholt hätte. Sandra war sich sicher, dass er schwul war. Und sie war sich ebenfalls sicher, dass er das verbergen wollte, jedenfalls hier bei den Kollegen. Schweizer war höchstens dreißig und wischte, während er sich vorstellte, auf seinem Tablet herum. Vielleicht hätte er Sandra seinen Namen lieber per Mail geschickt.

Als Letzter betrat Fladerer den Raum und schloss die Tür. »So, schön dass alle hier versammelt sind. Und schön, dass wir eine neue Kollegin begrüßen können. Haben Sie sich schon bekannt gemacht?«

Allgemeines Gemurmel war die Antwort.

»Schön. Dann lassen Sie mich damit beginnen, dass bezüglich der heutigen Ereignisse alles darauf hindeutet, dass wir es nicht mit einem Terroranschlag, sondern sozusagen mit einem normalen Verbrechen zu tun haben.«

»Na ja. Normal?«, warf Lukas Mann ein.

»Warum deutet alles darauf hin?«, fragte Bongarz.

»Da ist zunächst die Tatsache, dass bislang kein Bekennerschreiben aufgetaucht ist. Weiterhin ist mit Ausnahme des Autos und der drei getöteten Personen so gut wie kein Schaden entstanden. Noch nicht mal Fensterscheiben sind zerbrochen. Lediglich ein paar in der Nähe parkende Autos sind beschädigt worden. Bei einem Terroranschlag hätte man doch versucht, so viel Schaden wie möglich zu verursachen.«

»Und das wäre in dieser Gegend ganz einfach gewesen«, stimmte die Kollegin zu, die sich noch nicht vorgestellt hatte. Bellers raunte Sandra zu, dass es sich um Imke Hellweg handele. »Ganz in der Nähe ist der Zoo, in dem an Wochenenden Tausende von Menschen sind.«

»Und ein paar Hundert Meter weiter das Stadion«, ergänzte Lukas Mann. »Das hätte sich auch gelohnt. Aus Sicht eines Terroristen, meine ich.«

»Lassen Sie uns also vorerst davon ausgehen, dass tatsächlich eine oder mehrere Personen, die sich in dem Wagen befanden, gezielt getötet werden sollten. Was wissen wir bisher?«

Die Ermittler trugen zusammen, was sie bislang über den Halter des Wagens, Dieter Lamprecht, erfahren hatten. Mehrere Nachbarn hatten bestätigt, dass sie gelegentlich beobachtet hatten, wie Lamprecht heftig mit verschiedenen Personen gestritten habe. Dabei sei es zum einen offensichtlich um diverse begonnene, laufende oder beendete Liebschaften gegangen, zum anderen um Konflikte, die mit seiner Tätigkeit als Musikagent zu tun gehabt hatten.

»Als Musikagent hat er sich übrigens Dino Lambardo genannt«, erklärte Bongarz.

»Ach, der?«, fragte Schweizer.

»Kennst du den?«

»Ich habe von ihm gelesen. Der hat die Master Stars ganz groß herausgebracht. Diese Boygroup aus dem Bergischen Land.«

»Gibt es irgendwelche Hinweise, wo Lamprecht alias Lambardo sich aufhalten könnte? Sofern er nicht im Auto gesessen hat?«, fragte Fladerer.

»Keine«, antwortete Schweizer. »Niemand wusste etwas über ihn, telefonisch war er nicht zu erreichen.

Weder per Handy noch in seiner Agentur. Das Gleiche gilt für seine Ehefrau. In den Nachrichten ist das Nummernschild seines Wagens genannt worden, und der Halter wurde aufgerufen, sich bei der Polizei zu melden. Dass weder er noch seine Frau es bisher getan haben, lässt nichts Gutes für sie vermuten.«

»Gibt es irgendwelche Erkenntnisse über die dritte Person im Wagen?«, fragte Imke.

»Bislang nicht«, antwortete Fladerer. »Außer dass es sich um einen Mann handelt.«

»Aber es gibt Vermutungen«, ergänzte Lukas Mann. »Ein Nachbar hat uns erzählt, dass Lamprecht seinen Wagen nie selbst gefahren hat. Stattdessen hat er einen Fahrer beschäftigt, der gleichzeitig als sein Bodyguard fungierte. Er wusste nur, dass sein Vorname Marvin ist.«

»Gut. Gehen Sie dem weiter nach«, nickte Fladerer. »Es gibt erste Erkenntnisse der KTU. Und zwar hat sich gezeigt, dass die Bombe mit Klebeband an der Unterseite des Autos befestigt war. Der Zünder war mit dem Anlasser verbunden, sodass der Sprengsatz in dem Moment explodierte, als der Schlüssel gedreht wurde.«

»Wie gehen wir weiter vor?«, fragte Lukas Mann.

»Sofern wir aus Düsseldorf nichts anderes hören, behandeln wir das Ganze jetzt als einen Mordfall. Vorrang hat die Identifizierung der drei Opfer. Die DNA-Analyse läuft. Dann möchte ich Sie bitten, sich morgen erneut in der Nachbarschaft und dem Freundeskreis der Lamprechts umzuhören. Oder im Feindeskreis, je nachdem. Bellers und Santori, gehen Sie bitte morgen zuerst zu Lamprechts Haus und schauen sich dort um.

Wir haben die Haushälterin ausfindig gemacht, die wird um acht Uhr dort sein und Sie und die Spurensicherung ins Haus lassen. Außerdem wird sie für Fragen zur Verfügung stehen. Die KTU hatte heute dort schon mit der Arbeit begonnen, hat aber im Haus noch nichts Bemerkenswertes entdeckt.«

»Eine richterliche Genehmigung, das Haus zu betreten, liegt vor?«, fragte Bellers.

»Aber sicher, Herr Kollege. Anschließend gehen Sie bitte in Lamprechts oder vielmehr Lambardos Musikagentur und schauen, was Sie dort in Erfahrung bringen können. Erstatten Sie mir Bericht, wenn Sie etwas herausfinden, was Ihnen wichtig erscheint. Ansonsten treffen wir uns morgen Abend, zur selben Zeit am selben Ort.«

* * *

Sandra atmete auf, als sie gegen sieben das Präsidium verließ. Es war ein langer Tag gewesen. Und er war ganz anders verlaufen, als sie erwartet hatte. Was sie jetzt ganz dringend brauchte, war Bewegung. Und danach brauchte sie Inge.

Sandra fuhr nach Hause, rannte eine Stunde wie von Höllenhunden gehetzt durch den Park, sprang rasch unter die Dusche und fuhr anschließend zu Inge. Bei ihr konnte sie auftauchen, wann immer sie wollte, sie war stets willkommen.

Kaum hatte sie geklingelt, zog ihre Freundin sie ins Haus und küsste sie rechts-links-rechts auf die Wangen. Inge war die Einzige, die das durfte. Aus der

Küche duftete es nach Tomatensoße und Käse. Wahrscheinlich gab es die Gemüselasagne, die Sandra so liebte.

»Komm in die Küche. Und dann erzähl. Alles. Aber erst mal bekommst du etwas zu trinken.«

Inge ging voran in die Küche, und Sandra betrachtete ihre kleine, hagere Gestalt. Man sah ihr ihre 61 Jahre nicht an. Gut, die kurz geschnittenen Haare waren inzwischen weiß geworden, und die Haut im Gesicht und am Hals war längst nicht mehr glatt. Inge behauptete gerne, sie werde Orpheus und Eurydike, ihren Schildkröten, immer ähnlicher. Danach wartete sie dann auf Sandras Protest. Und wehe, der kam nicht! Aber es war nicht schwierig, ihr in diesem Punkt zu widersprechen. Inge war so voller Energie, dass sie alterslos wirkte. Außerdem war sie stets hellwach. Was, wie Sandra wusste, ein Überbleibsel aus ihrer Jugend war, die sie in den Straßen eines sogenannten Problemviertels verbracht hatte. Dort hatte sie die Augen überall haben und stets als Erste zuschlagen müssen, alles andere wäre ihr nicht gut bekommen. Zahlreiche Narben zeugten davon, dass sie sich jedenfalls nicht kampflos ergeben hatte.

Mit vierzehn war sie in die wichtigste Gang ihres Viertels aufgenommen worden, mit sechzehn hatte sie eine eigene Gang gegründet, mit siebzehn gab es im ganzen Viertel niemanden mehr, der es gewagt hätte, sich mit ihr anzulegen. Außer einer Richterin, die sie mit achtzehn zu acht Jahren Jugendhaft verdonnerte, weil Inge ihren Vater halb tot geschlagen hatte, nachdem der sich an ihrer jüngeren Schwester vergriffen hatte. Trotz der mildernden Umstände bestand die Richterin auf der harten Strafe. Denn sie hatte einen Plan: Nachdem Inge einige Wochen im Gefängnis rebelliert hatte und Dauergast in der Isolationszelle gewesen war, bekam sie Besuch von eben dieser Richterin, die ihr klarmachte, dass sie zwei Möglichkeiten habe: Entweder sie machte so weiter wie bisher und verbrachte ein kurzes und aufreibendes Leben als Kriminelle. Oder sie kniff den Hintern zusammen und stellte endlich etwas Vernünftiges auf die Beine.

Nachdem Inge der Richterin gesagt hatte, sie solle sich verpissen, war sie still sitzen geblieben, hatte lange nachgedacht und dann einen Entschluss gefasst. Schon am nächsten Tag besuchte sie die gefängniseigene Schule und legte der Reihe nach den Haupt-, den Realschulabschluss und dann das Abitur hin. Anschließend studierte sie Philosophie, Politik und Psychologie an einer Fernuni. Genauso exzessiv, wie sie vorher Drogen konsumiert hatte, konsumierte sie nun Wissen. Sie konnte nicht genug davon bekommen, und dieser Hunger war ihr bis heute geblieben.

Nach ihrer Entlassung aus dem Gefängnis absolvierte Inge in Rekordzeit ihre Promotion und Habilitation und wurde anschließend zu einer der jüngsten Professorinnen für Psychologie, die die Uni je gesehen hatte. Zu der Richterin hielt sie bis zu deren Tod Kontakt. Sie wurde zu dem wichtigsten Menschen in ihrem Leben. Zu einer echten Mentorin, im besten Sinne des Wortes.

Und genauso eine Mentorin war Inge Sterzel nun für Sandra geworden. Seit sie sie dreizehn Jahre zuvor als Sechzehnjährige von der Straße aufgelesen hatte, wohin Sandra geflohen war, nachdem sie es mit ihrem zynischen Vater nicht mehr ausgehalten hatte.

»Also dann. Erzähl«, forderte Inge, nachdem sie Sandra ein Glas verdünnten Johannisbeersaft eingeschenkt hatte. Die Lasagne brutzelte im Ofen vor sich hin, die Käsekruste würde erst in einigen Minuten perfekt sein. Und was nicht perfekt war, das kam nicht auf Inges Tisch. »Ich hab's in den Nachrichten gesehen. Mitten in unserem Wuppertal. Aber es heißt, man gehe davon aus, dass das keine Terroristen waren.«

Sandra nickte und berichtete von ihrem ersten Tag, an dem bereits so viel passiert war, dass es eigentlich für eine ganze Woche reichte. Sie erzählte außerdem von der freundlichen Begrüßung durch Fladerer und der weder freundlichen noch unfreundlichen durch Bellers.

»Was ist er für einer?«, fragte Inge.

Sandra zuckte mit den Schultern.

»Na los, sag schon.«

»Ich weiß nicht. Ist noch zu früh.«

»Ach was! Welches Gebäck ist er?«

»Ein Baumkuchen ohne Schokolade. Aber nur scheinbar.«

»Was soll das heißen?«

»Dass er nichtssagend wirkt. Steif, unbeweglich. Langweilig. Und überkorrekt. Zum Beispiel war er der Einzige, der mich gesiezt hat. Außer Fladerer, aber der ist ja der Chef und siezt alle.«

»Und warum nur scheinbar?«

»Ich glaube, er hält etwas zurück. Deswegen braucht er auch so viel Distanz. Damit niemand etwas mitbekommt. Ich glaube, er leidet unter irgendetwas.«

»Na bitte. Das ist doch schon eine ganze Menge. Nutze immer deine Fähigkeiten, Sandra. Habe ich dir das schon mal gesagt?«

»Ich denke doch«, seufzte sie. »Einige Millionen Male.«

Inge gab ihr einen liebevollen Klaps auf die Wange. Auch das durfte nur sie tun.

Und dann war endlich die Lasagne fertig. Während des Essens erzählte Sandra von den ersten Ermittlungsergebnissen. Inge stürzte sich begeistert auf die Informationen. Sie liebte es, Theorien und Spekulationen zu Sandras Fällen aufzustellen. Bis nach zwölf saßen sie noch zusammen, anschließend war Sandra zum ersten Mal an diesem Tag entspannt.

Kapitel 5

Am nächsten Morgen stand Sandra schon um Viertel vor acht vor dem Haus der Lamprechts. Die Absperrungen waren entfernt worden, die Reste des Autos abtransportiert und Scherben und andere Überbleibsel des Anschlags waren offensichtlich eingesammelt worden.

Die Villa von Dieter Lamprecht war prächtig. Aber nur auf den ersten Blick. Sehr groß, drei Stockwerke hoch, mit Erkern und Türmchen. Inmitten eines großen Gartens, der ebenfalls vordergründig gepflegt war. Der Rasen war penibel gestutzt, Büsche zu Pyramiden und Kugeln geschnitten. Aber wenn man genauer hinsah, entdeckte man überall Spuren der Vernachlässigung. An den Rosensträuchern hingen verwelkte Blüten, die Regenrinne wies mehrere Löcher auf, von den grün gestrichenen Fensterrahmen blätterte die Farbe.

Das Grundstück war von einem schmiedeeisernen Zaun umgeben, der nach oben in mörderischen Spitzen auslief. Gartentor und Haustüre waren durch Kameras gesichert.

Sandra schaute noch durch die Gitterstäbe, als sie hinter sich ein unangenehmes Quietschen hörte. Sie drehte sich um und sah eine etwa vierzigjährige, rundliche Frau, die einen silbernen Rollkoffer hinter sich herzog. Hinter ihr gingen zwei junge Beamte, und alle drei trugen die dünnen, weißen Plastikanzüge der Spurensicherung. Die Frau sah darin aus wie ein Heißluftballon.

»Hallo!«, begrüßte sie Sandra. »Bist du die Neue? Ich bin Petra Oberrath. Spurensicherung.« Sie reichte Sandra eine weiche und sehr warme Hand und schaute sie mit einem noch wärmeren Blick an. Ein Kirschkuchen mit Streuseln.

»Hallo. Ich bin Sandra Santori.«

»Und du arbeitest mit Bellers zusammen?«

»Genau.«

»Dann lass dich mal nicht verdrießen«, lächelte Petra. »So, wann kommt denn wohl diese Haushälterin?«

Sandra sah auf die Uhr. Schon fast acht. Wo blieb Bellers? Der würde doch nie und nimmer zu spät kommen?

In diesem Moment klingelte ihr Telefon. »Frau Santori? Bellers hier. Ich werde mich ein paar Minuten verspäten, tut mir leid. Gehen Sie doch bitte schon ohne mich ins Haus.« Bevor Sandra etwas entgegnen konnte, legte er auf.

»Bellers kommt später? Das streiche ich mir rot im Kalender an«, sagte Petra, die dicht neben Sandra gestanden und dem Gespräch ungeniert zugehört hatte.

Endlich kam eine ältere Frau, die sich als Katharina Wienholdt, die Haushälterin der Lamprechts vorstellte.

Sie war nicht größer als Sandra und trug einen knöchellangen Rock, eine Bluse und sehr vernünftige Schuhe. Ihre Haare hatte sie zu einem straffen Knoten gebunden. Vermutlich gehörte sie einer der unzähligen Wuppertaler Freikirchen an, deren weibliche Mitglieder fast alle so aussahen. Sie begrüßte die Ermittler, ohne vom Boden aufzuschauen, und ließ sie in den Garten und dann ins Haus.

»Bleibt ihr bitte auf der unteren Ebene, du und Bellers?«, bat Petra. »Da sind wir gestern schon gewesen. Wir gehen nach oben.« Sie nickte Sandra freundlich zu und verschwand auf der Treppe.

Sandra folgte Katharina Wienholdt in ein kombiniertes Wohn- und Esszimmer, das fast die gesamte untere Ebene einnahm. Kurz darauf folgte Bellers, der inzwischen eingetroffen war und sich ebenfalls vorstellte. Sandra schaute sich um. In einer Ecke sah sie einen offenen Kamin, vor dem vier Ledersessel standen. In einer anderen Ecke befand sich eine Couchgarnitur, ebenfalls aus Leder, die auf einen Fernseher von der Größe einer kleinen Kinoleinwand ausgerichtet war. In einer Vitrine konnte Sandra Urkunden und Pokale sehen. Als sie nähertrat, sah sie, dass sie nicht etwa Dino Lambardo beziehungsweise Dieter Lamprecht, sondern einer Frau namens Sofia Oliewski verliehen worden waren. Und zwar für ihre Erfolge im Wrestling.

Sandra wollte Bellers darauf hinweisen, aber der hatte sich abgewandt und studierte die Rücken mehrerer sehr alt aussehender Bücher. Auch Minuten später war er noch so darin versunken, dass Sandra ihn dreimal ansprechen musste, bevor er mit einem »Hm?« antwortete.

»Haben Sie was entdeckt?«, fragte Sandra.

»Ja, schauen Sie mal.« Bellers entfaltete sein Taschentuch und zog vorsichtig eines der Bücher aus dem Regal. »Erstausgabe. Ulysses. Ich wette ...« Seine Stimme verlor sich, und er öffnete behutsam das Buch auf der ersten Seite. »Hab ich's doch gewusst. Hier, sehen Sie. Eine persönliche Widmung des Autors. Handschriftlich. Für einen Wilhelm Lamprecht.« Bellers strich mit sanften Fingern über die Seite wie über den Rücken einer Geliebten.

»Ähm, und glauben Sie, das hat etwas mit dem Anschlag zu tun?«, fragte Sandra.

»Was?« Bellers wirkte, als tauchte er aus einem tiefen Brunnen herauf ans Tageslicht. »Nein. Natürlich nicht. Ich fand es nur ... interessant.«

Er stellte das Buch zurück ins Regal und ging zu einem anderen Regal, in dem etwa fünfzig Aktenordner standen. Sandra konnte seinem Rücken die Enttäuschung ansehen. Hatte er also doch wenigstens eine kleine, unkorrekte Macke. Denn sicher stand in keinem Lehrbuch für Ermittler, dass man sich von der Büchersammlung eines mutmaßlichen Mordopfers begeistern lassen sollte.

Während Bellers die Beschriftungen der Aktenordner studierte, schaute sich Sandra weiter um. An einer Schmalseite des Raums befand sich ein Esstisch, an dem zwölf Personen bequem Platz gefunden hätten. Durch eine Durchreiche konnte Sandra einen Blick in eine topmodern eingerichtete und unbenutzt aussehende Küche werfen.

Sandra wandte sich an Katharina Wienholdt, die inzwischen mit der Wand verschmolzen war und sie mit großen Augen beobachtete. »Meinen Sie, Sie können uns ein paar Fragen beantworten?«,

Die Frau nickte, und sie, Sandra und Bellers setzten sich an den Tisch.

»Sie arbeiten also hier im Haus?«, begann Sandra.

Die Frau nickte wieder.

»Und was machen Sie?«

»Alles, was anfällt«, murmelte die andere.

»Putzen, Kochen, Wäsche waschen. Solche Dinge?«

Die Frau nickte ein drittes Mal.

»Sind Sie jeden Tag hier?«

Ein viertes Nicken.

»Erzählen Sie doch ein bisschen von Ihrer Arbeit. Was hatten Sie sich gestern zum Beispiel vorgenommen?«

»Gestern wollte ich zuerst die Betten neu beziehen«, begann die Frau mit tonloser Stimme. »Das mache ich alle zwei Wochen. Die Herrschaften wollen das so. Obwohl nach zwei Wochen die Bettwäsche noch nicht wirklich schmutzig ist, wenn Sie mich fragen. Na ja, manchmal schon. Wenn sie ... also ... Aber das ist ja jetzt egal. Dann hätte ich Wäsche gewaschen ...«

Je länger sie redete, desto mehr entspannte sie sich.

»Das ist interessant«, kommentierte Sandra mehrere Male. Und das war noch nicht mal gelogen. Wenn man zwischen den Zeilen lesen konnte, konnte man einiges über die Lamprechts erfahren. Dass sie in getrennten Schlafzimmern geschlafen hatten, zum Beispiel. Und dass trotzdem in beiden Betten die Bettwäsche gelegentlich schon vor Ablauf der zwei Wochen gewechselt werden musste, weil sich gewisse Flecken darauf zeigten. Und dass immer mal wieder Damenwäsche auftauchte, die eine andere Größe aufwies, als sie die Dame des Hauses trug. Frau Wienholt bekam in diesen Fällen den Auftrag, sie zu waschen und in eine bestimmte Schublade zu legen, in der Dieter Lamprecht alias Dino Lambardo offenbar seine Trophäen sammelte.

Es dauerte fast eine Viertelstunde, bis Frau Wienholts Erzählstrom ins Stocken geriet. Sie faltete die Hände, dann fragte sie: »Sind die beiden tot?«

»Wir wissen es nicht. Es besteht aber die Möglichkeit«, antwortete Sandra.

»Mein Gott«, seufzte die kleine Frau. Sie rieb sich übers Gesicht und zog dabei eine Haarsträhne aus dem Knoten, die sich sofort kräuselte und weit vom Kopf abstand. Es war ein Jammer, dass sie ihr Haar nicht offen trug. Sie schien eine echte Löwenmähne zu haben. Und das auch noch in Schwarz! Sandra hätte viel um diese Farbe gegeben. Dann würde ihr Kopf wenigstens nicht so aussehen, als wäre gerade ein Feuer darauf ausgebrochen.

»Haben Sie eine Idee, wer Herrn Lamprecht etwas antun wollte? Oder seiner Frau?«, fragte sie.

Die Frau schüttelte langsam den Kopf.

Zu langsam, fand Sandra. »Sie würden uns sehr helfen«, drang sie sacht zu ihr vor. »Wissen Sie, wir werden es sowieso erfahren. Wir müssen es sogar erfahren, wenn wir den Täter finden wollen. Sie würden uns die Arbeit nur erleichtern. Das wäre doch nicht illoyal Ihren Arbeitgebern gegenüber?«

»Na ja«, murmelte Katharina Wienholt. »Herr Lamprecht hat schon einige Menschen verärgert. Das brachte sein Beruf so mit sich. Wissen Sie, diese ganzen jungen Leute, die so gerne berühmt werden wollen. Wenn Sie denen sagen, dass ihre Musik nichts taugt, sind die maßlos enttäuscht. Ab und zu ist mal einer von denen hier gewesen. Und dann gab es manchmal unschöne Szenen.«

»Können Sie uns Namen geben?«

»Nein. Aber Sonja kann das.«

»Wer ist Sonja?«

»Seine Sekretärin. Sonja Kluge. Sie finden sie wahrscheinlich in seiner Agentur in der Innenstadt.«

Sandra notierte sich den Namen und die Adresse, obwohl sie die schon hatten. Aber sie wollte Frau Wienholt zeigen, dass ihre Aussage wichtig war und ernst genommen wurde.

»Und weiter? Gab es sonst noch jemanden, mit dem Herr oder Frau Lamprecht Probleme hatten?«

Frau Wienholt schaute unbehaglich auf das Wasserglas in ihrer Hand. »Nun ja. Sie waren beide keine einfachen Menschen. Ich meine, mich hat das nicht gestört. Gott hat jeden Menschen nach seinem Bild geschaffen und liebt uns alle. Da werde ich nicht seine göttliche Weisheit infrage stellen. Aber andere ... Also, es gab schon einige Menschen, die mit ihnen Schwierigkeiten hatten. Sowohl mit Herrn Lamprecht als auch mit seiner Frau.«

»Was reden Sie denn da?«, kam in diesem Moment eine schneidende Stimme von der Tür her.

Frau Wienholdt schaute die Frau an, die eben ins Wohnzimmer trat, und riss die Augen noch weiter auf als zuvor. Dann stieß sie einen Seufzer aus und kippte lautlos vom Stuhl.

Kapitel 6

Im selben Moment brach ein Tumult los. Bellers rief: »So ein Mist!«, sprang auf und eilte zu der Haushälterin, die bewusstlos halb unter dem Tisch lag. Aus einer Platzwunde an der Stirn sickerte Blut und lief am Ohr vorbei in den Haarknoten. Sandra schob ihn zur Seite und zerrte am Arm der Haushälterin, um sie aufzurichten. Bellers wiederum zerrte an Sandras Arm, um sie davon abzuhalten. »Sie hat eine Kopfverletzung. Wir dürfen sie nicht bewegen. Nur in die stabile Seitenlage bringen und einen Notarzt holen«, rief er. Dann nestelte er sein Handy aus der Tasche und wählte schließlich den Notruf.

Und über allem lag die schrille Stimme der Frau, die immer wieder kreischte: »Was machen Sie in diesem Haus? Ich möchte sofort wissen, wer Sie hereingelassen hat und was Sie hier wollen.«

Bellers bellte sie an: »Und Sie halten jetzt endlich die Klappe, sonst werfe ich Sie hinaus.«

»Was fällt Ihnen ein?«, schrie diese. Sie trug ein Kostüm, das vermutlich mehrere Monatsgehälter eines Kriminaloberkommissars kostete, und balancierte auf Absätzen, die so hoch und so spitz waren, dass man damit einen Stapel Papiere hätte lochen können. Aber trotz dieser schicken Kleidung musste Sandra bei ihrem Anblick an ein Stück Bauernbrot mit Leberwurst denken. »Das hier ist schließlich mein Haus.«

»Wieso ist das Ihr Haus? Hier wohnen Herr und Frau Lamprecht, und die sind ...«

»Ich bin Frau Lamprecht«, kreischte die Frau im höchsten Diskant.

Bellers stand der Mund offen.

Sandra schüttelte den Kopf, bis die neue Information endlich einen Platz in dem Teil des Cortex fand, der dafür zuständig war, dem akustischen Brei gesprochener Worte einen Sinn zuzuweisen. Man durfte eben nie etwas als gegeben hinnehmen, nur weil es wahrscheinlich war. Da draußen war zwar Lamprechts Auto in die Luft gesprengt worden, und es hatte drei Tote gegeben. Aber deswegen mussten noch lange nicht Herr und Frau Lamprecht unter den Toten sein.

»Wer war dann die Frau im Auto?«, fragte Sandra schließlich Bellers, der immer noch mit weit geöffnetem Mund und hängenden Armen im Wohnzimmer stand.

»In welchem Auto? Und was machen Sie eigentlich hier? Wer sind Sie?« Die Stimme der Frau stieg weiter in die Höhe. Noch ein bisschen weiter, und nur noch Fledermäuse hätten sie hören können.

»Haben Sie denn nichts von dem Anschlag gehört?«, fragte Sandra.

»Welchem Anschlag?«

»Das kann doch nicht sein. Jeder hat davon gehört«, rief Bellers.

»Ich bin nicht jeder. Wer sind Sie eigentlich?«

»Bellers, Kriminalpolizei. Frau Lamprecht? Verheiratet mit Dieter Lamprecht?«, vergewisserte er sich noch mal.

»Ja doch. Sofia Lamprecht. Was ist los?«

Sofia, dachte Sandra. War sie die Frau mit den Wrestling-Pokalen? Sie betrachtete sie genauer und sah muskulöse Waden über den hochhackigen Schuhen. Die Frau hatte ihre Kostümjacke abgelegt, und an Schultern und Oberarmen waren weitere Muskelpakete zu sehen, groß wie Grapefruits. Auf eine Schulter war ein Totenkopf tätowiert, auf der anderen waren zwei gekreuzte Schwerter zu sehen.

»Nun. Es hat eine Explosion gegeben. Ihr Auto ist in die Luft gesprengt worden. Und Ihr Mann ...« Bellers unterbrach sich.

»Was ist mit meinem Mann?«

»Wir können ihn nicht finden«, sagte Sandra. »Wir können nur sagen, dass drei Personen bei der Explosion ums Leben kamen. Zwei Männer und eine Frau.«

Die Frau vor ihnen zog kurz die Augenbrauen hoch, ließ sie aber sofort wieder sinken. »Verstehe«, sagte sie schließlich und setzte sich nun tatsächlich hin. Direkt neben ihre Haushälterin, die zu ihren Füßen lag und immer noch bewusstlos war. Sofia Lamprecht war einfach über sie hinweggestiegen, als wäre die andere ein Koffer, der zufällig im Weg steht.

»Passen Sie doch auf!«, rief Bellers und ging zu Frau Wienholt. Er berührte vorsichtig ihren Kopf und strich ihr über die Wange.

»Die hat nichts«, sagte Sofia Lamprecht. »Das ist nur der Schreck.«

»Und das wissen Sie so genau?«

Die Frau nickte nur, und Sandra hatte das Gefühl, dass sie es tatsächlich so genau wusste. Vielleicht kannte sie sich als Wrestlerin mit solchen Sachen aus.

In diesem Moment kam eine Frau, die einen Metallkoffer trug, durch die immer noch offenstehende Tür. Auf ihrer weißen Jacke stand in roter Schrift *Notarzt*. Hinter ihr folgten zwei Sanitäter. Die Ärztin kniete sich neben die immer noch bewusstlose Frau, fühlte ihren Puls und leuchtete ihr mit einer kleinen Lampe in die Augen. Dann maß sie den Blutdruck und untersuchte anschließend die Platzwunde an der Stirn.

»Und?«, fragte Bellers.

»Wohl nicht so schlimm«, gab die Frau zurück. »Hat sie einen Schock erlitten?«

»Ja, doch. Das kann man sagen.«

»Dann wird es daran liegen. Kleine Gehirnerschütterung kann auch dabei sein. Erbrochen hat sie aber nicht?«

»Nein.«

»Gut. Wir nehmen sie mit und behalten sie eine Nacht in der Klinik. Zur Sicherheit.«

Sie nickte zwei Sanitätern zu, die eine Trage in den Raum rollten, die Frau darauflegten und zusammen mit der Ärztin verschwanden.

Sofia Lamprecht saß immer noch am Tisch und zupfte an ihrer Unterlippe, wodurch sie korallenrote Schmiere an die Finger bekam. Dann fragte sie: »Sie wissen also nicht, wer das war, da im Auto?«

»Nein«, stimmte Bellers zu.

»Welcher Wagen war es denn? Der Mercedes? Oder der Porsche?«

»Es war ein Mercedes.«

»Der Mercedes. Na, ist eigentlich auch egal«, murmelte die Frau.

»Warum egal?«

»Der Mercedes und der Porsche gehören beide meinem Mann. Für mich hatte er bloß einen BMW übrig.«

Mein Gott, wie grausam, dachte Sandra. Bloß einen BMW!

»Jedenfalls hat er außer sich selbst und seinen dämlichen Fahrer niemanden an die Autos rangelassen«, fuhr Sofia Lamprecht fort. »Also müsste aller Wahrscheinlichkeit nach entweder er selbst oder dieser Halbaffe Marvin im Auto gewesen sein. Oder beide.«

»Marvin?«, fragte Sandra nach.

»Marvin Degenhardt. Sein Fahrer und Leibwächter.«

Bellers notierte sich den Namen.

»Brauchte er denn einen Leibwächter?«

»Schon. Mit seinen wütenden Ex-Geliebten und den noch wütenderen, betrogenen Ex-Partnern dieser Ex-Geliebten könnten Sie ganze Stadien füllen. Voll mit Exen, sozusagen.«

Vor Sandras innerem Auge erschien unwillkürlich ein Stadion, voll mit Echsen.

»Und die Frau im Auto? Haben Sie eine Idee, wer das sein könnte?«

»Ph!« Sofia Lamprecht zuckte mit den Schultern. »Keine Ahnung. Er hielt sich immer ein paar Betthäschen gleichzeitig. Wahrscheinlich war es eine davon.«

»Darf ich Sie mal was fragen?«, begann Bellers.

»Warum ich nicht entsetzt bin?«

»Ja. Genau.«

»Weil ich ihn hasse, wenn Sie es genau wissen wollen. Hoffentlich saß er drin in dem Wagen.«

»Wo waren Sie zwischen ...« Bellers stockte. Dann fuhr er fort: »Wissen Sie, wann der Wagen zuletzt benutzt wurde?«

»Mein Mann ist vorgestern damit in die Agentur gefahren. Oder hat sich fahren lassen, man ist ja wer. Als ich abends gegen 20.00 Uhr weggegangen bin, war er noch nicht wieder hier.«

»Wohin sind Sie gegangen?«, wollte Sandra wissen.

»Zu meinem Liebhaber. Nach Solingen. Dort war ich bis heute Morgen. Wollen Sie auch wissen, was wir gemacht haben?«

»Also ...«

»Wir haben gefickt. Die ganze Zeit über. Deswegen hatte ich auch keine Zeit, Nachrichten zu hören. Der Typ hat echt Ausdauer! Na ja, ist ja auch erst zwanzig. Nicht so 'ne Mumie wie mein Mann.« Sie schaute an Bellers hinauf und hinab. »Möchte ja gerne mal wissen, wie lange Sie es so bringen.«

Bellers verzog keine Miene. Allerdings wurden seine Ohren etwas dunkler. »Können Sie uns den Namen Ihres Geliebten sagen?«

»Aber sicher. Tobias. Tobias von der Heide, um genau zu sein. Ich hab mit 'nem Adligen gefickt.«

»Wir werden das überprüfen. Können Sie uns noch weitere Hinweise geben?«

»Was denn für Hinweise?«

»Personen, die mit Ihrem Mann Streit hatten«, erläuterte Sandra. »Oder Vorkommnisse, die Ihnen aufgefallen sind. Gab es in letzter Zeit zum Beispiel irgendwelche Drohungen?«

»Es gab immer irgendwelche Drohungen. Diese Musiker haben doch alle ein Rad ab. Jeder von denen denkt, er sei ein Genie, und ist tödlich beleidigt, wenn das nicht alle anderen genauso sehen.«

»Ist Ihnen da jemand speziell im Gedächtnis geblieben?«, fragte Bellers.

»Nö. Für mich waren die alle gleich. Sogar im Bett. Einige von denen habe ich nämlich auch gefickt.« Sie mochte es offenbar, dieses Wort zu benutzen. Vielleicht weil Bellers jedes Mal fast unmerklich zusammenzuckte. »Die dachten wohl, sie bekämen einen Agenturvertrag, wenn sie es mit der Frau des Chefs treiben. Da können Sie mal sehen, wie bescheuert die sind.« Sie spießte Bellers mit ihren Blicken auf. »Soll ich Ihnen erzählen, wie die im Bett waren?«

»Nein.« Bellers starrte auf seinen Notizblock. »Aber mich würde interessieren, wie Sie finanziell dastehen, sollte Ihr Mann tatsächlich eines der Opfer sein.«

»Ja, das würde mich auch interessieren«, stimmte Sofia Lamprecht zu.

»Gibt es ein Testament?«

»Bestimmt gibt es eines. Mein Mann hat so etwas mit seinem Haus- und Hof-Notar geregelt. Auch die Eheverträge. Der Notar muss sich eine goldene Nase verdient haben. Immerhin bin ich die sechste Ehefrau.«

»Und was regeln diese Eheverträge?«, erkundigte sich Sandra.

»Die regeln vor allem, dass die jeweilige Ehefrau nach einer Scheidung keinen Cent zu Gesicht bekommt.« Sofia Lamprecht verzog das Gesicht zu einem Grinsen. »Wieder ein Motiv, stimmt's?«

»Stimmt«, gab Sandra zurück.

»Müssten Sie mir jetzt nicht sagen, ich soll mich zu Ihrer Verfügung halten? Und die Stadt nicht verlassen?«

»Halten Sie sich bitte zu unserer Verfügung, und verlassen Sie nicht die Stadt«, antwortete Sandra.

»Wenn Sie mich so nett darum bitten. Und jetzt entschuldigen Sie mich. Ich muss dringend mal schlafen.«

»Moment«, rief Bellers ihr hinterher. »Wären Sie damit einverstanden, dass wir einige persönliche Gegenstände Ihres Mannes mitnehmen, um einen DNA-Abgleich vornehmen zu können? Außerdem eventuell einige Unterlagen, aus denen hervorgehen könnte, mit wem Ihr Mann geschäftlich oder privat zu tun hatte, mit wem er eventuell Konflikte hatte und wer ...«

»Nehmen Sie, was Sie wollen«, unterbrach ihn die Frau. »Hauptsache, Sie lassen mich in Ruhe schlafen.« Damit verschwand sie in den oberen Stock, von wo sie wahrscheinlich gleich zurückgeschickt würde, wenn Petra sie entdeckte.

Sandra schaute ihr hinterher. Die Frau war unmöglich. Eigentlich. Und gleichzeitig erfrischend. Auf jeden Fall ging Sandra davon aus, dass sie ihren Mann nicht umgebracht hatte. Wenn Sofia Lamprecht ihren Mann beseitigt hätte, hätte sie ihm wahrscheinlich mit einem Baseballschläger den Schädel zertrümmert. Etwas so

Heimtückisches wie eine Autobombe passte nicht zu ihr.

»Die ist ja 'ne Marke«, sagte Bellers in diesem Moment. »Wenn das im Auto wirklich ihr Mann war, steht die jedenfalls ganz oben auf der Liste der Verdächtigen.«

Kapitel 7

Sandra und Bellers schauten sich weiter im Haus um und wurden von Petra nun doch nach oben gelassen, nachdem sie sich Schutzanzüge und Überschuhe angezogen hatten. Von dort nahmen sie einige persönliche Dinge von Lamprecht mit. Seine Haarbürste, seinen Nassrasierer und das Bettlaken, auf dem weißliche Flecken zu sehen waren. Außerdem leerten sie die Trophäenschublade, in der sich so viel Damenunterwäsche befand, dass man damit einen kleinen Laden hätte eröffnen können. Später würden sie noch die Aktenordner abholen lassen. Sandra vermutete, dass irgendein bedauernswerter junger Kollege Stunden oder Tage damit zubringen würde, die größtenteils unwesentlichen Unterlagen zu sichten.

Bevor sie gingen, übergab Bellers Petra Oberrath die Dinge, die sie aus dem Haus mitnehmen wollten. Dann telefonierte er mit Fladerer. Er stellte das Telefon laut, damit Sandra mithören konnte. Als er ihren Chef darüber informierte, dass Sofia Lamprecht unversehrt aufgetaucht war, hörte Sandra ein langstrecktes: »Waaas?«

»Sie spazierte hier einfach herein. Hatte nach eigenen Angaben nichts von dem Anschlag mitbekommen, weil sie bei einem Geliebten in Solingen gewesen war.«

»Ist das glaubwürdig?«, fragte Fladerer.

»Ich weiß nicht. Eigentlich schon. Oder?« Bellers schaute Sandra an, die ihm zunickte. »Wie sieht es mit Hinweisen auf einen terroristischen Hintergrund aus?«

»Immer noch nichts. Weder Bekennerschreiben noch sonst irgendwelche Hinweise. In Düsseldorf entspannt man sich langsam.«

»Also ermitteln wir ...«

»Weiter wie in einem normalen Mordfall, genau.«

Fladerer und Bellers legten auf.

»Und jetzt zu Lambardos Agentur?«, fragte Sandra, als sie und Bellers zu ihrem Auto gingen.

Sandra öffnete den Wagen und sah einige Häuser weiter ihre Kollegen Imke und Schweizer, die an der Tür eines Nachbarhauses klingelten und wenig später eingelassen wurden, ohne dass sie ihre Kollegen bemerkt hatten. Bei Imkes Anblick musste Sandra an eine Sahnetorte mit buntem Zuckerguss denken.

Seit sie ein kleines Kind war, fielen ihr zu den meisten Menschen, die ihr begegneten, Gebäckstücke ein. Sie hatte fast nie darüber gesprochen, nur ihrer engsten Vertrauten Inge hatte sie es mal erzählt. Die wiederum hatte es Sandras Vorgesetztem in ihrer letzten Polizeidienststelle erzählt. Und der fand ihre Gebäckcharakterisierungen so treffend, dass er sie einen Blick auf jeden Zeugen und Verdächtigen werfen ließ, damit sie ihm anschließend ihre Einschätzung geben konnte.

Gerade als Sandra einsteigen wollte, bekam Bellers einen Anruf.

»Ja? Schon wieder? Seit wann? Jetzt? Aber ich bin im ... Was?« Bellers wandte sich von Sandra ab und lauschte fast eine Minute lang in den Hörer.

Sandra lauschte auch, konnte aber die Worte nicht verstehen. Sie bekam nur mit, dass die Person am anderen Ende der Verbindung sehr erregt klang.

Irgendwann sagte Bellers: »Na gut. Ich komme«, und steckte sein Handy ein. Sandra sah, dass seine Hände zitterten. Er merkte es offenbar auch, denn er steckte sie hastig in die Hosentaschen.

»Ähm, Frau Santori ...«

»Was ist?«

»Ich muss ... Sie müssen leider alleine zu der Agentur fahren. Ich muss ... Ach, verdammt.«

Tja, jetzt müsste man lügen können, dachte Sandra und beobachtete interessiert, wie ihr Kollege versuchte, etwas zu sagen, ohne es zu sagen.

»Also, ich habe leider etwas zu erledigen. Etwas ganz Dringendes«, brachte er schließlich heraus.

»Gut. Wann und wo treffen wir uns wieder?«

»Am besten rufe ich Sie an, wenn ich fertig bin. Vielen Dank.« Bellers wirkte aufrichtig erleichtert, dass sie nicht wissen wollte, was er zu erledigen hatte und warum das unbedingt in der Dienstzeit sein musste. Er setzte sich in seinen Wagen, hob noch mal die Hand zum Gruß und fuhr davon.

Sandra fuhr zur Agentur von Lamprecht alias Dino Lambardo und legte sich unterwegs zurecht, was sie wie fragen wollte. Das hier war die erste Vernehmung, die sie in eigener Verantwortung führen würde, und die neuen Kollegen würden das Ergebnis anschließend bestimmt besonders kritisch begutachten.

Die Agentur befand sich in der Elberfelder Innenstadt, in einem Bürogebäude zwischen den Cityarkarden und der Musikschule. Sandra klingelte, und wenig später wurde der Türöffner betätigt. Sie ging in den zweiten Stock und klingelte dort erneut an der Tür der Agentur. Eine junge Frau öffnete. Sie war mindestens 1,85 Meter groß und schlank wie ein Supermodel. Also fast krankhaft schlank. Die Frau trug eng anliegende Jeans und ein Top, das freie Sicht sowohl auf den Bauchnabel als auch auf zwei Drittel der Brüste zuließ. Schimmernde, honigfarbene Haare glitten wie Seide den Rücken bis zur Taille hinab. Das Gesicht war mit Sicherheit ebenmäßig und schön, war aber gerade nicht sichtbar, da die junge Frau sich einen ganzen Stapel Papiertücher vor Nase und Mund hielt. Die Augen waren geschwollen und der Lidstrich so verschmiert, dass sie an einen Waschbären erinnerte.

Sie schluchzte etwas, das wie »Jaitte?« klang, und nahm die Tücher herunter. Die waren völlig durchweicht. Ein Papierklumpen klatschte nass und schwer auf den Boden. Wenigstens hier schien Lamprecht aufrichtig betrauert zu werden.

»Sonja Kluge?«, fragte Sandra.

Die junge Frau nickte.

»Ich bin Sandra Santori von der Kriminalpolizei. Ich habe einige Fragen an Sie, wenn das jetzt geht.«

Sonja Kluge nickte und schluchzte.

»Es geht um Herrn Lambardo. Ich nehme an, Sie haben bereits erfahren, was passiert ist?«

Die junge Frau heulte laut auf und hielt sich die zerfetzten und durchweichten Tücher vor die Nase.

Sandra war zwar nicht übermäßig pingelig, aber das konnte sie jetzt doch nicht gut mit ansehen. »Ich darf doch?«, sagte sie und ging zu dem Tresen im Empfangsbereich, der wahrscheinlich das Reich der jungen Frau war. Sie zog sechs Kleenex aus einer Box und reichte sie der anderen. Die drückte ihr zum Dank die gebrauchten in die Hand. Mit spitzen Fingern warf Sandra sie in den Mülleimer neben dem Tresen und wischte sich die Hand am Polster eines Schreibtischstuhls ab.

»Können wir irgendwo miteinander reden?«, fragte sie dann. Die junge Frau nickte und wies auf einige Stühle, die um einen Tisch gruppiert waren. Auf dem Tisch lagen mehrere Musikzeitschriften. An der Wand neben dem Wartebereich hingen zahlreiche Fotos von einem Mann, der beim Lächeln alle 32 Zähne enthüllte. Auf jedem Bild schüttelte er die Hände anderer Männer und Frauen, legte ihnen den Arm um die Schultern oder gab ihnen Küsschen auf die Wange.

Sandra betrachtete den Mann auf den Fotos genauer. Alles an ihm wirkte unecht. Angefangen vom Lächeln, über die Zähne, die Haarfarbe, die Hautfarbe, das faltenlose Gesicht. Selbst die Beule vorne an seiner Hose wirkte auf Sandra, als wäre sie aufgepolstert worden. Auf jedem Bild trug er eine schwarze Lederhose und dazu ein Seidenhemd in verschiedenen Farben. Um den Hals und die Handgelenke blinkten goldene Kettchen, im einen Ohr funkelte etwas, das vermutlich ein Brillant war. Oder jedenfalls einen darstellen sollte.

»Setzen Sie sich doch«, sagte Sandra schließlich zu der jungen Frau, als wäre sie hier zu Hause und die andere der Gast.

Sonja Kluge folgte der Aufforderung und schluchzte weiter in ihr Taschentuch.

Sandra wartete bestimmt zwei Minuten, während sie die Zeitschriften inspizierte. Ihr lag die Frage auf den Lippen, wie lange die junge Frau und Dino Lambardo schon etwas miteinander hatten, aber das verschob sie auf später. Erst mal vorsichtig herantasten und Vertrauen gewinnen.

»Frau Kluge, ich sehe, wie schwierig das für Sie ist. Aber meinen Sie, Sie könnten mir ein paar Fragen beantworten?«

Die junge Frau schluchzte »Ja« in die Tücher und schüttelte gleichzeitig den Kopf.

»Sie haben sicher aus den Medien erfahren, was gestern geschehen ist?«

»Ja. Und von seiner Frau«, sagte Sonja Kluge, und nahm die Tücher herunter. »Die hat mich eben angerufen und gesagt, dass er tot ist. Stimmt das?«

»Das können wir noch nicht mit Sicherheit sagen. Wir suchen nach ihm, bislang erfolglos.«

»Hat sie aber behauptet. Musste sie mir natürlich sofort unter die Nase reiben.«

Im Moment konnte man dort viel drunterreiben, denn die Nase war grotesk geschwollen. Sofia Lamprecht schien jedoch ein gutes Thema zu sein. Die Tränen versiegten, und die Stimme der jungen Frau klang plötzlich viel fester. Und zickiger.

»Ja?«, fragte Sandra und schaute die andere aufmunternd an.

»Ja, klar. Sie hätten sie mal hören sollen. Sie schien sich regelrecht zu freuen, mir das mitteilen zu können.«

»Aber warum denn das?«, fragte Sandra unschuldig.

»Na, weil ... Weil er und ich ... Also, wir gehörten zusammen. Wirklich zusammen, verstehen Sie? Es war Seelenbekanntschaft auf den ersten Blick.«

So, so, dachte Sandra, Seelenbekanntschaft.

»Wir ... Er wollte mich heiraten. Sobald er diese Hexe losgeworden wäre. Wissen Sie, die hat ihn gar nicht geliebt. Und er fühlte sich von ihr nicht verstanden. Er war so sensibel, und sie war so eine egoistische Kuh. Nur an sich hat sie gedacht. Außerdem war sie früher mal Wrestling-Kämpferin. Das war Dino richtig peinlich, aber er hat sie trotzdem so genommen, wie sie war. Oder hat es jedenfalls versucht, aber irgendwann hat er gemerkt, dass sie nichts für ihn ist. Er braucht eine Frau mit Niveau, verstehen Sie?«

Sandra nickte: »Ich verstehe. Und in Ihnen hat er das gefunden?«

»Ja!« Die junge Frau schaffte es, gleichzeitig zu lächeln und aufzuschluchzen. »Sehen Sie, das hier hat er mir geschenkt.« Sie streckte ihre rechte Hand aus und zeigte Sandra einen Ring mit einem funkelnden Stein. Genau so einen hatte Sandra am Finger von Frau Lamprecht gesehen. Ob Lamprecht sie im Zehnerpack bestellte? Und ob er keine Angst hatte, die diversen Ringträgerinnen könnten sich mal begegnen?

»Wir hatten so viele Pläne. Wir wollten die Welt bereisen, einen alten Bauernhof kaufen und zehn Kinder bekommen, wir wollten Pferde, Hunde, Kaninchen haben. Wollten ...« Wieder schluchzte sie auf.

Sandra seufzte unhörbar. Als Mann von fast fünfzig Jahren diese junge Frau zu verführen grenzte an Kindesmissbrauch. »Frau Kluge, es ist noch gar nicht sicher, dass er wirklich tot ist. Sie kennen Dino Lambardo doch sehr gut?«

Sonja Kluge nickte und schniefte. Aber sie tauchte wieder hinter dem Taschentuch auf.

»Er scheint ein ganz besonderer Mann zu sein.«

Ein zittriges: »Ja, das ist er«, war die Antwort.

»Nur für den Fall, dass er wirklich das Opfer sein sollte: Könnten Sie sich dann vorstellen, wer ihm so etwas Schlimmes angetan haben könnte?«

»Na, seine Frau natürlich. Die wäre doch leer ausgegangen, wenn er sich von ihr getrennt hätte.«

»Das wäre natürlich eine Möglichkeit. Das leuchtet mir ein. Und sonst? Haben Sie jemals mitbekommen, dass er Schwierigkeiten mit anderen Menschen hatte?«

Die junge Frau zögerte. »Es gab natürlich immer mal jemanden, der ihn nicht verstanden hat.«

»Ach?«

»Ja. Zum Beispiel Frauen, die sich in ihn verliebt hatten, die aber nicht verstanden, dass er etwas ganz anderes suchte.«

»Genau. Jemanden mit Niveau, nicht wahr?«

Die Frau schien noch zu jung für ironische Untertöne zu sein. Sie nickte ernsthaft. »Genau. Manchmal hat er sich eben in einer Frau getäuscht. Und wenn er sie dann informierte, dass es doch nicht klappt zwischen ihnen, dann waren die wütend. Was heißt wütend. Die reinsten Furien konnten die sein.«

»Haben Sie Namen für mich?«

»Tja, die haben sich mir nicht vorgestellt. Aber einige habe ich trotzdem aufgeschnappt. Stefanie Treidler, zum Beispiel. Oder Nina Kunze. Dann gab es noch eine Melanie und eine Jessica. Mehr weiß ich jetzt nicht. Aber die waren nicht wirklich wichtig. Bloße Eintagsfliegen.«

Sandra hatte sich die Namen notiert. »Und sonst? Noch jemand?«

»Na ja, manchmal waren auch Musiker von ihm enttäuscht. Wenn Dino ihnen mitteilen musste, dass sie nicht gut genug sind. Einer hat mal behauptet, er wäre von Dino betrogen worden. Er hat sogar ... Moment mal!« Sie riss die Augen auf.

»Ja?«, fragte Sandra.

»Der hat sogar herumgeschrien, dass er Dino kaltmachen will. Hier, in aller Öffentlichkeit. Und das, wo Dino gerade einen neuen Kunden hatte.«

»Worum ging es denn? Nur darum, dass Dino ihn nicht gut genug fand?«

»Nein. Er behauptete, Dino habe ihm einen Song geklaut und habe ihn von den Master Stars singen lassen. Das ist eine Gruppe, die ...«

»Die kenne ich«, unterbrach Sandra sie. Sie hatte sie gestern noch gegoogelt, nachdem Schweizer von ihnen gesprochen hatte. Die Master Stars waren eine Gruppe von fünf pickligen Jugendlichen, die auf cool machten, aber eben erst ihren Stimmbruch hinter sich gebracht hatten. Oder noch nicht so ganz, wenn man dem Sänger zuhörte. »Und die sind bei Ihnen unter Vertrag?«

»Genau. Die sind echt super, oder? Und wissen Sie, was das Beste ist? Ich war es, die Dino empfohlen hatte, sie unter Vertrag zu nehmen. Er wollte erst gar nicht. Und jetzt haben die uns in einem Jahr so viel eingebracht wie andere Gruppen in zehn Jahren nicht.«

Sandra nickte anerkennend. »Da hatten Sie wohl genau den richtigen Riecher.«

»So ist es. Deswegen schätzt mich Dino ja auch so. Er meint, er kann nichts mit Frauen anfangen, die bloß gut aussehen. Sie müssten schon auch was im Köpfchen haben.« Für eine Sekunde strahlte ihr Gesicht, dann fiel das Strahlen in sich zusammen, als sie sich erinnerte, was mit ihrem Geliebten möglicherweise geschehen war.

»Und dieser ... dieser Mann meinte also, Herr Lambardo habe einen seiner Songs weitergegeben?«, beeilte sich Sandra zu fragen, bevor die junge Frau erneut in Tränen ausbrach.

»Das hat er sich eingebildet. Es geht um *Love is like a black hole*. Er behauptet, der Song sei von ihm.«

»Den Song hört man doch ständig im Radio!«

»Stimmt. Und ausgerechnet den will er geschrieben haben. Der spinnt doch.«

»Haben Sie seinen Namen?«

»Sven Pomoron. Nennt sich aber Svenja Pompon. Ist 'ne Transe. Deswegen wollte Dino ihn auch nicht länger behalten, obwohl seine Musik gar nicht so schlecht war.«

Kapitel 8

Sven Pomoron, alias Svenja Pompon wohnte in Vohwinkel. Aber bevor Sandra dorthin fuhr, schaute sie zunächst im Präsidium vorbei. Sie wollte sehen, ob Bellers vielleicht schon im Büro war und nur noch nicht angerufen hatte. Aber ihr Kollege war nicht da. Stattdessen begegnete sie Bernd Bongarz, der mit den Autoschlüsseln klimpernd Richtung Ausgang ging.

»Na? Wohin des Weges, junge Kollegin?«, grüßte er.

»Zu einem Musiker, der mit Lamprecht Ärger hatte. Er hatte gedroht ihn umzubringen.«

»Oh? Nicht schlecht. Ich bin auf dem Weg zur Wohnung von diesem Marvin Degenhardt. Sie ... Du willst wohl nicht zufällig mitkommen?«

»Was ist mit Luk-den-Namen-solltest-du-dir-merken?« Bongarz lachte. »Hat wohl tiefen Eindruck bei dir hinterlassen, was?«

»Könnte man so sagen. Also, wo ist er? Auf Frauenfang?«

»Nein, täusch dich mal nicht in ihm. Das ist alles nur Schaumschlägerei. Gut, er flirtet bei jeder Gelegenheit, das schon. Aber in Wahrheit hat er gar nicht die Zeit zum Schwerenöten, weil er für den Triathlon trainiert.«

»Ach?« Das fand Sandra nun tatsächlich interessant.

Bongarz nickte. »Hat schon zweimal den Ironman mitgemacht und sich ganz wacker geschlagen. Und wenn er gerade mal nicht trainiert, weißt du, was er dann macht?«

Sandra schüttelte den Kopf.

»Dann kümmert er sich um die Jungs aus seinem Fußballverein. Er trainiert irgendeine Jugendmannschaft. Lauter Halbstarke, die ihn abgöttisch lieben. Was natürlich keiner von denen zugeben würde, ist ja nicht cool. Ich glaube, er will was zurückgeben. Wie er sagt, lag es nur an seinem eigenen früheren Fußballtrainer, dass er nicht auf die schiefe Bahn geraten ist. Und warum bist du nicht mit Bellers unterwegs?«

Sandra schaute auf. »Der hat irgendetwas zu erledigen, ich weiß aber nicht was.«

»Der? In der Arbeitszeit? Passt gar nicht zu ihm. Aber dann komm doch mit mir. Und ich komme anschließend mit dir zu diesem Musiker. Vier Ohren hören mehr als zwei.«

Gemeinsam gingen sie zu Bongarz' Wagen, einem glänzend polierten, sportlichen Flitzer in leuchtendem Rot, den Sandra ihm gar nicht zugetraut hätte. Als sie einstieg, sog sie genießerisch den Duft der Ledersitze ein.

»Hätte nicht gedacht, dass du so einen Wagen fährst.«

»Nein? Was hättest du denn erwartet?«

»Weiß nicht. Volvo vielleicht. Oder BMW, aber kein sportlicher, sondern ein vernünftiger.«

Bongarz lachte laut und ließ den Motor aufheulen. »Mein vorletzter Wagen war ein Volvo. Und der letzte ein BMW. Kein sportlicher, sondern ein vernünftiger.« Er tippte das Gaspedal an, und der Wagen machte einen Satz nach vorne wie ein ungeduldiges Rennpferd.

»Und wie kommt's zu diesem Sinneswandel?«

Bongarz zuckte mit den Schultern. »Manchmal verändert man sich eben.«

Neuer Freund, tippte Sandra, sagte es aber nicht laut.

Unterwegs teilte Bongarz Sandra mit, dass die DNA eines der Opfer identifiziert worden war. Es handelte sich tatsächlich um die von Dieter Lamprecht, alias Dino Lambardo.

»Dann hat es ihn also wirklich erwischt«, meinte Sandra. »Und der andere Mann? War das Degenhardt?«

»Die Analyse läuft noch. Müsste aber in den nächsten Stunden fertig sein. Sie muss dann nur noch mit der DNA von Degenhardt verglichen werden. Wir brauchen Vergleichsmaterial.«

Wenig später hielten sie vor einem vier Stockwerke hohen Haus in der Nordstadt, in dem Lamprechts Fahrer und Leibwächter Marvin Degenhardt wohnte. Wenn er noch dort wohnte, und nicht inzwischen in den Kühlraum der Pathologie umgezogen war. Wie so viele Häuser in Wuppertal zeigte auch dieses eine schöne, aber wenig gepflegte Fassade. Zwischen den Stockwerken zogen sich reich verzierte Absätze um das Haus herum, jeweils zwischen zwei Fenstern hockten steinerne Engel oder aber ihre gehörnten Gegenspieler auf den Absätzen und schauten auf die Passanten herunter, als wählten sie aus, wer von ihnen sich wen schnappen dürfe. Das Haus war ursprünglich cremefarben gewesen, war jetzt aber an vielen Stellen schmutzig grau. Die Eingangstür war sehr hoch, und eine der Buntglasscheiben war eingeschlagen.

Immerhin schienen aber die Klingeln funktionstüchtig zu sein. Sandra überflog die Namensschilder und entdeckte schließlich eines, auf dem *Abel, Degenhardt, Kordes, Schmieling* stand. Degenhardt schien in einer WG zu wohnen. Oder gewohnt zu haben.

Bongarz klingelte, und wenig später fragte eine mürrische Stimme aus der Gegensprechanlage: »Was ist?«

»Wir sind von der Kriminalpolizei und möchten zu Herrn Degenhardt«, antwortete Bongarz.

Aus der Anlage war Rascheln, Gemurmel und Geklapper zu hören. Eine zweite Stimme fragte: »Wer ist da?«

Bongarz wiederholte ihr Anliegen.

Es dauerte einen Moment, dann noch einen, und endlich ertönte der Türsummer.

Bongarz zwinkerte Sandra zu. »Sollen wir oben gleich mal im Spülkasten der Toilette nachsehen, was es dort so zu entdecken gibt?«, flüsterte er.

Sandra grinste zurück.

Sie gingen in den dritten Stock, wo ihnen zwei Männer aus einer geöffneten Wohnungstür entgegenblickten. Der eine, ein kleiner, bulliger Typ, war in Turnhose und Unterhemd gekleidet. Sein langer, klapperdürrer Mitbewohner trug eine schwarze Jeans, schwarzes T-Shirt und breite, schwarze Lederbänder mit Nieten um beide Handgelenke, wohl in dem vergeblichen Versuch, gefährlich auszusehen. Beide hatten die Haare so kurz geschoren, dass sie nur noch einen dunklen Schatten auf dem Kopf bildeten. Um auch den letzten Zweifel bezüglich der politischen Gesinnung auszuräumen, hatte sich der Bullige *SS* in Runenschrift auf den Hals tätowieren lassen.

»Was wollen Sie von uns?«, fragte er. Seine kleinen Augen wurden noch kleiner, als er die Augenbrauen zusammenzog. Der Kopf saß direkt auf den Schultern, das Gesicht erinnerte an einen Bullterrier. Jetzt machte er sich noch breiter, als er sowieso schon war, und füllte fast den gesamten Türrahmen aus. Sein Kumpel, der ihm über die Schulter guckte, erinnerte eher an einen Windhund. Lang, extrem dünn und mit einem Gesicht, das vorne spitz zulief.

Bongarz hielt den beiden seinen Polizeiausweis unter die Nase. »Dürfen wir eintreten?«, fragte er zurück.

»Muss das sein?«, fragte der Windhund. Seine Stimme klang hell und quengelig.

»Es muss«, antwortete Bongarz und ging auf die Tür zu.

Widerwillig trat der Bullterrier beiseite. Der Windhund nahm sowieso kaum Platz ein, er musste also gar nicht zur Seite gehen.

Direkt im Eingangsflur der Wohnung sah Sandra das Plakat einer rechtsradikalen Rockband namens *Arischer Widerstand*. Grimmig dreinblickende Jünglinge mit Glatzen und kantigen Kinnladen starrten ihr von dem Plakat entgegen und marschierten auf einer Straße vermutlich in Richtung einer großen Zukunft. Im Hintergrund sah man grotesk verwachsene, hässliche Gestalten rechts und links des Weges liegen. Einige waren dunkelhäutig, andere trugen jüdische oder muslimische Kopfbedeckungen und lange Vollbärte oder Schläfenlocken. Die Botschaft war nicht gerade subtil.

Hinter einem Vorhang, der in aller Eile nachlässig geschlossen worden war, schauten die beiden rechten Arme eines Hakenkreuzes hervor. Und unter der Garderobe standen eine ganze Batterie Springerstiefel, alle mit weißen Schnürbändern.

»Aha«, sagte Bongarz und schaute sich mit hochgezogenen Brauen um. »Jetzt sehe ich, warum wir noch eine Weile hingehalten wurden.« Er zog den Vorhang beiseite und enthüllte das Hakenkreuz in seiner vollen Größe. »Das ist ein verfassungswidriges Symbol, das ist Ihnen bekannt, oder?«

»Ey Mann, das ist unser Zuhause. Wir können doch wohl in unserer Wohnung machen, was wir wollen.«

»Aber nicht verfassungsfeindliche Symbole aufhängen«, antwortete Sandra.

»Und was hast du hier zu melden?«, kläffte sie der Windhund an. »Lesbische Weiber haben bei uns gar nichts zu melden.«

»Oh! Woher wissen Sie denn, dass ich lesbisch bin?«

»Das sieht man doch auf den ersten Blick«, behauptete der lange Kerl.

»Und bei dir sieht man auf den ersten Blick, dass du dumm wie ein Eimer Spülwasser bist«, antwortete Sandra, nicht eben sachlich.

»Ey, du Schlampe. Noch so ein Spruch und ich ...«

»Was?« Sandra trat auf ihn zu und schaffte es, trotz eines Größenunterschieds von bestimmt 30 Zentimetern, auf ihn herabzublicken. »Was machst du dann, hm?« Sie ballte die Fäuste.

Der andere wich so weit zurück, dass er fast zwischen den Bomberjacken an der Garderobe verschwand. Er sagte noch mal: »Ey!«, es kam aber recht halbherzig heraus. Dann schaute er Hilfe suchend zu Bongarz.

Der legte Sandra eine Hand auf den Arm. »Lassen Sie mal, Frau Kollegin. Das lohnt doch nicht.«

Einige Sekunden war Sandra vollkommen reglos. In ihrem Kopf dagegen schossen die Gedanken hin und her. In Farbe und 3D stellte sie sich vor, wie sie diesem Idioten ihre Faust ins Gesicht rammte, wie das Nasenbein mit einem zufriedenstellenden »Krack« nachgab, wie Blut über sein Kinn laufen und auf sein bescheuertes T-Shirt tropfen würde.

Gleichzeitig spulte sich aber auch noch ein anderer Film ab: Die Untersuchung, die folgen würde. Ihre vermutlich jämmerlichen Versuche zu erklären, wieso sie einem Zeugen, der sich ängstlich zwischen dicke Jacken drückte, das Nasenbein gebrochen hatte. Inge, die ihr vorhielt, warum sie sich nicht mal ein bisschen im Zaum halten und diesen Idioten vor ihr verbal fertigmachen konnte.

Schließlich stieß sie einen Kubikmeter Luft aus und sagte: »Auch wieder wahr.«

Der Windhund atmete auf und tauchte aus den Jacken auf. »Also echt ...«, murmelte er, aber ganz leise.

»Und Sie zeigen uns jetzt bitte, wo wir miteinander sprechen können«, wandte sich Bongarz an den Bullterrier.

Der führte sie in die Küche. Sandra sah sich um. Die Arbeit für den arischen Widerstand schien keine Zeit für Hausarbeiten zu lassen. Was sie hier sah, wäre selbst für eine Küchenschabe zu schmutzig gewesen. Geschirr mit verschimmelten Essensresten stapelte sich auf den Flächen. Unzählige Pappkartons mit Fast-Food-Resten lagen auf dem Tisch und dem Boden. Bei jedem Schritt klebte man fest. Selbst an den Wänden entdeckte sie Flecken, bei denen sie jeden Moment damit rechnete, dass sie sich bewegen oder wachsen würden. Wenn das hier die Wohnung der Elite der Menschheit war, wollte sie lieber nicht beim Abschaum vorbeischauen.

»Doch, hübsch«, meinte Bongarz gelassen, während er einen Stuhl unterm Küchentisch hervorzog. Mit angewidertem Blick starrte er auf einen braun angelaufenen Ketchupfleck, der sich die Sitzfläche mit einer eingetrockneten Pfütze teilte, bei der es sich wohl um Bier handelte. »Hier setze ich mich jedenfalls nicht hin«, sagte er. »Haben Sie noch einen anderen Raum? Sonst reden wir zur Not im Stehen.«

Die beiden Männer sahen sich an. Schließlich meinte der Bullterrier: »Dann kommense halt mit ins Wohnzimmer. Wenn's Ihnen hier nicht fein genug ist.«

Er ging voraus, und Sandra und Bongarz folgten ihm. Der Windhund bildete die Nachhut. Vielleicht um sicherzustellen, dass sie nicht etwa eine der Türen öffneten, die von dem lang gestreckten Flur abgingen.

»Bitte. Nehmen Sie doch Platz.« Der Bullterrier machte eine spöttische Verbeugung. Sandra betrachtete misstrauisch die Polstergarnitur. Ein ehemals beigefarbenes Sofa und drei dazu passende Sessel standen um einen niedrigen Tisch herum. Auf dem Tisch stapelten sich Landserheftchen und Pornos. Sollte tatsächlich einer der beiden des Lesens mächtig sein? Aber vielleicht schauten sie sich bloß die Bilder an. Die Polstermöbel waren völlig verdreckt und übersät mit Brandlöchern. Niemals würde Sandra sich hier hinsetzen.

Sie schaute sich um und entdeckte einen riesigen Fernseher, etliche Spielekonsolen sowie Computer.

Bongarz ging zu einem staubigen Regal, in dem bestimmt zwanzig Handys lagen. »Was ist das hier?«, fragte er und hielt eines der Geräte hoch.

»Das sind Handys. Wissen Sie, die Dinger, mit denen man telefonieren kann, obwohl sie kein Kabel haben.« Der Bullterrier grinste dem Windhund zu. Jetzt hatte er es den blöden Polizisten aber mal so richtig gegeben.

»Was Sie nicht sagen. Und warum so viele?«

Der Mann zuckte mit den Schultern. »Ist das vielleicht verboten?«

Sandra war in der Zwischenzeit zu einem anderen Regal getreten, das noch staubiger war. Sie entdeckte CDs mit Musik rechtsradikaler Gruppen, Kriegsfilme, Ballerspiele.

»Können Sie uns jetzt endlich sagen, warum Sie hier sind?«, wollte der Windhund wissen.

»Ja, sicher. Sie haben vollkommen recht. Setzen wir uns doch.«

Bongarz zog sich einen Holzstuhl heran, der leidlich sauber aussah. Sandra fand einen Hocker. Die beiden Männer setzten sich aufs Sofa.

»Dann schießen Sie mal los«, forderte sie der Bullterrier auf.

Und Bongarz schoss los.

Kapitel 9

Namen?«, fragte er. Nach einigem Zögern gaben die Männer bekannt, dass es sich bei dem Bullterrier um Abel und bei dem Windhund um Kordes handelte.

Auf die Frage nach dem Beruf gaben beide an, sich mit Gelegenheitsjobs über Wasser zu halten.

»Welche Jobs sind das?«, wollte Sandra wissen.

»Was geht dich ...«, begann Kordes, stoppte aber abrupt. Dann sagte er: »Umzüge, Hilfe auf dem Bau, so was eben.«

»Vor allem aber Security-Sachen«, fügte Abel hinzu. »Saalschutz bei Konzerten oder bei unseren Versammlungen und so was.«

»Wer versammelt sich denn da? Und zu was?«

»Wir sind eine politische Bruderschaft. Die Freien Männer Deutschland.«

»Freie Männer?«, fragte Sandra nach. »Sind Frauen nicht zugelassen, oder was?«

»So ist es«, grinste der Windhund.

»Was ist denn das für eine bescheuerte ...«, begann Sandra, aber Bongarz unterbrach sie.

»Sollen wir das später vertiefen? Vielleicht mit den Kollegen, die sich um extremistische Gruppierungen kümmern?« Er wandte sich an Kordes und Abel. »Ich nehme an, dass Sie Ihre Einnahmen aus diesen Gelegenheitsjobs ordnungsgemäß angeben und versteuern?«

Die Männer schauten sich an. »Ja, ähm. Klar, Mann«, sagte Abel schließlich.

»Dann können wir das ja sicherlich überprüfen. Geben Sie uns doch nachher Ihre Unterlagen mit.«

»Ähm, pfff ...«, begann Abel, und massierte sich den Nacken.

Kordes fragte: »Dürfen Sie das denn? Ich meine, einfach in unseren Sachen schnüffeln?«

»Aber sicher dürfen wir das. Wir sind die Polizei.«

Ganz so einfach war es zwar nicht, aber weder Bongarz noch Sandra wollten das jetzt weiter vertiefen.

Bongarz ließ die Männer noch einen Moment schwitzen, dann sagte er beiläufig: »Wenn Sie allerdings bei unserer Ermittlung konstruktiv mit uns zusammenarbeiten, könnte man sich die Verfolgung Ihrer eventuellen Steuervergehen noch mal überlegen.«

Der Satz war zu kompliziert gewesen. Sandra sah, wie sich Fragezeichen in den Gesichtern der Männer abzeichneten.

»Hä?«, fragte schließlich Abel.

»Wenn Ihr auspackt, lassen wir euch laufen. Vielleicht«, übersetzte Sandra.

Erneut schauten sich die beiden Männer an. Dann räusperte sich Kordes: »Wir sind natürlich immer bereit, den Bull... der Polizei zu helfen.«

»Sie wollen ja schließlich nichts anderes als Recht und Ordnung, was?«, nickte Sandra.

»Genau, Mann. Oder ... nicht Mann.« Kordes Stimme verlor sich in unhörbarem Gemurmel.

»Also dann. Wie wir gesehen haben, sind hier noch zwei weitere Personen wohnhaft. Degenhardt und Schmieling. Können Sie uns sagen, wo die derzeit sind?«, fragte Bongarz.

»Das müssten Sie doch am besten wissen.«

Diesmal schauten sich Sandra und Bongarz an. Wussten die Männer schon, dass ihr Mitbewohner mit einiger Wahrscheinlichkeit ums Leben gekommen war?

»Ihr habt ihn doch selbst eingebuchtet«, fuhr Kordes fort. »Obwohl er nix gemacht hat.«

»Wer hat nichts gemacht?«

»Na, Schmieling. Der sitzt doch schon seit Wochen im Knast.«

»Und was hat er nicht gemacht?«, fragte Sandra.

»Das brauchst du nicht ...«, begann Kordes wieder, konnte sich aber noch stoppen.

»Er hat einen zusammengeschlagen«, sagte Abel. »Oder eben nicht. Oder doch, aber der hatte das verdient.«

»Und wodurch hat er das verdient?«

»Diese linke Zecke wollte uns nicht durchlassen.«

»Wohin durch?«

»Na, zu ihrer Party. Wir wollten die mit ein paar Mann ein bisschen aufmischen.«

»Und das haben die nicht gemocht? Na, das ist ja wirklich ganz erstaunlich«, meinte Sandra und sah, wie Bongarz' Mundwinkel zuckten.

»Ja. Echt«, stimmte Abel zu, der kein Sensorium für Ironie hatte. Kordes dagegen war vielleicht doch nicht so doof wie Spülwasser. Jedenfalls schaute er Sandra finster an.

»Und was ist mit Degenhardt?«, fragte Bongarz. »Ist der zu Hause?«

»Isser?«, fragte Abel Kordes.

»Nee, glaub nicht.«

»Wo könnte er denn sein?«, fragte Bongarz weiter.

Im Leichenschauhaus, dachte Sandra.

»Wird wohl wieder seinen Chef herumchauffieren«, meinte Abel. »Marv hat nämlich 'nen festen Job. Ist Leibwächter von so 'nem Musikfritzen.«

»Leibwächter? Und was macht er da genau?«

Abel zuckte mit den Schultern. »Fährt ihn rum. Passt auf ihn auf. So was halt. Verdient jedenfalls so viel Kohle, dass er nicht zur Arbeitsagentur muss.«

»Und Sie schon?«, fragte Sandra harmlos.

»Klar, aber nur bis ...«, begann Abel

»Ey, halt die Klappe«, fiel ihm Kordes ins Wort. Abel stutzte und bekam dann Flecken am Hals, sodass das *SS* nun einen roten Hintergrund hatte.

»Ich gehe davon aus, dass Sie selbstverständlich auch die Arbeitsagentur über Ihre diversen Nebentätigkeiten informiert haben«, meinte Bongarz trocken.

Abel guckte schon wieder so, als hätte er den Satz nicht verstanden.

Kordes antwortete: »Ja klar, Mann. Warum fragen Sie nach Degenhardt?«

»Nun, es könnte sein, dass Ihr Mitbewohner in ein Verbrechen verwickelt wurde. Er ...«

»Auf keinen Fall, Mann«, unterbrach ihn Kordes. »Der nicht. Der Marvin ist total sauber. Außerdem ist er viel zu schlau, um sich ... Ich meine.« Jetzt bekam Kordes rote Flecken am Hals. »Um sich strafbar zu machen«, fügte er halbherzig hinzu.

»Ich meinte auch nicht als Täter. Sondern als Opfer.«

»Hä?«

»Es könnte sein, dass Ihr Mitbewohner Opfer einer Straftat geworden ist«, erläuterte Bongarz. »Wie ist es? Er hat doch bestimmt ein Handy. Können Sie versuchen, ihn zu erreichen?«

Kordes kaute auf seiner Unterlippe, als suchte er nach einer Falle. Dann gab er sich einen Ruck. »Warum nicht? Wir machen ja schließlich nix Falsches.«

»Na eben«, stimmte Bongarz zu.

Kordes kramte ein Smartphone aus seiner Hosentasche und tippte und wischte kurz darauf herum. Das machte die Frage, was die vielen Handys im Regal sollten, noch interessanter. Kordes lauschte der Ansage, dann zog er die Augenbrauen hoch. »Ist nicht erreichbar«, sagte er schließlich.

»Echt?«, fragte Abel. »Der schaltet sein Handy doch nie aus!«

»Um was für ein Verbrechen geht es eigentlich?«

»Haben Sie mitbekommen, dass gestern in Sonnborn eine Autobombe explodiert ist.«

»Na klar. Das waren doch wieder diese Scheiß-Islamisten.«

»So wie es aussieht, waren sie es nicht. Aber wie auch immer, bei dem betreffenden Auto handelte es sich um den Wagen von Dino Lambardo.«

Abel glotzte sie mit offenem Mund an. Kordes fragte schließlich mit noch höherer Stimme als zuvor: »Wollen Sie etwa sagen ...«

»Wir wollen gar nichts sagen. Wir wissen noch nichts. Aber wir müssen natürlich überprüfen, wo sich Herr Degenhardt zurzeit aufhält, und ob er vielleicht ... Sie verstehen.«

Kordes war jetzt sehr blass geworden.

»Wir müssen Sie bitten, uns Degenhardts Zimmer zu zeigen. Und dann brauchen wir einige persönliche Gegenstände, um einen DNA-Vergleich machen zu können. Vielleicht kommt ja heraus, dass er nicht im Wagen war«, fügte er mit sanfterer Stimme hinzu, als er sah, dass der Mann vor ihm inzwischen grau geworden war.

»Ey, das geht doch nicht«, flüsterte Kordes. »Ohne den geht gar nix.«

»Wie gesagt, wir wissen noch nichts. Und vielleicht können wir ihn bald schon als Opfer ausschließen.«

»Nehmen wir mal an, Ihr Mitbewohner hat tatsächlich in diesem Wagen gesessen«, begann Sandra, der die graue Gesichtsfarbe des Mannes herzlich egal war. »Könnten Sie sich vorstellen, wer ihm etwas antun wollte? Hatte er Feinde?«

»Feinde ham wir 'ne Menge«, meinte Kordes.

»Nämlich?«

»Na, schon mal die ganzen linken Zecken«, fiel Abel ein. »Die was gegen Gesetz und Ordnung haben. Die sind bloß auf Anes... Anas...«

»Anarchie«, murmelte Kordes.

»Genau. Also, die wollen bloß das. Und dann auch

noch die ganzen Ausländer. Die hierherkommen und auf Kosten von uns Deutschen leben.«

»Verstehe. Sie meinen sicherlich Menschen, die zu Unrecht Hartz IV beziehen, obwohl sie nebenher arbeiten?«, fragte Sandra mit Unschuldsmiene.

»Genau. Also, das heißt ...« Abel brach ab.

Kordes blickte Sandra finster an.

»Wie auch immer«, mischte sich Bongarz ein. Um seine Augen herum hatte sich ein Kranz kleiner Fältchen gebildet. »Wir müssen das jedenfalls ernsthaft bedenken«, sagte er zu Sandra.

Sie wusste, was er meinte: Sie waren automatisch davon ausgegangen, dass der Anschlag Lamprecht gegolten hatte. Aber vielleicht war gar nicht er, sondern sein Fahrer gemeint gewesen. Oder vielleicht auch die Frau, von der sie noch nicht wussten, wer sie war.

»Sie beide möchte ich bitten, uns eine Liste zusammenzustellen mit Personen oder Gruppierungen, die möglicherweise zu einem solchen Anschlag fähig wären«, sagte Bongarz.

»Und warum sollten wir das tun?«, fragte Kordes.

»Hatten Sie uns nicht zugesichert, offen und vertrauensvoll mit uns zusammenzuarbeiten? Wenn nicht, müssten wir doch davon ausgehen, dass Sie irgendetwas zu verbergen haben. Und dann müssten wir ...«

»Ja, ja, ist ja gut.«

»Und jetzt zeigen Sie uns bitte Degenhardts Zimmer. Wenn er eines hat. Vielleicht haben Sie ja auch alle ein gemeinsames Schlafzimmer.«

»Ey, was willste denn damit sagen?«, brauste Abel auf. »Meinste vielleicht, wir sind Schwuchteln?«

Bongarz antwortete nicht, sondern schaute ihn nur auffordernd an.

»Sein Zimmer ist da drüben.« Kordes wies über den Flur auf eine der Türen.

Sie betraten Degenhardts Zimmer. Nicht weiter überraschend entdeckten sie auch hier mehrere Hakenkreuzflaggen an den Wänden, außerdem zwei Porträts von Adolf Hitler sowie ein Plakat: *Freiheit für Hess*. Stahlhelme und Orden aus der Zeit des zweiten Weltkriegs, alle mit Hakenkreuzen, verzierten die Wände.

Weitaus interessanter war jedoch die Waffensammlung, die offen auf dem Tisch und dem Bett lag. Handfeuerwaffen, Schlagringe, Elektroschocker, zwei Schnellfeuergewehre, Messer aller Art, Pfefferspray. Die Sammlung war groß und umfasste die unterschiedlichsten Waffengattungen. Wobei Schusswaffen eindeutig die Favoriten waren.

»Sagen Sie mal, Sie haben doch extra aufgeräumt, bevor Sie uns reingelassen haben«, meinte Bongarz kopfschüttelnd zu den beiden Männern, die betreten an der Tür stehen geblieben waren. »Warum haben Sie nicht wenigstens versucht, das hier zu verstecken?«

Abel zuckte mit den Schultern.

Kordes behauptete: »Wir wussten doch gar nicht, dass er Waffen hat. Er hat uns nie in sein Zimmer gelassen.«

»Na klar. Sehr überzeugend. Und wenn wir jetzt in der übrigen Wohnung nachschauen, zum Beispiel in Ihren Zimmern, was werden wir da finden?«

Die Männer zogen es vor zu schweigen.

»Nach einem Waffenschein muss ich gar nicht fragen. Einige der Waffen hier sind per se verboten.«

Noch immer sagten die Männer nichts. Was hätten sie auch sagen sollen?

»Na gut. Dann wollen wir mal«, sagte Bongarz zu Sandra, und sie schauten sich näher im Zimmer um. Im Vergleich zur übrigen Wohnung war es hier nahezu aufgeräumt und sauber. Sandra sah sich um und entdeckte in der Ecke des Zimmers einen geflochtenen Korb mit Schmutzwäsche. Sie wies Bongarz darauf hin, und er klaubte eine Unterhose und ein T-Shirt heraus, die er in einem Beweismittelbeutel verstaute. Neben dem Bett entdeckten sie eine Bürste, die sie ebenfalls eintüteten. Auf dem Nachttisch lag außerdem ein dickes Buch. Es war *Mein Kampf*, in der unkommentierten Ausgabe. Degenhardt schien der Intellektuelle in dieser Gruppe gewesen zu sein.

»Zeigen Sie uns bitte das Bad«, forderte Bongarz die beiden Männer auf, die sich immer noch vor der Tür herumdrückten. Abel nickte und ging mit ihnen zu einer anderen Tür. Dahinter lauerte das Grauen. Nicht nur, dass es wie in der schlimmsten Bahnhofstoilette roch, es huschten auch ganze Armeen von Insekten in dunkle Ecken, als Abel das Licht einschaltete.

Im Waschbecken klebten Seifenreste von Monaten, in der Dusche ebenfalls, zusätzlich noch so viele Haare, dass man damit Kissen hätte füllen können. Da die Männer hier gar keine Haare hatten, jedenfalls nicht auf dem Kopf, wollte Sandra lieber nicht so genau wissen, woher die Haare sonst stammen könnten. Was in der Toilettenschüssel klebte, wollte Sandra erst recht nicht überprüfen.

Bongarz wedelte mit der Hand vor dem Gesicht herum. »Mein Gott. Wie können Sie so leben?«

Abel schaute ihn bloß ausdruckslos an.

»Welches Rasierzeug gehört Herrn Degenhardt?«

Kordes wies auf das am wenigsten verdreckte. »Wozu brauchen Sie das eigentlich alles?«, fragte er dann.

»Das habe ich doch bereits gesagt. Für einen DNA-Abgleich.«

»Aber Sie haben doch seine DNA schon.«

»Ach?«

»Klar. Der ist doch mal wegen einer angeblichen Vergewaltigung verknackt worden. Quatsch, wenn Sie mich fragen. Die Alte wollte das so, und hinterher hat sie rumgeschrien. Jedenfalls habt ihr ihm damals Blut abgenommen und so einen Test gemacht.«

Bongarz und Sandra sahen sich an. Auf die Idee hätten sie ruhig selbst kommen können.

Kordes bemerkte den Blick. »Na, habt ihr wohl nicht geschnallt, was? Nicht gut vorbereitet, oder?«

»Nicht schlechter als Sie«, entgegnete Sandra. »Die ganzen Waffen herumliegen zu lassen war auch nicht gerade schlau.«

»Na und? Können wir doch nichts dafür, wenn Marvin Waffen hortet. Ham wir nichts mit zu tun.«

»Wie Sie meinen«, sagte Bongarz. »Jedenfalls sind wir dann fürs Erste hier fertig. Denken Sie an die Liste, ja?«

»Welche Liste?«

»Die Liste der Personen oder Gruppen, die möglicherweise den Anschlag verübt haben könnten.« In Bongarz' Augen las Sandra den Satz: Sind die doof! Dann verließen er und Sandra die Wohnung und atmeten in der muffigen Luft des Hausflurs tief durch.

»Sie lassen die doch jetzt nicht einfach in Ruhe?«, vergewisserte sich Sandra, als sie zu Bongarz' Auto gingen.

»Selbstverständlich nicht. Das mag ein Zufallstreffer gewesen sein, aber es ist dennoch ein Treffer. Was wir eben alles gesehen haben, ist hochbrisant. Ich alarmiere sofort die Kollegen, die sich mit extremistischen Gruppierungen auseinandersetzen. Und bis die hier sind, bleiben wir vor der Haustür und passen auf, dass die Waffen nicht plötzlich Beine kriegen.«

Kapitel 10

Sandra und Bongarz verbrachten eine knappe halbe Stunde vor dem Haus. Bongarz hatte in einer Bäckerei um die Ecke zwei Kaffee und zwei Stück Kuchen geholt. Sandras Augen leuchteten, als sie ihn mit dem Gebäck kommen sah.

»Käsekuchen, klasse! Genau mein Lieblingskuchen!«

»Hab ich mir gedacht«, meinte Bongarz. Für sich hatte er ein Stück Sahnetorte mit einem Marzipanröschen geholt.

»Ja? Warum?«

»Du bist der Käsekuchen-Typ«, meinte er und schob sich ein Stück Torte in den Mund.

Sandra riss die Augen auf. Es war doch wohl nicht möglich, dass noch jemand andere Menschen in Gebäck-Typen einordnete? »Wie ist denn der Käsekuchen-Typ?«, fragte sie vorsichtig.

»Sportlich, bodenständig. Irgendwie ...«

»Ja?«

»Na, irgendwie robust. Allerdings nur vordergründig. Gleichzeitig ... Ach, vergiss es.«

Sandra ging lieber nicht näher darauf ein.

»Und wie ist der Sahnetorten-und-Marzipanröschen-Typ?«, fragte sie ihn stattdessen. Und dachte: schwul.

»Der?« Bongarz suchte sichtlich nach einer Antwort. »Der ist ... Na, jedenfalls anders als du. Ah, die Kollegen!«

Eben bogen zwei Wagen um die Ecke und hielten neben ihnen.

»Hallo Bernd. Meinst wohl, wir haben nicht genug Arbeit, was?«, grinste ein älterer Kollege.

»Aber nur, weil es so ist. Ihr sitzt euch doch Schwielen am Hintern und kriegt Hornhaut an den Fingern vor lauter Kaffeetassen-Halten.«

»Kannst ja gerne in unsere Abteilung wechseln. Wenn wir es so gemütlich haben.«

»Nee, lass mal, Guido. Ich arbeite lieber.«

Sie klopften sich lachend auf die Schultern und schauten dann am Haus nach oben.

»Die Brüder kennen wir übrigens«, sagte der Beamte. »Konnten denen aber nie was anhängen, außer dem Verwenden verfassungsfeindlicher Symbole. Die Wohnung war immer sauber – egal, wann wir kamen. Die hatten irgendeinen Draht ins Präsidium.«

»Diesmal werdet ihr was finden.«

»Schön wär's. Dieser Degenhardt ist wie ein Aal. Der hat sich bisher noch aus allem herauswinden können. Aus fast allem.«

»Der ist gar nicht oben. Möglicherweise wird er auch nie wieder oben sein.«

»Ach? Warum?«

»Es könnte sein, dass er eines der Opfer der Bombenexplosion von gestern ist.«

Der andere pfiff leise vor sich hin. »Sieh mal an«, meinte er dann. »Hat's ihn also irgendwann doch erwischt? Hab ja schon darauf gewartet.«

»Wieso?«, fragte Sandra. »Gab es Drohungen gegen ihn?«

»Das auch. Übrigens, ich bin Guido Knauff. Entschuldige, dass ich mich nicht vorgestellt habe.«

Sandra schüttelte seine Hand und stellte sich ebenfalls vor.

»Habt ihr was über Degenhardt, das uns weiterhelfen kann?«, fragte Bongarz.

»Jede Menge. Wir haben ihn schon lange im Visier.«

»Hatte er Feinde?«

»Wie Sand am Meer. Übrigens nicht nur aus dem anderen politischen Lager oder von irgendwelchen religiösen Extremisten. Sondern auch aus dem eigenen Lager. Die rechten Spinner sind sich untereinander nicht grün. Wisst ihr was? Ich stell euch alles zusammen, was wir über ihn haben. Ist das Einfachste.«

Bongarz nickte und schlug ihm zum Abschied auf die Schulter. Dann gingen er und Sandra zu seinem Wagen.

»Na gut, das war ja alles sehr aufschlussreich«, meinte Bongarz. »Dann fahren wir jetzt mal zu diesem Sven Pomoron. Oder Svenja Pompon, wahlweise.«

Er war kaum losgefahren, da klingelte Sandras Handy. Sie meldete sich und wurde sofort von einem Schwall Worte überflutet.

»Na endlich. Wo stecken Sie denn? Ich suche Sie schon seit Stunden«, hörte sie Bellers' Stimme.

»Sie suchen mich nicht seit Stunden. Ich war nämlich noch vor einer knappen Stunde im Präsidium, und da waren Sie nicht da.«

»Das ... Dann war ich aber kurz danach da. Sie müssen doch wenigstens eine Nachricht hinterlassen, wenn Sie unterwegs sind. Ich muss schon wissen, wo Sie sind und was Sie machen. Schließlich arbeiten wir zusammen, und da ist es Usus ...«

»Wo waren Sie denn? Sie haben mir ja auch keine Nachricht hinterlassen.«

»Das ist auch etwas ganz anderes. Ich hatte etwas Dringendes zu erledigen, das hatte ich Ihnen gesagt. Und da hatte ich natürlich erwartet, dass Sie mir eine Nachricht hinterlassen, wo ich Sie finden kann, damit wir gemeinsam weitermachen können.«

»Wenn Sie so etwas erwarten, müssen Sie mir das sagen. Ich kann ja nicht Gedanken lesen.«

»Das versteht sich doch wohl von selbst, oder nicht?«

»Versteht es sich auch von selbst, dass man einfach verschwindet, wenn man etwas Dringendes zu erledigen hat? Ohne zu sagen, was das ist und wie lange es dauert?«

»Wie gesagt, das ist etwas ganz anderes. Aber jetzt teilen Sie mir bitte mit, wo Sie sich gerade befinden. Ihr Auto steht nämlich hier auf dem Parkplatz, wie ich festgestellt habe.«

»Ich bin auf dem Weg zu einem gewissen Sven Pomoron. Das ist ein Musiker, der mit Lamprecht im Streit liegt und Drohungen gegen ihn geäußert hat.«

»Aha. Und wie sind Sie auf dem Weg? Zu Fuß? Mit dem Bus?«

»Nein. Mit Bernd Bongarz.«

»Wieso mit Bongarz? Sie sind mir zugeteilt.«

»Sie waren ja nicht da.«

»Und da gehen Sie einfach mit einem anderen mit?«

»Mir hat keiner gesagt, dass ich nicht mit fremden Männern mitfahren soll«, gab Sandra zurück.

»Dann sagen Sie mir jetzt die Adresse von diesem Pomoron, und ich werde dorthin kommen. Bernd können Sie von mir ausrichten, er kann wieder ins Präsidium zurückfahren.« Nachdem Sandra die Adresse durchgegeben hatte, legte er ohne Gruß auf.

Sandra atmete tief durch und steckte das Handy wieder ein. Dann nestelte sie an ihrer Hosentasche herum und drehte dabei den Kopf zur Seite. So weit zur Seite, dass Bongarz ihr Gesicht nicht sehen konnte, auch wenn er zu ihr herüberschaute. Er sollte die Tränen nicht bemerken.

Sie zog ein Taschentuch heraus und tat so, als müsste sie sich lediglich die Nase putzen. Dabei wischte sie sich unauffällig über die Augen.

Bongarz meinte beiläufig: »Ist schon ein sturer Hund, der Bellers, was?«

»Hm«, machte Sandra.

»Lass dich nicht unterkriegen. Der bellt zwar, aber er beißt nicht.«

»Hm«, machte Sandra noch mal. Worte hätte sie nicht an dem Kloß im Hals vorbeibekommen.

Zum Glück ließ Bongarz das Thema fallen. Sandra ließ es innerlich nicht fallen. Sie würde Bellers' Verhalten nicht vergessen. Nie.

Sven Pomoron alias Svenja Pompon wohnte in einem schönen, alten Stadthaus in Vohwinkel. Das Haus schien frisch gestrichen zu sein und leuchtete in einem sanften Gelbton. Die Fensterhöhlungen waren orangefarben, der Sockel war in einem kräftigen Ockerton gehalten. Das Ganze wirkte, als sähe man auf eine riesige Sonnenblume.

»Sollen wir reingehen?«, fragte Bongarz.

»Also ... Bellers meinte, er wolle hierherkommen und dich ... also ...«

»Und mich ablösen?«

»Ja. Das hat er gesagt.«

»Eigentlich wäre das ein Grund mehr, da jetzt reinzugehen. Aber besser nicht. Du musst es ja noch eine Weile mit ihm aushalten.«

Sie warteten vor dem Haus und sprachen noch mal die Vernehmung der beiden Rechtsradikalen durch. Sie überlegten, ob Degenhardt das eigentliche Ziel des Anschlags gewesen sein könnte, und stellten fest, dass sie es beide für unwahrscheinlich hielten. Den Wagen des Arbeitgebers in die Luft zu sprengen wäre eine sehr indirekte Methode, um jemanden zu beseitigen. Wäre Degenhardt wirklich Opfer einer rivalisierenden extremistischen Gruppierung geworden, hätten diese wohl eher seine Wohnung in die Luft gesprengt. Oder ihn schlicht und einfach auf offener Straße erschossen.

Sie waren noch mitten in der Diskussion, als Bellers' Wagen um die Ecke bog. Sandra richtete sich auf und straffte die Schultern. Was immer ihr Bellers jetzt an den Kopf werfen würde, sie hatte nicht vor, sich das schweigend anzuhören. Sie versuchte, alle Gedanken an Ohnmacht beiseitezuschieben und in den Wut-Modus umzuschalten. Hoffentlich bekam sie keinen Kloß im Hals.

Bellers parkte gekonnt in einem Zug in eine winzig kleine Lücke zwischen zwei Autos am Straßenrand. Dann stieg er aus, sagte: »Wollen wir?« zu Sandra und ging zur Haustür. Bongarz beachtete er gar nicht.

»Na dann.« Bongarz zog die Augenbrauen hoch. »Einen schönen Tag noch. Ich fahre schon mal ins Präsidium und schreibe den Bericht.«

»Gut. Danke.« Sie nickte Bongarz zu und folgte Bellers zur Haustür.

Sandra schaute auf die Namensschilder. Auf dem obersten stand: *Pomoron und Weiland*. Bellers drückte auf den zugehörigen Klingelknopf.

»Ja bitte?«, trällerte es aus der Gegensprechanlage.

»Ähm. Herr Pomoron?«, fragte Sandra.

»Nein, Liebes. Hier ist Tobi. Tobi Weiland. Aber Svenja ist auch zu Hause. Was gibt's denn?«

Bei aller Freundlichkeit war die Person offensichtlich nicht gewillt, einfach eine Unbekannte ins Haus zu lassen. Auch nicht, wenn sie ein »Liebes« war.

»Wir sind von der Kriminalpolizei und möchten mit Herrn Pomoron sprechen«, mischte sich Bellers ein.

»Aber sicher, gerne. Warum hältst du nicht einfach deinen Ausweis vor die Kamera?«

Bellers und Sandra schauten sich um. Aus einer Ecke über der Tür glotzte sie die Linse einer Kamera an. Bellers zückte seinen Ausweis und hielt ihn unmittelbar davor.

»Sehr schön. Könnt ihr mir jetzt bitte noch die Nummer eurer Dienststelle geben?«, kam es erneut aus dem Lautsprecher.

»Warum?«, fragte Bellers.

»Ich möchte dort anrufen. Nehmt's mir nicht übel, aber ich möchte einfach sicher gehen, dass ihr die seid, die ihr vorgebt zu sein.«

»Ist das jetzt nicht etwas übertrieben?«

»Nein.«

Bellers runzelte die Stirn. »Na schön. Die Nummer ist ...«

»Tobi, wer ist da?«, tönte in diesem Moment ein angenehmer Bariton aus der Sprechanlage.

»Sie sagen, sie sind von der Polizei. Ich will das gerade nachprüfen.«

»Haben sie dir ihren Ausweis gezeigt?«

»Ja, aber der könnte schließlich auch gestohlen oder gefälscht sein.«

»Tobi, jetzt übertreib mal nicht.« Und dann, etwas lauter: »Entschuldigung, hören Sie?«

»Ja, wir hören«, antwortete Bellers.

»Bitte entschuldigen Sie«, wiederholte die Stimme. »Ich öffne jetzt die Tür.«

Der Summer schnarrte, und als Sandra Bellers ins Haus folgte, hörte sie gerade noch, wie die erste Stimme zur zweiten sagte: »Du kannst doch nicht einfach aufmachen. Wenn das nun ...« Dann wurde oben die Anlage abgeschaltet.

Kapitel 11

Der Hausflur war sehenswert. Im Eingangsbereich lief man über ein buntes Mosaik, das so schön war, dass man fast die Schuhe ausgezogen hätte, um es nicht zu beschmutzen. Danach kam man zu einer Treppe, die sich breit und würdevoll nach oben zog. Die Holzstufen waren ausgetreten, aber nicht schäbig, sondern nur alt. Sandra war sich beim Hochgehen bewusst, dass schon seit mindestens hundert Jahren unzählige Menschen den gleichen Weg gegangen waren, wie sie gerade. Wie sie hatten sie vermutlich den glatt polierten Handlauf unter den Händen gespürt. Und wie sie würden sie in jedem Zwischengeschoss aus dem Fenster geschaut haben, wie hoch sie schon waren. Welche Schicksale dieses Haus schon in sich geborgen haben mochte? Wenn Häuser ihre Geschichten erzählen könnten, man bräuchte keine Bücher mehr.

Pomoron und Weiland wohnten im vierten Stock. Sandra hatte also reichlich Gelegenheit, die von Stockwerk zu Stockwerk wachsende Aussicht zu bewundern. Oben erwartete sie ein Mann in der geöffneten Tür. Oder eine Frau. Oder ein Mann in Frauenkleidung. Jedenfalls musste Sandra an eine mindestens vierstöckige Schwarzwälder-Kirsch-Torte denken. Er/sie war etwa so groß wie Bellers, aber deutlich schmaler. Gekleidet war er/sie betont weiblich mit einer weit ausgeschnittenen Bluse und einem kurzen Rock. Die Haare waren schulterlang und glänzend braun. Die Beine in den schwarzen Netzstrümpfen waren eine Wucht. Das Gesicht war so geschickt geschminkt, dass auf den Wangen der dunkle Schatten eines Barts kaum zu erahnen war. Alles in allem war diese Person als Frau nicht unattraktiv. Allerdings war die klangvolle Baritonstimme nur schwer mit dem optischen Erscheinungsbild in Einklang zu bringen.

»Herr Pomoron?«, fragte Bellers, außer Atem nach den vielen Treppen.

»Ja. Oder lieber Frau Pompon, wenn's recht ist.«

»Gut. Frau Pompon, ich bin Markus Bellers von der Kriminalpolizei Wuppertal. Das hier ist meine Kollegin Sandra Santori. Wir möchten kurz mit Ihnen sprechen, wenn das möglich ist.«

»Aber sicher. Kommen Sie rein.« Svenja Pompon öffnete die Tür noch ein Stück weiter und wies mit dem Arm in die Wohnung.

Die Ermittler gingen hinein. Sandra sah sich um. Die Garderobe war riesig, und trotzdem hingen die Jacken in dicken Schichten übereinander. Auf der einen Seite sah Sandra bestimmt zehn Lederjacken, alle in Schwarz. Sie unterschieden sich nur im Schnitt. Auf der anderen Seite tummelten sich Jacken und Jäckchen in allen Farben und Formen, mit oder ohne Pelzkrägen, mit oder ohne Pailletten oder sonstigem Glitzerkram. Eine ganze Batterie Hüte türmte sich auf der Ablage, und Handtaschen, Schals und Seidentücher hingen von der Garderobe herab wie Lianen von Dschungelbäumen. Sandra sah mehrere flauschige Federboas und konnte es nicht lassen, beim Vorbeigehen eine davon zu streifen. Sie war unglaublich weich, und es musste ein schönes Gefühl sein, sie um den Hals zu legen. Allerdings hätte Sandra es nie über sich gebracht, mit so einem Ding das Haus zu verlassen.

Unter der Garderobe standen etwa hundert Paar Schuhe. Vielleicht zehn Paar Herrenschuhe, die alle nahezu gleich aussahen. Und neunzig Paar Frauenschuhe, die alle komplett unterschiedlich aussahen. Diese Garderobe wäre der siebte Himmel für kleine Mädchen gewesen, die gerne Verkleiden spielen.

Svenja Pompon ging ihnen voraus in ein Wohnzimmer. Es war etwa vierzig Quadratmeter groß und sehr hell. Man konnte von hier aus ganz Vohwinkel überblicken. Die Hälfte des Raums wurde von einem cremefarbenen, flauschigen Teppich eingenommen. Auf dem übrigen Boden waren dunkle Holzdielen zu sehen. Eine Längsseite des Zimmers war komplett mit einem Bücherregal zugestellt. Ein Sofa, auf dem sicher zehn Personen bequem Platz gefunden hätten, stand davor und lud dazu ein, sich mit einem Buch darauf niederzulassen und erst wieder aufzustehen, wenn man es durchgelesen hatte.

Hier und da sah Sandra Geräte oder Vorrichtungen, die ihr nichts sagten. Sie zeigte auf eines von ihnen und fragte: »Was ist das hier?« Das Ding sah aus wie das Oberteil eines Notenständers mit einem Greifarm daran. Wie sich herausstellte, war es das Oberteil eines Notenständers mit einem Greifarm daran.

Pompon lächelte und sagte: »Passen Sie mal auf.« Dann legte sie ein Buch auf die Vorrichtung und drückte mit dem Fuß auf einen Schalter. Der Greifarm setzte sich in Bewegung, ergriff eine Seite und blätterte sie um. »Sehen Sie, man kann das in alle Richtungen bewegen. So können Sie im Sitzen, Stehen oder Liegen lesen. Gerade im Liegen ist das besonders von Vorteil. Da müssen Sie nicht immer das schwere Buch hochhalten.« Sie schwenkte das Gerät so, dass sie sich aufs Sofa legen und ins Buch schauen konnte. Dabei brachte sie das Kunststück fertig, sich hinzulegen, ohne dass man ihr Höschen unter dem kurzen Rock sah. Wieder löste sie den Schalter aus, diesmal per Hand, und wieder wurde umgeblättert. »Toll, nicht?«, strahlte sie. »Ab und zu wird allerdings mehr als eine Seite umgeblättert, das muss ich noch verbessern.«

»Sie haben das gebaut?«, fragte Sandra.

»Ja. Gut, nicht wahr? Obwohl Tobi meint, es reiche, wenn das Buch gehalten wird. Umblättern könne man doch wohl auch einfach mit der Hand, anstatt auf den Knopf zu drücken. Aber ich finde, das ist nicht dasselbe.«

Bellers nahm in einem Sessel Platz, Sandra in einem anderen.

Dann begann Bellers: »Frau Pompon. Wir sind hier, um mit Ihnen über Dieter Lamprecht oder auch Dino Lambardo zu sprechen. Der ist Ihnen bekannt?«

»Und ob!« Die Miene ihres Gegenübers verfinsterte sich, und ihre Stimme wurde noch tiefer.

»Was können Sie uns über ihn sagen?«

»Außer, dass er ein Verbrecher ist, meinen Sie? Und außer, dass er von mir aus in der Hölle schmoren soll?«

»Was ist denn vorgefallen?«

»Er hat mich bestohlen, das ist vorgefallen. Ich hatte die aberwitzige Idee, ihn als meinen Agenten zu beschäftigen. War froh, dass ich das lästige Geschäft mit den Verträgen und Verhandlungen los war.«

»Ja? Und?«

»Im Laufe der Zeit arbeiteten wir auch auf musikalischem Gebiet zusammen. Ich spielte ihm neue Songs vor, er sagte, wie sie auf ihn wirkten. So was eben.«

»Und dann?«

»Und dann landete ich einen richtig großen Treffer. Schon als ich den Song fertig hatte, wusste ich, dass das ein Hit wird. Es stimmte einfach alles. Der Text, die Melodie. Bis hin zur Begleitung durch Schlagzeug und Gitarre. Der Song war einfach perfekt.«

»Handelte es sich dabei um *Love is like a black hole*?«, fragte Sandra.

»Genau. Sie haben's erfasst.«

»Kann mich vielleicht jemand aufklären?«, fragte Bellers.

»*Love is like a black hole* ist ein Lied, das schon seit Wochen ganz oben in den Charts steht«, erklärte Sandra. »Es wird von der Gruppe Master Stars gesungen. Dem Schwarm aller Teenies.«

»Die haben mit dem Song ihren Durchbruch geschafft«, erklärte Pompon. »Und dabei ist es mein

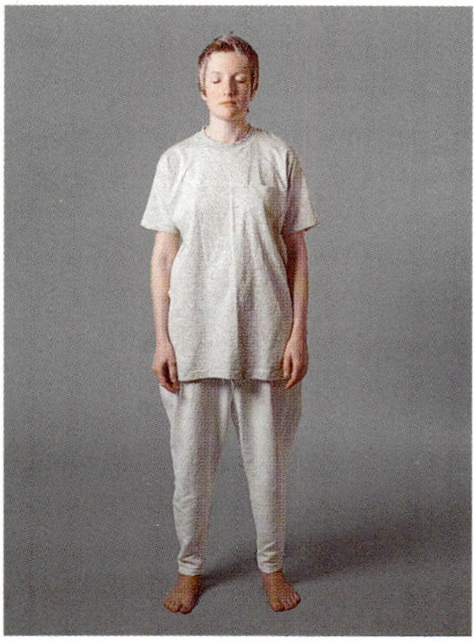

3/1

4/1

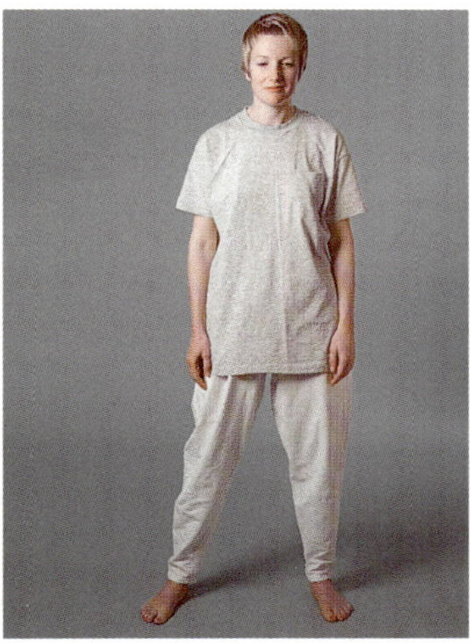

5/1

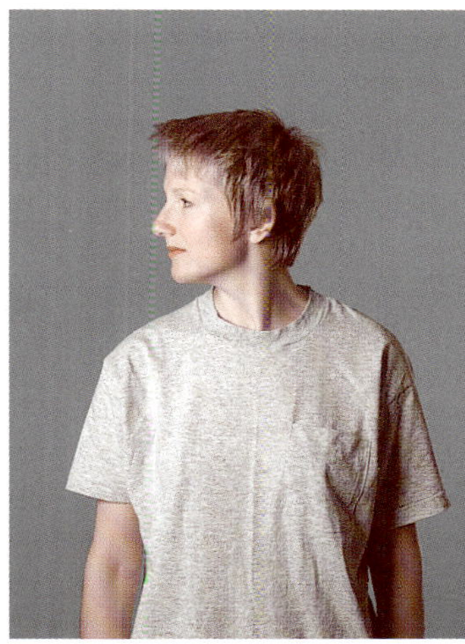

8/3

11/2

15/2

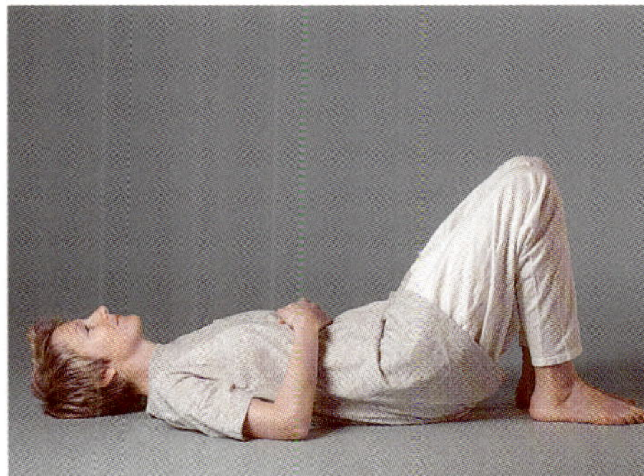

Feldenkrais *easy* – Überblick*

- Üben Sie mäßig, aber regelmäßig! Üben Sie täglich. 10 bis 15 Minuten abends und morgens genügen.
- Sorgen Sie für ungestörtes Üben! Stellen Sie das Telefon ab, und wählen Sie eine Zeit, in der Sie ungestört sind.
- Schaffen Sie sich eine angenehme Atmosphäre! Sorgen Sie für gute Luft, angenehme Temperatur und sanfte Beleuchtung.
- Lenken Sie sich nicht mit anderen Dingen ab! Vermeiden Sie Ablenkungen (Musik) während des Übens.
- Achten Sie auf die Unterschiede! Beobachten Sie, was die Übung in Ihnen verändert hat.
- Üben Sie langsam und ohne Anstrengung! Je langsamer Sie die Übungen machen, desto besser wirken sie.

Das Feldenkrais *easy*-Bewußtheitsprogramm

Versuchen Sie, Ihren Körper bewußt zu erleben, und haben Sie Mut zum Experimentieren. Denken Sie daran, daß noch viele ungenutzte Möglichkeiten in Ihnen stecken, die Sie nur wagen müssen.

Die Verbesserung des Ich-Bildes – Seite 29 [Abb. 3/1]
Prüfen Sie zu Beginn und am Ende Ihrer Übungszeit, welche Körperteile den Boden berühren und welche Regionen Ihnen klar bewußt sind.

Die Schwerkraft entdecken – Seite 30 [Abb. 4/1]
Wie wirkt die Schwerkraft auf Ihren Körper, welche Muskeln arbeiten unnötig gegen sie?

Stehen, Gehen, Sitzen, Liegen – Seite 34 [Abb. 5/1]
Diese Bewegungsmuster sind das Fundament Ihres Alltags!

Bewegungen des Kopfes – Seite 52 [Abb. 8/3]
Der Kopf und die Augen steuern unsere Bewegungen.

Drehbewegungen – Seite 71 [Abb. 11/2]
Experimentieren Sie damit – alles ist beweglich!

Die Atembewegung – Seite 83 [Abb. 15/2]
Eine gute Atmung fördert eine gute Haltung, und mit einer guten Haltung wird die richtige Atmung gefördert.

* zum Ausklappen oder zum Heraustrennen!

Song! Lambardo hat ihn mir geklaut und an diese gegelten Schnösel weitergereicht.«

»Haben Sie vorher keine Aufnahmen gemacht? Um beweisen zu können, dass der Song von Ihnen stammt?«, wunderte sich Bellers.

»Diesmal nicht. Ich habe mit Lambardo doch schon seit Jahren zusammengearbeitet. Dachte, ich könnte ihm vertrauen. Ich habe ihm den Song einfach vorgesungen und mich dabei selbst auf der Gitarre begleitet. Meine Band kannte das Stück also leider noch gar nicht. Aufgeschrieben hatte ich auch noch nichts, es existierte alles nur in meinem Kopf.«

»Wie konnte Lambardo es dann an diese Master Singers weitergeben?«, fragte Bellers.

»Master Stars«, verbesserte Pompon automatisch. »Lambardo hat eine Probeaufnahme gemacht. Das hatte mich zwar etwas gewundert, weil ja meine Band gar nicht mit dabei war. Aber wirklich etwas dabei gedacht habe ich mir nicht. Schön dumm.«

»Sie können ihn also nicht verklagen?«, fragte Sandra.

»Keine Chance. Diese Musikerimitate werden jetzt mit meinem Song berühmt. Und wissen Sie, was das Schlimmste ist? Die waren noch nicht mal in der Lage, richtig zu plagiieren. In Wahrheit heißt es nämlich: *Love is like a black whole*. Also wie ein schwarzes Ganzes. Nur so ergibt der Rest des Textes Sinn. Oder wie verstehen Sie sonst: *And everything we do just partly / but be in love and you can hardly / be in control about your life.*«

Sandra nickte nachdenklich.

»Aber nein, die singen jetzt von schwarzen Löchern und haben selbst keine Ahnung, was das mit dem Rest des Textes zu tun haben soll«, ärgerte sich Pompon. »Als wäre es ein Song über die Liebe zwischen zwei Galaxien, oder so etwas. Na ja.« Sie seufzte. »Das Publikum hat es ja auch nicht geschnallt, wie ich feststellen musste.«

»Und jetzt? Kämpfen Sie noch weiter um Ihre Rechte?«, fragte Bellers.

Pompon zuckte mit den Schultern. »Nein. Alle Rechtsmittel sind ausgeschöpft. Die Anwaltskosten haben mich fast ruiniert. Zum Glück hat Tobi gerade ein gutes Engagement. Sonst würde es eng.«

Eine nachdenkliche Pause entstand. Dann fragte Pompon: »Aber warum sind Sie hier? Die Kriminalpolizei interessiert sich doch wohl nicht für den Raub geistigen Eigentums. Jedenfalls habe ich bei meinen bisherigen Kontakten zur Polizei außer Schulterzucken nicht viel Resonanz bekommen.«

»Ähm, nein. Wir sind wegen etwas anderem hier«, antwortete Sandra. »Sie haben sicher mitbekommen, dass es gestern in Sonnborn einen Anschlag gegeben hat?«

»Mein Gott, man redet von nichts anderem mehr. Und?«

»Bei diesem Anschlag ist Dino Lambardo ums Leben gekommen.«

»Der ist tot?«, fragte Pompon und riss die Augen auf.

»Pass auf«, kam es in diesem Moment von der Tür her. »Die wollen dir die Sache anhängen.«

An der Wohnzimmertür stand ein Mann Anfang dreißig. Er war etwa 1,80 Meter groß und wirkte geschmeidig wie ein Panther. Wären da nicht die Gipsverbände um den rechten Arm und das linke Bein gewesen. Außerdem war seine Nase grotesk geschwollen, und unter einem Auge hatte er einen ehemals blauen Fleck, der sich gerade durch das gelb-braune Stadium arbeitete.

»Wer sind Sie?«, fragte Bellers.

Im selben Moment fragte Sandra: »Was ist denn mit Ihnen passiert?«

Nach kurzem Zögern antwortete Pompon: »Das ist Tobi, mein Mann. Seit sieben Wochen.« Sie lächelte dem anderen zu.

»Sieben Wochen und zwei Tage«, lächelte der andere zurück, falls Sandra das Verziehen des geschwollenen Gesichts richtig interpretierte. Der Mann kam herein und setzte sich neben Pompon aufs Sofa.

»Tobi ist vor zwei Wochen zusammengeschlagen worden«, erklärte Pompon. »Von einer Gruppe Glatzköpfe.«

Sandra stutzte. Diese Glatzköpfe waren ja wohl nicht Degenhardt und seine Kumpels? Dann hätte Pompon gleich doppelt Grund gehabt, den Wagen in die Luft zu sprengen.

»Haben Sie die Tat angezeigt?«, fragte Bellers.

»Klar«, antwortete Pompon. »Mit dem gleichen Ergebnis wie bei dem Raub meines Songs. Schulterzucken.«

»Aber nein, nicht nur«, wandte Tobi ein. »Als die Beamten mein Zimmer im Krankenhaus verlassen haben, haben sie nicht nur mit den Schultern gezuckt. Sie haben auch noch getuschelt und gekichert.«

»Stimmt«, gab Pompon gelassen zurück.

»Warum?«, fragte Bellers.

»Na, warum wohl?«, fragte Pompon zurück. »Sie haben mich gesehen. Wie Sie vielleicht bemerkt haben, sehe ich etwas ungewöhnlich aus. Für einen Mann. Für eine Frau übrigens auch.«

»Und Sie wissen ja wohl, wie man mit zwei verrückten Tunten umspringt«, ergänzte Tobi.

»Wieso?«, fragte Bellers. Er fragte es naiv wie ein Kind.

Das war wohl die Kehrseite seiner unerträglichen Pedanterie, was Regeln und Gesetze anging: Im Handbuch für Ermittler stand sicher irgendwo, dass alle Menschen gleich zu behandeln seien, unabhängig von Geschlecht, Herkunft, Religion, sexueller Orientierung und ähnlicher Dinge. Also behandelte er alle Menschen gleich, unabhängig von Geschlecht, Herkunft, Religion, sexueller Orientierung und ähnlicher Dinge. Und ging zusätzlich davon aus, dass alle anderen dies genauso machten. Schließlich stand es doch in den Richtlinien.

»Wir waren der Witz des Tages für Ihre Kollegen«, meinte Pompon.

»Das tut mir leid. Wenn Sie mir die Namen der Beamten sagen, werde ich mich darum kümmern, dass diese Angelegenheit untersucht wird und die betreffenden Kollegen gegebenenfalls eine Rüge erhalten. Oder eine Abmahnung.«

»Lassen Sie mal«, wehrte Tobi ab. »Das einzige Ergebnis wird sein, dass man auch über Sie kichert. Und Sie verdächtigt, heimlich schwul zu sein.«

»Das ist ganz unerheblich«, widersprach Bellers. »Es ist nicht in Ordnung, wenn Beamte mit Ihnen ...«

»Lassen Sie es. Wirklich«, fiel ihm Pompon ins Wort. »Tobi braucht jetzt vor allem Ruhe. Er hat jede Nacht Albträume. Und wenn jemand an der Tür klingelt, will er gar nicht mehr aufmachen. Deswegen auch die Sache mit dem Ausweis und dem Anruf auf dem Präsidium vorhin.«

»Kann ich verstehen«, nickte Sandra.

»So, aber zurück zur Frage, wie ich Ihnen helfen kann«, meinte Pompon, während sie den Arm um Tobis Schultern legte und seinen Hals streichelte. Ausnahmsweise musste Sandra bei diesem Anblick nicht an Gebäckstücke, sondern an zwei Liebesvögel denken, die sich auf ihrer Stange eng aneinanderkuscheln.

»Ich sag dir, die wollen dir das anhängen«, sagte Tobi.

»Ist das so? Wollen Sie das?«, erkundigte sich Pompon.

Sandra kam sich hier völlig fehl am Platz vor. Sie waren an der falschen Adresse, ganz eindeutig. »Also gut, spielen wir mit offenen Karten«, sagte sie schließlich. »Wir haben von Sonja Kluge gehört, dass es Streit zwischen Ihnen und Lambardo gab, und dass Sie dabei eine Drohung gegen ihn ausgesprochen haben sollen.«

»Ja? Hab ich? Kann sein. Ich war sehr aufgeregt«, antwortete Pompon.

»Verständlich, wenn man bedenkt, dass der Song ein echter Hit ist, oder?«, fragte Tobi.

»Das ist richtig. Aber vielleicht verstehen Sie, dass wir Sie das jetzt fragen müssen ...«

»Ob ich Lambardo in die Luft gesprengt habe? Nein, das habe ich nicht.«

»Damit dürfte das ja geklärt sein«, ergänzte Tobi. »Einen schönen Tag noch.«

»Moment, so einfach ist das nicht. Wir müssen wissen, wo Sie in der Zeit zwischen vorgestern Abend, sagen wir 20.00 Uhr, und gestern Morgen um 8.42 Uhr waren«, sagte Bellers.

»Ich war zu Hause«, begann Pompon.

»Mit mir zusammen. Ich kann ja zurzeit nicht auf die Bühne, wie Sie sehen.« Tobi klopfte mit dem Gips seines Armes auf den seines Beines.

»In Ordnung. Das war es dann schon. Entschuldigen Sie die Störung.« Sandra stand auf und ging zur Wohnungstür, ehe Bellers noch weitere peinliche Fragen stellen konnte. Aus dem Augenwinkel sah sie ihren Kollegen zögern. Dann stand er auf und folgte ihr.

Kapitel 12

Was sollte das denn jetzt?«, ärgerte sich Bellers, noch während sie die Treppe hinuntergingen.

»Was denn?«, fragte Sandra, obwohl sie genau wusste, was er meinte.

»Warum unterbrechen Sie die Vernehmung, bevor ich sie zu Ende geführt habe?«

»Sie hätten ja noch weitermachen können.«

»Wie denn, wenn Sie sich schon verabschieden und einfach gehen? Sieht ja wohl komisch aus, wenn ich dann noch dableibe.«

Sandra zuckte mit den Schultern. Er hatte vielleicht nicht ganz unrecht. »Glauben Sie etwa, dass Pompon der Bombenleger ist? Beziehungsweise die Bombenlegerin?«, fragte sie, als das Schweigen zu drückend wurde.

»Das spielt überhaupt keine Rolle. Ich bin nicht zum Glauben da, sondern zum Ermitteln. Und das tue ich. So gründlich und objektiv wie möglich.«

Bla, bla, dachte Sandra. »Ja, aber trauen Sie ihm so etwas zu?«, fragte sie laut.

»Es geht auch nicht darum, wem ich was zutraue oder nicht. Es geht um Tatsachen.«

Sandra fühlte sich wie ein Vulkan, dessen Lava bereits dicht unter der Erdkruste brodelt, während der Druck von unten weiter steigt. Gleichzeitig schwoll in ihrem Hals ein Kloß von den Ausmaßen eines Tennisballs heran.

»Danke. Ich laufe lieber«, presste sie mühsam hervor, als Bellers ihr die Beifahrertür öffnete.

»Was? Wir sind in Vohwinkel. Bis Unterbarmen sind es über zehn Kilometer. Wann wollen Sie denn im Präsidium ankommen?«

»So lange wird es schon nicht dauern. Ich brauche das manchmal, um ... um nachzudenken.«

»Können Sie nicht im Sitzen denken?«

»Nicht so gut.«

Bellers verzog sein Gesicht und sagte: »Wie Sie wollen. Aber um sechs haben wir Besprechung. Vergessen Sie die nicht.«

Dann fuhr er los, und Sandra atmete auf. Entweder musste sie jetzt erst mal eine Runde heulen oder sich körperlich verausgaben. Es ging allerdings auch beides gleichzeitig, wie sie merkte, als sie losgetrabt war. Aus dem lockeren Trab wurde ein zügiges Laufen, bis sie schließlich so schnell rannte, dass sie meinte, ihre Lunge würde sich durch den Hals nach draußen pressen. In ihrem Kopf kreisten in einer Endlosschleife Worte, die sie Bellers an den Kopf geworfen hätte, wenn sie nicht gerade erst den zweiten Tag mit ihm zusammenarbeiten würde. Und wenn nicht möglicherweise noch Tausende weitere Tage folgen würden.

Als sie nach einundvierzig Minuten in der Nähe des Präsidiums angekommen war, ging sie die letzten Meter im Schritttempo, damit sich ihre Atmung einigermaßen normalisieren konnte. Schnell huschte sie am Pförtner vorbei, bevor der aufschauen und sich wundern konnte, warum sie an diesem eher kühlen Tag nass geschwitzt war. Sie machte einen kurzen Abstecher in ihr Büro, atmete auf, weil Bellers gerade nicht da war, und holte sich eines der Shirts, die sie für solche Fälle in einer Schreibtischschublade deponiert hatte. Dann ging sie direkt in den dritten Stock und dort auf eine Toilette, die so gut wie nie benutzt wurde. Sie wusch sich den Oberkörper und zog das frische Shirt an.

Als sie wenige Minuten später ihr Büro betrat, war es halb sechs. Bellers schaute sie verwundert an. »Sie sind schon hier? Haben Sie doch ein Taxi genommen? Oder die Schwebebahn?«

Sandra gab ein nichtssagendes Geräusch von sich.

»Und? War das Nachdenken produktiv?«

Schon. Nur hatte sie nicht über den Fall nachgedacht. Aber sie war geübt im Improvisieren: »Ich habe mir Gedanken gemacht, in welche Richtung wir noch gründlicher ermitteln sollten.«

»Und das wäre?«

»Zum einen das rechtsradikale Milieu, in dem Degenhardt sich bewegt hat. Wir sollten zum Beispiel überprüfen, von wem Tobi, der Partner von Pompon, zusammengeschlagen wurde. Nicht, dass es da Verbindungen gibt.«

Bellers nickte und machte sich Notizen. »Und weiter?«

»Vor allem aber müssen wir den Hintergrund von Dino Lambardo gründlich ausleuchten. Es war sein Wagen, der in die Luft geflogen ist. Und Feinde scheint er sich ja genügend gemacht zu haben.«

Bellers nickte wieder. »Natürlich. Und dafür mussten Sie nun zehn Kilometer laufen?«

Sandra sagte nichts dazu und setzte sich an den Computer. Sie sah, dass Bongarz bereits den Bericht über die Vernehmung von Degenhardts Mitbewohnern geschrieben und ins Intranet gestellt hatte, und überflog ihn kurz. Dann entdeckte sie auch Bellers' Bericht über die Befragung von Svenja Pompon. Sie musste zugeben, dass dieser sachlich richtig, ausführlich und ohne jede Wertung verfasst worden war. Wobei es durchaus hilfreich sein konnte, den Kollegen einen persönlichen Eindruck mitzuteilen. Schließlich waren sie ja nicht dabei gewesen und konnten folglich nicht wissen, wie etwas gesagt worden war. Aber entweder hatte Bellers keine Eindrücke, oder er redete nicht darüber.

Sandra sah aus dem Augenwinkel, dass Bellers etwas schrieb. Gerade nahm er sich ein zweites Blatt, schrieb erneut, faltete das erste Blatt sorgfältig Ecke auf Ecke und warf es dann weg. Das zweite legte er mit der Schrift nach unten auf die Schreibtischunterlage, die ansonsten klinisch sauber war, und stand auf. »Vergessen Sie nicht die Besprechung«, brummte er und ging aus dem Büro.

Sandra stand ebenfalls auf. Sie konnte es nicht lassen, und schlenderte zu Bellers' Schreibtisch. Jederzeit bereit, die Richtung zu wechseln, wenn er zurückkommen sollte. Dann drehte sie beiläufig den Zettel um. Es war ein Einkaufszettel. Als Nächstes fischte sie das andere Blatt aus dem Papierkorb. Es war auch ein Einkaufszettel. Sie verglich den einen mit dem anderen und stellte fest, dass auf beiden haargenau dieselben Produkte notiert waren. Aber auf dem im Papierkorb war ein Wort falsch geschrieben und durchgestrichen worden, bei einem anderen hatte der Stift am Ende geschmiert. Hatte Bellers allen Ernstes den Einkaufszettel noch mal ordentlich abgeschrieben? Wie zwanghaft konnte man eigentlich sein!

* * *

Die Besprechung war erfreulich kurz. Zunächst kam ein kleiner, runder und kahlköpfiger Mann zu Wort, der sich Sandra als Peter Hahn, Gerichtsmediziner vorstellte. Er hatte nicht nur keine Haare auf dem Kopf, sondern auch keine Wimpern und Augenbrauen, keinen erkennbaren Bartwuchs und keinerlei Haare an den Armen. Er musste unter irgendeiner Krankheit oder genetischen Besonderheit leiden. Peter Hahn bestätigte, dass die beiden Männer und die Frau aus dem Wagen durch die Explosion ums Leben gekommen und unter keinen erkennbaren Vorerkrankungen gelitten hatten. Die Identität des einen Mannes war bekannt, die des anderen wurde vermutet. Die Frau war vermutlich zwischen 15 und 25 Jahren alt, etwa 1,80 Meter groß und schlank gewesen. Sie hatte kastanienbraunes Haar gehabt, mehr konnte man über ihr Aussehen nicht sagen.

Sandra, Bongarz und Bellers berichteten von den Vernehmungen, die sie geführt hatten, und genau wie Sandra vorgeschlagen hatte, sollten sowohl Degenhardts rechtsradikale Kontakte als auch Lambardos Hintergrund näher beleuchtet werden. Fladerer berichtete, dass inzwischen der Verdacht in Richtung terroristischer Anschlag vom Tisch sei, was auch der Öffentlichkeit mitgeteilt worden war. Natürlich nur bis auf Weiteres. Die Ermittlungen im Hintergrund würden bis zum Beweis des Gegenteils weitergehen. Sie konnten daher den Fall bearbeiten wie jeden anderen Mord auch.

Was Svenja Pompon anging, fragte Fladerer lediglich: »Und? Ihr Eindruck?«

Noch während Bellers Luft holte, antwortete Sandra: »Ich traue es ihr nicht zu.«

Fladerer nickte.

»Trotzdem sollten wir sie nicht von vornherein ausklammern. Immerhin hat sie ein Motiv und ...«, begann Bellers.

»Ja, ja, schon gut.« Fladerer winkte ab. »Aber solange wir so viele andere, vielversprechendere Spuren haben, sollten wir uns nicht damit aufhalten.«

Sandra musste sich zusammenreißen, um nicht laut »Ha!« zu rufen. Sie sah, wie Bongarz ihr zuzwinkerte.

»Außerdem hätte diese Svenja Pompon doch wohl keine Bombe gelegt«, warf Lukas Mann ein. »Die hätte Lambardo doch sicherlich mit Wattebäuschchen bombardiert.«

Jetzt verdrehte Bongarz die Augen.

»Unglaublich witzig!«, meinte Fladerer, während Lukas Mann die Hände hob und sagte: »Gut, gut. War nicht so toll.«

»Was haben wir noch? Was Neues von der Vermisstenstelle?«

Michael Schweizer räusperte sich. »Noch nichts. Bislang keine Meldungen, die auf eine seit gestern vermisste weibliche Person hindeuten. Jedenfalls nicht im Alter zwischen 15 und 25 Jahren. Vermisst gemeldet wurde heute nur eine verrückte, alte Schachtel, die aus einem Pflegeheim weggelaufen ist. Sie ...«

»Was soll das denn jetzt?«, unterbrach Bellers mit hochrotem Gesicht. »Wie können Sie so respektlos über diese alte Dame reden? Was wissen Sie denn schon, wie sie gelebt hat? Was sie geleistet oder gelitten hat? Und Sie kommen daher und ...«

»Ist gut, Herr Bellers. Schon gut!«, sagte Fladerer mit einer Stimme, als wollte er ein scheuendes Pferd beruhigen. »Und Sie könnten sich tatsächlich etwas respektvoller ausdrücken«, wandte er sich an Schweizer, der verlegen auf seinem Tablet herumwischte und offenbar gar nicht wusste, wie ihm geschah.

Schließlich räusperte er sich: »Ja, also dann. Die DNA-Analysen für den unbekannten Mann und die Frau sind gelaufen. Wie sieht es mit Vergleichsmaterial für diesen Degenhardt aus?« Schweizer schaute Sandra an, als hoffte er, sie und Bongarz hätten es vergessen.

Sandra bedauerte fast, dass sie ihm die benutzte Unterhose Degenhardts nicht auf den Schoß werfen konnte. Scheinbar gelassen sagte sie: »Das brauchen wir nicht. Degenhardts DNA liegt uns bereits vor, da er vor einiger Zeit wegen einer Vergewaltigung verurteilt wurde.«

»Ach? Warum wissen wir das nicht?« Fladerer schaute in Schweizers Richtung. »Sie haben mir nur etwas von der Körperverletzung berichtet.«

»Also ich ... Ich werde das überprüfen.« Schweizer bekam rote Ohren.

Manchmal hatte Sandra direkt Mitleid mit den Männern. Entweder sie trugen einen Kurzhaarschnitt, und jeder konnte den Zustand ihres vegetativen Nervensystems an den Ohren ablesen. Oder sie ließen ihre Haare lang wachsen, was bei Männern aber immer noch als ein Statement über ihre allgemeine Lebenseinstellung angesehen wurde. Jedenfalls bei der Polizei.

»Übrigens konnten von einem der vorgefunden Arme Fingerabdrücke genommen werden. Wenn auch nur partielle. Aber so wie es aussieht, haben wir sie in unserer Kartei«, sagte Fladerer.

»Und?«, fragte Luk.

»Sie stimmen mit denen von Degenhardt überein, soweit man das sagen kann. Trotzdem möchte ich zur Sicherheit eine DNA-Analyse. Die Fingerkuppen waren nicht ganz unbeschädigt, es bestehen wohl gewisse Restzweifel.«

Sandra verspürte eine leichte Übelkeit bei der Erwähnung der »nicht ganz unbeschädigten« Fingerkuppen.

»Was gibt es noch von Ihnen, Hellweg und Schweizer?«, fragte Fladerer als Nächstes.

»Ich habe mich mit Frau Sofia Lamprecht beschäftigt«, begann Schweizer, noch ehe Imke Hellweg auch nur den Mund geöffnet hatte. »Wie Sie meinem Bericht entnehmen können, habe ich einerseits ihre Vergangenheit gründlich unter die Lupe genommen. Außerdem habe ich mit einigen der Anwohner gesprochen.«

Gut, es gab noch schlimmere Partner als Bellers, stellte Sandra fest. Dann schon lieber einen sturen Paragraphenreiter als diesen ehrgeizigen Streber.

»Und Ihre Kollegin? War die inzwischen einkaufen?«, hakte Fladerer nach.

»Was? Wieso? Nein, die war mit dabei.«

»Dann reden Sie von ›Wir‹, und nicht von ›Ich‹. Wir arbeiten im Team, nicht vergessen.«

Das Ohrenbarometer von Schweizer schien kurz vor dem Explodieren zu stehen.

»Frau Hellweg, erzählen Sie bitte.«

Imke fasste zusammen, was sie und Schweizer über Frau Lamprecht herausgefunden hatten. Sie tat das sehr gut, musste Sandra zugeben. Knapp und präzise. »Sofia Lamprecht, geborene Sofia Oliewski, stammt aus der Ukraine. Sie kam 2001 mit ihrer Familie als Spätaussiedlerin nach Deutschland und hatte offensichtlich Schwierigkeiten, sich zu integrieren. Jedenfalls hat sie eine lange Liste von Jugendstrafen, angefangen von fortgesetztem Schuleschwänzen über Ladendiebstähle, Einbrüche, Drogenvergehen bis hin zu schwerer Körperverletzung, als sie siebzehn war. Sie bekam damals eine Freiheitsstrafe und entdeckte im Gefängnis ihre Liebe zum Kampfsport.«

»Was ja wohl nichts anderes heißt, als dass sie jetzt noch professioneller gewalttätig werden konnte«, meinte Lukas Mann.

»Eben nicht«, widersprach Imke. »Jedenfalls gab es weder im Gefängnis noch in der Zeit danach weitere

Anzeigen wegen Körperverletzungen. Stattdessen wurde sie in den Jahren nach ihrer Entlassung eine professionelle Wrestling-Kämpferin. Sie war in der Szene recht bekannt und verdiente wohl nicht schlecht.«

»Und dann? Wie lernte sie Lamprecht kennen?«

»Er sah sie bei einem ihrer Kämpfe. Und da es erst so aussah, als könne er sie nicht haben, wollte er sie natürlich unbedingt haben. Ihre Unnahbarkeit forderte wohl den Jäger in ihm heraus. Er hat sie mit Geduld und viel Geld umworben. Und damit er sie auch ja sicher hatte, heiratete er sie so schnell wie möglich und sorgte dafür, dass sie mit der Wrestling-Geschichte aufhörte. Sodass sie also von ihm und seinem Geld abhängig wurde.«

»Was sie scheinbar nicht davon abhielt fremdzugehen«, bemerkte Bellers.

»Das kann man ihr aber nicht verdenken«, warf Schweizer ein. »Lamprecht hat es fertiggebracht, noch in der Hochzeitsnacht mal eben ins Nachbar-Hotelzimmer zu verschwinden, wo er eine seiner Geliebten untergebracht hatte. Bei der holte er sich dann seinen Nachtisch.«

»Ein Wunder, dass Sofia ihn nicht einen Kopf kürzer gemacht hat«, fügte Imke hinzu.

»Wie lange sind die beiden verheiratet?«

»Seit vierzehn Monaten. Und damit hat die Ehe länger gehalten, als jede von Lamprechts fünf vorherigen Ehen. Sofia Lamprecht gab an, sie habe so viel wie möglich seines Geldes durchbringen wollen, bevor sie sich scheiden lassen würde. Ehrlich gesagt, glaube ich, sie hat auch noch etliches Geld heimlich auf die Seite gebracht.«

»Und wie ist sie als Witwe gestellt?«, fragte Sandra.

»So wie es aussieht hat Lamprecht kein Testament gemacht. Das heißt, sie wird erben«, erklärte Imke. »Und zwar alles, weil Lamprecht keine weiteren Verwandten hat außer zwei Cousinen zweiten Grades.«

»Na, wenn das kein astreines Motiv ist«, sagte Lukas Mann.

Fladerer nickte. »Bleiben Sie dran und schauen Sie, was Sie noch herausfinden können.«

»Was ist eigentlich bei der Durchsuchung von Degenhardts WG herausgekommen?«, erkundigte sich Bongarz.

»Ach ja, das.« Fladerer grinste, wobei seine kleinen Äuglein hinter den fleischigen Wangen fast verschwanden. »Die beiden Herren Mitbewohner sind derzeit unsere Gäste. Wir haben nicht nur in Degenhardts Zimmer, sondern auch bei ihnen illegale Waffen gefunden. Und wissen Sie, wo sie sie versteckt hatten?« Jetzt waren die Augen gar nicht mehr zu sehen.

»Wo denn?«, fragte Bongarz.

»Im Kleiderschrank. Wenn das nicht mal ein überaus originelles Versteck ist.«

Alle lachten.

»So, sind wir durch? Frau Hellweg, wären Sie so lieb, alles noch mal kurz zusammenzufassen? Sie machen das immer so gut.«

Knapp, präzise und übersichtlich schilderte Imke den augenblicklichen Ermittlungsstand. Als sie fertig war, bedankte sich Fladerer bei ihr und sagte: »Wir sehen uns morgen um 18.00 Uhr wieder hier. Wenn Sie nichts anderes von mir hören.« Ächzend stemmte er sich nach oben und wogte aus dem Raum.

Kapitel 13

Sandra war nach der Besprechung noch kurz zurückgeblieben, um Imke ein Kompliment wegen der Zusammenfassung des Ermittlungsstandes zu machen. Eigentlich, um mit ihr überhaupt mal ein wenig ins Gespräch zu kommen. Immerhin waren sie die beiden einzigen Frauen im Team, wenn man von Petra Oberrath absah, die ja bei der Spurensicherung arbeitete. Das Gespräch war schnell erledigt, hatte in Imkes Fall lediglich aus einem knappen Nicken und einem: »Aha!« bestanden. Sandra hatte keine Ahnung, was sie ihr getan hatte, würde sie aber wohl so schnell nicht wieder persönlich ansprechen.

Den Abend, und weil es spät geworden war auch die Nacht, hatte sie dann bei Inge verbracht. Sie hätte noch weitergeschlafen, wenn Inge sie nicht am nächsten Morgen um acht wachgerüttelt hätte.

»Ich störe dich ja nur ungern, Liebes, aber ich glaube, du musst zur Arbeit.«

»Wibät isses«, lallte Sandra. Sie griff nach ihrer Uhr. Als sie schließlich einen Blick darauf werfen konnte, schrak sie hoch. »Oh nein, ich sollte mich um acht mit Bellers treffen.«

»Soll ich ihn anrufen und sagen, dass du später kommst?«

»Danke, Mama, aber das schaffe ich schon selbst.« Sandra hechtete ins Bad, duschte und zog die frischen Sachen an, die bei Inge immer für sie deponiert waren. Dann gab sie ihr einen Kuss auf die Wange. »Vielen Dank für alles.«

»Schon recht. Pass auf dich auf, ja? Und wenn dich dein Kollege ärgert ...«

»Dann trete ich ihm in die Eier. Genau wie du das machen würdest.«

»So ist es.« Inge lächelte ihrem jungen Schützling hinterher.

Als Sandra um kurz nach halb neun auf den Parkplatz fuhr, überlegte sie, ob sie Bellers überhaupt noch im Präsidium antreffen würde. Sie hatten verabredet, dass sie um acht erneut zu Lamprechts Agentur fahren wollten, und wie Sandra ihren Kollegen einschätzte, hatte sein Wagen um 8.01 Uhr den Parkplatz verlassen.

Aber sie irrte sich. Bellers war im Büro. Durch die offene Tür konnte sie sehen, dass er seine Arme schwenkte, als wollte er einen Schwarm Vögel vertreiben. Erst als sie das Büro betrat, sah sie, was los war. Ein Mann war bei Bellers. Er war an die zwei Meter groß und hatte volles, schwarzes Haar, obwohl er schon in den Fünfzigern sein musste. Seine Augen verschwanden fast unter den dichten, über der Nasenwurzel zusammengewachsenen Brauen. Der Mann redete auf Bellers ein, der heftig gestikulierte, in der Hoffnung, auch mal zu Wort zu kommen.

»Es kann ja sein, dass sie schon erwachsen ist und ihrem Vater keine Rechenschaft mehr schuldig ist«, sagte der Mann gerade. »Aber sie ist noch nie von zu Hause weggeblieben. Jedenfalls nicht, ohne mir Bescheid zu sagen.«

»Hören Sie ...«

»Es muss ihr etwas zugestoßen sein, glauben Sie mir.«

»Können Sie ...«

»So etwas macht sie nicht. Nie! Ich kenne sie doch. Ihr ganzes Leben bin ich jetzt mit ihr zusammen, und noch nie hat sie so etwas getan. Sie muss ... Sie ist ...« Endlich hörte der Mann auf zu reden und ließ sich auf den Besucherstuhl vor Bellers' Schreibtisch fallen.

»Herr Abendroth, hören Sie«, konnte Bellers nun endlich sagen. »Ich verstehe Ihre Besorgnis. Und ich versichere Ihnen, dass wir Ihre Vermisstenmeldung sehr ernst nehmen. Wir werden sofort die umliegenden Krankenhäuser anrufen und ...«

»Das habe ich doch schon gemacht«, kam es dumpf hinter den Händen hervor, die das Gesicht des Mannes bedeckten. Es waren Hände so groß wie Bratpfannen.

»Nun, jedenfalls ... Wenn Ihre Tochter irgendwo aufgefunden worden sein sollte, werden wir das erfahren. Und Sie sind sicher, dass sie nicht aus freien Stücken weggegangen ist? Ich meine, junge Leute denken nicht immer darüber nach, was sie tun. Vielleicht ...«

»Meine Tochter ist nicht so. Sie war immer rücksichtsvoll und verantwortungsbewusst. So etwas würde sie nie tun.«

»Was macht Ihre Tochter? Geht sie noch zur Schule?«

»Nein, nein. Sie ist zwanzig. Sie studiert Musik. Gesang, um genau zu sein.«

Bellers und Sandra schauten sich an. Musik!

Sandra suchte nach Worten, dann formulierte sie vorsichtig: »Musik, das ist ja interessant. Und hatte sie auch Auftritte?«

»Ja, schon. Doch, sie hatte schon ganz gute Erfolge.«

»Und hatte sie auch einen Musikagenten?«

»Nein, das nicht. Sie studierte ja noch.«

Sandra überlegte, ob sie direkt nach Lamprecht alias Lambardo fragen sollte. Aber was, wenn der Mann den Namen erkannte? Immerhin wurde er seit dem vorigen Abend im Zusammenhang mit dem Bombenanschlag öffentlich genannt. Dann würde er doch zwei und zwei zusammenzählen können.

Auch Bellers schaute sie mit hochgezogenen Augenbrauen an und schüttelte leicht den Kopf. »Haben Sie ein Foto von ihr?«, fragte er den Mann. »Dann werde ich sofort die Fahndung nach ihr einleiten.«

Abendroth nickte und holte ein Foto aus der Innentasche seiner Jacke. Es war eine dick gepolsterte Lederjacke, die ihn noch breiter machte, als er sowieso schon war, und die für diese Jahreszeit viel zu warm war.

Sandra trat neben Bellers und betrachtete das Foto. »Eine sehr schöne, junge Frau«, sagte sie, und über das Gesicht ihres Vaters huschte ein Lächeln.

»Ja, nicht wahr? Das hat sie von ihrer Mutter. Die sah genauso aus, als sie in diesem Alter war.« Er lächelte versonnen.

»Wo ist Ihre Frau?«

Das Lächeln verschwand. »Sie ist gestorben. Schon vor vielen Jahren. Genau gesagt, bei Marias Geburt.«

»Das tut mir leid«, sagte Sandra.

Der Mann nickte. »Habe ich Ihr Wort, dass Sie sich um meine Tochter kümmern?«, vergewisserte er sich.

»Versprochen. Jetzt gleich.«

»Ja, dann ... Dann gehe ich mal. Hier sind meine Telefonnummern. Bitte informieren Sie mich, sobald Sie etwas wissen, ja? Auch wenn Sie nur etwas vermuten.«

»Das werden wir tun«, versprach Sandra, nicht ganz wahrheitsgemäß.

Kaum hatte sich die Tür hinter dem Mann geschlossen, sahen Sandra und Bellers sich wieder an.

»Denken Sie das Gleiche wie ich?«, fragte Bellers schließlich.

»Vermutlich. Allerdings hoffe ich, dass ich mich irre.«

»Ja. Ich auch. Andererseits: eine junge Frau, die seit vorgestern verschwunden ist. Und die Musik studiert.«

Sandra nickte. Nicht umsonst hatten die Kollegen von der Vermisstenstelle den Mann zu ihnen geschickt.

»Warum haben Sie ihm nicht die Kleidungsstücke gezeigt, die am Tatort gefunden wurden?«

»Diese blutigen Fetzen? Ich bitte Sie!«

War er also doch nicht bloß der sture Paragraphenreiter.

»Wenn ich vermeiden kann, diesen Mann unnötig durch die Hölle gehen zu lassen, dann werde ich das tun«, fuhr Bellers fort. »Außerdem können wir anders vorgehen. Die DNA der drei Opfer ist inzwischen analysiert worden. Der zweite Mann war übrigens tatsächlich Degenhardt.«

»Gut. Dann müssen wir uns nur noch einen Vorwand überlegen, warum wir eine Vergleichsprobe von Maria Abendroth haben wollen.«

»Nicht nötig. Der Vater hat schon etwas mitgebracht. Entweder ahnt er was, oder er möchte einfach auf Nummer sicher gehen.«

»Was hat er denn mitgebracht?«

»Na ja.« Zögernd holte ihr Kollege einen Plastikbeutel hervor, in dem ein gebrauchter Tampon steckte.

»Oh!«, sagte Sandra. »Das ist ungewöhnlich. Aber nicht schlecht. Das Ding wird voller Zellen und damit voller DNA sein.«

»Ja. Das müsste jetzt jemand zur KTU bringen.« Bellers schaute interessiert auf das Kästchen, in dem er seine Stifte aufbewahrte.

»Und da haben Sie sich gedacht, das wäre doch eigentlich eine Aufgabe für eine Frau, hm?«

Bellers sagte nichts.

»Na gut. Geben Sie das Ding mal her. Ich schaue, ob ich bei der KTU eine Kolleg*in* finde, der ich das anvertrauen kann.«

Bellers betrachtete die Schreibtischunterlage, auf der es nun wirklich nichts zu sehen gab. Noch nicht einmal einen ordentlich abgeschriebenen Einkaufszettel.

Sandra brachte den Tampon in die KTU, wo sie Petra Oberrath antraf, die gerade über den Flur ging.

»Ich habe hier Vergleichsmaterial für eine DNA-Probe«, erklärte Sandra. »Es geht um die Frau, die im Wagen von Lamprecht gesessen hat.« Sie zeigte Petra den Beutel.

Die Frau von der KTU spitzte die Lippen. »Oha! Von wem stammt der denn?«

»Von einer jungen Frau, die von ihrem Vater seit vorgestern vermisst wird. Eine Musikstudentin.«

»Gut. Dann kümmere ich mich sofort darum. Man fragt sich allerdings, wie ein Vater an den gebrauchten Tampon seiner Tochter kommt.«

»Stimmt. Die beiden leben zwar zusammen. Aber trotzdem. Ich glaube nicht, dass viele Väter wüssten, wo sie suchen müssten, wenn sie so etwas auftreiben wollten.«

»Bevor du gehst: Ich wollte dich noch was fragen«, sagte Petra Oberrath.

»Ja?«, antwortete Sandra vorsichtig. Eine solche Einleitung machte sie prinzipiell misstrauisch.

»Ich wollte fragen, ob du vielleicht mal Lust hast, mich zu besuchen.«

»Oh! Ja ... Gern.« Sandra wurde nicht allzu oft eingeladen. Und sie lud umgekehrt auch selten jemanden zu sich ein. Sie war kein geselliger Typ, auch wenn das nicht daran lag, dass sie es sich nicht wünschte. Sie traute sich einfach nicht.

»Wunderbar. Dann komm doch gleich heute Abend mit zu uns, ja? Nach der Abendbesprechung.«

»Äh... Passt das denn so kurzfristig?«

»Kein Problem. Ich sag zu Hause Bescheid. Einen Esser mehr oder weniger merken wir sowieso nicht.«

Au weia, dachte Sandra. Wie viele Personen lebten denn mit Petra zusammen?

»Guck nicht so ängstlich«, lachte die andere. »Wir sind zwar viele, aber wir sind alle nett. Also, abgemacht?«

»Na gut«, antwortete Sandra und überlegte, ob sie nicht gerade einen Fehler gemacht hatte.

Sandra kehrte zurück in ihr und Bellers' Büro. Ihr Kollege hatte schon wieder Besuch, diesmal von Mike

Gehrling, einem jungen Kollegen von Petra Oberrath. Ein großer Schlacks mit einer dicken Brille, die seine Augen eulenhaft vergrößerte.

Als der Kollege Sandra sah, stellte er sich mit Handschlag und sogar einer kleinen Verbeugung vor. Er wies darauf hin, dass er einer der Sprengstoffexperten im KTU-Team sei.

»Mike hat mir gerade etwas außerordentlich Spannendes erzählt«, sagte Bellers.

»Ja?«

»Ja«, erzählte der junge Mann. »Ich fand es nämlich faszinierend, mit welcher Wucht und gleichzeitig Präzision diese Autobombe vorgestern Morgen explodiert ist.«

Faszinierend, nun ja. Die Menschen waren eben verschieden, dachte Sandra.

»Ist euch aufgefallen, dass zwar das Auto final vernichtet wurde, die umliegenden Häuser aber so gut wie keine Beschädigungen aufwiesen?«

»Ja? Und?«, fragte Sandra.

»Nun, wir haben daraufhin diesen Sprengstoff auf Herz und Nieren geprüft. Ich weiß nicht, ob euch bekannt ist, dass man mittels Röntgenbeugung die genaue Zusammensetzung eines Sprengstoffes ermitteln kann. Seht her.« Er breitete ein zerknittertes Stück Papier auf Bellers Schreibtisch aus und strich es glatt. Neben Tabellen mit Zahlenkolonnen, Gleichungen und chemischen Formeln war eine Grafik mit mehreren halbkreisförmigen Linien zu sehen. Gehrling zeigte mit einem Finger darauf, dessen Nagel bis weit auf die Fingerkuppe abgenagt war.

»Dies ist das Beugungsmuster des Sprengstoffs, der vorgestern benutzt worden ist. Dieses Beugungsmuster ist sozusagen der Fingerabdruck des verwendeten Sprengstoffs. Und das kann man jetzt mit über 300.000 durch das BKA gespeicherten Mustern vergleichen. Und siehe da: Es ist einmalig.«

»Das heißt?«, fragte Sandra.

»Dass der vorgefundene Sprengstoff in dieser Zusammensetzung noch nie zuvor verwendet worden ist. Zwar beruht er auf Ammoniumnitrat, was ein durchaus gängiges Sprengmittel ist. Aber es gibt eine Reihe von Zusätzen, die eben nicht gängig sind.«

»Und er ist also noch nie zuvor benutzt worden?«, vergewisserte sich Sandra.

»Noch nie, mit einer Ausnahme!«

Wieder machte der junge Mann eine Kunstpause. Fast erwartete Sandra, einen Trommelwirbel zu hören.

»Vor zwanzig Monaten kam es zur Explosion eines Pkws. In Essen. Damals sind zwei Menschen ums Leben gekommen.« Mike holte einen anderen, völlig zerknitterten Zettel aus der Hosentasche. »Es handelte sich um ... Moment ... Ah, um einen gewissen Ludger Friedrich. Bei ihm war eine Frau. Nina Deutschmann. Die Ermittler waren damals ziemlich sicher, dass der Anschlag Friedrich galt. Die Frau war wohl nur zufällig mit im Auto.«

»Wie die junge Frau aus Lamprechts Wagen«, meinte Sandra.

»Jetzt ziehen Sie vorschnelle Schlüsse«, widersprach Bellers. »Noch ist uns nichts bekannt, was das Motiv angeht. Wir sollten zum jetzigen Zeitpunkt für alle

Möglichkeiten offen bleiben. Auch dafür, dass in Wahrheit die junge Frau bei dem Anschlag sterben sollte, und die beiden Männer nur zufällig mit im Auto saßen.«

Ja, ja, dachte Sandra. Laut sagte sie: »Das mag sein, ist aber ausgesprochen unwahrscheinlich.«

»Unwahrscheinlich, aber nicht unmöglich.«

Sandra rollte mit den Augen und sah, wie Mike Gehrling ihr zuzwinkerte.

»Dann gibt es da noch etwas«, sagte er.

»Ja?«

»Der Sprengsatz ist mit einem Klebeband an der Unterseite des Autos befestigt worden. Von diesem Band konnten wir ebenfalls Reste sicherstellen. Es handelt sich um ein ausgesprochen stabiles, durch Gewebe verstärktes Klebeband, das in dieser Form in Deutschland nicht hergestellt wird. Wir konnten es jedoch einem Hersteller in den Niederlanden zuordnen, wo es allerdings in den meisten Baumärkten verkauft wird. Genau so ein Klebeband wurde auch bei dem Anschlag in Essen verwendet.«

»Also können wir davon ausgehen, dass die beiden Anschläge miteinander in Verbindung stehen. Möglicherweise vom selben Täter verübt wurden«, überlegte Sandra, und Bellers widersprach endlich mal nicht.

»Interessiert es jemanden, dass damals unter anderem in Richtung Wuppertal ermittelt wurde?«, fragte Mike.

»Was? Warum haben Sie das nicht gleich gesagt?«, wollte Bellers wissen.

»Ich bin nicht dazu gekommen. Jedenfalls haben die Ermittlungen ergeben, dass Friedrich mit größter Wahrscheinlichkeit aufgrund von Drogengeschichten umgebracht wurde. Er war der große Hecht in der Essener Drogenszene und wollte sein Geschäft expandieren in Richtung Bergisches Land. Das schien hier jedoch nicht auf Gegenliebe zu stoßen, und man hat die Sache unter sich geregelt, wie man in diesen Kreisen eben Sachen unter sich regelt. Es ist ein Name gefallen, der unseren Drogenfahndern vor Ort schon wiederholt begegnet ist.«

»Und der wäre?«, fragte Sandra.

»Kevin Klages.«

Kapitel 14

Wenige Minuten später gingen Sandra und Bellers über den Parkplatz und steuerten Bellers' Wagen an.

»Warum waren Sie heute eigentlich so spät?«, fragte Bellers.

Weil sie gestern Abend eine Stunde lang wegen ihm geheult und heute Morgen dann verschlafen hatte, dachte Sandra. Laut sagte sie: »Stromausfall. Mein Wecker ging nicht.«

»Warum haben Sie keinen zweiten Wecker?«

»Damit zwei Wecker ausfallen?«

»Unsinn. Einer von beiden sollte natürlich batteriebetrieben sein.«

Tatsächlich besaß Sandra einen Wecker, der mit Batterie lief. Und der auf halb sieben gestellt gewesen war. Ihre Nachbarn würden sie heute Abend an der Wäscheleine aufknüpfen, denn es handelte sich um ein extra lautes Modell für Langschläfer. Das am Morgen eine volle Stunde lang das ganze Haus zusammengepiepst haben dürfte, weil sie ihn am Vortag natürlich nicht ausgestellt hatte. Sie hatte ja nicht vorgehabt, bei Inge zu übernachten.

»Lassen Sie uns meinen Wagen nehmen«, sagte Bellers, und Sandra folgte ihm.

Sie öffnete die Tür und stellte fest, dass der Beifahrersitz vollgestellt war mit allem möglichen Krimskrams. Alten Zeitschriften, angeschlagenem Porzellan, diversen Kleidungsstücken, mit etwas, das aussah wie eine Sammlung von Orden aus dem zweiten Weltkrieg. Sandra schaute zu Bellers.

»Oh, das hatte ich ganz vergessen«, sagte er. »Mein Vater ist ... Er hat seine Wohnung ausgemistet. Moment, ich räume es in den Kofferraum.«

»Lassen Sie nur. Ich setze mich auf die Rückbank.«

Sie stieg hinten ein, und auf dem Weg zu Kevin Klages sprachen sie kein Wort. Sandra ging in Gedanken durch, was sie bisher erfahren hatten. Der Fall war von einem möglichen Terroranschlag zu einer normalen Mordermittlung geworden. Damit würden sie und ihre Kollegen nun hoffentlich in Ruhe und ohne die Mitwirkung von Staatsschutz, Innenministern und sonstigen Personen ihre Arbeit machen können. Und hoffentlich auch weitgehend ohne besondere Aufmerksamkeit durch die Medien, die lediglich wie gewohnt von Zeit zu Zeit mit genau so vielen Informationen gefüttert werden würden, wie die Polizei es für richtig hielt. Der Anschlag war auch bereits von den ersten Seiten der Zeitungen verschwunden. In den Radionachrichten am Morgen war er gar nicht mehr erwähnt worden.

Sie mussten nun als Nächstes unbedingt in Erfahrung bringen, ob Lamprecht ebenfalls mit Drogen zu tun hatte. Das würde dem Fall eine ganz neue Richtung geben. Sie schaute zu Bellers. Ob er wohl gerade die gleichen Gedanken hatte? Vermutlich nicht. Bestimmt war es gegen die Straßenverkehrsordnung, während des Autofahrens an andere Dinge als das Führen eines Kfz zu denken.

Schließlich hielt Bellers in einem Wohngebiet nahe des Tölleturms. Wo man natürlich nicht einfach wohnte. Hier residierte man. Sandra schaute aus dem Seitenfenster und sah eine Villa, die sich als Bollywood-Filmkulisse geeignet hätte. Prunkvoll, protzig und komplett geschmacklos. Oder jedenfalls nicht nach Sandras Geschmack. Zwei Säulen aus rosafarbenem Marmor flankierten eine mindestens zehn Meter breite Treppe und trugen eine Art steinernen Baldachin. Die Villa war L-förmig gebaut, und zwischen den beiden Schenkeln ragte ein Turm in den Himmel. Haus und Garten waren überladen mit Marmorskulpturen und steinernen Standbildern. Die Büsche im Garten waren in so lächerliche Formen geschnitten, dass sie vor Scham sicherlich rot geworden wären, wenn die Photosynthese diese Farbe hergegeben hätte.

Sandra wollte aussteigen, konnte aber die Tür nicht öffnen. Sie ruckelte ein paar Mal am Hebel.

»Entschuldigung«, murmelte Bellers, und öffnete sie von außen.

»Was ist los damit? Kaputt?« Das wäre ja eine Sensation!

»Nein. Bloß die Kindersicherung.« Bellers sah sie nicht an.

»Kindersicherung? Wofür haben Sie die denn?«

»Wofür hat man die im Allgemeinen?«

»Haben Sie Kinder?«

»Ja. Drei.«

»Drei?« Sandra nickte anerkennend mit dem Kopf. »Da ist ja bestimmt einiges los bei Ihnen. Wie alt sind sie denn?«

Bellers Ohren funkten Unbehagen. »Ach, so jung sind sie gar nicht mehr. Müsste die Kindersicherung vielleicht mal rausnehmen ...« Er war kaum noch zu verstehen, so leise nuschelte er vor sich hin.

»Wie alt sind sie?«, wiederholte Sandra.

»16, 19 und 21 Jahre.«

Sandra starrte ihn nur an. Er würde ja wohl kaum seit zehn oder mehr Jahren vergessen haben, die Kindersicherung herauszunehmen. Sie beschloss, den Gedanken besser nicht weiterzuverfolgen, und zeigte auf die Villa. »Wenn man das da sieht, sollte man sich überlegen, vielleicht auch ins Drogengeschäft einzusteigen, was?«

Bellers schien erleichtert, dass das Thema Kindersicherung vom Tisch war. »Wenn man allerdings das Auto von Lamprecht gesehen hat, besser doch nicht«, meinte er. »Aber davon abgesehen, würden Sie wirklich ...«

»Natürlich nicht. Was denken Sie denn?«, unterbrach ihn Sandra. Für ihre Art des Humors war Bellers offenbar nicht zugänglich. Klaus hätte jetzt so etwas gesagt wie: »Komm, lass uns die Asservatenkammer plündern und einen eigenen Drogenhandel aufziehen.«

Bellers ging zum Grundstück, das von einem mindestens zwei Meter hohen, schmiedeeisernen Zaun umgeben war. Kameras thronten auf den Pfosten neben dem Tor und beobachteten sowohl die Garage als auch den Bereich vor dem Tor. Das war die Schattenseite des Reichtums: Man musste permanent fürchten, ihn wieder zu verlieren.

Bellers klingelte, und wenig später fragte eine männliche Stimme: »Ja bitte?«

»Guten Tag. Bellers und Santori von der Kriminalpolizei Wuppertal. Wir möchten mit Herrn Klages sprechen.«

»Haben Sie einen Termin?«

»Nein, aber es ist dringend. Wir ...«

»Ich werde Herrn Klages fragen.«

Es klickte, dann war nichts mehr zu hören.

»Wenn der uns nicht reinlässt, besorge ich einen Haftbefehl. Oder einen Durchsuchungsbeschluss«, ärgerte sich Bellers. Das würde ihm zwar kaum gelingen, aber Sandra sagte nichts dazu.

Nach bestimmt fünf Minuten rauschte es aus der Gegensprechanlage, und die Stimme von vorher sagte: »Herr Klages wird Sie empfangen.«

Als würde es sich um eine päpstliche Audienz handeln.

Ein Türsummer ertönte, und sie betraten den Garten. Die Kamera richtete sich leise surrend auf sie aus und folgte ihnen auf dem Weg zur Eingangstür, wo eine andere Kamera übernahm. Die erste Kamera surrte in ihre Ausgangsstellung zurück und überwachte wieder das Tor.

Oben an der Treppe, unter dem riesigen Steinbaldachin, der sie zu Brei zerquetschen würde, wenn die

Säulen nachgeben sollten, wartete ein Mann in schwarzer Hose und weißem Hemd. Offensichtlich bezahlte Klages seine Angestellten gut. Dieser Mann dort musste jedenfalls ein kleines Vermögen für Anabolika ausgegeben haben. Er konnte sich vor lauter Kraft kaum bewegen. Das locker geschnittene Hemd spannte über den melonengroßen Oberarmen und der vorgewölbten Brust. »Folgen Sie mir«, sagte er zu den Ermittlern und ging voran in das riesige Foyer.

Man hätte sich auch in einem Opernhaus befinden können. In einer Ecke entdeckte Sandra einen schmächtigen Mann im grauen Kittel, der gerade den Boden wischte. Er teilte die Leidenschaft des Türöffners offensichtlich nicht, jedenfalls schien er noch nicht mal genug Muskeln zu haben, um sich aufrecht zu halten. Etwas irritierte Sandra an ihm, und es dauerte einen Moment, bis sie erkannte, was es war: Unter dem Ärmel des schäbigen Kittels und am Halsausschnitt lugten eine ganze Reihe goldener Kettchen hervor. Sandra überlegte kurz ihn anzusprechen, aber dann schüttelte sie leicht den Kopf. Wenn dieser Mann dort sein offenbar sauer verdientes Geld in Schmuck anlegen wollte, war das schließlich seine Sache.

Zwei breite, geschwungene Treppen führten in das nächste Stockwerk. Drei Türen gingen hier von einer Galerie ab, der Mann vor ihnen öffnete die erste. Er führte sie in einen Saal mit den Ausmaßen einer Turnhalle. Allerdings erheblich geschmackvoller eingerichtet. Wobei das mit dem Geschmack natürlich Ansichtssache war. Sandra hätte vielleicht sogar eine Turnhalle vorgezogen.

Genau wie der Garten war auch dieser Saal hier völlig überladen. Auf jeder freien Fläche standen Skulpturen, die Wände waren tapeziert mit Bildern. Seltsame Objekte aus Draht, Plastik und etwas, das wie getrockneter Kuhdung aussah, standen und lagen an jedem nur denkbaren Ort. Vermutlich wurden sie von den dazugehörigen Künstlern »Installationen« genannt.

»Guten Tag, die Herren. Und Damen, wie ich sehe.«

Ein kleiner Mann mit sicher großem Ego erhob sich von einer Eckcouch, auf der bequem zwei Fußballmannschaften Platz gefunden hätten. Sandra musste bei seinem Anblick an Hefegebäck denken – kleine Teigklumpen, die sich zu Übergröße aufplustern.

Der Mann streckte die Arme vor wie ein Messias, der die Menge grüßt und im Begriff ist, einige Wunder zu vollbringen.

»Kommen Sie, kommen Sie. Setzen Sie sich. Ich bin wie immer jederzeit bereit, mit unseren Freunden und Helfern zusammenzuarbeiten.« Was übersetzt hieß: Aus mir kriegt ihr nichts heraus, das haben schon ganz andere versucht.

Bellers ging auf den Mann und seinen ausgestreckten Arm zu, aber gerade als er die Hand ergreifen wollte, entzog sie ihm der andere und machte eine einladende Bewegung zum Sofa. Sandra bemerkte sein zufriedenes Grinsen und versuchte gar nicht erst, ihm die Hand zu reichen.

Klages war nur wenig größer als sie, nicht mehr als 1,65 Meter, dafür aber doppelt so breit. Auch er schien eifriger Konsument muskelaufbauender Substanzen gewesen zu sein, allerdings war ein großer Teil dieses

Gewebes inzwischen durch wabbeligere Varianten ersetzt worden. Er war richtiggehend fett, und die ehemaligen Muskeln waren nur noch zu erahnen. Eigentlich hätte er als abschreckendes Beispiel für alle Bodybuilder herhalten können, aber diese jungen Männer waren sicher allesamt davon überzeugt, dass sie selbst niemals älter werden würden.

Klages hatte eine solche Menge an Gold über seinen Körper verteilt, dass er wie mit Lametta behangen wirkte. Mehrere goldenen Kettchen schmückten seinen nicht vorhandenen Hals. Um Hand- und Fußgelenke glitzerte es. Die Uhr war golden, an den Fingern saßen goldene Ringe, teils mit funkelnden Steinen besetzt. Selbst im Mund leuchtete Zahngold. Der Mann passte zu seinem Haus.

»Wie kann ich Ihnen behilflich sein?«, fragte er und ließ seine Zähne blitzen. Er hatte sehr bewegliche Augenbrauen, die wie Satzzeichen jede seiner Aussagen begleiteten. Gerade hatte er eine von ihnen nach oben gezogen, die andere nicht.

»Wir kommen ...«

»Entschuldigen Sie, dass ich Sie unterbreche, aber sollte ich vielleicht besser meinen Anwalt anrufen?« Beide Augenbrauen bildeten nun halbrunde Bögen über den Augen.

»Sollten Sie das?«, fragte Bellers zurück.

»Ha, ha, gut geantwortet. Ich denke, das war ein Ja. Entschuldigen Sie mich für einen Moment.«

Er zwinkerte, verließ den Raum und ließ sie einfach sitzen. Sein Gorilla blieb neben der Tür stehen und passte mit vor der Brust verschränkten Armen auf, dass sie sich nicht etwa eine der Installationen unter den Nagel reißen würden.

Nach bestimmt zehn Minuten kehrte Klages zurück, neben sich ein Herr in Anzug und Krawatte, mit dem Aktenkoffer in der Hand, ohne den bei einem Anwalt nichts ging.

»Mannsdorf«, grüßte er zackig und reichte Bellers die Hand. Sandra ließ er aus, vielleicht hielt er sie für eine Schreibkraft.

Bellers stellte sie vor und betonte dabei die Silbe »ober« in Kriminaloberkommissar.

Nachdem nun alle ihr Bein gehoben und das Revier markiert hatten, nahmen sie wieder auf der Couch Platz.

»Darf ich erfahren, was Sie meinem Mandanten zur Last legen?«, eröffnete Mannsdorf das Gespräch. Oder den Kampf, je nachdem.

»Wie kommen Sie darauf, dass wir Ihnen etwas zur Last legen?«, wandte Bellers sich an Klages. »Wir haben Sie lediglich um ein Gespräch gebeten.«

»Ich habe meine Erfahrungen mit Gesprächen, um die mich die Polizei lediglich bittet«, grinste Klages.

»Ach. Und welche?«

»Darüber können Sie sich in Ihrer Dienststelle informieren«, mischte sich der Anwalt wieder ein. »Was Sie im Übrigen besser getan hätten, bevor Sie hierherkommen und meinem Mandanten und mir die Zeit stehlen.«

Bellers presste die Lippen so fest zusammen, dass sie nicht mehr zu sehen waren.

Sandra sagte: »Dann lassen Sie uns zum Thema kommen, damit wir keine weitere Zeit verlieren. Vorgestern

Morgen kamen bei der Explosion einer Autobombe in Sonnborn drei Menschen ums Leben.«

»Das ist mir bekannt«, meinte Klages, und seine Brauen lagen tief über den Augen, als müssten sie diese vor den Grausamkeiten der Welt schützen.

»Und?«, fragte Mannsdorf.

»Und wie es aussieht, wurde für diesen Anschlag ein Sprengstoff verwendet, der bislang erst ein einziges Mal aktenkundig geworden ist. Es handelt sich um eine selbst hergestellte Mischung, die es in dieser Form nicht zu kaufen gibt.«

»Und bei welcher anderen Gelegenheit ist der betreffende Sprengstoff bereits benutzt worden?«, fragte der Anwalt.

»Es handelte sich um einen Anschlag auf einen Pkw. Vor etwa zwanzig Monaten in Essen.«

Klages brauchte den Bruchteil einer Sekunde, dann seufzte er scheinbar gelangweilt: »Nicht schon wieder.«

»Was meinen Sie damit?«, wollte Bellers wissen.

»Mein Mandant möchte damit zum Ausdruck bringen, dass Sie ihn vor zwanzig Monaten bereits schon einmal wegen dieser Geschichte zu Unrecht verdächtigt und belästigt haben. Er befand sich damals auf einer Geschäftsreise in Indien.«

»Das sei dahingestellt. Es ist aber doch bemerkenswert, dass dieser Sprengstoff in der betreffenden Zusammenstellung noch niemals zuvor oder danach verwendet worden ist. Bis zum vorgestrigen Tag.«

»Ja, und?«, kläffte Mannsdorf. »Ich verstehe immer noch nicht, worauf Sie hinauswollen? Wenn mein Mandant mit dem Anschlag vor zwanzig Monaten nichts zu tun hatte, dann ist doch anzunehmen, dass er auch mit dem von vorgestern nichts zu tun hat. Im Übrigen war er auch bis vorgestern Abend auf Geschäftsreise. In Ägypten.«

»Wie praktisch. Nehmen wir mal an, er hatte aber doch mit dem Anschlag vor zwanzig Monaten zu tun ...«, begann Bellers, wurde aber von Klages unterbrochen, der seine Hand auf einen niedrigen Beistelltisch knallen ließ. Seine Augenbrauen bildeten einen Pfeil, der zur Nase wies.

»Das reicht jetzt. Sie stehlen mir meine Zeit. Wenn sonst nichts ist?« Er stand auf und verließ einfach den Raum.

Sein Anwalt räusperte sich. »Alles Weitere dann bitte mit offizieller Vorladung oder gar nicht.« Er klemmte sich seinen Aktenkoffer unter den Arm und verließ ebenfalls den Raum.

Jetzt waren sie mit dem Gorilla alleine. Bevor der sich noch auf die Brust trommeln würde, verließen auch Sandra und Bellers das Haus.

Kapitel 15

Und damit wirst du nicht durchkommen, mein Freund«, murmelte Bellers, als sie zu seinem Wagen gingen. »So nicht, glaub mir.«

Er sah zwar vollkommen ruhig aus, aber an seinen zackigen Bewegungen konnte Sandra sehen, wie er sich aufregte. Sie fand das gut. Endlich verhielt er sich mal wie ein Mensch, und nicht wie ein Fleisch gewordenes Lehrbuch über Ermittlungsarbeit.

»Dem glaubt man besser gar nichts«, meinte sie.

»Wieso sagen Sie das?«

»Das hat man doch gemerkt.«

»Woran?«

»Na, an ... an allem eben.«

»Das ist mir zu unkonkret. Solche Aussagen sollten Sie gründlicher überlegen.«

Und du solltest mich nicht noch weiter ärgern, dachte Sandra. Sonst passiert was. Oder sonst rede ich kein Wort mehr mit dir, dachte sie weiter und wusste selbst, dass sie sich gerade wie eine Dreijährige aufführte.

»Wir werden jetzt sofort ...«, begann Bellers, dann unterbrach er sich, weil sein Handy klingelte. »Ja? Ach, du bist es.« Er ging einige Schritte vom Auto weg und wandte Sandra den Rücken zu. Es war wohl kein dienstliches Gespräch.

Obwohl Sandra nicht lauschen wollte, konnte sie nicht vermeiden, dass sie einiges mitbekam.

»Schon wieder? ... Nein ... Du weißt doch ... Aber wenn ich sage ... Nein, mach das nicht. Hör zu, ich komme sofort. Bis dahin mach gar nichts, hörst du? Gar nichts!«

Als er sein Handy einsteckte und das Auto öffnete sah Sandra, wie seine Hände zitterten.

»Probleme?«, fragte sie.

»Nein.« Er stieg ein, verfehlte zweimal das Zündschloss und versuchte dann, im dritten Gang anzufahren.

»Soll ich vielleicht fahren?«, fragte Sandra von hinten.

»Es ist alles in Ordnung. Ich ... Ich muss nur mal kurz nach Hause. Kann ich Sie im Präsidium absetzen?«

»Von mir aus. Wann kommen Sie denn wieder?«

»Das ... Es wird sicher nicht lange dauern. Sie können ja vielleicht die Sache mit dem Anschlag in Essen recherchieren.«

»Haben Sie das noch nicht getan?«, wunderte sich Sandra. Es war doch wohl kaum möglich, dass ihr Kollege unvorbereitet hierhergekommen war?

»Selbstverständlich. Aber Sie doch ganz offensichtlich nicht.«

Hätte sie bloß nicht gefragt, dachte Sandra und sagte: »Sind Sie sicher, dass Sie fahren können?«

Bellers war soeben mit den beiden rechten Reifen über den Bordstein gerumpelt. »Natürlich.« Ihr Kollege umklammerte das Lenkrad mit beiden Händen, sodass die Knöchel weiß hervortraten. Bis zum Präsidium sprach er kein Wort mehr. Er setzte Sandra ab und fuhr mit quietschenden Reifen davon.

Sandra sah ihm kopfschüttelnd hinterher. Dieser Mann hatte irgendein Problem. Und wenn es sich dabei um etwas handelte, das gegen die Regeln verstieß, dann könnte er sie mal ganz anders kennenlernen.

Im Büro fuhr sie den Computer hoch und suchte nach allem, was sie über die Explosion vor zwanzig Monaten finden konnte. Der Mann, der in dem Wagen ums Leben gekommen war, hieß Ludger Friedrich. Er war eine bekannte Größe im Essener Rotlichtmilieu und hatte sich stets betont gesetzestreu gegeben. Seine »Mädchen« erhielten ein festes Gehalt und regelmäßige medizinische Versorgung. Alle waren volljährig und arbeiteten freiwillig für ihn. So freiwillig, wie eine Frau eben als Prostituierte arbeitete. Es gab vermutlich keine Einzige unter ihnen, die nicht aus einer Notlage heraus diesen Schritt getan hatte. Aber so wie es aussah, hätten sie es tatsächlich schlechter treffen können, als bei Ludger Friedrich zu landen. Dinge wie Sex-Flatrates gab es in seinen Häusern nicht. Wenn die Frauen krank waren, wurden sie nicht zum Arbeiten gezwungen. Sie bekamen sogar Urlaub und einen freien Tag pro Woche. Wenn man davon absah, dass er den größten Teil ihres Honorars für sich behielt, obwohl er so gut wie nichts dafür tat, verhielt er sich nahezu anständig.

Bis dahin die gesicherten und kriminalistisch nicht relevanten Fakten. Nun ging es weiter mit den ungesicherten. Dem Gerede, das in der Drogenszene über ihn kursierte und das stets auf der Ebene von Gerüchten blieb, weil Drogenabhängige im Allgemeinen kein Interesse hatten, sich auf eine unterschriebene Aussage festnageln zu lassen. Nach den Ermittlungen der Essener Drogenfahndung hatte Friedrich vermutlich etwa zwei Jahre vor seinem gewaltsamen Tod begonnen, in größerem Stil mit Drogen zu handeln. Soweit sie es wussten, hatte er sich auf Kokain und Heroin beschränkt, schmutzigere Sachen wie Methamphetamin oder andere synthetische Drogen lagen ihm nicht. Auch was die Drogen anging, verhielt er sich offenbar wie ein Gentleman. Wie die Gerüchteküche besagte, war sein Stoff sauber, seine Geschäftsbedingungen ehrlich, er haute niemanden übers Ohr. Hätte er eine Drogeriekette gegründet, anstatt mit Drogen und Sex zu handeln, er wäre ein angesehener Mann gewesen.

Weiterhin war den Essener Kollegen zu Ohren gekommen, dass Friedrich sein Geschäft ausweiten wollte. Nach einigen Vorstößen in andere Städte des Ruhrgebiets, die jedoch fest in den Händen seiner Konkurrenten waren, war er schließlich auf Wuppertal und das Bergische Land verfallen. Hier hatte er offenbar Potential für den Verkauf von gutem, sauberem Stoff gesehen. Und nun wurde es noch spekulativer. Wie es in den Berichten der Essener Kollegen hieß, hätten sie aus nicht genannten Informationsquellen erfahren, dass Friedrich durch diese Expansionspläne einem gewissen Kevin Klages in die Quere geraten sei. Dieser habe weder die Neigung gezeigt, etwaige Konkurrenten in aller Freundlichkeit darauf hinzuweisen, dass sie gerade einen Fehler begingen, noch habe er einen Hang zu ehrlicher Geschäftskonkurrenz in freier Marktwirtschaft gehabt. Stattdessen habe er eventuelle Konkurrenten schlicht beseitigt beziehungsweise beseitigen lassen. Denn die nicht benannte Quelle sei davon ausgegangen, dass Kevin Klages einen Auftragskiller beschäftige, der bereits mehrfach unliebsame Menschen aus dem Weg geschafft habe. Da sich nichts davon bestätigen ließ, hatten die Essener Kollegen diese Spur jedoch nach einigen Monaten wieder aufgegeben. Zwar war auch in Wuppertal wiederholt gegen Kevin Klages ermittelt worden, aber ebenfalls ohne Ergebnis.

Als Nächstes las Sandra alles, was sie zu dem zweiten Opfer, das vor zwanzig Monaten mit Friedrich in seinem Wagen ums Leben gekommen war, finden konnte. Es handelte sich um Nina Deutschmann, eine 31-jährige, freie Journalistin. Nach Angaben ihres Mannes Uli Deutschmann arbeitete sie seit Monaten an einer Reportage über Prostitution in Deutschland. Nebenher schrieb sie Kolumnen und Artikel für verschiedene Zeitungen. Die Ermittlungen hatten absolut nichts zutage gefördert, was diese Frau zum Opfer eines Sprengstoffanschlags prädestiniert hätte. Offensichtlich war sie tatsächlich einfach nur zur falschen Zeit am falschen Ort gewesen.

Sandra schaute auf die Uhr. Es war bereits Mittag, und Bellers hatte sich noch nicht gemeldet. Wie lange sollte sie noch auf ihn warten? Jetzt würde sie erst mal etwas essen, und dann würde sie mit den Ermittlern sprechen, die den Sprengstoffanschlag in Essen untersucht hatten. Egal ob mit oder ohne Bellers.

Aber es kam anders. Kaum hatte sie in der Kantine Platz genommen, klingelte ihr Handy.

»Na endlich. Wo sind Sie?«, fragte Bellers, nachdem sie das Telefon aus der Hosentasche gekramt und fast ins Tagesgericht 2 fallen gelassen hatte.

»Wo sind Sie?«, fragte Sandra zurück.

»Unterwegs zu Sofia Lamprecht. Ich möchte sie wegen eventueller Verbindungen ihres Mannes zu Drogengeschäften vernehmen. Kommen Sie bitte auch dorthin.«

»Jetzt? Ich habe mir gerade etwas zu essen geholt.«

»Das ist nicht der richtige Zeitpunkt, es langsam angehen zu lassen. Der Fall ist noch frisch. Je mehr Zeit vergangen ist, desto schwieriger wird es für uns werden, Spuren aufzudecken und zu verfolgen.«

Handbuch für Ermittler, Seite eins, dachte Sandra.

»Ganz abgesehen davon, dass nach wie vor die halbe Welt auf uns schaut und mit Sicherheit genauestens zur Kenntnis nehmen wird, wie unsere Fortschritte ...«

»Es ist aber auch nicht der richtige Zeitpunkt, um während der Arbeitszeit zu Hause irgendwelche Dinge zu regeln«, unterbrach ihn Sandra.

»Ich ... Also schön. Dann essen Sie zu Ende und warten im Präsidium auf mich.« Ehe Sandra noch etwas entgegnen konnte, hatte er aufgelegt.

Sie schüttelte den Kopf und begann, an ihrem ledrigen Kotelett herumzusäbeln. Wieso scheuchte Bellers sie eigentlich herum? Gut, er sollte sie einarbeiten. Deswegen war sie aber nicht unmündig oder gar seine Leibeigene. Kurz überlegte Sandra, jetzt erst recht zu den Ermittlern des Essener Sprengstoffanschlags zu fahren. Oder wenigstens mit ihnen zu telefonieren. Aber dann fand sie es selbst albern und beschloss, nach dem Essen lieber ein Stück spazieren zu gehen. Aus dem Spazieren wurde dann ein wilder Lauf von sechs Kilometern. In 24 Minuten. Sandras Anspannung war enorm gewesen.

Nach einem Abstecher auf ihre persönliche Toilette im dritten Stock, in der sie sich gewaschen und umgekleidet hatte, kehrte Sandra in ihr Büro zurück und stellte fest, dass Bellers schon da war.

»Wo waren Sie? Im Schwimmbad?«, begrüßte ihr Kollege sie. Sandra hatte beim Waschen des Gesichts auch ihre Haare nass gemacht.

»Unsinn. Fragen Sie mich nicht, wo ich war, dann frage ich Sie nicht, wo Sie waren. Also, wie war es bei Sofia Lamprecht?«

Bellers schaute sie einige Sekunden schweigend an. Dann rückte er einen Bleistift gerade, der quer in seiner Stiftdose gelegen hatte. »Sie behauptet, nichts über Drogen zu wissen. Gar nichts. Sie weiß sozusagen noch nicht mal, dass es so etwas wie Drogen überhaupt gibt.«

»Aha. Und was glauben Sie?«

»Ich glaube, sie hat jedenfalls in den letzten Jahren nichts Härteres genommen als Eiweißgetränke zum Muskelaufbau. Das sagt natürlich nichts darüber aus, ob ihr Mann mit Drogen zu tun gehabt haben könnte.«

»Natürlich nicht.« Handbuch für Ermittler, Seite zwei: keine unzulässigen Schlussfolgerungen.

»Aber ich habe etwas Interessantes von ihr erfahren.«

»Und das wäre?«

»Lamprechts Familie besitzt noch ein weiteres Haus. Ein Ferienhaus in der Eifel.«

»Ach?«

»Ja. Das bedeutet noch mehr Arbeit für Petra Oberrath und ihre Truppe. Sofia Lamprecht hat übrigens nichts dagegen, dass wir uns in diesem Haus umschauen. Aber da sie noch nicht die offizielle Erbin ist, habe ich mit dem Staatsanwalt gesprochen und um einen Durchsuchungsbeschluss gebeten. Frau Oberrath wird heute allerdings noch nicht dazu kommen, sich das Haus anzusehen. Also schlage ich vor, dass wir zunächst selbst hinfahren. Vielleicht finden wir dort irgendetwas, das auf eine Verbindung von Lamprecht zu Drogengeschäften hinweist. Zu den Kollegen in Essen können wir auch morgen noch gehen. Wir ...«

Während er noch redete, stand Sandra schon fast auf dem Flur. »Wir könnten so manches, wenn Sie jetzt endlich kommen würden«, entgegnete sie.

Wieder schaute Bellers sie verwundert an. Dann schnappte er sich kopfschüttelnd seinen Autoschlüssel, der stets in der rechten Ecke seiner obersten Schublade lag, und folgte ihr.

* * *

Auf der Fahrt in die Eifel sprachen sie über den Sprengstoffanschlag zwanzig Monate zuvor in Essen. Als Sandra über Nina Deutschmann sagte: »Diese Frau hat einfach nur Pech gehabt, als sie Klages in die Quere gekommen ist«, wandte Bellers ein: »Moment, Sie sind zu voreilig. Wenn ich Sie richtig verstehe, wissen wir nicht mit Sicherheit, ob nicht doch sie mit dem Mordanschlag gemeint gewesen war. Genauso wenig wie wir wissen, ob wirklich Kevin Klages hinter der Sache steckt und ob es überhaupt etwas mit Drogen zu tun gehabt hat.«

»Die Ermittler damals schienen das für wahrscheinlich zu halten.«

»Aber nicht für sicher. Sonst würde Klages jetzt nicht in seiner Villa, sondern im Gefängnis sitzen.«

»Sie wissen doch selbst, dass man nicht immer beweisen kann ...«

»Wenn man es nicht beweisen kann, kann man auch nicht sicher sein.«

Sandra hätte fast die Armaturen zertrümmert. Und war leider gleichzeitig kurz davor zu weinen. Nur mit halbem Ohr hörte sie, wie Bellers von einem Blumenstrauß und einer Karte vor Lamprechts Haus berichtete. Die Blumen waren Disteln gewesen, und auf der Karte hatte keine Beileidsbekundung gestanden. Stattdessen hatte irgendjemand geschrieben: *Dieter Lamprecht, wir tanzen auf deinem Grab!* Unterzeichnet war die Karte mit *Womens together*, was immer das heißen mochte.

Die restliche Strecke bis zu Lamprechts Haus in der Nähe von Maria Laach redeten beide kein Wort mehr. Bellers machte zwar zwischendurch eine Bemerkung übers Wetter und später eine über die Landschaft, aber Sandra ging nicht darauf ein. Sollte er ruhig schmoren.

Schließlich hielten sie vor einem einsamen Haus ganz in der Nähe des Laacher Sees. Das Haus verschwand fast hinter einer bestimmt zwei Meter hohen Hecke, die ein großes Grundstück umgab. Durch ein mehrere Meter breites Tor konnten sie sehen, dass der Garten regelmäßig gepflegt wurde. Das Haus selbst war ein würfelförmiger Kasten mit spitzem, dunkel geziegeltem Dach. Drei Wände waren verschiefert, nur die Vorderfront war verputzt und weiß gestrichen, sodass das Haus nicht ganz so düster wirkte wie manche andere Häuser in dieser Gegend. Als Bellers an einem Weg seitlich des Hauses parkte, entdeckte Sandra durch ein weiteres Tor in der Hecke eine Terrasse, auf der eine Menge Gartenmöbel standen. Außerdem sah sie bestimmt ein Dutzend Jugendliche, mit auf den Tisch gelegten Füßen und Bierflaschen in den Händen. Zwei hockten knutschend in einer Hollywoodschaukel, einige andere rauchten verdächtig dick aussehende Zigaretten, die sie im Kreis herumreichten. Einer war ein paar Schritte beiseite gegangen und pinkelte gerade in ein Vogelbad.

»Was ist denn hier los?«, brummte Bellers.

»Schauen wir's uns mal an«, erwiderte Sandra und war schon auf dem Weg in den Garten, als Bellers noch sein Auto abschloss und zweimal überprüfte, ob die Tür auch wirklich zu war.

»Hallo«, rief Sandra, als sie um die Hausecke bog. »Darf ich fragen, was ihr hier macht?«

»Party«, antwortete einer der Jungs mit Bierflasche. Er hielt die Flasche hoch, verlor dabei das Gleichgewicht und plumpste vom Stuhl. Kichernd blieb er auf dem Boden liegen.

»Haben Sie die Berechtigung, sich hier aufzuhalten?«, fragte Bellers.

Dieser Satz musste erst durch betrunkene und bekiffte Hirnwindungen geleitet werden, was einige Zeit in Anspruch nahm. Es war ein Mädchen, das als Erste diese Aufgabe bewältigt hatte. Sie fragte: »Was?«

»Wir wollen wissen, wer euch erlaubt hat, hier zu feiern«, präzisierte Sandra.

Erneutes Schweigen war die Antwort. Aber diesmal hatte das Schweigen sozusagen eine Richtung. Die Jugendlichen schauten den Jungen an, der mit dem Arm um die Schultern eines Mädchens in der Hollywoodschaukel saß.

»Na?«, fragte Sandra und sah ihn ebenfalls an.

»Na was?«, fragte der Junge zurück.

»Na, was ihr hier macht?«

»Was macht ihr denn hier?«, fragte der Junge zurück und streckte herausfordernd sein Kinn vor.

Na gut, dachte Sandra und ging zu ihm. »Wir sind von der Kriminalpolizei und ermitteln hier wegen eines Gewaltverbrechens.«

Der Junge ließ den Unterkiefer hängen. Das Mädchen neben ihm rückte ein Stück von ihm ab, als handelte es sich bei dem Gewaltverbrechen, um das es hier ging, um unrechtmäßiges Knutschen in einer Hollywoodschaukel. Der pinkelnde Junge im Garten versuchte, sich unauffällig zu verdrücken.

»Hallo! Bleiben Sie bitte hier, bis wir Ihre Personalien festgestellt haben«, rief Bellers ihm hinterher.

Der Junge blieb stehen, schaute ihn groß an und fragte dann ebenfalls: »Was?«

»Wir brauchen deinen Namen. Und den von euch anderen auch. Na los.« Sandra hatte ihr Notizbuch gezückt.

Nach und nach gaben die Jugendlichen ihre Personalien an. Die Jungs und Mädels hier waren noch sehr jung, trotz der wilden Party, die sie gerade gefeiert hatten.

Es stellte sich heraus, dass sie die Schule geschwänzt und schon seit dem frühen Morgen hier »abgehangen« hatten. Sie waren alle aus der gleichen Klasse – einer neunten – und inzwischen würden eine ganze Menge Eltern bereits über ihr Fehlen in der Schule informiert sein und halb besorgt, halb wütend auf sie warten. Wie diese Kinder ihren Eltern erklären wollten, warum sie betrunken und bekifft viel zu spät nach Hause kamen, hatten sie sich wohl irgendwann später überlegen wollen.

Der Junge in der Hollywoodschaukel war der Sohn des Gärtners, der dieses Anwesen pflegte. Er hatte seinem Vater die Schlüssel gemopst und hatte die anderen angestiftet mitzumachen. Behaupteten jedenfalls die anderen. Er selbst schaute seine Freunde bloß entsetzt an. Das war wohl vorerst die letzte Party, die er organisiert hatte. Schließlich informierte Sandra seine Eltern, die in einer Telefonkette alle anderen Eltern benachrichtigten, und innerhalb der nächsten halben Stunde wurden alle Jugendlichen schimpfend in Autos verfrachtet und abtransportiert.

Kapitel 16

Gut, dass wir die noch gesehen haben«, meinte Sandra, als sie über die Terrasse zum Haus gingen. »Die Spurensicherung hätte sonst Tage damit verbracht, Fingerabdrücke von den Bierflaschen und Speichelproben von den Kippen zu nehmen, und wir hätten die wildesten Theorien entwickelt, was hier wohl los gewesen ist.«

»Sie hätten die wildesten Theorien entwickelt«, gab Bellers zurück. »Ich selbst halte mich an die Fakten.«

Noch ein Mal und es passiert was, dachte Sandra.

Bellers hatte schon die Schlüssel gezückt, aber die Terrassentür stand sperrangelweit offen. Sie gab den Weg in ein Wohnzimmer frei, das mit schweren und wuchtigen Eichenmöbeln überladen war. Ein Ecksofa mit geblümtem Bezug nahm ein Viertel des Raums ein. Gegenüber auf einem Schränkchen stand ein großer, klobiger Bildröhren-Fernseher, der in Zeiten der Flachbildschirme museumsreif wirkte. Sonst gab es nur nur noch einen Schrank, eine Vitrine, in der altes Geschirr mit Rosenmuster ausgestellt war, und einen Esstisch mit sechs Stühlen. Alles aus demselben, dunkel lackierten Eichenholz.

»Passt gar nicht zu Lamprecht«, entfuhr es Sandra. Im selben Moment ärgerte sie sich. Sie hatte eigentlich gar nicht mehr mit Bellers reden wollen. Und schon gar nicht über Dinge, die keine Fakten waren. Wahrscheinlich würde sie sich gleich wieder anhören müssen, dass sie nicht wirklich wissen konnte, was zu Lamprecht passte. Und dass es auch gar nicht sachdienlich war, sich Gedanken darüber zu machen.

Aber diesmal sagte ihr Kollege lediglich: »Stimmt.«

»Ich geh mal nach oben«, murmelte Sandra und atmete auf, als sie auf der Treppe und damit außer Sichtweite war. Die Treppe bestand aus alten Holzstufen, die mit einem zerschlissenen Läufer belegt waren, der bei jedem Schritt hin und her rutschte.

Im oberen Stockwerk befanden sich vier Schlafzimmer und ein Bad. Sandra entdeckte, dass in einem der Zimmer die Bettdecken zerwühlt waren. Die Jugendlichen hatten ihre Party anscheinend nicht nur auf die Terrasse beschränkt.

Im Bad fand sie Duschbad und Shampoo, Rasierzeug, Rasierwasser, einen Kamm. Alles für den Mann. Aber keine Schminksachen, keine Bürste, keine Cremes, nichts, was auf die Anwesenheit von Frauen hindeutete. Entweder kam Lamprecht immer nur alleine hierher oder gar nicht, und die Sachen waren noch von seinem Vater. Alt genug sahen sie aus.

Dann ging Sandra durch die Schlafzimmer, schaute in Schränke und unter Betten, und in einem von ihnen – natürlich dem letzten – wurde sie fündig.

»Bellers?«, rief sie nach unten. »Können Sie mal kommen?«

Kurz darauf erschien ihr Kollege im Zimmer. Sandra lag gerade mit dem Oberkörper unter dem Bett und strampelte mit den Beinen, um noch tiefer darunterzurutschen.

»Was machen Sie da?«, fragte Bellers.

»Ich habe was gefunden«, sagte Sandra und musste niesen, weil ihr bestimmt ein Pfund Staub ins Gesicht rieselte, als sie einen Plastikbeutel zwischen den Brettern des Lattenrostes hervorzerrte. Der Beutel war etwa handtellergroß und prall gefüllt mit einer weißen, pulvrigen Substanz. Sandra schob den Beutel unter dem Bett hervor.

»Oha!«, hörte sie ihren Kollegen.

»Hier ist noch mehr davon. Eine ganze Menge, um genau zu sein.« Sie zerrte am nächsten Beutel.

Kurz darauf wurde es auf einmal hell unter dem Bett, und eine weitere Ladung Staub schwebte auf sie herab. Bellers hatte die Matratze angehoben.

»Warum holen Sie die Beutel nicht von oben?«, fragte er, während er sie seelenruhig durch das Lattenrost hindurch betrachtete. Sandra sagte nichts. Mit zusammengepressten Lippen schob sie sich unter dem Bett hervor und klopfte sich den Staub von der Kleidung. Dann schaute sie auf das Rost. Bestimmt dreißig Beutel lagen hier, dicht an dicht gedrängt. Wenn der Inhalt das war, wonach es aussah, musste das ein Vermögen wert sein.

»Sie haben den Beutel übrigens ohne Handschuhe angefasst«, bemerkte Bellers.

Sandra blickte auf ihre Hände, als müsste sie überprüfen, ob das stimmte. Sie hatte sich mitreißen lassen von ihrem Fund. Hatte nicht nachgedacht. Darüber würde sie sich vermutlich noch mehrere Wochen lang ärgern.

»Nun gut«, meinte Bellers. »Wir sollten demnach in Richtung Drogen ermitteln.«

»Und in Richtung Kevin Klages«, fügte Sandra herausfordernd hinzu. Sie wartete darauf, dass Bellers widersprach. Aber er nickte nur.

Dann riefen sie Petra Oberrath an und schauten anschließend in die übrigen Räume. Im Gästeklo im Erdgeschoss fanden sie weitere Beutel mit weißem Pulver, außerdem bestimmt hundert Packungen mit verschreibungspflichtigen Medikamenten.

Eineinhalb Stunden später kündigte das Quietschen eines nicht geölten Rades das Eintreffen der Kollegin der Spurensicherung an. Als sie die vielen Beutel und Packungen sah, riss sie die Augen auf. »Donnerwetter. Das dürfte nicht zum Eigengebrauch bestimmt gewesen sein.«

»Wohl kaum«, stimmte Bellers zu.

»Okay. Dann verdünnisiert euch mal und lasst mich und meine Leute in Ruhe arbeiten. Ich rufe an, sobald ich weiß, was in den Beuteln ist.« Petra hatte bereits ihren Koffer geöffnet und wedelte sie mit den Händen beiseite.

»Sollen wir nicht ...«, begann Bellers.

»Nein, sollt ihr nicht. Ihr stört mich hier nur.« Und im selben Atemzug fragte sie Sandra: »Bleibt es bei heute Abend?«

»Meinst du denn, du bist rechtzeitig fertig?«

»Aber sicher bin ich rechtzeitig fertig. Ich mache um halb sechs Schluss, dann bin ich bis sieben locker im Präsidium. Es liegt immer an einem selbst, wann man fertig ist.«

»Na ja«, brummte Bellers.

»Aber sicher. Wenn man um sechs aufhört, dann ist man um sechs fertig. Wenn man dagegen erst um zehn aufhört, ist man erst um zehn fertig.«

»Es gibt aber doch Situationen ...«

»Ja, klar«, unterbrach ihn Petra. »Aber die sind selten. Meist ist man selbst schuld, wenn man zu lange arbeitet.«

So hatte Sandra das noch nie betrachtet. Bellers offensichtlich auch nicht, denn er runzelte die Stirn.

* * *

Auf dem Weg nach Wuppertal klingelte Bellers Handy. Da er gerade dabei war, sich während des Berufsverkehrs in einen Kreisverkehr einzufädeln, bat er Sandra: »Können Sie bitte das Gespräch annehmen?«

Sandra nickte. »Bei Bellers«, meldete sie sich.

»Markus? Bist du das?«, hörte sie eine Stimme, die ihr ein Loch ins Trommelfell zu schneiden schien.

»Äh, nein. Hier ist Sandra Santori, eine Kollegin. Wer ist denn da?«

»Ich will Markus sprechen«, sagte die Stimme.

»Das geht gerade schlecht. Worum geht es denn? Kann ich ihm was ausrichten?«

»Können Sie. Sagen Sie ihm, er soll seinen fetten Arsch nach Hause bewegen und seinen dämlichen Alten einfangen. Sonst rufe ich die Bullen. Diesmal endgültig.«

»Ähm...«, begann Sandra, aber die andere hatte schon aufgelegt.

»Was war?«, fragte Bellers, der es nun endlich geschafft hatte, eine Lücke zwischen zwei Lastern zu erwischen und in den Kreisverkehr zu gelangen.

»Tja, ich weiß gar nicht ... Irgendjemand will, dass Sie nach Hause kommen.« Von dem fetten Arsch sagte sie lieber nichts. Bellers' Hinterteil war tatsächlich etwas groß geraten.

Sie sah, wie seine Hände das Lenkrad umklammerten. Er verpasste die Ausfahrt und drehte eine weitere Runde im Kreisverkehr.

»Hat sie ... hat sie gesagt, wieso?«

»Ich habe es nicht so genau verstanden. Sie sollen Ihren Alten einfangen, kann das sein?«

»Ach ... das wird wohl unser Hund sein. Der läuft immer weg.« Bellers' Ohren sahen nicht danach aus, als wäre das die reine Wahrheit.

»Ja, dann«, meinte Sandra bloß.

Bellers fuhr weiter, mit zusammengepressten Lippen. Sie waren schon fast beim Präsidium, als Sandra fragte: »Kann ich Ihnen irgendwie helfen? Beim Einfangen, meine ich.«

»Nein!«, kam es schnell zurück. »Das ist unmöglich. Ich meine, unnötig. Außerdem müssen Sie in die Besprechung gehen. Für den Fall, dass ich nicht rechtzeitig zurück bin.«

Sandra schaute auf die Uhr. Es war halb fünf. Es schien lange dauern zu können, einen alten Hund einzufangen.

»Na gut. Wie Sie meinen. Dann schreibe ich einen Bericht über unseren Fund in der Eifel. Über die Vernehmung von Sofia Lamprecht kann ich natürlich nichts schreiben.«

»Nein. Klar. Das müssen Sie auch nicht.« Bellers war mit den Gedanken bereits irgendwo, aber nicht mehr bei ihr.

Also stieg Sandra achselzuckend aus. Sie schrieb den Bericht, der sechs Seiten lang wurde. Sie kürzte noch einige Stellen, und dann nutzte sie die zwanzig Minuten bis zur Abendbesprechung für fünfzig Liegestütze, zweihundert Kniebeugen und dreihundert Sit-ups. Dabei hoffte sie inständig, dass Bellers nicht doch schon vor der Besprechung zurückkam und sie keuchend am Boden ihres Büros vorfinden würde. Aber sie hatte Glück.

In der Besprechung wurden ihre Neuigkeiten mit »Aaah« und Pfiffen aufgenommen, was sie freute. Als wäre es ihr Verdienst, dass in Lamprechts Ferienwohnung Drogen versteckt gewesen waren. Nur Imke starrte vor sich auf den Tisch und spielte mit einem Bleistift.

»Damit dürfte die Sache mit dem Terrorismus endgültig vom Tisch sein«, meinte Bongarz. »Oder gibt es da neue Informationen?«

Fladerer schüttelte den Kopf. »Weiterhin keinerlei Hinweise auf einen terroristischen Anschlag. Morgen wird bei der Pressekonferenz diesbezüglich Entwarnung gegeben und auf einen kriminellen Hintergrund des Anschlags hingewiesen werden.«

»Dann sollten wir wohl diesen Kevin Klages hops nehmen, was?«, meinte Lukas Mann.

»Nein, das sollten wir nicht«, widersprach Fladerer und ließ sich ächzend auf einen Stuhl fallen.

»Wieso nicht?«

»Es spricht einiges gegen ihn, das stimmt«, erklärte Fladerer. »Aber klar ist hier noch gar nichts. Außerdem haben wir den guten Klages schon mehrere Male hopsgenommen, und immer hat er uns eine lange Nase gedreht und ist lächelnd davonspaziert. Übrigens nicht ohne Entschädigungen für die ihm entstandenen Unannehmlichkeiten einzufordern. Nein, bevor wir dem Feuer unterm Hintern machen, müssen wir mehr als nur ein Streichholz in der Hand haben.«

»Aber wir lassen ihn doch wohl nicht einfach in Ruhe?«, beharrte Lukas Mann.

»Das nicht. Aber wir müssen vorsichtig sein. Der hat einen Anwalt, der schlimmer als zwanzig Kampfhunde ist. Bongarz, am besten übernehmen Sie das.«

»Ach. Und warum Bernd? Warum nicht ich?«, fragte Lukas.

»Sie können ja mitgehen. Aber überlassen Sie Bongarz das Fragen. Er ist nun mal ein alter Hase und weiß, was er darf und was nicht. Außerdem ist er sehr diplomatisch.«

»Und ich bin das nicht, oder wie?«

»Nein«, gab Fladerer schlicht zurück. »Bongarz, setzen Sie sich vorher noch mit der Drogenfahndung in Verbindung, ja? Die haben bestimmt ein paar Meter Akten über unseren Freund Klages.«

»Wird gemacht«, stimmte Bongarz zu.

»In Ordnung. Was sonst?«, fragte Fladerer.

»Wir sollten die lustige Witwe noch mal befragen«, meinte Michael Schweizer. »Zum einen muss sie doch von den Drogengeschäften ihres Mannes etwas mitbekommen haben. Außerdem bin ich immer noch nicht überzeugt, dass sie mit dem Anschlag auf ihn nichts zu tun hat.«

»Bellers war heute schon bei ihr und hat nichts gehört oder gesehen, was sie verdächtig erscheinen ließ«, wandte Sandra ein. »Außerdem gibt es da diese Sache mit dem Sprengstoff. Wie hätte sie zufällig genau die gleiche Art Sprengstoff herstellen und nutzen können wie Klages? Wenn es denn Klages war, vor zwanzig Monaten in Essen.«

Schweizer zuckte mit den Schultern. Daran hatte er offensichtlich nicht gedacht. Und genauso offensichtlich war er nicht erfreut, dass er daran nicht gedacht hatte. »Was weiß ich. Vielleicht steckt sie mit Klages unter einer Decke. Oder sie hat zufällig denselben Killer angeheuert, der Klages' Aufträge ausführt.«

»Wenn er wirklich einen haben sollte«, meinte Fladerer. »Was wir nicht wissen, sondern nur vermuten.«

»Oder sie steckt hinter dem Anschlag in Essen, und Klages hat gar nichts damit zu tun«, überlegte Imke.

»Nicht sehr wahrscheinlich«, meinte Fladerer. »Aber gut. Schweizer, Sie und Frau Hellweg gehen morgen noch mal zu Sofia Lamprecht und nehmen sie richtig in die Mangel. Sie können auch noch mal diese Mitarbeiterin von ihm ... Diese Dings ...«

»Sonja Kluge«, warf Michael Schweizer ein. Wahrscheinlich sagte er sich jeden Abend sämtliche Namen, Daten, Orte und Fakten eines Falls auf, bevor er ins Bett ging.

»Genau. Die können Sie auch noch befragen. Irgendjemand muss doch etwas von seinen Geschäften gewusst haben.«

»Und was machen Bellers und ich?«, fragte Sandra.

»Wo ist Bellers eigentlich?«, fragte Fladerer zurück.

»Der musste etwas erledigen. Also, was sollen wir machen?«

»Was schlagen Sie denn vor?«

»Eigentlich ...« Sandra stockte. Eigentlich sollte sie Sätze nicht mit »eigentlich« anfangen. Das hatte ihr Inge immer wieder eingeschärft. »Wir hatten geplant, mit den Kollegen aus Essen zu reden.«

Fladerer nickte. »Dann machen Sie das. Gibt es sonst noch was?«

»Wissen wir etwas über die Identität des weiblichen Opfers von vorgestern?«, fragte Imke.

»Bei den neu eingegangenen Vermisstenmeldungen gibt es zurzeit nur eine, die infrage kommt«, antwortete Fladerer. »Jedenfalls nur eine hier in Wuppertal. Eine ... Moment ...« Er blätterte in seinen Unterlagen.

»Maria Abendroth«, sagte Sandra, was ihr einen giftigen Blick von Schweizer einbrachte. Er war hier für das Faktenwissen zuständig.

»Genau. Sie ist heute Morgen von ihrem Vater vermisst gemeldet worden. Er hat sogar mitgedacht und einen persönlichen Gegenstand von ihr mitgebracht, sodass die DNA-Untersuchung bereits läuft.«

Sandra unterdrückte ein Grinsen bei der Erwähnung des persönlichen Gegenstands.

»Morgen früh sollten wir das Ergebnis haben. Sonst noch was? Nein? Frau Hellweg, wären Sie wieder so gut?«

Wieder fasste Imke zusammen, was sie besprochen hatten. Fladerer nickte ihr zu und sagte: »Dann wünsche ich allen einen guten Abend. Bis morgen um die gleiche Zeit.«

Kapitel 17

Es war 18.25 Uhr. Bis zu Sandras Verabredung mit Petra Oberrath waren noch mehr als dreißig Minuten Zeit, und sie verbrachte sie wieder mit gymnastischen Übungen in ihrem Büro. Aber diesmal hatte sie nicht so viel Glück, denn Bellers kam herein, als sie gerade zwischen Schreibtischstuhl und Papierkorb lag und Sit-ups machte. Sie rollte sich schnell auf die Seite und tat so, als suchte sie etwas, das neben den Korb gefallen war. Tatsächlich lag dort der Zettel mit Petras Telefonnummer und Adresse, der irgendwie vom Schreibtisch dorthin gesegelt sein musste. Warum sie sich für ihre angebliche Suche in voller Länge auf den Boden legen musste, und warum sie so rot im Gesicht war, blieb ihr Geheimnis.

Bellers schaute sie mit hochgezogenen Brauen an. Aber da er gerade selbst von einer Mission zurückkehrte, über die er nicht reden wollte, fragte er nicht, was sie dort auf dem Boden trieb. Er wollte nur wissen, wie die Besprechung gelaufen war, dann machte er sich wieder auf den Heimweg.

Sandra ging zur Spurensicherung und schaute, ob Petra schon da war. Tatsächlich traf sie die Kollegin an, als sie gerade ihren Koffer im Schrank verstaute und die Schuhe wechselte. Sie tauschte ihre vernünftigen, robusten Trekkingschuhe gegen gänzlich unvernünftige, schrille Pumps aus glitzerndem Silber, die an ihren stämmigen Beinen viel zu klein aussahen. Mit ihrer rundlichen Figur wirkte sie nun wie ein auf der Spitze stehender Kinderkreisel. Sie nahm eine rosa glänzende Jacke vom Haken und lächelte Sandra aufmunternd zu.

»Alles klar? Können wir?«

»Gerne. Soll ich hinter dir herfahren?«

»Wäre das Einfachste. Wir wohnen ein bisschen abgelegen, der Weg ist nicht so leicht zu finden.«

Das war noch untertrieben, wie Sandra feststellte. Es ging auf kleinsten Sträßchen durchs Windrather Tal. Und zum Schluss rumpelten sie über Feldwege in eine Wildnis hinein, in der Sandra außer Füchsen und Hasen kein Leben vermutet hätte.

Aber das täuschte. Nach etwa fünf Minuten Geholper entdeckte sie zwischen Bäumen und Feldern einen großen Hof mit Stallungen, einer Scheune und einem Wohngebäude. Auf dem Hof tummelten sich zwei Hunde, unzählige Katzen und etliche Kinder. Eine alte Frau, die aussah, als wäre sie einem Märchenbuch entstiegen, kam mit einem großen Eimer aus einem der Ställe. Auf den Wiesen neben dem Hof sah Sandra etwa dreißig Kühe. Sie standen oder lagen herum, und ihre Kiefer mahlten gemächlich den zweiten Durchgang ihrer Grasmahlzeit. Auf einer anderen Weide sah Sandra Schafe und Ziegen, die sich nach und nach zu ihrem Unterstand begaben und offenbar auf die Nachtruhe vorbereiteten.

Sandra parkte neben Petras Geländewagen und stieg aus.

»Und? Gefällt's dir?«, fragte Petra.

»Doch, schon. Ich wusste gar nicht, dass du auf einem Hof lebst.«

»Und zwar schon immer. Ich bin hier aufgewachsen. Die alte Frau dahinten ist übrigens meine Uroma.«

»Du hast noch eine Uroma?«, staunte Sandra.

»Bei uns bekommen alle Frauen mit Anfang zwanzig ihre ersten Kinder. Wenn meine Älteste das auch so hält, und wenn Uromi bis 102 durchhält, könnte sie noch Ur-Ur-Uroma werden. Nächsten Monat wird sie 94 Jahre alt und ist immer noch topfit. Sie versorgt die Schweine und die Hühner. Außerdem hackt sie Holz, obwohl meine Oma das nicht will.«

»Lebt sie auch hier? Deine Oma, meine ich.«

»Na klar. Seit Generationen bleibt bei uns immer die älteste Tochter auf dem Hof. Das ist natürlich nirgends festgelegt, aber es hat sich so ergeben. Ich bin auch eine älteste Tochter. Und meine eigene älteste Tochter sagt schon seit sie sprechen kann, dass sie auch hier bleiben will.«

Sandra nickte. »Wer wohnt denn noch hier?«

»Natürlich die älteste Tochter meiner Oma, also meine Mutter. Dann noch zwei Onkel von mir und ein Großonkel, alle drei unverheiratet. Die Cousine meiner Uroma lebt ebenfalls hier. Sie ist geistig behindert, und ihre eigenen Eltern wollten sie damals nicht haben. Daher kam sie zum Arbeiten hier auf den Hof, sobald sie laufen konnte. Dann gibt es noch meinen Mann, meinen Vater und meinen Opa. Der liegt allerdings im Sterben.« Letzteres sagte sie so selbstverständlich, wie man über eine kranke Kuh redet. Vielleicht war man so, wenn man auf einem Hof aufwuchs. »Und natürlich meine Kinder«, beendete Petra ihre Aufzählung.

»Wie viele Kinder hast du?«

»Sechs. Vier Mädchen und zwei Jungen.«

»Sechs Kinder? Ach, du liebe Zeit!«, staunte Sandra, die selbst als Einzelkind bei Eltern aufgewachsen war, die ebenfalls Einzelkinder gewesen waren.

»Das ist normal bei uns«, lachte Petra. »Aber jetzt komm rein. Wir essen immer um halb acht.«

Sie gingen über den Hof, und sofort schwirrten Petras Kinder herbei und hüpften wie Welpen an ihr hoch. Innerhalb von Sekunden wurden an die fünfzig Sätze losgelassen, die alle mit »Mama« begannen. Petra musste ihren manchmal stressigen Job bei der Spurensicherung wie Urlaub erleben.

»Wer ist das denn?«, fragte schließlich ein etwa achtjähriges Mädchen und zeigte auf Sandra. Ihre schräg stehenden Augen und ihr großes, rundes Gesicht ließen erkennen, dass sie das Down-Syndrom hatte. Mit ihren roten Bäckchen erinnerte sie Sandra an einen Obstkuchen mit frischen Erdbeeren. Auf dem Arm trug sie ein kleines Kätzchen, das sich mit geschlossenen Augen an ihre Brust schmiegte und das Köpfchen kraulen ließ.

»Das ist eine neue Kollegin von mir. Sie heißt Sandra.«

»Hallo Sandra«, sagte das Mädchen. »Magst du Tiere?« Und ehe Sandra sich versah, hatte sie ihr das kleine Kätzchen in die Hand gedrückt. Das Tierchen hatte nichts dagegen und schmiegte sich jetzt eben an Sandras Brust. Es war federleicht und sein schwarzes Fell so weich, dass es beim Streicheln kaum zu spüren war. Jetzt gähnte es herzhaft und zeigte dabei spitze Zähne in einem rosa Mäulchen. Sandra konnte kaum die Augen abwenden. Sie hatte noch nie eine so kleine Katze gesehen.

»Ja, du magst Tiere«, stellte das Mädchen fest. »Das ist gut. Magst du auch Kinder?«

Sandra sah in ihr offenes Gesicht. Das Mädchen blickte sie erwartungsvoll an.

»Ja«, sagte Sandra. »Ich mag auch Kinder.« Jedenfalls Kinder wie dich, fügte sie im Stillen hinzu. Denn Kinder, wie sie sie in den vielen Schulen kennengelernt hatte, die sie als Kind der Reihe nach besucht hatte, mochte sie nicht. Kinder, die johlend und kreischend hinter ihr hergelaufen und sie wegen ihres enormen Übergewichts gehänselt hatten, unter dem sie bis zu ihrem sechzehnten Lebensjahr gelitten hatte. Bis zu dem Jahr, als sie von zu Hause weggelaufen und bei Inge gelandet war.

»Dann kannst du reinkommen«, beschloss das Mädchen und zog Sandra am Ärmel.

Petra streichelte dem Mädchen über den blonden Pferdeschwanz und lächelte Sandra zu.

»Darauf kannst du dir was einbilden. Noch nie hat jemand Luises Prüfung so schnell bestanden wie du.«

Sandra wusste zwar nicht so recht, wovon die Rede war. Aber irgendwie war sie tatsächlich ein bisschen stolz.

Gezogen von Luise, umringt von einigen anderen Kindern, und immer noch mit dem Kätzchen auf dem Arm betrat Sandra das Wohnhaus. Im Eingangsbereich befand sich eine riesige Garderobe mit Jacken, Hüten, Schuhen und Gummistiefeln in allen nur denkbaren Größen, Farben und Formen. Von dort aus kam man in eine Wohnküche, die so groß war wie Sandras gesamte Wohnung. Mitten im Raum stand ein riesiger Esstisch mit Stühlen und Bänken. Auf dem Tisch stand bereits ein Stapel Teller. Gläser und Bestecke wurden soeben von Petras ältester Tochter, einem etwa zwölfjährigen, ernst aussehenden Mädchen, geholt und verteilt. Ein kleiner Junge von etwa vier Jahren wuselte ihr vor den Beinen herum und brachte sie beinahe zu Fall. Zwei andere Mädchen, die etwa sechs und neun Jahre alt sein mochten, stritten sich darum, wer an diesem Abend neben Petra sitzen durfte.

Drei Männer saßen bereits am Tisch. Sie hatten jeder ein Bier vor sich stehen, das sie mit ihren schweren Arbeiterhänden, in denen der Schmutz für alle Ewigkeit in Falten und Furchen eingraviert war, hin und her drehten. Sie schauten nur kurz auf, als Sandra und Petra den Raum betraten, dann blickten sie wieder schweigend auf ihre Flaschen. Das waren bestimmt die drei unverheirateten Onkel oder Großonkel.

Vor Petra hatte sich eine kleine Schlange von Menschen gebildet, die sie der Reihe nach umarmten. Zuletzt wurde Petra von einem etwa vierzigjährigen Mann umarmt und geküsst. Er begrüßte Sandra: »Und Sie sind also die neue Kollegin? Schön Sie kennenzulernen. Petra bringt nur sehr selten mal jemanden mit nach Hause.«

»Weil die meisten zu doof sind«, sagte Petra vom Waschbecken her, wo sie sich gerade die Hände wusch. Es dauerte einige Minuten, bis die vielen Menschen endlich am Tisch saßen, bis die Getränke verteilt waren und das Essen in dampfenden Schüsseln auf dem Tisch stand. Dann wurde es still, denn Petras Oma sprach ein Gebet.

Anschließend wurde das Essen verteilt. Es gab Nudeln, Gulasch und Salat, und es schmeckte köstlich.

Obwohl Petra sich mit allen sechs Kindern gleichzeitig und außerdem mit ihrem Mann und ihrer Mutter unterhielt, fand sie trotzdem noch Zeit, auch mit Sandra zu reden.

»Und? Wie gefällt es dir bei uns?«, fragte sie.

»Es ist lustig«, sagte Sandra, die gerade zugeschaut hatte, wie das kleine Kätzchen seine Pfote in Luises Gulasch getunkt hatte und sie nun hin und her schlackerte, um die Soße loszuwerden. Luise schimpfte mit ihr: »Du darfst doch nicht auf den Tisch! Was fällt dir ein?« Sie rieb die Pfote mit einer Serviette sauber und setzte das Tierchen auf die Erde. Sekunden später spürte Sandra, wie sich scharfe Krallen ihre Beine emporarbeiteten, und im nächsten Moment hockte das Tier neben ihrem Teller und überprüfte, ob auch da diese seltsame braune Soße zu finden war.

»Kitty! Gehst du wohl da runter!«, rief Luise.

Kitty ging nicht. Stattdessen angelte sie sich eine Nudel von Sandras Teller und kickte sie über den Tisch, bis Petra schließlich zugriff und sie erneut auf den Boden setzte. Sandra war gespannt, bei wem sie als Nächstes auftauchen würde.

Petra erzählte über ihre Familie, und Sandra merkte, wie sie mit wenigen Worten das Temperament und Wesen jedes einzelnen dieser Menschen auf den Punkt bringen konnte. Sie hätte zu gern gewusst, wie Petra ihrer Familie sie, die neue Kollegin, beschrieben hatte!

»Wie kommst du eigentlich mit Bellers klar?«, fragte Petra, als auch der Nachtisch – Vanillepudding mit Schokoladensoße – aufgegessen war.

Ohne lange zu überlegen, antwortete Sandra: »Es ist schwierig. Sehr sogar. Der Mann macht mich richtig fertig.«

Petra nickte. »Hab ich mir schon gedacht. Ist er dir zu zwanghaft?«

»Das auch. Außerdem weiß ich nicht, was er von mir hält. Bei erster Gelegenheit wird er mich bestimmt in die Pfanne hauen, um mich wieder loszuwerden.«

»Das glaub ich nicht. Okay, er ist ein Kauz, das schon. Aber er ist grundanständig, das kannst du mir glauben. Zu anständig, wenn du es genau wissen willst. Das hat er von seinem Vater, der nicht nur ein begnadeter Ermittler, sondern ein hoffnungsloser Idealist war. Wen auch immer du im Präsidium auf ihn ansprichst, da werden dir alle das Gleiche sagen. Er wird immer noch regelrecht verehrt. Und Markus ist ein bisschen wie er, nur in pedantischer Form.«

Sandra zuckte mit den Schultern.

Und dann fügte Petra noch etwas hinzu, über das Sandra später lange nachdachte: »Wenn du glaubst, er respektiert dich nicht, dann hat das was mit dir zu tun, nicht mit ihm.«

Kapitel 18

Sandra blieb bis elf bei Petra. Viel länger, als sie vorgehabt hatte. Die Kinder waren schon lange im Bett, auch die älteren und ganz alten Erwachsenen. Sandra hatte am Schluss nur noch mit Petra, deren Mann und ihren Eltern bei einem Glas selbstgemachtem Johannisbeerwein zusammengesessen.

Zum Abschied brachte Petra Sandra zu ihrem Wagen und sagte: »Ich kann dir gratulieren. Du bist jetzt eine Freundin der Familie. Sowohl Uroma als auch Luise fanden dich gut. Und auf die beiden hören wir anderen immer.«

Sandra konnte nur nicken. Und fuhr dann mit einem sehr warmen Gefühl im Bauch, das sie sonst nur nach ihren Abenden bei Inge kannte, nach Hause.

Das gute Gefühl hielt an bis zum nächsten Morgen, als sie ihr Büro betrat. Um fünf nach acht. Bellers blickte vom Schreibtisch auf und empfing sie mit den Worten: »Wäre es denkbar, dass Sie in Zukunft vielleicht mal pünktlich kommen? Wir könnten schon längst unterwegs sein.«

»Wieso pünktlich? Waren wir denn verabredet?«

»Was heißt verabredet? Arbeitsbeginn ist um acht. Punkt acht. Nicht irgendwann nach acht.«

»Davon weiß ich nichts.«

»Das sollten Sie aber wissen. Damit wir Situationen wie heute vermeiden, wo ich meine Zeit damit vertue, auf Sie zu warten. Aber jetzt lassen Sie uns losfahren.« Er holte seinen Autoschlüssel aus der Schublade und ging zur Tür.

Sandra hatte eine Menge Dinge im Kopf, die sie ihm gerne gesagt hätte. Dass sie nicht wissen konnte, was er erwartete, wenn er nicht darüber redete. Dass nirgendwo geschrieben stand, um wie viel Uhr Arbeitsbeginn war. Dass es nur in seinem zwanghaften Gehirn hieß: pünktlich um acht. Dass ...

Sie folgte Bellers zu seinem Wagen. Als er losfuhr, fragte sie: »Wohin fahren wir?«

»Zu Abendroth.«

Aha. Zu Abendroth. »Darf ich auch erfahren, was wir bei ihm wollen?«

»Es war seine Tochter, die in dem Wagen ums Leben gekommen ist. Die DNA-Ergebnisse sind da.«

»Oh«, machte Sandra.

Minuten später fügte Bellers hinzu: »Das wird fürchterlich für den Mann.«

Gegen halb neun hielten sie vor einem Reihenhaus in einem Neubaugebiet in Vohwinkel. Sandra hatte als Kind ein Buch über Zwerge gehabt, das sie heiß und innig geliebt hatte. Und genau wie in diesem Buch sah es hier aus: Die Häuser waren klein und niedlich. Alles sehr sauber, sehr gepflegt, mit Blumen in den Vorgärten und auf den Balkonen. Die Bürgersteige wirkten frisch gefegt, und selbst die Autos, die es in ihrem Zwergenbuch natürlich nicht gegeben hatte, waren sauber und funkelten in der Sonne.

Das Haus der Abendroths unterschied sich nicht von den anderen, außer dass es, wenn möglich, noch sauberer und ordentlicher wirkte. Der Rasen im Vorgarten schien mit Lineal gestutzt worden zu sein, auf jedem Fensterbrett standen Blumenkästen mit leuchtenden Blüten.

Bellers hatte noch nicht fertig eingeparkt, als sich bereits die Tür öffnete und Abendroth ihnen entgegenschaute. Er schien in den letzten 24 Stunden um mehrere Jahre gealtert zu sein. Sein Gesicht wirkte eingefallen, um die Augen herum hatten sich dunkle Ringe gebildet, und die Haare sahen stumpf aus, obwohl sie offenbar frisch gewaschen waren. Der Mann nickte langsam mit dem Kopf, als er sah, wer da vor seinem Haus geparkt hatte. Er schaute zuerst Bellers, dann Sandra ins Gesicht. Dann stöhnte er und schloss die Augen. Etwa dreißig sehr lange Sekunden blieb er so stehen. Sandra kam sich vor, als wäre sie in einem Film gefangen, dessen Spule sich verhakt hatte. Doch dann gab sich der Mann einen Ruck, öffnete die Augen und machte eine Bewegung mit der Hand, damit sie ihm ins Haus folgen sollten. Dort führte er sie in ein Wohnzimmer, das ebenso wie der Garten und der Flur sauber und ordentlich war. Nichts lag herum, auch kein Staub. Die Bücher im Regal waren nach Farbe und Größe sortiert, bestimmt fünfhundert Schallplatten standen Kante auf Kante in einem anderen Regal. Sandra schaute zu Bellers. Eigentlich müsste er sich hier wohlfühlen, dachte sie.

Abendroth ließ sich in einen Sessel fallen und starrte vor sich hin.

Bellers räusperte sich. »Können wir Ihnen etwas holen? Ein Glas Wasser? Oder vielleicht einen Kaffee?«

Abendroth schüttelte den Kopf. Nach einer kleinen Ewigkeit sagte er: »Sie ist tot, stimmt's?«

Bellers seufzte. »Es tut mir sehr leid.«

Abendroth schloss erneut die Augen und verzog sein Gesicht, als hätte er Schmerzen. Sandra schaute ihn besorgt an. Bekam der Mann jetzt einen Herzinfarkt? Und wirklich legte er eine Hand aufs Herz und verzog das Gesicht noch weiter.

»Sollen wir einen Arzt rufen?«, fragte Bellers.

Abendroth schüttelte den Kopf. Dann sagte er: »Es tut sehr weh, ja. Aber nicht so, wie Sie denken.« Er atmete einige Male tief durch. Dann öffnete er die Augen und fragte: »Kann ich Ihnen etwas anbieten? Einen Kaffee vielleicht?«

»Nein, danke«, sagte Bellers.

»Mir bitte schon. Vielen Dank«, sagte Sandra.

Abendroth stemmte sich wie ein Greis aus dem Sessel hoch und schlurfte aus dem Zimmer.

Bellers wandte sich Sandra zu: »Glauben Sie wirklich, wir sind zum Kaffeetrinken hier?«

»Ich ...«

»Und müssen Sie diesen Mann jetzt auch noch in die Küche jagen? Nachdem er einen solchen Schlag verkraften musste?«

»Es ist...«

»Trinken Sie doch in Zukunft bitte zu Hause Kaffee.

Und wenn's geht so früh, dass Sie trotzdem um acht im Büro sind.«

»Jetzt reicht's mir aber!«, platzte Sandra heraus. »Erstens habe ich der Sache mit dem Kaffee nur zugestimmt, damit der Mann in die Küche gehen und sich wieder fangen kann. Haben Sie nicht gemerkt, wie er um Fassung gerungen hat?«

»So, so, und Sie wissen das so genau?«

»Das hätte jeder gemerkt. Nur Sie nicht. Steht ja schließlich nicht im Lehrbuch, stimmt's?«

Bellers schnaubte. Nach einigen Sekunden fragte er: »Und zweitens?«

»Was?«

»Sie haben mit ›erstens‹ begonnen. Daraus schließe ich, dass es auch ein ›zweitens‹ gibt.«

»Ach ja. Und zweitens sollen Sie mich nicht immer unterbrechen. Ich fühle mich dann nicht ernst genommen.«

Dazu sagte Bellers nichts. Er stand auf, verschränkte die Arme vor der Brust und schaute sich die Bücher in den Regalen an. Nach über einer Minute setzte er sich wieder und sagte: »Das mit dem Unterbrechen tut mir leid. Ich werde darauf achten.«

Dazu fiel nun wiederum Sandra nichts ein, aber in diesem Moment kam Abendroth zurück und brachte ein Tablett mit einer Kaffeekanne, drei Tassen, einem Milchkännchen und einer Zuckerdose. Alles aus feinem Porzellan.

Er schenkte Kaffee ein, wobei er fast die Tassen verfehlte, weil seine Hände so sehr zitterten. Als er die Tassen weiterreichte, klapperten sie auf den Untertassen. Sein Gesicht jedoch war wie versteinert. Schließlich räusperte er sich. »Also. Dann erzählen Sie. Wann haben Sie sie gefunden?«

»Herausgefunden, dass es Ihre Tochter ist, haben wir erst heute Morgen«, begann Bellers. Es klang wie eine Entschuldigung. »Gefunden haben wir sie schon vor drei Tagen. Aber da wussten wir nicht, dass es Ihre Tochter ist.«

Abendroth nickte und rührte in seiner Tasse, obwohl er weder Milch noch Zucker hineingetan hatte. »Sie ist ermordet worden?«

»Ja. Tut mir leid.«

»Was können Sie uns über Ihre Tochter erzählen?«, fragte Sandra. »Maria heißt sie, nicht wahr?«

Der Mann nickte. »Ja. Maria. Wie meine Frau. Meine verstorbene Frau. Wissen Sie, wir hatten uns nur Namen für Jungen überlegt, weil Maria – also, meine Frau – sich ganz sicher war, sie würde einen Jungen bekommen. Als es dann ein Mädchen war, und als ... und als meine Frau nach der Geburt gestorben war, habe ich die Kleine Maria genannt. Meinen Sie, das war falsch?« Er schaute Sandra an.

»Nein«, antwortete Sandra.

»Ich wurde damals gefragt, ob ich das Kind als Ersatz für meine Frau ansehe. Aber so war es nicht. Sie war ganz anders als meine Frau.« Er starrte in seine Tasse und rührte immer noch.

»Wie war sie denn?«, fragte Sandra nach einer Weile.

Der Mann lächelte traurig. »Wild. Lebendig. Lustig. Sie hat immer was angestellt. Zog meistens mit Jungs durch die Gegend, kletterte auf Bäume, spielte Fußball und so etwas. Aber ihre große Leidenschaft ist die Musik. Sie singt wie ein Engel. Seit einem Jahr studiert sie Musik, das war immer ihr Traum. Sie ...« Er brach ab. Dann sagte er leise: »Oder sie studierte Musik, muss ich jetzt wohl sagen.«

»Hatte sie irgendwelche Schwierigkeiten?«, fragte Bellers.

»Schwierigkeiten?«

»Nun, mit anderen Menschen zum Beispiel. Vielleicht mit einem früheren Freund, den sie verlassen hat, oder so etwas.«

Der Mann schüttelte nachdenklich den Kopf. »Ich weiß von nichts. Und sie hat mir immer viel erzählt. Nein, ich glaube, wenn sie ernsthafte Schwierigkeiten gehabt hätte, hätte sie es mir gesagt.« Wieder rührte er in seinem Kaffee, der inzwischen nur noch lauwarm sein konnte. »Aber mit irgendjemandem hatte sie ja offenbar doch Probleme gehabt. Sonst wäre sie nicht tot.« Er stand auf und ging im Raum auf und ab. »Aber mit wem? Mit wem bloß?«, murmelte er vor sich hin.

»Es kann sein, dass sie gar nicht gemeint war«, erklärte Bellers.

»Wie meinen Sie das?«

»Nun, vielleicht war sie nur zufällig mit betroffen. Es ist so ...« Bellers rang nach Worten. Wahrscheinlich suchte er nach einer Möglichkeit, Marias Vater einigermaßen schonend mitzuteilen, dass seine Tochter von einem Sprengsatz in Stücke gerissen wurde.

»Haben Sie von der Explosion der Autobombe vor drei Tagen gehört?«, fragte er schließlich.

Abendroth wurde blass. »Ja. Wieso?«

»Ihre Tochter hat mit im Wagen gesessen. Leider.«

Der Mann sagte gar nichts.

»Und da noch zwei weitere Männer mit im Auto waren, unter anderem auch der Besitzer des Wagens, wäre es gut möglich ... Geht es Ihnen nicht gut?«

Abendroth war grau wie ein Toter. Seine kompletten sechs Liter Blut mussten in die Füße gesackt sein.

»Nein!« Es war nur ein Hauch. Und dann schwankte der große Mann und fiel schließlich wie ein gefällter Baum zu Boden. Seine Stirn durchschlug ein niedriges Holztischchen und schlug krachend auf dem Boden auf. Sekunden später breitete sich ein roter Fleck um Abendroths Kopf aus.

Bellers lief zu ihm und rief Sandra zu: »Rufen Sie einen Notarzt. Schnell.«

Er hockte sich neben den Mann und griff nach seinem Handgelenk. Dann fühlte er an seinem Hals.

»Ist er tot?«, fragte Sandra mit dem Handy in der Hand. Sie hatte bereits die 112 gewählt, und aus dem Gerät drang eine Stimme: »Hallo? Hallo! Können Sie mich hören?«

»Nein, er lebt noch«, antwortete Bellers. »Und der Puls fühlt sich ganz normal an.«

Sandra schüttelte sich kurz, dann erklärte sie dem Mann vom Notruf, was geschehen war.

Nur sechs Minuten später hörten sie Sirenen. Ein Notarzt und zwei Sanitäter kamen ins Wohnzimmer gerannt, wo der Arzt sich sofort neben Abendroth auf den Boden hockte. Er fühlte den Puls, hob die Augenlider an und leuchtete in die Augen. Dann maß er den Blutdruck.

»Und?«, fragte Bellers.

»Ich kann noch nicht viel sagen. Bis jetzt keine Anzeichen einer Hirnschädigung. Wir nehmen ihn zur Beobachtung mit.«

Kapitel 19

Das war ja ein Ding«, meinte Bellers, als er und Sandra alleine zurückblieben.

»Erschreckend«, stimmte Sandra zu. »Der Mann tut mir echt leid.« Sie überlegte einen Moment. »Aber wo wir schon hier sind: Was halten Sie davon, wenn wir uns ein wenig im Haus umschauen, bevor wir nach Essen fahren?«

»Wir haben keine Genehmigung.«

»Das nicht. Aber die könnten wir ja nachträglich einholen, falls wir etwas finden. Wobei ich eigentlich nicht glaube, dass wir etwas finden. Ich kann mir nicht vorstellen, dass Maria Abendroth mit dem Anschlag gemeint gewesen war.«

»Nein. Wohl nicht.«

»Also?«

Bellers rang sichtlich mit sich. Dann gab er sich einen Ruck. »Also gut. Aber nur oberflächlich. Sobald wir irgendetwas Verdächtiges entdecken, holen wir eine offizielle Genehmigung.«

»Klar.«

Sie gingen ins Haus zurück und durchstreiften die Räume. Es war nichts zu finden, was auch nur ansatzweise verdächtig war. Sandra bemerkte, dass die Möbel nicht nur sauber und gepflegt, sondern auch von sehr guter Qualität waren. Es war geradezu unnatürlich ordentlich und sauber.

Im Zimmer von Maria Abendroth schauten sie sich etwas genauer um. Entweder hatte sie die Ordnungsliebe ihres Vaters geerbt, oder er räumte auch bei ihr auf. Jedenfalls lag alles an seinem Platz, die Wäsche im Schrank war ordentlich gebügelt und gefaltet. Eine ganze Wand wurde von Schallplatten und CDs eingenommen, die Musik umfasste das gesamte Spektrum der Musik, angefangen bei Gregorianischen Gesängen bis hin zu Rock und Pop. In einem anderen Regal sah Sandra Bücher über Musik, außerdem stapelweise Noten.

Auf dem Schreibtisch fand sie schließlich doch etwas Interessantes. In einem Kästchen lag eine Visitenkarte von Dino Lambardo. Auf der Rückseite stand: *Liebe Maria. Melde dich bei mir – jederzeit! Dein Dino.* Maria hatte also nachweislich Kontakt zu Lambardo gehabt und war nicht bloß zufällig, als Tramperin vielleicht, in seinem Wagen gewesen.

In einer Schublade lag ein Terminkalender, in dem jedoch so gut wie nichts vermerkt war. Wahrscheinlich hatte Maria, wie fast alle Menschen ihrer Generation, ihre Termine im Smartphone notiert. Und das würde mit ihr in die Luft geflogen sein. Aber einige Termine standen doch in dem Buch, unter anderem ein Eintrag vom Freitag vor dem Anschlag, in dem es hieß: *16.00*

Uhr Musikagentur. Und dann die Adresse. Sandra zeigte Bellers die Karte und sie beschlossen, zunächst mit Sonja Kluge Kontakt aufnehmen, Lambardos Mitarbeiterin in der Agentur. Nachmittags wollte sie dann zu den Essener Kollegen fahren.

Als sie gingen, steckte Sandra die Karte ein. Bellers rief im Krankenhaus an und erfuhr, dass Abendroth, so weit man es bis jetzt wisse, keine schwerwiegenden Hirnverletzungen erlitten habe. Allerdings sei er noch nicht aufgewacht, man müsse also von einer Gehirnerschütterung ausgehen. Ob und wann er vernehmungsfähig sei, könne man noch nicht sagen.

* * *

Sie fuhren zurück nach Elberfeld und hielten wenig später vor dem unscheinbaren Gebäude, in dem sich Lambardos Agentur befand. Auf ihr Klingeln hin wurde sofort geöffnet. Wieder wurden sie von der langbeinigen Schönheit empfangen, die einen Lederminirock und ein rückenfreies Shirt trug. Heute waren ihre Augen jedoch nicht verschwollen und rot, heute lag ein helles Strahlen auf dem perfekt geschminkten Gesicht.

»Ja bitte? Ach, Sie sind's!« Sie hatte Sandra wiedererkannt. »Die Frau von der Polizei, stimmt's?«

»Genau. Und das ist mein Kollege. Wir haben noch einige Fragen.«

»Gern. Kommen Sie rein.«

Sie führte sie wieder in den Besucherbereich, wo sich ein etwa fünfzigjähriger Mann breitbeinig auf einem Sessel fläzte. Er trug eine viel zu enge, schwarze Jeans und ein schreiend buntes Hemd. Mit zusammengezogenen Brauen musterte er Sandra von Kopf bis Fuß, unter besonderer Berücksichtigung der Region zwischen Hals und Bauch. Auch Bellers wurde taxiert und offenbar als Konkurrent eingestuft. Jedenfalls bildete sich eine steile Falte zwischen den Brauen.

»Guten Tag. Wer sind Sie?«, fragte Bellers, ebenfalls mit einer Falte zwischen den Brauen.

»Wer will das wissen?«, kam es zurück.

»Die Polizei.« Bellers zückte seinen Ausweis.

Der Mann nahm ihn entgegen, drehte ihn einige Male hin und her und sagte dann: »Hm.«

»Also, wer sind Sie?«

»Das ist Frank Siebert. Franky ist Musikagent. Und er will vielleicht unsere Musiker übernehmen«, antwortete Sonja eifrig.

»Ach? Das geht aber schnell.«

Der Mann zuckte mit den Schultern.

»War überhaupt schon eine Todesanzeige in der Zeitung? Oder woher wissen Sie vom Ableben Ihres Konkurrenten?«

»Das kam doch in den Nachrichten«, antwortete wieder Sonja Kluge. »Das bringen die schon seit gestern. Immer wieder.«

Bellers nickte und hielt den Blick immer noch starr auf Siebert gerichtet. »Schon möglich. Und da haben Sie sich gedacht, da der Konkurrent tot ist, könnten Sie davon profitieren. Vielleicht haben Sie bei seinem Tod sogar ein wenig nachgeholfen?«

Jetzt wurde der andere blass. »Sie spinnen ja. Wieso sollte ich?«

»Das liegt doch wohl auf der Hand!«

»Sie spinnen«, wiederholte der andere. »Ich bin gestern von Lamprechts Frau angerufen worden. Sie hat mir die Agentur angeboten. Beziehungsweise die Musiker.«

»Was heißt das: die Musiker angeboten? Sind die zu verkaufen oder was?«

»Im Prinzip schon. Die sind doch alle zu doof, bis drei zu zählen. Die können vielleicht ihre Songs ins Mikro jaulen, aber von Verträgen haben die keinen blassen Schimmer. Die brauchen also dringend einen Agenten. Und wenn ich jetzt komme und ihnen anbiete, sie zu übernehmen, sagen die auf jeden Fall ja.«

»Und Frau Lamprecht verkauft sie Ihnen also.«

Frank Siebert nickte. »So ist es. Für 200.000 Euro, wenn Sie es genau wissen wollen.«

Bellers pfiff leise. »So viel? Lohnt sich das denn?«

»Immerhin sind die Master Stars dabei.«

»Die bringen schon alleine das Geld wieder rein«, strahlte Sonja Kluge. Sie setzte sich auf die Kante von Sieberts Sessel und legte einen Arm um seine Schultern. »Ich habe ihm gesagt, dass ich sie entdeckt habe, und ich bin sicher, dass Franky sie sogar noch größer rausbringt. Der hat's echt drauf. Stimmt's, Franky?«

Sandra konnte es nicht fassen. Gerade zwei Tage war es her, dass diese junge Frau Stapel von Papiertüchern nass geweint hatte, weil ihre große Liebe gestorben war. Der Mann, mit dem sie Tisch, Bett und Bauernhof teilen sowie zehn Kinder haben wollte. Und jetzt schien es bereits den nächsten Anwärter zu geben. Sie hatte das Trauerjahr in Rekordzeit bewältigt.

Frank Siebert tätschelte ihr die Hand. »So ist es, Baby. Und jetzt muss ich los, ich habe Termine.«

Bellers sah aus, als hätte er ihn am liebsten weiter festgehalten. Aber dann nickte er doch und ließ ihn gehen.

»Und was wollten Sie jetzt eigentlich?«, fragte Sonja Kluge, als sie mit den Ermittlern alleine war.

»Wir möchten mit Ihnen über Maria Abendroth sprechen«, sagte Sandra. »Sagt Ihnen der Name etwas?«

»Abendroth? Nicht, dass ich wüsste. Aber ich schau mal nach. Moment.«

Sie ging zum Empfangstresen und tippte auf einem Laptop herum. Dann sagte sie: »Ach doch, die war hier. Jetzt erinnere ich mich wieder, ich hatte nur ihren Namen nicht im Kopf. Sie selbst könnte ich gar nicht vergessen, nach dem Auftritt, den sie hingelegt hat.«

»Nach welchem Auftritt?«, fragte Bellers

»Sie hat eine total unglaubwürdige Geschichte erfunden, nur um sich bei uns einzuschleichen. Dino hat das natürlich nicht gerafft. Wenn so 'ne Tussi jung und schön war, hat er nie was gerafft.«

»Und trotzdem wollten Sie mit ihm Ihr Leben verbringen?«, musste Sandra einfach fragen.

»Ach was. Das ist doch schon ewig her.« Das stimmte. Volle zwei Tage. Was in ihrem Alter vielleicht wirklich noch etwas ausmachte. »Und so toll war er auch wieder nicht«, fuhr sie fort. »Ich hätte ihn mir erst noch zurechtbiegen müssen. Aber das ist ja jetzt vorbei. Ist auch gut so.«

»Und was war das jetzt für eine Geschichte mit Maria Abendroth?«

»Die kam eines Tages einfach hier hereinspaziert und wollte vorsingen. Ich meine, so funktioniert das natürlich nicht. Normal spricht Dino die Musiker an, nicht umgekehrt. Oder sprach, natürlich. Und wenn doch mal ein Musiker zu ihm kommt, anstatt umgekehrt, dann meldet er sich vorher an. Fragt nach einem Termin.«

»Und Maria Abendroth hat das alles nicht getan?«

»Nö. Sie hat behauptet, Dino habe ihr nach einem Konzert eine Visitenkarte gegeben mit der Aufforderung, zu ihm zu kommen, wann immer sie will. Angeblich hatten sie sich auch schon auf einen Termin geeinigt. Sie hatte sogar eine Karte von ihm, und da stand auch was drauf. Aber die war gar nicht von Dino. Also, sie war schon von Dino, aber es war nicht seine Schrift.«

»Hat sich die Sache denn aufgeklärt?«

»Nö. Als sie Dino gesehen hat, hat sie selbst zugegeben, dass der Typ, der ihr die Karte und den Termin gegeben hatte, ganz anders aussah. Aber wo sie nun schon mal da war, und wo sie, wie gesagt, jung und schön war, hat Dino sie angehört.«

»Und?«

»Na ja. Sie hatte eine ganz gute Stimme, das schon. Aber die völlig falsche Ausstrahlung.«

»Nämlich?«

»Eigentlich gar keine Ausstrahlung. Sie war völlig blass. Kein bisschen Scharisma. Sie war einfach ein liebes, nettes Mädchen. Und damit kann man kein Star werden.«

»Also hat Dino Lambardo sie wieder weggeschickt?«, fragte Sandra.

»Natürlich nicht. Ich hab doch gesagt, sie sah gut aus. Er hat sich mit ihr verabredet. Irgendwann abends. Sie sollte zu ihm nach Hause kommen. Das war ... Moment, das war an dem Abend, bevor er in die Luft geflogen ist. War die ... war die etwa mit im Auto?«

»Es sieht so aus«, stimmte Sandra zu.

»Ach du Scheiße, das war aber Pech. Hätte sie mal besser auf mich gehört. Ich hab ihr gleich gesagt, sie soll gefälligst die Finger von ihm lassen.«

»Aber das wollte sie nicht?«

»Die hat sich eingebildet, er will wirklich mit ihr arbeiten. Weil er ihre Stimme so klasse findet. Ich hab ihr gesagt, dass er sie bloß ins Bett bekommen will, und sie meinte, sie könnte sich schon wehren. Na ja, sie war eben ein naives Gänschen.«

»Warum?«

»Weil man sich gegen Dino nicht wehren konnte. Der hatte doch diese Tropfen. Von denen man so daneben ist, dass man nichts mehr merkt.«

»Reden Sie von K.-O.-Tropfen?«

»Genau. Damit hat er jede Frau rumgekriegt, wenn man so will. Am nächsten Tag konnten die noch nicht mal was sagen, weil sie gar nichts wussten. Und wenn sich doch mal eine beschweren wollte, hat Marvin immer alles bestätigt, was Dino bestätigt haben wollte.«

»Hat denn keine der Frauen etwas unternommen?«, fragte Sandra.

»Doch. Ein paar schon. Nur konnten sie ja nichts beweisen. Dass er mit ihnen etwas hatte, schon. Aber nicht, dass sie es nicht wollten. Diese Tropfen sind wohl nach ein paar Stunden nicht mehr nachzuweisen.

Und die meisten haben ja vermutlich erst mal stundenlang unter der Dusche gestanden, anstatt gleich zur Polizei zu gehen. Aber einige von denen haben es sich nicht gefallen lassen. Die haben sogar so eine Gruppe gegründet. *Woman all* oder *Woman together* oder so.«

Bellers und Sandra sahen sich an. *Womens together* waren diejenigen gewesen, die die Karte mit dem Spruch: *Wir tanzen auf deinem Grab* vor Lambardos Haus abgelegt hatten.

»Seit wann wissen Sie von Lambardos Machenschaften?«, erkundigte sich Bellers bei Sonja Kluge.

»Schon lange«, antwortete die junge Frau, ohne zu merken, dass sie sich gerade um Kopf und Kragen redete.

»Und warum haben Sie nichts unternommen? Vergewaltigung ist ein Kapitalverbrechen. Das muss angezeigt werden, sonst macht man sich mitschuldig.«

Die junge Frau machte große Augen. »Aber was hab ich denn damit zu tun?«

»Sie hätten es anzeigen müssen.«

»Der war doch mein Chef. Und wir wollten heiraten. Da zeig ich den doch nicht an.«

»Und warum wollten Sie jemanden heiraten, von dem Sie wissen, dass er Frauen vergewaltigt?«

»Das hat er doch gar nicht. Die haben doch geschlafen.«

»Das ist trotzdem eine Vergewaltigung. Und so jemanden wollten Sie heiraten?«, fragte Sandra.

»Will ich doch gar nicht.«

»Vorgestern wollten Sie es noch!«

»Ja, vorgestern«, sagte Sonja Kluge, als wäre von einem früheren Leben die Rede. »Aber jetzt doch nicht mehr.«

»Jetzt wollen Sie Frank Siebert heiraten, oder wie?«

»Jedenfalls ist er ein total toller Typ. Viel cooler als Dino. Außerdem ist er nicht verheiratet.«

»Wie auch immer.« Bellers stand auf. »Sie werden wegen dieser Vergewaltigungsgeschichte noch von uns hören.«

»Aber ich hab doch gar nichts gemacht!«, jammerte die junge Frau.

»Richtig. Und genau das war Ihr Fehler.«

Kapitel 20

»Wie kann man nur so dämlich sein?«, schimpfte Bellers vor sich hin, als sie zu seinem Auto gingen.

»Haben Sie wirklich vor, sie wegen dieser Vergewaltigungen anzuzeigen?«, fragte Sandra.

»Aber sicher.« Er schaute sie an. »Würden Sie das nicht machen, oder was?«

»Doch. Aber ich hätte nicht gedacht ...«

»Was hätten Sie nicht gedacht?«

»Na ja. Dass Sie als Mann es so schlimm finden, was da passiert ist.«

»Was hat das denn damit zu tun, dass ich ein Mann bin?«

Sandra zuckte nur mit den Schultern.

»Ich weiß ja nicht, welches Männerbild Sie haben«, fuhr Bellers fort. »Aber ich kann Ihnen versichern, dass ich das, was da abgelaufen ist, nicht gutheiße. Außerdem ist es gegen das Gesetz.«

Das war jetzt natürlich ein Argument, das eines Bellers würdig war. Wenn etwas gegen das Gesetz war, dann musste es verfolgt werden. Punkt.

»Um diese Gruppe von Frauen werden wir uns kümmern müssen«, fügte Bellers hinzu. »Diese ... wie heißen sie?«

»*Womens together*«, antwortete Sandra.

»Genau. Wir müssen schauen, ob sie noch mehr falsch gemacht haben, als nur den Plural von *woman* unrichtig zu bilden.«

Sandra schüttelte den Kopf. Warum war Bellers eigentlich nicht Lehrer geworden?

»Was war das wohl mit dieser Visitenkarte?«, wechselte Sandra das Thema.

»Tja. Seltsame Geschichte. Vielleicht hat Maria Abendroth die Sache selbst inszeniert, um an Dino Lambardo heranzukommen. Möglicherweise hat sie diese Karte irgendwo aufgetrieben und hat die Worte auf der Rückseite selbst daraufgeschrieben.«

»Aber angenommen, sie war es nicht: Wer könnte es dann gewesen sein? Wollte jemand, dass sie mit Lambardo Kontakt aufnimmt? Und wenn ja, wer und warum?«

Bellers antwortete nicht.

»Wollte vielleicht sogar jemand, dass sie mit ihm zusammen im Wagen sitzt und ...«

»Sie spekulieren zu viel«, sagte Bellers. »Bleiben Sie bei den Fakten.

»Und Sie haben mich schon wieder unterbrochen.«

Bellers schwieg einen Moment. Dann sagte er: »Das stimmt. Tut mir leid.«

Schweigend fuhren sie zum Präsidium.

»Ich muss noch etwas erledigen«, sagte Bellers und hielt vor dem Eingang. »Und Sie gehen am besten etwas essen. Ich hole Sie dann um zwei wieder ab, damit wir nach Essen fahren.«

Sandra schaute auf die Uhr. Es war gerade zwölf. Zu früh für ein Mittagessen. Und was fiel ihm eigentlich ein, ihr vorschreiben zu wollen, wann sie essen sollte?

Also ging sie nicht zum Essen. Aus Prinzip. Und wenn sie noch so viel Hunger gehabt hätte. Stattdessen nutzte sie die Zeit für einen kurzen Abstecher zu Inge. Es war Donnerstag, und donnerstags war Inge nie in der Uni. Sandra betete, dass sie zu Hause sein möge. Und sie hatte Glück.

»Sandra, wie schön!« Inges Augen leuchteten auf. »Hast du Zeit, etwas zu essen?«

»Ein bisschen. Um zwei holt mich Bellers am Präsidium ab.«

»Ich fahr dich hin«, bot Inge an und holte ein Nudelgericht aus dem Kühlschrank, das sie in die Mikrowelle stellte. Als es warm war, häufte sie Sandra eine Portion auf den Teller, nahm sich selbst nur einen Klecks und setzte sich hin. Sandra unterdrückte ein Lächeln. Inge gab gerne vor, dass sie »wie ein Vögelchen« aß, und nahm sich daher stets nur kleinste Portionen. Von diesen nahm sie sich aber derartig viele, dass sie am Ende doch immer mehr gegessen hatte als Sandra. Sie wollte eben gerne asketisch wirken, anstatt wie ein Bauarbeiter das Essen in sich hineinzuschaufeln.

»So, jetzt erzähl«, sagte Inge mit vollem Mund, nachdem Sandra den ersten Bissen heruntergeschluckt hatte.

Und Sandra erzählte. Von dem Fall und seinen Verwicklungen. Vor allem aber von Bellers. Fast wörtlich wiederholte sie, was er an diesem und am vorigen Tag zu ihr gesagt hatte und wie er es gesagt hatte.

Inge hörte kopfschüttelnd zu. »Am liebsten würde ich mal mit ihm reden. Soll ich?«

»Bloß nicht. Ich weiß noch sehr gut, wie das war, als du damals mit meinem Chemielehrer geredet hast.«

»Na und? Du musst zugeben, dass er dich danach nicht mehr unfair behandelt hat.«

»Und du musst zugeben, dass du eine ganz schön hohe Geldstrafe wegen der Ohrfeige bekommen hast.«

»Na ja.« Inge lächelte.

»Aber was soll ich nun mit ihm machen? Mit Bellers, meine ich. Der Typ macht mich fertig.«

»Wenn du mich nicht an ihn ranlässt, musst du eben selbst dafür sorgen, dass er Respekt vor dir bekommt.«

»Und wie soll das gehen?«

»Ich würde zum Beispiel als Erstes herausfinden, was er immer so Dringendes zu erledigen hat. Vielleicht kannst du ihn damit erpressen«, sagte Inge seelenruhig und nahm einen Schluck Wein.

Sandra schaute sie belustigt an. Dann merkte sie, dass es nicht als Witz gemeint war. »Das ist jetzt nicht dein Ernst«, sagte sie.

»Und ob«, erwiderte Inge.

»Du hast vielleicht Ideen! Ich kann den doch nicht erpressen.«

»Warum denn nicht?«

»Na, weil ... weil man das nicht macht.«

»Wenn ich immer nur gemacht hätte, was man macht, dann wäre ich jetzt tot«, gab Inge zurück.

Sandra drückte Inge kurz die Hand. »Ich weiß. Und

das wäre furchtbar. Aber jetzt sind wir erwachsen, und Bellers ist nicht der gewalttätige Alpharüde einer Jugendbande. Ich denke, ich muss anders mit ihm klarkommen.«

»Na, dann sieh mal zu, wie du es machst. Und wenn du doch mal einen Tipp oder Hilfe brauchst, komm zu mir.«

Sandra sah zu, wie die kleine, drahtige Frau das Geschirr zusammenstellte und zur Spülmaschine brachte. Wenn Inge doch bloß wirklich ihre Mutter gewesen wäre! Was hätte sie wohl mit Sandras Vater gemacht, wenn der seine Tochter mit seinen zynischen Bemerkungen so fertig machte, dass sie sich noch nicht mal für wert befunden hatte, Raum einzunehmen und Sauerstoff zu verbrauchen? Wenn man mal davon absah, dass sie einen Mann wie ihn überhaupt nicht erst geheiratet hätte, hätte er vermutlich schon die erste Attacke auf Sandras Selbstwertgefühl nicht überlebt. Jedenfalls nicht unverletzt.

Es war Sandras beste Idee gewesen, mit sechzehn von zu Hause wegzulaufen. Und die beste Idee des Schicksals war es gewesen, dass sie gleich in der ersten Nacht auf dem Lüftungsschacht vor einem Kaufhaus von Inge aufgelesen und mit nach Hause genommen wurde. Wenige Tage später hatte sie Sandras Eltern klargemacht, dass ihre Tochter fortan bei ihr lebte. Anderenfalls würde sie mit Sandra zusammen zum Jugendamt gehen und dafür sorgen, dass sie in eine Wohngruppe kam. Mit sechzehn ging das, wenn die Jugendlichen selbst es so wollten. Und schließlich hatten Sandras Eltern eingewilligt. Was hätten auch die Nachbarn gedacht, wenn das Jugendamt mit ihnen Kontakt aufgenommen hätte?

* * *

Pünktlich um fünf nach zwei betrat Sandra das Büro. Aber Bellers war nicht da. War er etwa schon ohne sie losgefahren? Sandra schaute auf ihr Handy und musste feststellen, dass es immer noch ausgeschaltet war. Inge bestand darauf, beim Essen nicht von Handygedudel gestört zu werden. Als sie es nun einschaltete, waren gleich drei Nachrichten von Bellers auf der Mailbox. Die erste lautete, er wisse nicht, ob er es pünktlich schaffen werde, in der zweiten machte er sie darauf aufmerksam, dass sie als Ermittlerin tagsüber ihr Handy eingeschaltet lassen sollte, und in der dritten kündigte er sein Erscheinen im Präsidium für etwa acht Minuten nach zwei an. Sie möge doch bitte auf dem Parkplatz stehen, damit sie direkt losfahren könnten.

Sandra schüttelte den Kopf und ging wieder nach draußen. Auf dem Parkplatz sah sie Bellers, der gerade mit finsterer Miene sein Auto abschloss.

»Da sind Sie ja«, sagte Sandra, bevor er nur Luft holen konnte. »Ich warte schon.«

»Was war mit Ihrem Handy?«, fragte Bellers.

»Was war mit zwei Uhr?«, fragte Sandra zurück.

Danach schwiegen beide. Bis Essen. Es war eine lange Fahrt. Irgendwann stellte Bellers das Radio an.

In Essen fuhren sie auf den Besucherparkplatz des dortigen Präsidiums, und auf dem Weg zum Gebäude fragte Sandra: »Sind wir eigentlich angemeldet?«

»Das fällt Ihnen aber früh ein«, gab Bellers zurück. »Ja, wir sind angemeldet. Das habe ich heute Morgen erledigt, nachdem Abendroth abgeholt wurde und Sie unbedingt noch sein Haus durchsuchen mussten. Wir dürfen übrigens nicht vergessen, nachträglich die Erlaubnis von Abendroth einzuholen, uns im Zimmer seiner Tochter umschauen zu dürfen.«

Nein, das sollten sie wirklich nicht vergessen, dachte Sandra. Vor allem deshalb, weil sie die Visitenkarte von Lamprecht noch immer heimlich in ihrer Hosentasche herumtrug.

Der Beamte, mit dem sie verabredet waren, saß zusammen mit zwei weiteren Kollegen in einem Raum, in dem das absolute Chaos herrschte. Die Tische waren unter der Last von Akten und Papieren nicht mehr zu erkennen, aus Schränken und Regalen quollen weitere Papierfluten. Außerdem waren bestimmt dreißig Kaffeetassen im Raum verteilt, die auf Akten balancierten, im Waschbecken lagen und sogar im Topf eines Gummibaums standen, der seine Blätter herabhängen ließ, als hoffte er, aus den Tassen noch einen Rest Flüssigkeit aufsaugen zu können.

»Ah! Die Kollegen aus Wuppertal«, grüßte einer der Männer. »Müsst euch jetzt also auch mit einer Explosion herumschlagen, wie?«

»Das ist richtig«, gab Bellers etwas steif zurück.

»Setzt euch doch.« Der Mann wies auf zwei Stühle, die allerdings mit Papierstapeln beladen waren.

Bellers schaute sie etwas ratlos an, Sandra packte ihren Stapel einfach auf den Boden und setzte sich.

»Dann wollen wir mal sehen. Wo haben wir es denn?«, murmelte der Mann vor sich hin und zog schließlich zwei dicke Akten unter einem halben Meter Papier hervor. Eine Kaffeetasse kam ins Wanken und stürzte ab, blieb aber heil. Der Mann kickte sie einfach mit dem Fuß unter den Schreibtisch.

»Wie machen wir's? Wollt ihr die Akte lesen, oder soll ich was erzählen?«

»Bitte erzählen«, antwortete Bellers.

»Na schön. Ich bin übrigens Peter, die beiden da sind Steffen und Thorsten. Die waren bei den Ermittlungen mit dabei.«

Bellers und Sandra stellten sich ebenfalls vor.

»Wie kommt ihr eigentlich darauf, dass euer Fall etwas mit unserem zu tun hat?«, wollte Steffen wissen. »Es explodieren hierzulande zwar nicht jeden Tag Autobomben, aber trotzdem.«

»Wegen des Sprengstoffs. Es war der gleiche wie bei euch«, sagte Sandra.

»Verstehe«, nickte Peter. »Ja, der Sprengstoff war uns auch aufgefallen.«

»Wie seid ihr bei den Ermittlungen vorgegangen?«, erkundigte sich Sandra. Sie interpretierte Bellers' Schnaufen so, dass er das schon wusste, weil er sich natürlich vorher per Intranet informiert hatte.

»Nun, nach der Identifizierung der Opfer haben wir deren Hintergrund ausgeleuchtet. Bei der Frau war nichts zu finden. Sie war freie Journalistin, lebte mit ihrem Mann und einem kleinen Baby zusammen. Sie recherchierte wohl gerade zu einem Artikel über Prostitution. Gut, könnte sein, dass sie mit ihren Nachforschungen jemandem auf den Fuß getreten ist. Aber ihr Mann wusste nichts dergleichen. Und es wäre ja auch nicht gerade wahrscheinlich, dass sie in einem fremden Auto in die Luft gesprengt wurde, wenn es wirklich um sie gegangen wäre.«

Sandra nickte. »Was ist mit dem Mann?«

»Mit Ludger Friedrich?«

»Auch. Aber erst mal wollte ich jetzt was über den Ehemann von Nina Deutschmann erfahren.«

»Ja, der war interessant. Nicht in der Richtung, dass er Dreck am Stecken hatte und jemand seine Frau tötete, um ihn unter Druck zu setzen. Unter Verdacht stand er erst recht nicht. Im Gegenteil, der Mann war fix und fertig, als er seine Frau verloren hatte. Aber er hat uns den letzten Nerv geraubt, weil er Privatdetektiv gespielt hat. Wo wir auch hinkamen und wen wir auch befragt haben, Uli Deutschmann war immer schon vor uns da gewesen. Er war übrigens auch derjenige, der uns auf die Drogengeschichte und auf Kevin Klages gebracht hat.«

»Wie hat er das denn geschafft?«

Peter schüttelte kurz den Kopf. »Der war wie ein Bluthund. Schnüffelte von morgens bis abends herum. Redete mit allen, die irgendwas mit Friedrich zu tun hatten. Trieb sich wochenlang mit Drogenkranken und Prostituierten herum, um sie auszuhorchen. Und das mit dem Baby vorm Bauch. Der war echt besessen davon, den Täter zu finden.«

»Und das ist ihm gelungen?«, vergewisserte sich Sandra.

»Möglicherweise. Gut denkbar, dass er recht hatte und dass es Klages war, der die Sache in Auftrag gegeben hat. Klages selbst war nämlich in den Tagen um den Anschlag herum im Ausland. Wenn er also wirklich dahintersteckte, musste er einen Killer beauftragt haben. Aber wir konnten ihm nichts nachweisen, es beruhte alles nur auf Hörensagen und Gerüchten. Diese Drogenkranken sind wie ein Fischschwarm: Wenn Sie die Hand hineinstecken, um einen zu greifen, sind sie alle weg. Wir hatten sogar einen verdeckten Ermittler als Junkie eingeschleust. Aber auch der war nicht in der Lage, handfeste Beweise zu sichern.«

»Schöne Scheiße«, fügte Thorsten hinzu, der bislang noch gar nichts gesagt hatte.

Bellers nickte. »Wir in Wuppertal hatten Klages schon verschiedene Male im Visier. Aber der Mann windet sich aus allem heraus. Es ist nie zu einer Anklage gekommen.«

»Und jetzt vermutet ihr, dass er hinter dem Anschlag in Wuppertal steckt?«, fragte Peter.

»Ja«, antwortete Sandra.

»Wir wissen es nicht«, sagte Bellers im selben Moment. Dann fügte er mit einem Seitenblick auf Sandra hinzu: »Es wäre aber möglich. Jedenfalls hatte Dieter Lamprecht, der Besitzer des Wagens, offensichtlich mit Drogen zu tun.«

»Na, dann wünsche ich viel Spaß, Kollegen. Und viel Erfolg. Aber so einen wie den Klages wird man eigentlich nur los, wenn ihn jemand um die Ecke bringt, bevor er ihn um die Ecke bringt. Und bisher scheint er ja immer der Schnellere gewesen zu sein.«

Kapitel 21

Als sie das Essener Präsidium verließen, schien es Sandra noch wahrscheinlicher als zuvor, dass Kevin Klages hinter dem Anschlag steckte. Nur nützte ihnen das nichts, solange sie ihm nichts nachweisen konnten.

»Ich würde gerne noch mit diesem Uli Deutschmann sprechen«, sagte Sandra. »Wenn der im Alleingang herausgefunden hat, wer hinter dem Anschlag steckte, dann weiß er vielleicht weitere Dinge, die er der Polizei nicht mitgeteilt hat.«

Bellers schaute auf die Uhr. »In Ordnung. Das könnten wir gerade noch schaffen.«

Er brachte die Adresse des Mannes in Erfahrung, und Sandra lotste ihn dorthin.

Das Haus, in dem die Deutschmanns wohnten, hatte seine besseren Tage bereits hinter sich. Die ganze Fassade war dunkelgrau, nur unter den Fensterbänken war die ursprüngliche, beige-gelbe Farbe noch zu sehen. An einer Hausecke sah man in einer Nische einen steinernen Ritter zu Pferde, der eine Lanze im Arm hielt. Die gesamte Figur war durch Ruß und sauren Regen so geglättet, dass nur noch die Umrisse zu erkennen waren. Die Haustür war aus ehemals schönem, massivem Holz gefertigt, das nun jedoch Risse und Absplitterungen zeigte.

Bellers klingelte bei *Deutschmann*, und kurz darauf hörten sie eine Männerstimme aus der Gegensprechanlage fragen: »Ja, bitte?« Im Hintergrund quengelte ein Kleinkind.

»Herr Deutschmann?«, fragte Bellers.

»Ja. Wer ist denn da?«

»Bellers und Santori von der Kriminalpolizei Wuppertal. Können wir Sie kurz sprechen?«

»Wuppertal? Wieso …? Fünfter Stock.«

Der Türöffner schnarrte, und Bellers und Sandra machten sich an den langen Aufstieg nach oben. Sandra nahm erfreut zur Kenntnis, dass Bellers schon nach zwei Stockwerken zu schnaufen begann und sich immer schwerer am Geländer nach oben zog. Sie selbst war noch nicht mal warm geworden, als sie oben ankamen, und ihr Atem ging kaum schneller.

Ein Mann von Mitte dreißig stand in der Wohnungstür und schaute ihnen entgegen. Sandra musste bei seinem Anblick an ein hartes, schweres Schwarzbrot denken. Er war extrem dünn, und seine Augen blickten aus so tiefen Höhlen heraus, als hätten sie sich darin versteckt und wollten sehen, ohne gesehen zu werden. Die Wangen waren so eingefallen, dass man von außen die Zahnreihen erkennen konnte, die Hände waren wie die eines Skeletts, über das man eine dünne Haut gezogen hatte. Trotzdem wirkte er nicht schwach oder müde.

Stattdessen schien in ihm ein Feuer zu lodern, das ihn von innen her auffraß.

An sein Hosenbein klammerte sich ein kleiner Junge von vielleicht zwei Jahren. Er war das Gegenteil seines Vaters: strohblonde Haare, ein helles, offenes Gesicht und Babyspeck überall dort, wo er hingehörte.

Seltsamerweise trugen beide alberne, bunte Hütchen auf dem Kopf.

»Hallo. Kommen Sie rein«, begrüßte Deutschmann die Ermittler. Er führte sie in ein Wohn- und Esszimmer, das hell und freundlich wirkte. Der Boden war mit Spielsachen bedeckt, auf dem Tisch stand eine bunte Torte mit einem Pinguin aus Marzipan in der Mitte. Daneben ein Holzkranz mit zwei brennenden Kerzen.

»Fabian hat heute Geburtstag«, erklärte der Mann und strich seinem Sohn, der wie ein drittes Bein mit ihm mitgelaufen war, über die Haare.

»Ist das wahr?«, fragte Bellers. »Und wie alt bist du geworden? Bestimmt fünf, oder?«

Sandra schaute ihn überrascht an. Die zwei brennenden Kerzen auf dem Tisch, und die Tatsache, dass der Junge seinem Vater gerade bis zum Oberschenkel reichte, waren doch wohl Hinweis genug ... Dann sah sie, dass er den Kleinen nur aus der Reserve locken wollte. Mit Erfolg. Der Junge schüttelte heftig den Kopf und sagte: »Wei!« Er unterstrich seine Aussage, indem er die Hand hob und zwei seiner kleinen, runden Fingern abspreizte. Es dauerte eine Weile, bis er die Finger sortiert hatte, und er musste die andere Hand zu Hilfe nehmen.

»Zwei? Das kann ich ja gar nicht glauben! Du bist doch schon so groß!«, staunte Bellers und machte runde Augen.

Der Kleine streckte sich von etwa 90 auf 91 Zentimeter und lächelte Bellers an. »Wei«, bestätigte er noch mal, und wieder sortierte er seine Finger.

»Na, das ist ja ein Ding! Aber weißt du was? Wenn du heute zwei wirst, dann brauchst du auch zwei Geschenke, oder? Magst du Luftballons?« Bellers holte zwei dünne Gummihandschuhe, die er immer bei sich trug, aus seiner Jackentasche. Dann pustete er sie auf und verknotete sie. Der Kleine strahlte, als er sie in Empfang nahm, und spielte an den aufgeblasenen Fingern herum.

Nun wandte sich Bellers dem Vater zu: »Passt es denn heute überhaupt? Wir können auch ein anderes Mal wiederkommen.«

»Doch, es passt schon. Setzen Sie sich doch.« Uli Deutschmann wies auf die Stühle, die um den Tisch standen. Sandra musste erst eine Marzipan-Eisscholle wegwischen, bevor sie sich setzen konnte.

»Worum geht's?«, fragte Deutschmann. »Doch wohl nicht um meine Frau. Der Fall wurde schon vor Monaten zu den Akten gelegt.«

»Was uns sehr leid tut. Sie können uns glauben, dass es uns nicht gefällt, einen Fall wie den Ihrer Frau nicht aufklären zu können.«

Deutschmann nickte und zuckte gleichzeitig mit den Schultern. »Mag sein.«

»Aber wir sind heute wegen eines anderen Falls hier. Die Autobombe in Wuppertal. Sie werden den Aufruhr mitbekommen haben.«

Deutschmann beugte sich nach hinten und verschränkte die Arme. »Natürlich. Und deswegen sind Sie hier?«

»Der Sprengstoff war der gleiche, der damals hier in Essen verwendet worden war. Wir gehen also davon aus ...«

»Dass schon wieder Klages hinter der Sache steckt«, führte Deutschmann den Satz zu Ende.

»Es ist zumindest nicht auszuschließen. So wie es aussieht, hatte eines der Opfer mit Drogen zu tun. Jedenfalls haben wir größere Mengen Heroin und Kokain in dessen Wohnung gefunden.«

»Verstehe. Ja, das passt. Und was wollen Sie von mir?«

»Hören, ob Sie uns weiterhelfen können. Wie wir erfahren haben, haben Sie nach dem Tod Ihrer Frau eigene Ermittlungen angestellt. Sozusagen.«

»Nicht sozusagen. Ich habe ermittelt. Und zwar mit mehr Erfolg als die Polizei, wenn ich das erwähnen darf.«

»Wir haben uns gefragt, ob Sie vielleicht noch etwas wissen, das uns weiterhelfen könnte«, sagte Sandra.

Der Mann schaute zu seinem Sohn, der ganz versunken die Finger der aufgeblasenen Handschuhe nach innen stülpte und zuschaute, wie sie wieder nach außen ploppten.

»Was würde Ihnen denn weiterhelfen?«, fragte er dann.

»Eigentlich alles, was Sie über Klages wissen. Oder über andere, die mit dem Fall in Verbindung standen.«

Uli Deutschmann goss sich eine Tasse Kaffee ein, bot ihnen aber keinen an. Sandra fiel auf, dass außer seinem und dem Gedeck des Kindes noch ein drittes Gedeck auf dem Tisch stand. Deutschmann bemerkte ihren Blick.

»Das ist für meine Frau«, sagte er. »Wenigstens an Fabians Geburtstag soll sie mit dabei sein. Irgendwie.«

Sandra nickte. Das war unglaublich traurig.

»Was ich über Klages weiß«, begann der Mann dann. »Das habe ich damals alles weitergegeben. Ich habe nichts zurückgehalten. Schließlich wollte ich doch, dass er für seine Tat zur Verantwortung gezogen wird.«

»Erzählen Sie doch noch mal, was Sie wissen«, bat Sandra. »Wenn Sie sich erinnern.«

Deutschmann verzog den Mund. »Wenn ich mich erinnere? Ich werde mich immer erinnern. Ich bin mit Klages auf immer verbunden, ob ich will oder nicht. Er ist derjenige, der meinem Sohn die Mutter genommen hat. Und mir die Frau.« Bei den letzten Worten wurde seine Stimme leiser. »Es war ihm völlig egal, wer da mit im Auto saß. Er ist absolut skrupellos. Und sein Handlanger auch.«

»Wen meinen Sie mit Handlanger?«

»Na, seinen Killer. Der seit Jahren für ihn die Drecksarbeit macht. Klages selbst war natürlich verreist, als das Auto mit meiner Frau in die Luft flog. Sein Killer hat den Job für ihn erledigt. Es war übrigens nicht das erste Mal, dass Unbeteiligte getötet wurden.«

Sandra sah auf. »Sondern?«, fragte sie.

»In der Wuppertaler Drogenszene spricht man von mehreren Morden. Bei denen nicht immer nur diejenigen ums Leben kamen, die Klages loswerden wollte. Sondern eben auch Menschen, die sich zufällig gerade in der Nähe aufhielten.«

»Na ja«, meinte Bellers. »Was Drogenkranke so erzählen ...«

»Natürlich habe ich auch nicht alles einfach naiv geglaubt«, unterbrach ihn Deutschmann. »Ich habe an die hundert Menschen befragt, viele von ihnen mehrfach. Und dann habe ich versucht, die Spreu vom Weizen zu trennen. Vor allem habe ich auf Geschichten geachtet, die sich wiederholten, und die wenigstens zum Teil nachzuweisen waren. Ich bin schließlich bei acht Mordanschlägen mit 12 Toten gelandet.« Er schaute Bellers und Sandra durchdringend an. »Oder, seit Montag, bei neun Anschlägen und 15 Toten.«

Einen Moment sagte niemand etwas. Sandra schaute auf den Kleinen, ob der vielleicht das Gespräch über Mordanschläge und Tote verfolgte und gleich weinen würde. Aber der Junge war vollkommen in sein Spiel mit den Handschuhen vertieft.

Sandra fragte Deutschmann: »Sagt Ihnen der Name Dino Lambardo etwas? Oder Dieter Lamprecht?«

Uli Deutschmann zögerte kurz, dann schüttelte er den Kopf.

»Wie ist es mit Maria Abendroth und Marvin Degenhardt?«

»Auch nicht.«

»Haben Sie damals etwas über diesen Auftragsmörder herausgefunden? Irgendwelche Hinweise?«

»Ja. Ich habe sogar eine Frau gefunden, die ihn kannte.«

Sandra und Bellers machten große Augen.

»Wer ist die Frau?«

»Eine Drogenabhängige aus Wuppertal. Sie bekam seit Jahren ihren Stoff von Klages beziehungsweise von seinen Leuten. Außerdem war sie über längere Zeit hinweg eine von Klages' Geliebten. Sie hatte mehrmals jemanden gesehen, von dem sie glaubte, dass es der Killer war.«

»Mehr wusste sie nicht?«

Deutschmann verzog das Gesicht. »Als ich das nächste Mal mit ihr sprechen wollte, war sie tot. Überdosis.«

Sandra kam eine Frage in den Sinn, wusste aber nicht, wie sie sie stellen sollte.

Deutschmann übernahm das für sie. »Falls Sie sich fragen, ob ich beobachtet wurde und ob sie wegen mir getötet wurde, so lautet die Antwort: vermutlich. Ich hatte sie bei den bisherigen 12 Toten bereits mitgezählt.«

»Wie kommen Sie darauf?«

»Kurz nach ihrem Tod bekam ich einen Brief. Darin war ein Foto meines Sohnes. Es war erst einen Tag zuvor aufgenommen worden, an seinem ersten Geburtstag. Daneben war eine Todesanzeige mit seinem Todesdatum, eine Woche nach seinem Geburtstag. Darunter stand: *Das wollen wir doch alle nicht. Halt dich aus der Sache raus.*«

»Haben Sie das der Polizei gezeigt?«

»Na klar. Aber Klages war nichts nachzuweisen. Wieder mal.«

»Und Sie? Haben Sie sich rausgehalten?«, fragte Sandra.

Deutschmann schaute sie an. »Mein Sohn lebt noch, wie Sie sehen.«

Kapitel 22

Auf dem Weg nach Hause ließ sich Sandra noch mal durch den Kopf gehen, was sie von Deutschmann über dessen Frau erfahren hatten. Sie war als freie Journalistin recht erfolgreich gewesen. Ihr Geld hatte sie hauptsächlich mit Kolumnen und kleineren Artikeln über aktuelle Themen verdient. Sie war aber zusätzlich immer mit Reportagen zu Themen beschäftigt gewesen, die ihr wirklich am Herzen lagen, und an denen sie mehrere Monate gearbeitet hatte. Schon zwei Mal hatte sie Preise für ihre Beiträge gewonnen, einmal für einen Bericht über das Leben und Leiden in deutschen Kinderheimen in den fünfziger bis siebziger Jahren. Und einmal für einen Artikel über die Machenschaften im deutschen Musikbetrieb.

Deutschmann selbst war Lehrer, war aber seit dem Tod seiner Frau nicht mehr berufstätig gewesen. Er war noch immer arbeitsunfähig.

Kurz vor Wuppertal räusperte sich Sandra: »Es ist zum Verrücktwerden. Es muss doch möglich sein, einen solchen Menschen hinter Gitter zu bringen.«

»Sie reden von Klages?«

»Natürlich. An ihn selbst ist ja offenbar nicht heranzukommen. Also müssten wir seinen Auftragskiller finden und ihn zu einer Aussage bewegen. Und das alles, bevor Klages ihn tötet oder töten lässt.«

»Ihre Aussage strotzt geradezu von unbewiesenen oder unwahrscheinlichen Annahmen«, entgegnete Bellers. »Wie sollen wir diesen Killer finden? Warum sollte er aussagen, wenn er sich damit selbst belastet? Vor allem aber: Warum gehen Sie einfach so davon aus, dass es diesen Killer überhaupt gibt? Nur weil Deutschmann es gesagt hat?«

»Er hat sich immerhin lange mit dem Fall beschäftigt und ...«

»Das hat sich die Polizei auch. Und sie hat keine Beweise für Klages' Täterschaft und einen eventuell angeheuerten Killer gefunden.«

»Aber wenn doch zufällig immer wieder Menschen getötet werden, die Klages im Weg sind, und wenn Klages gerade dann zufällig immer im Ausland weilt, drängt sich schon ein gewisser Verdacht auf.« Sandra merkte, dass ihre Stimme belegt klang.

»Aber eben nur der Verdacht. Sie sind immer so vorschnell mit Ihren Schlussfolgerungen. Die Tatsache, dass jemand eben nicht vor Ort war, als eine Straftat begangen wurde, beweist ja wohl nicht, dass diese Person hinter der Tat steckt. Und selbst wenn doch: Woher wollen Sie wissen, dass es nur ein Killer war? Vielleicht war es jedes Mal ein anderer, der ... Weinen Sie?«

Sandra hatte angestrengt aus dem Fenster gestarrt. Jetzt kramte sie in ihrer Hosentasche nach einem

Taschentuch. »Natürlich nicht«, brachte sie mühsam heraus. »Ich muss nur ... Können Sie mal kurz anhalten?«

»Wir sind auf der Autobahn. Und gleich in Wuppertal.«

»Trotzdem.«

Bellers schwieg, fuhr aber am nächsten Rastplatz raus. Kaum stand sein Wagen, sprang Sandra hinaus und ging auf dem Grünstreifen in Richtung der Büsche, zwischen denen sich mit Sicherheit schon Tausende von Menschen erleichtert hatten. Angestrengt versuchte sie, ihren Atem unter Kontrolle zu bringen. Mit mäßigem Erfolg. Sie gestattete sich ein paar lautlose Schluchzer, dann raffte sie die Schultern, wischte sich übers Gesicht und fasste einen Entschluss: Sie würde mit diesem Menschen nicht länger zusammenarbeiten. Noch heute würde sie Fladerer darauf ansprechen.

Sandra kehrte zu Bellers zurück, murmelte etwas von »leichtem Asthma«, dann fuhren sie schweigend zum Präsidium.

Bei der Abendbesprechung erzählten sie von den Gesprächen mit den Kollegen aus Essen und mit Uli Deutschmann.

»Der hat wohl nicht zufällig Interesse, bei uns einzusteigen?«, fragte Bernd Bongarz, als Sandra erzählte, was der Mann alles herausgefunden hatte.

»Höchstens wenn es dabei um Klages und seinen Killer ginge. An anderen Dingen hat er, glaube ich, generell kein Interesse mehr.«

»Doch. An seinem Sohn«, warf Bellers ein.

»Das stimmt.«

»Gut. Bellers und Santori, Sie bleiben weiter an Klages und seinem Killer dran, wenn es diesen tatsächlich gibt«, sagte Fladerer. »Am besten setzen Sie sich mit der Drogenfahndung in Verbindung und schauen, was Sie über Klages und seine Kontakte finden. Wenn dieser Uli Deutschmann jemanden aufstöbern kann, der Klages' mutmaßlichen Killer kannte, dann können wir das hoffentlich auch. Hellweg und Schweizer, Sie helfen dabei. Es gibt vermutlich Hunderte von Junkies und Kleindealern zu befragen. Gibt's was Neues über Dieter Lamprecht?«

Michael Schweizer berichtete über Lamprechts Geschäfte, die sehr gut liefen. Er hatte zwar eine Menge Geld von seinen Eltern geerbt, aber er war trotzdem nicht von Beruf Sohn geblieben, sondern hatte sein Vermögen weiter vergrößert. Was in erster Linie an den Master Stars lag, die das Geld nur so in die Agentur strömen ließen.

Bellers berichtete von den Vergewaltigungen unter Einsatz von K.-O.-Tropfen.

»Sieh mal einer an«, nickte Fladerer. »Im Körper von Maria Abendroth hat Peter Hahn tatsächlich Abbauprodukte von Rohypnol gefunden. Er hat schon überlegt, ob sie das Zeug gewohnheitsmäßig nimmt, hat aber keine Hinweise darauf gefunden. Und es passt ja auch nicht zu ihr, so wie sie von ihrem Vater beschrieben wird.«

»Wobei nicht alle Eltern ihre Kinder mit der nötigen Objektivität beschreiben können«, warf Bellers ein.

»Du musst es ja wissen«, grinste Lukas Mann, und erntete einen bitterbösen Blick von Bellers.

»Wie auch immer. Dieser Sache sollten wir weiter nachgehen«, bestimmte Fladerer. »Schweizer, überprüfen Sie bitte, ob irgendwelche Anzeigen gegen Lamprecht vorliegen. Wegen Vergewaltigung unter Einfluss von K.-O.-Tropfen.«

»Das muss wohl so sein«, warf Sandra ein. »Es haben sich sogar einige Frauen zusammengetan, denen das Gleiche passiert war. *Womens together* nennen die sich. Sie haben ...«

»Sie haben jedenfalls schon mal keine Ahnung von Englisch«, unterbrach Schweizer. »Es heißt nicht *womens*. Das ist ein Verb mit einem unregelmäßig gebildeten Plural und ...«

»Es ist kein Verb, sondern ein Nomen«, unterbrach nun wiederum Sandra seine Ausführungen.

»Wenn wir das Grammatische geklärt haben, könnten wir vielleicht mit dem Inhaltlichen fortfahren?«, schaltete sich Fladerer ein, und wieder einmal verschwanden seine Augen fast hinter den fleischigen Backen, als er grinste.

»Natürlich«, fuhr Sandra fort. »Also, diese Frauen haben sich wohl zusammengetan, um sich gegenseitig zu unterstützen. Einige von ihnen haben tatsächlich Lamprecht angezeigt. Allerdings ohne Erfolg.«

»Wissen wir sonst etwas über die Aktivitäten dieser Damen? Zum Beispiel, ob sie gerne mal eine Autobombe zünden?«, fragte Lukas Mann und grinste in die Runde.

Aber selbst Imke rollte mit den Augen. »Wirklich sehr lustig, Lukas!«

»Bis jetzt wissen wir nichts«, entgegnete Bellers. »Ich habe allerdings am Tag nach dem Anschlag einen Blumenstrauß mit einer Karte vor Lamprechts Haus gefunden. Auf der Karte stand: *Wir tanzen auf deinem Grab.*«

»In tiefer Trauer sind sie also schon mal nicht«, meinte Lukas.

»Wer will es ihnen verdenken?«, sagte Imke.

Fladerer räusperte sich: »Schweizer, überprüfen Sie bitte, was Sie über diese Gruppe finden können. Und wenn Sie schon dabei sind, schauen Sie auch gleich nach diesem ... diesem Dings aus Essen.«

»Ludger Friedrich«, warf Sandra ein.

»Genau. Da die beiden Fälle offensichtlich zusammenhängen, könnte sich eine ganz neue Ermittlungsrichtung ergeben, wenn dieser Friedrich ähnliche sexuelle Gewohnheiten zeigen würde wie Lamprecht.«

»Und was hätte Klages dann damit zu tun?«, fragte Schweizer. »Immer vorausgesetzt, er steckt hinter den Anschlägen.«

»Das weiß ich auch nicht«, gab Fladerer zu. »Santori und Bellers, Sie möchte ich bitten, die Frauen aus dieser Gruppe aufzusuchen, sobald Schweizer Namen und Adressen nennen kann. Möglichst noch, bevor Sie sich im Drogenmilieu umschauen.« Jetzt wandte er sich an Bongarz und Mann. »Was haben Sie über Marvin Degenhardt und seine Nazi-Genossen zu berichten?«

»Doch nicht Genossen! Das sind Kameraden!«, entgegnete Bongarz.

»Oh, Entschuldigung«, grinste Fladerer. »Also?«

»Dieser Degenhardt war ein hohes Tier in der rechtsradikalen Szene«, begann Bongarz.

»Was vermutlich daran lag, dass sein IQ höher als Null war. Wenn auch nur geringfügig«, warf Lukas ein.

»Jedenfalls gibt es feindschaftliche Beziehungen zu anderen rechtsradikalen Gruppierungen beziehungsweise Kameradschaften. Natürlich auch zu linksradikalen Gruppen. Und zu normal-linken. Und zu religiösen. Und zu Gruppen, in denen sich Menschen mit Migrationshintergrund zusammentun. Und zu ...«

»Vielleicht geht es schneller, wenn Sie aufzählen, mit wem keine Feindschaft bestand«, unterbrach Fladerer.

»Das ist tatsächlich schneller erledigt: Mit ihrer eigenen Gruppe. Den *Freien Männern Deutschlands*.«

»Mit der Betonung auf ›Männer‹?«, erkundigte sich Imke.

»So ist es. Die meisten Mitglieder scheinen tatsächlich männliche Single zu sein und ganz und gar in dieser und für diese Gruppe zu leben. Das ist wie eine Sekte: Sie haben nur noch Kontakt zu anderen Gruppenmitgliedern, sie arbeiten für die Gruppe, sie ...«

»Mit anderen Worten, sie sind Loser, die es unter normalen Umständen nicht bringen?«, warf Sandra ein. »Die weder einen Job noch eine Frau finden?«

»So könnte man es zusammenfassen«, lächelte Bongarz. »Wobei wir den einen oder anderen kennengelernt haben, der doch eine Frau oder Freundin hat. Die dürfen dann für ihre heldenhaften Kämpfer die Wäsche waschen und das Essen kochen.«

»Oh Mann!«, stieß Sandra aus, und Fladerer schaute sie belustigt an.

Dann fragte er: »Sie sind also echte Sympathieträger, wenn ich richtig verstehe. Aber kommen sie oder eine der mit ihnen verfeindeten Gruppen für einen Sprengstoffanschlag infrage?«

»Grundsätzlich kommen sie für jede gewalttätige Sache infrage«, antwortete Bongarz. »Aber diese Sprengstoffgeschichte erforderte meiner Meinung nach zu viel Planung. Das traue ich denen nicht zu.«

»Auf andere, zum Beispiel religiöse Gruppen, gibt es ja nach wie vor keinerlei Hinweise.«

»Außerdem ist da die Sache mit dem Sprengstoff«, erinnerte Sandra. »Wir sollten doch auf jeden Fall davon ausgehen, dass derjenige, der Lamprecht getötet hat, auch diesen Friedrich in Essen auf dem Gewissen hat.«

»Das ist aber nicht bewiesen. Wir ...«, begann Bellers.

»Aber es ist so wahrscheinlich, dass wir vorerst davon ausgehen«, schnitt ihm Fladerer das Wort ab. Sandra erneuerte innerlich ihren Vorsatz, nicht länger mit Bellers zusammenarbeiten zu wollen. »Frau Oberrath, was gibt es Neues von der KTU?«

»Wir haben Lamprechts Haus in der Eifel von innen nach außen gewendet und haben insgesamt ... Moment ...« Sie zog ein Blatt aus ihrem Rucksack. »Insgesamt 47 Pfund Heroin und 68 Pfund Kokain gefunden.«

Lukas Mann pfiff laut. »Donnerwetter.«

»Genau. Donnerwetter. Lamprecht scheint sich ziemlich sicher gefühlt zu haben, jedenfalls lag das Zeug mehr oder weniger frei herum. Ich habe noch nie so schlecht versteckte Drogen gesehen.«

»Warum auch nicht? Wer kommt schon in die Eifel?«, meinte Lukas Mann.

»Seltsamerweise gaben die Nachbarn an, dass auch Dieter Lamprecht nicht in die Eifel komme. Das Haus stehe eigentlich permanent leer, seit Lamprechts Vater gestorben ist. Der war wohl der Einzige, der dort immer mal ein paar Tage verbracht hat.«

»Na, mindestens einmal war der Sohn ja offenbar doch da«, entgegnete Schweizer.

»Wenn nicht jemand anderes die Drogen dort versteckt hat«, wandte Bellers ein.

»Wer denn? Etwa der Gärtner? Oder sein Söhnchen?«

Bellers zuckte mit den Achseln.

»Sonst noch was von der KTU?«, fragte Fladerer.

Petra Oberrath schüttelte den Kopf. »Jedenfalls nichts Wichtiges.«

»Und sonst? Gibt es etwas Neues von Abendroth?«

Bellers räusperte sich. »Die letzte Information aus der Klinik lautete, dass er nicht lebensgefährlich verletzt, aber heute noch nicht vernehmungsfähig ist. Wir sollen uns morgen wieder mit ihnen in Verbindung setzen.«

Fladerer nickte. »Wir sollten ihn fragen, ob wir uns mal im Zimmer seiner Tochter umschauen dürfen.«

Noch ehe Sandra sich stoppen konnte, platzte sie bereits heraus: »Das haben wir schon getan. Und wir haben dies hier entdeckt.« Sie kramte in ihrer Hosentasche und sah, wie Bellers Augen Blitze schossen. Im selben Moment wurde ihr bewusst, was sie hier gerade tat. Aber nun war es zu spät. »Also, ich habe das entdeckt«, sagte sie kläglich, als sie die inzwischen reichlich zerknitterte Karte auf den Tisch legte. Wenigstens steckte sie in einem Beweismittelbeutel. Jedenfalls zur Hälfte, der Beutel war nämlich nicht verschlossen gewesen.

»Das glaub ich jetzt nicht«, stieß Imke hervor. »Trägt die ein Beweisstück einfach so in der Hosentasche herum.«

Sandra zog den Kopf ein. Nicht jetzt auch noch das. Nicht nach dem, was gerade mit Bellers im Auto geschehen war.

»Was ist das überhaupt?«, fragte Lukas Mann.

»Eine Visitenkarte. Von Lambardo«, murmelte Sandra.

»Mit einer Botschaft, wie ich sehe«, sagte Fladerer und dreht die Karte hin und her. »Lambardo lädt Maria ein, mit ihm Kontakt aufzunehmen. Nun denn. Gleich als Erstes morgen früh bringen Sie das in Ordnung. Sprechen Sie mit Abendroth und lassen Sie sich sein Einverständnis geben, sich im Zimmer seiner Tochter umzuschauen. Am besten schriftlich.«

Sandra nickte.

»Und Sie schauen bitte, ob Sie hier noch etwas retten können«, fuhr Fladerer fort und schob Petra Oberrath die halb eingetütete Visitenkarte über den Tisch. »Nehmen Sie auf jeden Fall der Kollegin Santori Fingerabdrücke ab. Ich nehme stark an, dass wir diese ebenfalls auf der Karte finden werden.«

Das nahm Sandra auch an, also zog sie bloß den Kopf ein.

»Stammt die Karte denn wirklich von Lamprecht?«, wollte Lukas Mann wissen.

Sandra räusperte sich. »Ja und nein. Es ist eine seiner üblichen Karten, das schon. Aber als Maria Abendroth unangemeldet in der Agentur auftauchte, hat sie erzählt, dass der Mann, der ihr die Karte gegeben hatte, anders ausgesehen habe als Lamprecht. Und Sonja Kluge bestätigte, die Schrift auf der Karte sei nicht die ihres Chefs gewesen.«

»Also gut«, ergriff Fladerer wieder das Wort. »Zum weiteren Vorgehen: Bongarz und Mann bleiben bitte noch einen Tag an Degenhardt und seinen Feinden dran. Wenn sich weiter nichts ergibt, lassen wir die Spur vorerst fallen. Die anderen konzentrieren sich auf Klages und auf das Drogenmilieu. Außerdem auf diese Selbsthilfegruppe. Ich habe schon mit der Drogenfahndung Kontakt aufgenommen, und die schauen, ob sie vorübergehend zwei Leute entbehren können, die uns unterstützen. Erst mal bringen sie uns morgen einen Zentner Akten vorbei. Und ich werde mir morgen Nachmittag Klages zur Brust nehmen. Santori und Bellers, Sie hätte ich gerne dabei. Die nächste Besprechung dann zur gleichen Zeit am gleichen Ort.«

Nach und nach verließen alle den Raum, nur Sandra trödelte herum.

»Wollen Sie etwas?«, fragte Fladerer, der noch einige Unterlagen zusammenpackte.

»Ähm, ja. Ich wollte fragen, ob ich einem anderen Partner zugeteilt werden könnte. Herr Bellers und ich ... das läuft nicht gut.« Aber steck mich bloß nicht mit Imke Hellweg zusammen, fügte sie in Gedanken hinzu. Die schien ja auch etwas gegen sie zu haben. Auch wenn Sandra nicht wusste, was.

»Was ist denn los?«

»Er ... Wir sind einfach zu unterschiedlich.«

»Das ist doch kein Problem. Das kann sogar für die Zusammenarbeit sehr vorteilhaft sein.«

»Ja, schon. Aber ...«

In diesem Moment kam Petra Oberrath zurück.

»Ich wollte Sandra wegen der Fingerabdrücke mitnehmen. Störe ich?«

»Frau Santori bittet mich gerade darum, nicht mehr mit Bellers zusammenarbeiten zu müssen.«

Sandra schaute ihn an. Warum erzählte er das einfach weiter? Das war doch ein vertrauliches Gespräch!

»Ich rede so offen mit Frau Oberrath, weil sie nicht direkt zum Team gehört und daher den Blick von außen hat«, erläuterte Fladerer, als habe er Sandras Gedanken gelesen. »Nun, was glauben Sie, Frau Oberrath?«

»Ich glaube schon, dass die Zusammenarbeit zwischen den beiden schwierig ist«, antwortete Petra, nachdem sie bestimmt eine volle Minute nachgedacht hatte.

»Also denken Sie, ich sollte dem Wunsch der Kollegin Santori nachgeben?«, vergewisserte sich Fladerer.

»Nein.« Diese Antwort kam schneller.

»Sehen Sie, das denke ich auch. Also dann bleiben Sie mit Bellers zusammen. Bis morgen.« Damit verließ er einfach den Raum und ließ Sandra stehen.

Kapitel 23

Auf dem Weg zur KTU sagte Sandra kein Wort. Auch als Petra ihr das Stempelkissen reichte, schwieg sie noch immer.

»Was ist? Bist du beleidigt?«, fragte Petra schließlich.

»Ph. Natürlich nicht.«

»Natürlich doch. Was ist los?«

»Das weißt du ganz genau.«

»Also, Sandra. Ich bin ehrlich der Meinung, dass du und Bellers gut zusammenarbeiten könntet, wenn ihr euch erst zusammengerauft habt. Du tust ihm unrecht.«

»Tue ich nicht. Du weißt doch gar nicht, wie er mich behandelt.«

»Ich kann's mir aber denken. Erinnert er dich an jemanden?«

Vor Sandras Augen entstand ein Bild ihres Vaters. Sein verächtlicher Blick, wenn er ihr klargemacht hatte, dass sie zu überhaupt nichts tauge. Was praktisch täglich der Fall gewesen war. Und trotzdem!

»Das hat doch damit gar nichts zu tun«, behauptete sie. »Der Mann macht mich wahnsinnig. Und wegen dir habe ich ihn jetzt noch länger am Hals. Schönen Dank auch.« Dann rauschte sie einfach davon, bis oben hin angefüllt mit Enttäuschung. Mit etwas selbstgerechter Enttäuschung, das musste sie zugeben, aber egal.

Wenigstens Inge war auf ihrer Seite, als sie abends mit ihr telefonierte. Ihre Freundin und Mentorin erneuerte ihren Rat herauszufinden, was Bellers immer so Geheimnisvolles trieb, wenn er für Stunden verschwand, und dies dann gegen ihn zu verwenden.

* * *

Am nächsten Morgen war Sandra besonders früh im Präsidium, um sich über Klages' polizeiliche Akte zu informieren. Diese gab nicht viel her, jedenfalls nicht, was nachweisbare Dinge anging. An Gerüchten und Spekulationen war dagegen kein Mangel. Auch in Wuppertal waren V-Leute und verdeckte Ermittler eingesetzt worden, aber Klages war einfach nicht zu fassen gewesen. Er schien ein ganzes Imperium an Personen aufgebaut zu haben, die für ihn Aufträge erledigten, Informationen besorgten, Tatsachen verschleierten. Und er hatte einen wirklich fähigen Anwalt sowie gewiefte Steuerberater, die zum Beispiel die Herkunft des vielen Geldes erklärten, mit dem Klages geradezu um sich warf. Die Abteilung Wirtschaftskriminalität hatte sich schon die Zähne ausgebissen an dem miteinander verwobenen, völlig undurchsichtigen Geflecht von Beratungs- und IT-Firmen und -Firmchen, über das Klages der alleinige und unangefochtene Herrscher war.

Sandras Respekt vor Uli Deutschmanns Recherchen wuchs. Er war mit seinen Ermittlungen weiter gekommen als die Wuppertaler und auch die Essener Polizei. Und die Tatsache, dass er diesen Drohbrief bekommen hatte, deutete darauf hin, dass er nicht einfach nur Gerüchten aufgesessen, sondern auf der richtigen Spur gewesen war. Zu schade, dass er seine Ermittlungen hatte aufgeben müssen. Vielleicht hätte er tatsächlich den Killer aufgetrieben.

Um zehn vor acht wurde Sandra vom Pförtner angerufen, dass ein Besucher für sie gekommen sei. Die Stimme des Pförtners war leicht schleppend. Offenbar hatte er sein erstes flüssiges Frühstück bereits hinter sich.

»Wer ist es denn?«, fragte Sandra.

»Ein Herr ... Wie war noch mal Ihr Name?«, fragte er mit gedämpfter Stimme, während er den Hörer zuhielt. Sandra sollte wohl nicht merken, dass er sich nicht mal mehr für zwanzig Sekunden einen Namen behalten konnte.

»Ein Herr Abendroth«, sagte der Pförtner schließlich.

»Ach? Der ist hier? Sagen Sie ihm, ich hole ihn ab.«

Sandra ging nach unten und nahm Abendroth in Empfang. Der Mann schien um einige Zentimeter geschrumpft zu sein, war aber natürlich trotzdem noch so groß, dass Sandra den Kopf in den Nacken legen musste, um ihm in die Augen schauen zu können. Jedenfalls in eines seiner Augen, das andere war zugeschwollen. Abendroth schaute unstet von hier nach da, blickte sie aber kein einziges Mal an. Auf der Stirn prangte ein großes Pflaster, an dessen unterem Rand ein dunkelblauer Fleck zu sehen war, der sich im Laufe der nächsten Tage vermutlich weiter nach unten bewegen, sich grün und braun verfärben und schließlich verblassen würde. Die ganze rechte Gesichtshälfte war geschwollen.

»Herr Abendroth! Sind Sie schon aus der Klinik entlassen worden? Oder sind Sie einfach gegangen?«

Abendroth schaute sie immer noch nicht an und sagte nichts. Also einfach gegangen, dachte Sandra.

»Ich wollte mich erkundigen, ob Sie schon etwas wissen«, nuschelte Abendroth schließlich, mit seiner zur Hälfte geschwollenen Lippe.

»Dann kommen Sie doch bitte mit nach oben in mein Büro.« Sandra ging voraus, und Abendroth folgte ihr. Aus dem Augenwinkel sah Sandra, dass er leicht schwankte und sich am Treppengeländer festklammerte.

»Geht es Ihnen wirklich gut? Sie sehen aus, als hätten Sie besser noch länger in der Klinik bleiben sollen.«

»Nein. Es ist alles in Ordnung«, antwortete der Mann tonlos.

Nichts war in Ordnung, dachte Sandra. Und wie sollte es das auch sein, wo der Mann gerade den Menschen verloren hatte, der offenbar das Wichtigste in seinem Leben gewesen war.

Im Büro schob sie Abendroth einen Stuhl vor ihren Schreibtisch, und der Mann ließ sich schwer darauf fallen. Er brauchte einige Sekunden, um wieder zu Atem zu kommen, während er mit seinem einen Auge im Büro umherblickte. Dann fragte er: »Also?«

»Also was?«

»Wissen Sie schon etwas?«

Sandra wusste nicht, was sie sagen sollte. Ja, sie wussten schon eine ganze Menge. Oder sie vermuteten es wenigstens. Aber was davon konnte sie diesem Mann mitteilen?

Sie atmete erleichtert auf, als in diesem Moment die Tür aufging und Bellers hereinkam. Ihr Kollege machte große Augen, als er den Besucher sah.

»Herr Abendroth? Sind Sie etwa schon aus der Klinik entlassen worden?«, fragte auch er.

»Ich möchte mich erkundigen, was Sie bisher herausgefunden haben«, wich Abendroth aus.

»Verstehe.« Bellers holte sich einen weiteren Stuhl, und setzte sich seitlich von Sandras Schreibtisch, sodass er beide im Blick hatte. »Sie sind doch ganz bestimmt noch nicht entlassen worden«, sagte er dann mit einem Blick auf Abendroths Gesicht, das eine graugelbe Farbe angenommen hatte.

Abendroth wich seinem Blick aus.

»Sollten Sie nicht lieber wieder in die Klinik zurückgehen?«

»Nein, sollte ich nicht. Ich möchte jetzt wissen, was Sie in Erfahrung gebracht haben.«

Bellers zögerte einen Moment. Dann sagte er: »Wir können noch nichts mit Sicherheit sagen, ermitteln aber in verschiedene Richtungen.«

»Und welche Richtungen wären das?«, fragte er.

Bellers schaute Sandra Rat suchend an, die aber keinen Rat wusste und den Blick daher nicht erwiderte. Außerdem hatte sie aber sowieso keine Lust, Bellers anzuschauen.

Bellers räusperte sich. »Nun, zum einen gab es vor zwanzig Monaten bereits einen Anschlag, bei dem die gleiche Art von Sprengstoff benutzt wurde. Es handelt sich um eigenhändig hergestellten Sprengstoff mit ...« Bellers brach ab, als der Mann zusammenzuckte und die Augen schloss. »Was ist? Geht es Ihnen nicht gut? Haben Sie Schmerzen?«

»Es geht schon«, murmelte Abendroth.

»Nun. Gut. Also. Jedenfalls müssen wir davon ausgehen, dass es Zusammenhänge zwischen dem Anschlag, bei dem Ihre Tochter ums Leben kam, und dem Anschlag vor zwanzig Monaten in Essen gibt.«

»Welche Zusammenhänge?«

»Das wissen wir noch nicht. Aber es könnte sein, dass es dabei um Drogen geht. Sowohl in Essen als auch hier in Wuppertal hatte eines der Opfer mit Drogen zu tun.«

Abendroth nickte. Wie es Sandra vorkam, minutenlang. Dann fragte er: »Haben Sie Hinweise, wer hinter den Anschlägen steckt?«

»Hinweise ja. Aber noch keine Beweise.«

»Möchten Sie etwas trinken? Oder sich hinlegen?«, fragte Sandra, weil Abendroth zunehmend grau im Gesicht wurde. Zum Hinlegen hätte sie allerdings nur den Fußboden anbieten können.

»Ein Glas Wasser bitte«, flüsterte Abendroth. Sandra verließ das Büro, froh darüber, dass nicht sie mit Abendroth alleine blieb. Was hätte sie tun sollen, wenn dieser Zwei-Meter-Mann vom Stuhl gekippt wäre?

Als sie mit einem Glas Wasser zurückkehrte, saß Abendroth zum Glück immer noch so da wie zuvor und hatte wieder etwas Farbe im Gesicht. Er trank das

Glas in einem Zug aus und atmete einige Male tief durch.

»Ich habe Herrn Abendroth gefragt, ob wir uns im Zimmer seiner Tochter umsehen dürfen, und er hat nichts dagegen«, teilte Bellers Sandra mit.

»Ah. Gut«, sagte Sandra. Das hätte sie doch glatt wieder vergessen.

Abendroth sagte: »Ich werde jetzt gehen. Danke für Ihre Offenheit.«

Für welche Offenheit, überlegte Sandra. So viel hatte Bellers dem Mann doch gar nicht mitgeteilt. Aber mehr hatte er scheinbar auch nicht wissen wollen.

»Was machen Sie jetzt?«, fragte Bellers. »Gehen Sie zurück in die Klinik?«

Abendroth schüttelte den Kopf. »Ich gehe nach Hause. Ausruhen kann ich mich auch dort.«

»Haben Sie jemanden, der bei Ihnen bleiben könnte?«

»Ich möchte alleine sein.«

»Vielleicht wäre es sinnvoll, wenn Sie das nicht sind. Jedenfalls nicht heute. Sie haben eine Gehirnerschütterung.«

»Mir geht's gut«, murmelte der Mann, und wie um zu demonstrieren, dass das nicht stimmte, schwankte er beim Aufstehen.

»Dürfen wir Sie wenigstens nach Hause bringen?«

Abendroth schüttelte erneut den Kopf. »Ich nehme ein Taxi.« Grußlos verließ er das Büro.

Bellers und Sandra sahen sich an.

»Der wird sich doch wohl nichts antun?«, fragte Sandra.

»Zu verdenken wär's ihm nicht. Seine Tochter war seine ganze Familie. Jetzt hat er nichts mehr.« Bellers schaute nachdenklich vor sich hin. »Es gibt nichts Schlimmeres, als seine Familie zu verlieren«, murmelte er. Dann holte er tief Luft und sagte: »Na schön. Haben wir das erledigt. Jetzt können wir kurz die Akten über Klages und über die Wuppertaler Drogenszene sichten. Und später zu den Frauen gehen, die kein Englisch können.«

Kapitel 24

Sie luden die Akten auf einen Wagen und schoben ihn ins Büro von Imke und Schweizer. Dort arbeiteten sie sich zu viert schweigend durch mehrere Meter Papier.

»Hier ist Klages' Werdegang recht gut zusammengefasst.« Schweizer wies auf die Akte, die gerade vor ihm lag. »Kevin Klages wurde am 24. Oktober 1964 in Leipzig geboren, er ist also knapp 52 Jahre alt. Er ist der Sohn von Adolf Klages, geboren am 3. Juli 1928, und Maria Klages, geborene Reuter, geboren am 17. Januar 1938. Die Familie floh kurz nach seiner Geburt in den Westen, und Klages ging hier zur Schule, bis er sie nach elf Jahren ohne Schulabschluss abbrach.«

»Bis dahin irgendwelche Auffälligkeiten?«

»Und ob. Er war ein jugendlicher Intensivstraftäter und legte als Erwachsener noch eins drauf. Aber gerade, als er sämtlichen Kredit aufgebraucht hatte und beim nächsten Gesetzesverstoß eine empfindliche Strafe zu erwarten gehabt hätte, wurde er seriös. Das war vor knapp zwanzig Jahren. Er gründete eine Unternehmensberatungsfirma. Und dann noch eine. Und eine IT-Firma. Und immer so weiter. Und nebenbei entwickelte er, wie hier vermutet wird, seinen eigentlichen Handel.«

»Drogen«, sagte Sandra.

»So ist es. Vor 12 Jahren kam der damalige Drogenbaron Wuppertals gewaltsam ums Leben.«

»Aber nicht durch eine Autobombe?«

»Nein. Sein Haus wurde abgefackelt. Drei Tote. Seitdem ist Mister X die große Nummer im Wuppertaler Drogenmilieu.«

»Oder genauer: Mister K«, warf Imke ein.

»So ist es. Aber er ist bis heute straffrei geblieben.«

»Wissen wir irgendetwas über einen Auftragskiller von Klages?«, fragte Sandra.

»Nichts. Noch nicht mal, ob er wirklich einen hat. Vielleicht ist es auch jedes Mal ein anderer.«

»Möglich«, stimmte Sandra zu. »Wobei die beiden letzten Anschläge sich so sehr gleichen, dass ich wenigstens in diesen beiden Fällen vom selben Täter ausgehen würde.«

»Denke ich auch«, stimmte Schweizer zu. »Ich erstelle hier übrigens eine Liste mit Personen aus Drogenkreisen, die wir befragen sollten.« Er hob mehrere Blatt Papier hoch, auf denen erschütternd viele Namen standen. »Wir haben versucht, sie zu sortieren: Drogenabhängige, Kleindealer, und hier ist eine Liste mit Personen, die nachweislich Kontakt zu Klages haben. Sogenannte Geschäftsfreunde, Geliebte und Ähnliches.«

Sandra nahm die Liste entgegen. »Oha, das sieht nach Arbeit aus.«

»Am besten teilen wir uns auf und fangen gleich damit an«, meinte Bellers. »Jedenfalls gleich nachdem wir mit diesen *Womens together* gesprochen haben.«

Sandra griff nach der Liste mit den Geschäftspartnern und Geliebten, aber Imke nahm sie ihr wieder ab.

»So nicht. Du suchst dir jetzt nicht auch noch die besten heraus.«

»Wieso? Warum die besten?«

»Na, weil wir uns dann in stinkenden Löchern herumtreiben und mit halb toten Süchtigen reden müssen. Das kannst du schön selbst machen.«

»Ja, gut. Von mir aus. Aber ...«

»Das ist nur gerecht«, fuhr Imke fort. »Schließlich kannst du es dir heute Nachmittag mit Bellers zusammen gemütlich machen und Fladerer dabei zusehen, wie er Klages in die Mangel nimmt.«

Also daher wehte der Wind, dachte Sandra. Imke war eifersüchtig. Obwohl Sandra nicht wusste weshalb. Sie hatte jedenfalls nicht vor, ihr ihre Stellung als Alphaweibchen des Rudels streitig zu machen. Aber wie auch immer: Imke war die nächste auf ihrer inneren Liste der Leute, mit denen sie nicht zusammenarbeiten wollte.

»Schön, dann nehmen Bellers und ich die Drogenabhängigen.«

Ihre Kollegen teilten die übrige Liste unter sich auf, und bevor sie sich trennten, fragte Bellers Schweizer: »Was ist mit dieser Frauen-Gruppe? Hast du was über sie gefunden?«

»Einiges«, nickte Schweizer, und Sandra fragte sich, wann er das gemacht hatte. Entweder war er am vorigen Abend länger geblieben, oder er war heute sehr früh ins Präsidium gekommen. »Ich hab euch ein paar Sachen ausgedruckt.« Er reichte Bellers einige Blatt Papier. »Ich habe im Intranet insgesamt sechs Anzeigen gegen Lamprecht gefunden. Bei vier davon wurden die Ermittlungen eingestellt.«

»Wie kann das sein?«, fragte Imke. »Wenn gleich sechs Frauen das Gleiche erzählen. Die werden sich ja wohl kaum alle untereinander abgesprochen haben, die gleiche Geschichte zu erzählen.«

»So wurde es aber interpretiert«, entgegnete Schweizer. »Die Ermittler fanden es verdächtig, dass alle sechs Frauen sich untereinander kannten und der gleichen Gruppe angehörten. Eben diesen *Womens together*.«

»Aber bei zwei von ihnen wurden trotzdem Anklagen erhoben?«, vergewisserte sich Bellers.

»So ist es. Das waren die beiden ersten Frauen, die Anzeige erstatteten. Da war diese Selbsthilfegruppe den Ermittlern noch nicht bekannt. Lamprecht wurde übrigens beide Male freigesprochen, weil er behauptete, die Frauen hätten freiwillig mit ihm geschlafen, und weil somit Aussage gegen Aussage stand.«

Imke schnaubte. »Wie viele Frauen hat Lamprecht denn vergewaltigt?«

»Das kann ich nicht sagen. In der Selbsthilfegruppe gibt es wohl erheblich mehr Teilnehmerinnen als nur diese sechs. Und es sind ja wahrscheinlich nicht alle Opfer in diese Gruppe gegangen.«

»Gibt es so etwas wie eine Leiterin?«, fragte Bellers.

»Es gibt eine Ansprechpartnerin«, antwortete Schweizer und zog eines der Blätter aus dem Stapel. »Katja Schickler. 26 Jahre alt. Sie hat die Gruppe gegründet.«

Bellers nickte. »Dann werden wir zuerst zu ihr gehen. Die Liste mit den Drogenkranken verschieben wir auf später.«

Jawohl, mein Herr und Meister, dachte Sandra, sagte es aber nicht laut. Es würde auch so schlimm genug sein, mit Bellers über Stunden zusammen sein zu müssen.

Kapitel 25

Bevor sie jedoch zu Katja Schickler fuhren, machten sie einen Abstecher zu Abendroths Haus.

Unterwegs fragte Bellers: »Was war denn mit Frau Hellweg?«

»Was soll mit ihr sein?«

»Ich hatte das Gefühl, dass Sie beide sich nicht gerade gut verstehen.«

Sandra machte nur: »Hm.«

»Es war, als wäre ein Rollladen vor Ihrem Gesicht heruntergerasselt, wenn Sie es genau wissen wollen«, fuhr Bellers fort.

»An mir liegt es bestimmt nicht. Imke kann mich nicht leiden, so ist das.«

Bellers schwieg einige Minuten. Erst als sie vor Abendroths Haus hielten, sagte er: »Denken Sie das nicht von Frau Hellweg. Sie mag ihre Probleme haben, aber mit Ihnen hat das nichts zu tun.«

Wer's glaubt, dachte Sandra.

»Sie scheinen übrigens schnell zu glauben, dass andere etwas gegen Sie haben.«

»Und wie kommen Sie jetzt darauf?«

Bellers öffnete den Mund, zögerte dann und murmelte schließlich: »Nicht so wichtig.«

Sandra folgte ihrem Kollegen zu Abendroths Haus. Was war das jetzt gewesen? Ein wenig Küchenpsychologie unter Kollegen?

Abendroth öffnete ihnen die Tür und winkte sie einfach zum Treppenhaus durch. Dann verschwand er ins Wohnzimmer und ließ sie alleine nach oben gehen. Das war Sandra und Bellers natürlich nur recht. Sie hielten sich einige Minuten in Marias Zimmer auf, »fanden« dort die Visitenkarte, die inzwischen vermutlich schon längst von Petra Oberrath auf Fingerabdrücke und andere Spuren untersucht wurde, und gingen wieder nach unten. Als sie Abendroth von der Karte erzählten, nickte der nur teilnahmslos. Zum Glück wollte er die Karte nicht sehen.

Dann machten sie sich auf den Weg zu der Ansprechpartnerin der Gruppe *Womens together*. Katja Schickler wohnte in einem kleinen Appartement in der Nordstadt. Drei große und nicht sehr schöne Wohnkomplexe, in denen Menschen wie in Bienenwaben nebeneinander lebten, standen um eine winzige Rasenfläche herum. Aber der Blick aus dem Wohnzimmerfenster ließ einen alles andere vergessen. Kilometerweit konnte man von hier aus die Stadt überblicken, bis sich der Blick an den gegenüberliegenden Bergen verlor.

Katja Schickler war eine sehr große und sehr schlanke, junge Frau. Zu schlank. Sandra konnte die Knochen an Schultern und Hüften sehen, wie sie sich durch die Kleidung hindurch abzeichneten. Hose und Pullover waren für die Jahreszeit viel zu warm und für den dazugehörigen Körper viel zu groß.

»Was wollen Sie?«, fragte sie, nachdem sie sich an einen Esstisch gesetzt hatten. Unter ihren Augen lagen dunkle Schatten. Die knochigen Finger spielten mit einer Tasse.

»Wir möchten mit Ihnen über Dieter Lamprecht sprechen. Beziehungsweise Dino Lambardo, falls Sie ihn unter diesem Namen kennen«, sagte Bellers.

Katja Schickler lehnte sich zurück und verschränkte die Arme.

»Sie wissen ja, dass er bei der Explosion einer Autobombe ums Leben gekommen ist.«

Die junge Frau nickte. »Und um den Berliner Ex-Oberbürgermeister zu zitieren: ›Das ist auch gut so‹.« Sie schaute die Ermittler herausfordernd an.

Bellers ließ sich nicht beirren. »Wie wir erfahren haben, haben Sie eine Gruppe gegründet. So etwas wie eine Selbsthilfegruppe. *Womens together*.«

»Das ist richtig. Und es ist eine Selbsthilfegruppe. Nicht ›so etwas wie‹.«

»Nun, wir würden gerne mehr darüber erfahren. Warum zum Beispiel dieser Name?«

»Das ist was Internes«, murmelte Katja Schickler.

»Inwiefern?«

»Ach. Ist eigentlich Blödsinn.«

»Erzählen Sie es trotzdem. Bitte«, forderte Sandra sie auf.

»Also schön. Sie müssen wissen, dass Lamprecht nicht nur ein Arschloch, sondern auch ein Zyniker war. Besonders gerne lästerte er über blöde Leute. Und ganz besonders gerne über blöde Frauen. Was bei uns allen natürlich zu dem Reflex geführt hatte, ihm zu beweisen, dass wir schon mal nicht zu diesen blöden Frauen gehörten. Na ja.« Sie lachte freudlos. »Und damit wiederum bewiesen wir, dass wir es eben doch taten.«

»Aber warum der Name?«

»Das war Lamprechts Beispiel für blöde Frauen. Irgendwann hatte eine ihm wohl mal einen Songtext vorgestellt, in dem das Wort *Womens* vorkam. Seitdem war das für ihn quasi ein Synonym für Blödheit.«

»Und gerade das haben Sie für Ihre Gruppe ausgewählt?«, wunderte sich Bellers.

»Ja. Gerade das«, antwortete die junge Frau.

Und Sandra verstand, was sie meinte. Es war ihr Ausdruck dafür, dass sie nie wieder versuchen würden, diesem Mann zu gefallen.

»Was tun Sie denn so in Ihrer Gruppe?«

»Was tut man wohl in einer Selbsthilfegruppe? Man hilft sich selbst. Untereinander. Nämlich dann, wenn einem sonst keiner hilft.« Die Frau verschränkte ihre Arme noch fester.

Bellers schaute Hilfe suchend zu Sandra.

»Wir wissen, dass Ihnen nicht geholfen wurde«, übernahm Sandra die Befragung. »Und wir bedauern das.«

»Wer's glaubt.«

»Sie glauben es nicht?«

»Nicht nach dem, was ich mit der Polizei erlebt habe. Und die anderen Frauen aus unserer Gruppe im Übrigen auch.«

»Was haben Sie denn erlebt? Mit der Polizei, aber vor allem mit Lamprecht?«

»Das interessiert Sie doch sowieso nicht.«

»Doch. Das tut es.«

Die Frau zögerte. Dann griff sie nach einer Schachtel Zigaretten und zündete sich eine an. Sie nahm einen so tiefen Zug, dass Sandra sich nicht gewundert hätte, wenn der Qualm an ihren Füßen wieder ausgetreten wäre. Schließlich begann sie zu erzählen: »Es war vor drei Jahren. Vor knapp drei Jahren, es war im September. Ich hatte mit meiner Band einen Auftritt in einer Musikkneipe gehabt, und Lambardo hat mich gehört. Nach unserem Auftritt hat er mich angesprochen, wie gut ihm unsere Musik gefallen habe, vor allem meine Stimme. Und ob ich kein Interesse hätte, ein paar Probeaufnahmen zu machen. Er könne mir weiterhelfen. Bla, bla. Und ich blöde Kuh bin ihm auf den Leim gegangen. Ich war so doof!«

»Nein, waren Sie nicht«, widersprach Sandra.

»Doch, war ich wohl. Ich hatte nämlich gleich ein blödes Gefühl und habe einfach nicht darauf gehört. Ich wollte so gerne groß rauskommen! Und da passte es mir natürlich nicht in den Kram, dass er vielleicht gar nicht an meiner Stimme, sondern an ganz anderen Dingen interessiert war. Also habe ich alles überhört und übersehen, obwohl dem fast schon der Sabber aus dem Mund gelaufen ist.«

»Trotzdem sollten Sie sich keine Vorwürfe machen«, sagte Bellers. »Es ist doch ganz normal, dass man sich in einer solchen Situation Hoffnungen macht.«

»Ach ja? Das haben Ihre Kollegen aber anders gesehen. Sobald die gehört haben, dass ich freiwillig zu Lambardo nach Hause gegangen bin, war für die der Fall klar.«

»Inwiefern?«, fragte Sandra.

»Insofern, dass ich versucht habe, mich nach oben zu schlafen. Und als das nicht geklappt hat, habe ich den armen Mann aus Rache angezeigt. Kennt man doch. Kommt schließlich millionenfach vor. Jedenfalls wenn man den Männern glaubt.«

»Das sagen aber nicht alle Männer«, verteidigte sich Bellers.

»Mag sein.« Die Frau nahm einen weiteren tiefen Zug.

»Haben Sie keine Angst um Ihre Stimme?«, fragte Sandra und wies auf die Zigarette.

Katja Schickler blickte auf ihre Hände und sagte: »Nein, ich habe keine Angst. Ich kann sowieso nicht mehr singen.«

»Warum nicht?«

Sie schüttelte den Kopf. »Ich weiß nicht. Es geht einfach nicht.«

Sandra nickte und fragte: »Können Sie uns erzählen, wie das mit Lambardo weiterging?«

»Das habe ich doch schon Ihren Kollegen erzählt. Steht alles in der Akte. Falls die noch existiert und nicht als unwichtiger Blödsinn geschreddert wurde.«

»Trotzdem. Wenn es Ihnen nichts ausmacht«, bat Bellers.

Es machte der jungen Frau etwas aus, das war deutlich zu sehen. Aber dann erzählte sie doch. »Er wollte, wie gesagt, Probeaufnahmen mit mir machen. Angeblich in seinem Studio zu Hause. Ha, ha. Abends natürlich. Weil er ja tagsüber keine Zeit hatte.« Sie brach ab und drückte die nur halb gerauchte Zigarette im

Aschenbecher aus. Dann nahm sie eine neue aus der Packung und zündete sie an.

»Und dann?«, fragte Sandra.

»Als ich um acht zu ihm kam, war er schon im Bademantel. Angeblich, weil er gerade geduscht hatte. Und ich hab mir immer noch nichts dabei gedacht. Ich war so dumm!« Geradezu wütend zog sie an der Zigarette. Sie rauchte nicht aus Genuss. Auch nicht, weil sie süchtig war oder sich beruhigen wollte. Sandra hatte das Gefühl, sie rauchte, um sich selbst zu bestrafen.

»Und dann bot er mir ein Glas Champagner an. Champagner! Damit kann man so ein naives Dummerchen wie mich natürlich schwer beeindrucken.« Wieder ein Zug an der Zigarette.

»Frau Schickler, Sie waren weder dumm noch doof noch naiv«, sagte Bellers. »Bisher kommt mir Ihr Verhalten einfach ganz normal vor.«

Die junge Frau schnaubte. »Finden Sie? Ich nicht. Aber egal, das Nächste, an das ich mich erinnere, ist, dass ich im Nordpark wieder aufgewacht bin. Mit Bisswunden an ... an mir, und mit Schmerzen überall.«

»Was haben Sie dann gemacht?«

»Wieder etwas Blödes. Ich habe mehrere Stunden geduscht. Und damit Spuren verwischt.«

»Auch das ist völlig normal«, sagte Bellers. »Gut, es ist vielleicht nicht gerade hilfreich, das stimmt schon.«

Katja Schickler winkte ab. »In meinem Fall war es eigentlich egal. Sie haben ganz tief in mir drin doch noch Sperma von Lambardo gefunden. Und die Abdrücke auf meiner Haut konnten seinem Gebiss zugeordnet werden.«

»Ja, aber dann ...«, begann Bellers.

»Nichts dann. Lambardo hat behauptet, ich hätte das alles so gewollt. Und als er mir dann leider, leider sagen musste, dass meine Stimme doch nicht gut genug für eine Sängerinnenkarriere sei, habe ich mich eben an ihm rächen wollen. Das leuchtete denen von der Polizei ungemein ein, und damit war der Fall erledigt. Die Ermittlungen wurden eingestellt.«

»Was ist mit dem Medikament, das Lamprecht Ihnen gegeben hat? Hat man das noch nachweisen können?«, fragte Sandra.

»Nein. Ich war nämlich so schlau, nicht nur stundenlang zu duschen. Ich habe auch noch bis zum nächsten Abend gewartet, bevor ich zur Polizei gegangen bin. Und die wiederum haben zwei weitere Tage verstreichen lassen, bevor sie mir Blut abgenommen haben. Da war dann nichts mehr festzustellen.«

Eine Weile schwiegen alle. Dann räusperte sich Sandra: »Das tut mir sehr leid. Wirklich. Wurde denn gar nicht weiter ermittelt?«

Katja Schickler schüttelte den Kopf.

»Hat niemand Sonja Kluge befragt?«

»Die nicht. Aber diesen Leibwächter haben sie befragt. Marvin Soundso. Der hat allerdings alles so bestätigt, wie Lamprecht es gesagt hatte.«

Bellers schüttelte den Kopf.

Sandra fragte: »Und den anderen Frauen ging es ähnlich?«

»Ja. Fünf andere haben eine Anzeige gemacht. Fünf, von denen ich weiß, und die in unserer Gruppe sind. Möglicherweise waren es noch mehr. Bei zwei von ihnen kam es immerhin zu einer Anklage. Bei beiden endete die Verhandlung nach weniger als einem Tag mit einem Freispruch.«

»Und bei allen anderen wurde das Ermittlungsverfahren eingestellt?«, vergewisserte sich Bellers.

»So ist es.«

»Und was genau machen Sie in Ihrer Gruppe?«, erkundigte sich Sandra.

»Wir unterstützen uns. Emotional. Was anders bleibt uns ja nicht.«

»Wie haben Sie die anderen eigentlich kennengelernt?«, wollte Bellers wissen.

»Ich habe anfangs im Internet über mein Erlebnis berichtet. Ich wollte andere Frauen warnen. Sie sollten sich nicht mit Lambardo einlassen. Obwohl mir schon nach wenigen Wochen per einstweiliger Verfügung untersagt wurde, diese Anschuldigungen weiter zu verbreiten, hatten sich innerhalb dieser kurzen Zeit bereits über zwanzig Frauen gemeldet, denen das auch passiert war.«

»Über zwanzig? Aber doch nicht alle mit Lambardo!«

»Doch. Er war ein fleißiger Mann, wenn man so will. Und das waren ja nur diejenigen, die meine Warnungen gelesen hatten. Und die so mutig waren, Kontakt zu mir aufzunehmen. Wer weiß, wie viele es in Wahrheit sind.«

Sandra schüttelte den Kopf. »Unglaublich!«, murmelte sie.

»Ja, nicht wahr? Und deshalb dürfen Sie mir nicht übel nehmen, wenn mich Lambardos Tod nicht wirklich betroffen macht.«

»Haben Sie ihn sich denn gewünscht? Oder eine der anderen Frauen aus Ihrer Gruppe?«, fragte Bellers.

»Wollen Sie wissen, ob wir ihn umgebracht haben?«, fragte Katja Schickler zurück. »Ja, haben wir. Aber nur in Gedanken. Viele tausend Mal.«

»Und es könnte nicht sein, dass eine der Frauen ...«

»Hören Sie«, unterbrach Katja Schickler ihn. »Wenn es wirklich eine von uns gewesen wäre, dann hätten wir es anders gemacht. Wir hätten dafür gesorgt, dass nur er stirbt, und nicht noch zwei andere Personen. Und wir hätten ihm vor seinem Tod die Eier abgeschnitten.«

Kapitel 26

Zurück im Präsidium besorgte Sandra sich die Adressen einiger der Personen auf der Liste der Drogenabhängigen. Viele von ihnen hatten keinen festen Wohnsitz und würden demnach am ehesten am Elberfelder Bahnhof zu finden sein. Wenn sie überhaupt noch zu finden und nicht an einer Überdosis gestorben waren.

Dann zog sie los zum Bahnhof und fragte sich bei denjenigen durch, die bereit waren, mit ihr zu reden. Endlich trieb sie eine Person von ihrer Liste auf. Ein junger Mann, Dominik Dobler, genannt Dodo. Er würde mit ihr sprechen, wenn sie ihm dafür einen Kaffee spendierte. Und wenn sie einen Fünfziger springen ließ. Sie gingen in die Innenstadt, in ein kleines Café, in dem Dodo einigermaßen sicher sein konnte, dass ihn niemand mit Sandra sah. Dort setzten sie sich an einen kleinen Tisch, direkt vor den Toiletten.

»Also? Was willste wissen?«, fragte Dodo.

Dodo war von Imke und Lukas Mann nicht nur als Abhängiger, sondern auch als Kleindealer eingeordnet worden. Sie musste also davon ausgehen, dass er nicht allzu bereitwillig Auskunft über Klages geben würde. Auch deshalb, weil er eine bereitwillige Auskunft vermutlich nicht überleben würde. Also fing sie ganz anders an. »Wir haben gehört, dass es einen Neuen auf dem Markt gibt.« So konnte sie vielleicht in Erfahrung bringen, ob Dieter Lamprecht alias Dino Lambardo tatsächlich den Fehler begangen hatte, sich in Klages' Revier hineinzudrängen.

»Und was hab ich damit zu tun?«, fragte Dodo.

»Ich will nur wissen, ob du was davon gehört hast. Dass es einen Neuen gibt. So was spricht sich doch herum.«

Dodo zuckte mit den Achseln. »Kann sein. Krieg ich noch 'nen Kaffee? Und ein Stück Kuchen?«

»Bitte«, nickte Sandra und wartete, bis Dodo einen extragroßen Milchkaffee und ein Stück Käsesahnetorte bekommen hatte.

»Also. Was ist jetzt mit dem Neuen?«, fragte sie dann, als Dodo heißhungrig den Kuchen verspeiste.

»Was soll mit dem sein?«

»Hast du ihn mal gesehen? Mit ihm gesprochen? Oder von ihm gehört?«

Dodo nickte. »Gesehen und gesprochen.«

»Ja?« Sandra riss die Augen auf. Damit hatte sie nicht gerechnet. »Und was war das für ein Typ? Oder war es eine Frau?«

»Nö, ein Typ. Bot Stoff zu unglaublichen Preisen an.«

»Unglaublich hoch?«

»Nee. Unglaublich niedrig. Hab mich erst mal ordentlich eingedeckt.«

Das durfte sein Chef aber nicht erfahren, dachte Sandra. »Wie sah er aus?«

»Nicht besonders. So groß wie ich vielleicht. Also etwa 1,80 Meter. Und klapperdürr wie 'ne Leiche.«

Das war in seinen Kreisen tatsächlich nichts Besonderes, stimmte Sandra innerlich zu. Aber es konnte jedenfalls nicht Lamprecht gewesen sein. Auf den Fotos in seiner Agentur hatte er ausgesehen, als würde er vor lauter Kraft aus der Hose platzen. Allerdings wäre Lamprecht wohl kaum selbst vor dem Bahnhof auf und ab gegangen und hätte Drogen angeboten.

»Hast du erfahren, ob er auf eigene Rechnung gearbeitet hat?«, fragte sie.

»Keine Ahnung.«

»Weißt du, wo ich ihn finden kann?«

»Nee. Ich hab ihn selbst schon lange nicht mehr gesehen. Mindestens zwei Wochen. Na, vielleicht hat er auf mich gehört.«

»Inwiefern?«

»Ich hab ihn gewarnt, er solle lieber aufpassen.«

»Weswegen? Worauf aufpassen?«

»Ist nicht so gesund, sich in Wuppertal mit Drogen breitzumachen.«

»Ach? Warum denn nicht?«

Dodo zuckte nur mit den Schultern und wischte mit dem Finger den Teller sauber.

»Willst du noch einen Kuchen?«, fragte Sandra.

»Klar.« Er bestellte ein weiteres Stück Käsesahnetorte und schaufelte mit unvermindertem Appetit den Kuchen in sich hinein.

»Du hast gesagt, es sei nicht so gesund, in Wuppertal Drogen zu verkaufen. Was meinst du damit?«, fragte Sandra erneut.

»Es ist auch nicht gesund, darüber zu reden.«

»Alles was du sagst, bleibt unter uns«, versprach Sandra, nicht ganz wahrheitsgemäß.

Der junge Mann zögerte. »Es gibt einen, dem das nicht passt.«

»Und wen?«

Dodo schüttelte nur den Kopf.

»Machen wir es so: Ich nenne einen Namen, und du nickst, wenn es der richtige ist. Kevin Klages?«

Dodo zögerte, dann nickte er ganz schnell mit dem Kopf.

»Jetzt muss ich aber weg«, sagte er schließlich. »Und du sagst nichts?«

»Nein. Kannst dich drauf verlassen.«

Dodo nickte und schüttete den Rest seines Milchkaffees in sich hinein. Danach schlängelte er sich wie ein Aal nach draußen. Die 50 Euro hatte er vergessen.

Sandra überlegte, was sie erfahren hatte. Es schien tatsächlich so zu sein, wie sie vermutet hatten: Dieter Lamprecht hatte versucht, im Wuppertaler Drogengeschäft Fuß zu fassen und hatte irgendeinen dünnen Mann - die ›Leiche‹ - als Drogenverkäufer angeheuert. Und Kevin Klages hatte ihm nachdrücklich klargemacht, dass er davon nichts hielt. So sah es jedenfalls aus.

Wie sie es auch drehten und wendeten, sie landeten immer wieder bei Klages. Sandra war gespannt, wie die Vernehmung am Nachmittag laufen würde.

Kapitel 27

Sandra fand noch eine weitere Frau von ihrer Liste, erfuhr aber wenig Neues von ihr. Sie kaufte ihren Stoff immer bei einem der Unterhändler und wusste über Klages nicht viel zu erzählen. Der Grund, warum sie mit auf der Liste gelandet war, war der, dass sie drei oder vier Mal an sogenannten Partys teilgenommen hatte, bei denen Klages seinen diversen Geschäftspartnern neben Kaviar und Kokain auch Frauen angeboten hatte. Da diese Frau hier jedoch seit drei Jahren Crystal Meth konsumierte und ihr Gesicht daher von Geschwüren übersät war, war sie schon länger nicht mehr zu diesen Partys eingeladen worden. Wobei die Einladungen eher so ausgesehen hatten, dass die Frauen ohne groß gefragt zu werden in Autos gezerrt und an entlegene Orte verfrachtet wurden, wo sie so sehr mit Drogen abgefüllt wurden, dass sie offenbar nichts mehr mitbekamen. Anschließend wurden sie mit etlichen Gramm ihrer bevorzugten Droge in der Tasche wieder zurückgekarrt. Meist hatten sie mehrere Tage nicht mehr laufen können. Aber die gute Bezahlung sorgte dafür, dass sie alle den Mund hielten.

Die Mittagspause verbrachte Sandra mit Petra Oberrath, die sich in der Kantine einfach zu ihr setzte. Sandra überlegte zwar, ob sie aufstehen und gehen sollte. Aber nachdem Petra ihr gesagt hatte, sie solle sich nicht einfallen lassen, die beleidigte Leberwurst zu spielen, ließ sie es lieber sein. Das gemeinsame Essen wurde dann sogar ganz schön, denn Petra überreichte ihr ein Bild, auf dem zwei große Kreise, aus denen vier Äste mit kleineren Kreisen wuchsen, zu sehen waren. Zwei der Äste ragten jeweils seitlich aus dem großen Kreis heraus, die beiden anderen zeigten nach unten. In den beiden großen Kreisen waren in recht willkürlicher Anordnung zwei Augen, eine Strichnase und ein riesiger, lachender Mund verteilt. Die beiden Figuren berührten sich an jeweils einem der beiden seitlich abstehenden Kreise.

»Das hat dir Luise gemalt«, lächelte Petra. »Es zeigt dich und sie.«

»Oh, danke!« Sandra schaute das Bild genau an. »Halten wir uns an den Händen?«

»So ist es. Darauf kannst du dir jetzt wirklich was einbilden. Luise geht nicht eben verschwenderisch mit Nettigkeiten um. Um genau zu sein, kann sie ganz schön kratzbürstig sein. Und wenn ihr jemand nicht passt, bekommt er das auf jeden Fall ungeschminkt zu hören.«

Sandra nickte gerührt. Sie griff nach einer Serviette und faltete einen Schwan. In den vielen Stunden allein als Teenager in ihrem Zimmer hatte sie sich unter anderem mit der Kunst des Origami beschäftigt. Manchmal faltete sie immer noch Tiere, wenn sie sich beruhigen wollte und gerade keinen Sport machen konnte oder wollte. Es machte ihren Kopf angenehm leer, wenn sie sich neue Faltmuster überlegte.

»Meinst du, der würde Luise gefallen?«, fragte sie aus einem Impuls heraus und hielt Petra den Schwan hin.

Da die Serviette zu weich war, war er ein wenig schlapp und ließ den Kopf hängen. Aber Petra nahm das Geschenk trotzdem strahlend entgegen.

»Der ist schön. Da wird sie sich auf jeden Fall freuen. Aber du musst dem Schwan noch einen Namen geben. Luise akzeptiert kein Geschenk ohne Namen. Sogar wenn meine Mutter ihr einen selbst gestrickten Pullover schenkt, muss der vorher einen Namen bekommen.«

»Hm. Welche Namen mag sie denn so?«

»Am besten welche, die mit dem Geschenk etwas zu tun haben. Die Pullover heißen zum Beispiel Pulli, Rolli, Lovi oder so.«

»Dann heißt das hier Schwänli. Geht das?«

»Perfekt. Wie gesagt, sie wird sich freuen.«

Am liebsten hätte Sandra noch länger mit Petra zusammengesessen und über Luise und den Rest der Familie gesprochen. Aber sie musste zu Fladerer, der um halb drei mit ihr und Bellers die Vernehmung von Kevin Klages vorbereiten wollte.

Viel gab es allerdings nicht vorzubereiten. Es blieb dabei, dass ihrer Meinung nach Klages hinter dem Anschlag auf Lamprecht steckte. Auch Bellers hatte in seinen Gesprächen mit Klages' Kontakten nichts weiter in Erfahrung gebracht, als dass er der Silberrücken im Wuppertaler Drogengeschäft war, und dass es lebensgefährlich war, ihm in die Quere zu kommen.

Pünktlich um drei gingen sie in den Vernehmungsraum und mussten dann auf Klages und seinen Anwalt warten. Natürlich kam er nicht um drei, sondern erst um 15.22 Uhr.

Kaum hatten er und sein Anwalt den Raum dann betreten, legte sein Anwalt auch schon los: »Ich möchte doch hoffen, Sie haben einen guten Grund, meinen Mandanten zu sich zu bestellen. Wieder mal, wie ich betonen möchte. Ihr Verhalten grenzt an Polizeiwillkür, und ich möchte Sie darauf hinweisen, dass wir Anzeige gegen Sie erheben werden, wenn sich erneut herausstellen sollte, dass Sie nichts als haltlose Vorwürfe gegen meinen Mandanten vorbringen ...«

»Jetzt lass sie doch erst mal zu Wort kommen«, unterbrach Klages ihn. »Vielleicht können wir die Sache ja ganz schnell klären.«

»Davon bin ich überzeugt«, sagte Fladerer leutselig und schüttelte dem ebenfalls leutselig lächelnden Klages die Hand. Die beiden sahen sich an wie die besten Freunde. Aber in der Luft lag so viel Spannung, dass man eine Neonröhre damit hätte betreiben können.

»Trotzdem möchte ich darauf hinweisen, dass die Zeit meines Mandanten kostbar ist. Und dass wir nicht vorhaben, wegen haltloser Vorwürfe Stunden in diesem Raum zu verbringen.«

»Ja, ja«, sagte Klages, und schaute Fladerer mit hochgezogenen Augenbrauen an, als wollte er leise hinzufügen: Kinder! So sind sie eben.

Fladerer lächelte zurück und wies mit seinem fleischigen Arm auf die beiden Stühle auf der einen Seite des Tischs. Auf der anderen Seite standen drei weitere

Stühle, von denen zwei schmale Sitzflächen aus Holz hatten, und der dritte breit und gepolstert war. Es war nicht allzu schwer zu erraten, auf welchem der Stühle Fladerer Platz nehmen würde.

Klages und sein Anwalt bekamen ebenfalls nur einfache Holzstühle.

»Also? Worum geht es denn nun?«, fragte der Anwalt.

»Vielleicht können Sie uns bei unseren Ermittlungen weiterhelfen«, wandte sich Fladerer an Klages, als wäre dessen Anwalt nur ein kläffender Pinscher.

»Aber selbstverständlich. Ich bin immer bereit, die Arbeit unserer Gesetzeshüter zu unterstützen«, lächelte Klages.

»Wir untersuchen die Explosion einer Autobombe Anfang der Woche. Sie wissen, wovon ich spreche?«

Klages seufzte, und seine Augenbrauen bildeten ein Zeltdach über der Nasenwurzel. »Sie haben mich schon mal dazu befragt.«

»Und wir haben Ihnen zu diesem Zeitpunkt bereits mitgeteilt, dass mein Mandant nichts zur Sache aussagen kann. Was gibt es also noch?«, mischte sich sein Anwalt ein.

»Nun, meine Mitarbeiter haben mir erzählt, dass die vorherige Befragung etwas ... sagen wir, etwas abrupt endete. Und da dachten wir, wir könnten es vielleicht noch mal etwas gründlicher angehen.«

Klages Augenbrauen bildeten zwei Bögen. Mannsdorf, sein Anwalt, schaute mit entnervtem Gesichtsausdruck auf seine Uhr. Eine Rolex mit goldenem Armband. Anwalt von Kevin Klages zu sein, war wahrscheinlich wie eine Lizenz zum Gelddrucken.

»Na, dann fragen Sie schon.« Klages seufzte wie ein Schauspieler auf großer Bühne.

»Beginnen wir mit der Frage, wann Sie davon erfahren haben, dass es einen neuen Konkurrenten im Wuppertaler Drogengeschäft gibt. Oder wohl eher einen Möchtegern-Konkurrenten.«

»Beginnen wir mit der Feststellung, dass mein Mandant keinen Einblick ins Wuppertaler Drogengeschäft hat, weil er damit nichts zu tun hat«, behauptete Mannsdorf.

»Sicher. Aber es kommen einem ja doch gelegentlich Gerüchte zu Ohren«, lächelte Fladerer verbindlich. »Selbst uns bei der Polizei werden solche Gerüchte zugetragen. Und eines davon besagt eben, dass irgendjemand in Wuppertal Drogen zum Schleuderpreis anbietet. Oder jedenfalls angeboten hat. Wie es aussieht, hat sich diese Person inzwischen – wie soll ich sagen – in ihre Bestandteile aufgelöst.«

Klages zuckte mit den Schultern. »Das mag ja sein. Aber was habe ich damit zu tun?«

»Gehen wir davon aus, rein theoretisch natürlich, Sie hätten doch etwas mit Drogen zu tun. Nur mal angenommen, Sie würden im ganz großen Stil Drogen verkaufen und würden seit Jahren keinen Konkurrenten neben sich dulden. Und nehmen wir weiter an, wir von der Kriminalpolizei gingen davon aus, dass Sie vor zwanzig Monaten einen Mord in Auftrag gegeben haben, der mittels eines Sprengstoffs durchgeführt wurde, der noch nie zuvor verwendet wurde. Und jetzt ist es zu einem weiteren Anschlag gekommen, bei dem der gleiche Sprengstoff benutzt wurde, und bei dem ein Mann ums Leben gekommen ist, in dessen Haus wir massenhaft Drogen gefunden haben. Nun, was sollen wir da denken?«

Klages Augenbrauen stiegen bis weit auf die Stirn.

»In diesem hypothetischen Fall denken Sie wahrscheinlich, ich hätte auch diesen neuerlichen Anschlag begangen. Oder in Auftrag gegeben, denn wie Sie sicherlich inzwischen überprüft haben, war ich einige Tage auf Geschäftsreise. Ich bin erst am Abend des vergangenen Montags zurückgekehrt.«

»Ich sehe, unsere Gedankengänge sind nicht so unterschiedlich.«

Wieder lächelten die beiden Männer sich an. Freundlich wie Steinböcke, kurz bevor sie ihre Hörner gegeneinander rammen.

»Jetzt ist es aber so, dass Sie auf dem Holzweg sind«, fuhr Klages fort. »Weder bin ich im Drogengeschäft tätig, noch habe ich jemals einen Mordanschlag in Auftrag gegeben oder selbst durchgeführt.«

»So, so«, meinte Fladerer.

»Und ich habe keine Ahnung, wer den Anschlag vor vier Tagen begangen hat und warum.«

Sandras inneres Radar, das seit Klages' ersten Worten pausenlos: »Lüge!« gefunkt hatte, blieb bei diesem Satz seltsamerweise still. Sie verfolgte, wie das Gespräch zwischen den beiden hin und her wogte. Als Fladerer schließlich nach fast zwei Stunden die Vernehmung beendete, waren alle Beteiligten entnervt.

»So, und wofür soll das jetzt gut gewesen sein?«, kläffte der Anwalt. »Ich weiß nicht, wozu Sie meinen Mandanten zu sich bestellt haben. Diese Vernehmung hat seine und meine Zeit über Gebühr strapaziert.«

»Ich gebe zu, dass es sich nicht gelohnt hat«, stimmte Fladerer zu. »Ich hatte die Hoffnung, er verrät sich. Aber Ihr Mandant ist zu gut im Lügen.«

Mannsdorf pumpte sich auf, aber Klages legte ihm eine Hand auf den Arm. »Lass nur. Wenn das von meinem alten Freund Fladerer kommt, nehme ich es als Kompliment.« Seine Augenbrauen tanzten, als er Sandra zuzwinkerte. »Und die junge Dame hat sicher auch was gelernt. Über die Sinnlosigkeit, Unschuldige zu befragen. Wo nichts ist, kann auch nichts gefunden werden.«

Sandra hätte ihm am liebsten die Zunge herausgestreckt, beließ es aber bei einer ausdruckslosen Miene.

Schweigend sahen sie zu, wie Klages und sein Anwalt das Vernehmungszimmer verließen.

Dann seufzte Fladerer. »Ich könnte ihm pausenlos in die Fresse schlagen.« Als Sandra ihn erstaunt anschaute, fügte er hinzu: »Was ist? Dachten Sie, ich kenne solche Ausdrücke nicht?«

Kapitel 28

Das Wochenende verging ohne besondere Vorkommnisse. Sandra verbrachte den Samstag mit Inge, und am Sonntag besuchte sie die Oberraths auf deren Hof. Aber bei allem, was sie tat, gingen ihr die Dinge durch den Kopf, die sie bislang über den Fall herausgefunden hatten. So war sie fast erleichtert, als es endlich Montag war. Sie verbrachte den Vormittag damit, weitere Drogenabhängige zu suchen und zu befragen.

Sandra sprach mit drei Frauen, die deutliche Zeichen drogenbedingten Verfalls aufwiesen. Sie waren erschreckend dünn, die Haut wies Geschwüre und Ekzeme auf, eine von ihnen war so gelb, dass Sandra kaum glauben konnte, dass sie nicht geschminkt war, und alle drei wirkten apathisch und leblos. Sandra erfuhr leider nur das, was sie sowieso schon wusste. Wieder wurde ihr von »der Leiche« erzählt, und sie hörte erneut, dass dieser Mann seit etwa zwei Wochen nicht mehr in der Drogenszene aufgetaucht war.

Eine der Frauen erzählte außerdem, es gebe Gerüchte, dass Klages tatsächlich einen Auftragskiller beschäftige. Es kursierten die aberwitzigsten Geschichten über ihn. Zum Beispiel sagte man ihm nach, nur durch leichten Druck auf die Halsschlagader Menschen so töten zu können, dass es wirkte, als wären sie an einer Überdosis gestorben, was Sandra doch eher unglaubwürdig erschien. Dennoch speicherte sie im Hinterkopf ab, dass es möglicherweise weitere Mordfälle gab, die als solche gar nicht erkannt worden waren.

Die meisten jedoch, die Sandra ganz direkt auf den Supermann-Killer ansprach, wagten noch nicht mal, die Frage zu beantworten.

Mittags besprach sie sich mit Bellers, der ähnlich wenig zu berichten hatte wie sie.

Dann fragte er: »Haben Sie eigentlich schon Berichte über Ihre Vernehmungen verfasst?«

»Noch nicht«, gab Sandra zu.

»Und wann gedenken Sie, das zu tun?«

»Bald. Heute Abend.«

»Auch über die Vernehmungen der letzten Woche?«

»Das war nur eine. Mit diesem Dodo.«

»Und warum haben Sie da nicht schon am Freitag einen Bericht geschrieben?«

»Weil ich fand, ich könnte das genauso gut auch heute machen.«

»Nein. Eben nicht genauso gut. Heute ist Ihre Erinnerung überlagert durch die neuen Eindrücke aus den anderen Vernehmungen. Mit wie vielen Personen haben Sie heute gesprochen? Mit drei? Wie wollen Sie da jetzt noch auseinanderhalten können, wer was gesagt hat? Vor allem, da Sie sich nie Notizen machen.«

»Ich kann das sehr gut auseinanderhalten«, gab Sandra knapp zurück.

»Das denken Sie. Ich wette, Sie werden eine ganze Reihe von Fehlern begehen, nur weil Sie die Berichte nicht zeitnah schreiben. Und das, wo ich Sie doch bereits darauf hingewiesen habe.«

Das stimmte. Nicht nur einmal.

»Bei mir ist das anders. Ich kann mir solche Dinge sehr gut merken.«

»Das denken viele. Und am Ende stellt sich dann eben heraus, dass sie es doch nicht können. Es gibt sogar Untersuchungen zum Thema, wie sich Zeugenaussagen im Laufe der Zeit verändern. Man hat herausgefunden ...«

Bla, bla. Bellers redete mehrere Minuten lang, und Sandra saß wie ein bockiger Teenager am Schreibtisch und spielte mit einem Kuli.

Es war eine Erlösung, als Bellers' Handy klingelte. Und eine noch größere Erlösung, als sie ihn sagen hörte: »Schon wieder? Aber das geht jetzt nicht ... Was? Nein, tu das nicht. Nicht! ... Na gut, ich komme.«

Als er sein Handy einsteckte, war aus dem strengen Oberlehrer eine Person geworden, die abwesend und verwirrt wirkte. Er hatte ganz offensichtlich vergessen, worüber sie gerade gesprochen hatten. Beziehungsweise worüber er gerade doziert hatte. Ohne sie anzuschauen murmelte er: »Ich muss dann mal ... kurz weg.« Er klopfte seine Taschen ab und schaute suchend auf seinem wie immer penibel aufgeräumten Schreibtisch umher.

»In der obersten Schublade, ganz rechts«, sagte Sandra.

»Was? Ach so. Ja.« Er holte den Autoschlüssel heraus und verschwand. Ohne seinen Notizblock mitzunehmen, ohne den er normalerweise noch nicht mal zur Toilette ging.

Sandra schaute zur Tür, die er offen gelassen hatte. Das wäre jetzt die Gelegenheit, Inges Rat zu befolgen. Sie würde ihm folgen. Würde sich ein Bild davon machen, was mit ihm nicht stimmte. Und dann würde sie diese Information gnadenlos gegen ihn verwenden, sie war gerade in der richtigen Stimmung dafür.

Eilig lief sie auf den Parkplatz und sah, wie Bellers' Auto gerade auf die Friedrich-Engels-Allee einbog. In Richtung Elberfeld. Möglicherweise fuhr er nach Sonnborn, wo er und seine Familie wohnten.

Als Sandra kurz darauf ebenfalls auf die Hauptstraße einbog, konnte sie Bellers' Wagen gerade noch sehen. Sie überholte einen Bus, bog zentimeterdicht vor ihm auf den rechten Fahrstreifen, was ihr ein empörtes Hupen einbrachte, zog dann rechts an einem LKW vorbei und schlängelte sich wieder nach links. So schaffte sie es, bis auf vier oder fünf Wagen an Bellers heranzukommen. Noch näher wollte sie nicht auffahren. Nicht, dass ihr Kollege sie womöglich entdeckte.

Bellers fuhr an Elberfeld vorbei und schlug tatsächlich die Richtung nach Sonnborn ein. Dort fuhr er zu der Straße, in der er, wie Sandra aus dem Intranet erfahren hatte, wohnte. Er hielt vor einem weiß verputzten Einfamilienhaus, rannte zur Haustür und verschwand im Haus. Sandra parkte eine Querstraße weiter und wartete. Sie musste nicht lange warten. Sekunden später kam Bellers wieder heraus und blickte sich suchend um. Sandra duckte sich. Es wäre peinlich, wenn er sie hier sehen würde.

Als sich ihr Kollege schließlich von ihr entfernte, wobei er immer noch suchend von links nach rechts blickte, stieg sie aus, schloss so leise wie möglich die Tür und folgte ihm.

Scheinbar ziellos streifte Bellers durch die Straßen. Er schien etwas zu suchen. Vielleicht wieder den entlaufenen Hund? Wenn es ihn denn gab. Aber würde man ihn dafür extra von der Arbeit nach Hause holen?

Als Bellers wieder mal um eine Ecke gebogen war, und Sandra ihn kurz aus den Augen verlor, hörte sie plötzlich erregte Stimmen.

»Was wollen Sie von mir?«, rief jemand. So wie es klang, ein älterer Mann.

»Ganz ruhig. Bitte beruhige dich«, sagte eine andere Stimme, in der Sandra die ihres Kollegen erkannte. Sie klang sehr aufgeregt.

»Ich beruhige mich nicht! Wie kommen Sie dazu, mich zu belästigen?«

Was war da bloß los, überlegte Sandra. Sie beschleunigte ihre Schritte, und bog gerade rechtzeitig um die Ecke, um zu sehen, wie ein alter Mann ihren Kollegen ohrfeigte. Bellers hielt den Mann am linken Arm fest, mit dem rechten klatschte der Alte ihm immer wieder ins Gesicht.

»Hör auf. Bitte, hör auf«, rief Bellers, unternahm aber keinen Versuch, sich zu wehren oder auch nur zu schützen. Den Arm des Alten ließ er allerdings auch nicht los.

»Lassen. Sie. Mich. Los!«, rief der alte Mann, und bei jedem Wort drosch er auf Bellers ein.

»Hallo! Stopp! Was ist denn hier los?«, rief Sandra und lief zu den beiden.

Bellers machte große Augen, als er sie sah. Er öffnete den Mund, sagte aber kein Wort. Im nächsten Moment klatschte es, und er hatte eine weitere Ohrfeige sitzen.

Der alte Mann dagegen schaute Sandra direkt an.

»Ah, ein Glück, dass Sie endlich kommen, junge Frau. Ich habe schon auf Sie gewartet.«

»Auf mich?«

»Ja. Hier ist der Bursche, von dem ich Ihnen berichtet habe. Er hält mich gefangen.«

»Also ...«, begann Sandra. Dann fiel ihr nichts mehr ein.

»Papa. So ist das doch gar nicht. Du wohnst jetzt bei uns. Du darfst nur nicht immer weglaufen.«

»Ich wohne in der Hindenburgallee. Und da gehe ich jetzt auch hin.«

»Da hast du früher gewohnt. Als Renate und ich noch ganz klein waren und Mama noch gelebt hat. Erinnerst du dich? Ich bin Markus, dein Sohn.«

Der Alte schien gar nicht zugehört zu haben. »Ich möchte jetzt nach Hause«, sagte er zu Sandra. »Können Sie mich hinbringen?«

»Ja, gerne«, antwortete Sandra und bot ihm ihren Arm. Zögernd hakte er sich ein. »Zeigen Sie mir den Weg?«, fragte Sandra.

»Natürlich.« Der alte Mann schaute sich um. »Also ... Das ist jetzt allerdings seltsam ...« Seine Stimme wurde zu einem unverständlichen Gemurmel.

Sandra schaute Bellers an und suchte nach der Wut, die sie noch vor Minuten auf ihn gehabt hatte. Als sie jedoch sah, wie ihm Tränen übers Gesicht liefen und auf sein Hemd tropften, hätte sie ihm am liebsten den Arm um die Schultern gelegt. Er bemerkte ihren Blick und schaute rasch zur Seite.

»Vielleicht kann er uns ja weiterhelfen«, schlug Sandra vor und zeigte auf ihren Kollegen.

»Er? Wer ist das?«

»Auf jeden Fall jemand, der sich in dieser Gegend gut auskennt. Er kann Ihnen bestimmt sagen, wo Sie wohnen.«

»Stimmt das, junger Mann? Warum weinen Sie denn?«

Bellers kramte in seiner Hosentasche und wischte sich mit einem sauber gebügelten Stofftaschentuch übers Gesicht. Dann nickte er: »Ja, das stimmt. Ich kenne mich hier aus. Und ich kann Sie nach Hause bringen.«

Er ging voraus, und Sandra führte den alten Mann, der ihr bereitwillig folgte, hinter ihm her. Unterwegs raunte er ihr zu: »Sagen Sie, kennen Sie diesen Mann?«

»Ja«, antwortete Sandra, so laut, dass Bellers es hören konnte. »Sie können sich auf ihn verlassen. Er ist sehr anständig.«

»So? Na, wenn Sie es sagen.«

Wie ein Lämmchen folgte der Alte den beiden, bis sie schließlich vor Bellers' Haus standen. Auch den Gartenweg ging er bereitwillig mit. Erst als eine Frau die Tür aufriss und keifte: »Da ist er ja wieder. Wo war er denn diesmal?«, stemmte der alte Mann seine Füße in die Erde wie ein störrisches Maultier.

»Da gehe ich nicht rein. Das ist eine Hexe.«

Sandra musste ihm insgeheim recht geben. Obwohl sie beim Anblick dieser Frau eher an die steinharten, mit Chili gewürzten Teigplatten denken musste, die sie mal während eines Urlaubs auf Thailand versehentlich probiert hatte. Sie hatte danach das Gefühl gehabt, es würden gleich Flammen aus Nase und Ohren schlagen.

»Er war unterwegs«, begann Bellers.

»Was du nicht sagst. Das weiß ich selbst. Ich hab dich doch schließlich angerufen.«

»Ja, natürlich. Er ist hier durch die Straßen geirrt und wollte nach Hause. Er hat wohl gedacht ...«

»Er hat nichts gedacht! Der denkt schon seit Monaten nichts mehr. Mein Gott, der macht mich wahnsinnig!«

Mit diesen Worten verschwand die Frau im Haus.

Der alte Mann flüsterte Sandra zu: »Ich will da nicht rein.«

Sandra nickte. Das konnte sie verstehen.

»Papa, du musst aber da rein«, sagte Bellers. »Du wohnst doch jetzt bei uns, weißt du nicht mehr? Das ist jetzt dein Zuhause.«

Der Alte schaute ihn nur verständnislos an. Dann wandte er sich an Sandra. »Wer ist das?«, fragte er.

»Das ist Markus, Ihr Sohn«, antwortete Sandra, wohl wissend, dass die Information, wenn sie überhaupt ankam, im nächsten Moment wieder vergessen sein würde.

»Und ich soll da reingehen?«

Sandra nickte.

»Aber wann kann ich denn wieder nach Hause?«

»So bald wie möglich. Ich verspreche, dass wir uns darum kümmern werden«, beruhigte ihn Sandra.

»Aber jetzt müssen Sie vernünftig sein, ja? Ihr Sohn und ich haben zu arbeiten.«

»Mein Sohn? Habe ich einen Sohn?«

»Ja. Markus. Da, er steht neben Ihnen.« Sandra wies auf Bellers, in dessen Augen es schon wieder verdächtig glitzerte.

»Der?«, wunderte sich der alte Mann und schaute Bellers von oben bis unten an. »Aber das ist ein erwachsener Mann.«

»Ja, Ihr Sohn ist inzwischen erwachsen geworden. Und jetzt lassen Sie uns hineingehen. Wollen Sie mir Ihr Zimmer zeigen?«

»Natürlich. Sie haben doch wohl nichts Unanständiges mit mir vor, was?« Der alte Mann zwinkerte ihr charmant zu.

»Nein«, lachte Sandra.

Sie ging mit ihm ins Haus, in dem er sich jedoch nicht zurechtfand. Bellers musste ihm sein Zimmer zeigen, das im ersten Stock lag und sehr hell und freundlich war. Fotos hingen an den Wänden. Die meisten zeigten Bellers als Jungen und ein Mädchen, wahrscheinlich seine Schwester. Sandra sah sie als Kinder, als Jugendliche und als junge Erwachsene. Auf anderen Bildern war eine Frau zu sehen. Immer jung und schön, niemals älter als Mitte oder Ende zwanzig.

»Das ist Ursula, meine Frau«, lächelte der Alte und strich zärtlich über eines der Bilder. Sandra sah, dass die meisten Bilder zahlreiche fettige Fingerabdrücke aufwiesen. Er schien sie öfter zu streicheln. »Sie kommt bald wieder.«

»Das ist schön«, antwortete Sandra.

Nachdem sie sich noch einige andere Fotos zusammen mit dem alten Mann angeschaut hatte, verließ sie schließlich mit Bellers das Haus. Als sie an der Küche vorbeigingen, rief ihnen die Frau von vorher zu: »Wenn er wieder abhaut, ruf ich die Polizei und lass ihn irgendwo einweisen. Oder ich lass ihn einfach laufen. Vielleicht gerät er ja unter einen Laster.«

Bellers setzte an, etwas zu erwidern, schüttelte aber dann doch nur den Kopf und ging nach draußen.

Kapitel 29

Als sie schließlich vor seinem Wagen standen, brummte Bellers: »Na schön. Jetzt wissen Sie es also. Dann können Sie ja jetzt lachen und es allen weitererzählen.«

»Wovon reden Sie?«

»Na, das können Sie sich doch nicht entgehen lassen. Der alte Bellers. Geachtet und verehrt bei der Wuppertaler Polizei. Bewundert von seinem stolzen Sohn. Ist jetzt nur noch ein sabbernder, verrückter, alter Mann.«

»Er hat nicht gesabbert«, entgegnete Sandra automatisch, obwohl es darum nun wirklich nicht ging. »Und er ist auch nicht verrückt. Er ist dement.«

»Ist er nicht.«

»Ist er doch.«

»Nein!« Bellers schrie das Wort fast hinaus, und Sandra sah die nackte Verzweiflung in seinen Augen.

»Es tut mir leid. Ist nicht ganz einfach für Sie, was?«, sagte sie schließlich.

Bellers schaute sie nur stumm an.

»Es ist, als würde man jemanden verlieren, obwohl er noch lebt«, fuhr Sandra fort.

Jetzt nickte Bellers langsam und flüsterte: »Genau so.«

»Sie hängen sehr an Ihrem Vater?«

Wieder nickte Bellers. »Er, meine Schwester und ich haben immer zusammengehalten. Wir hatten ja nur uns. Meine Mutter ist sehr früh gestorben.«

»Das tut mir leid. Wirklich. Aber jetzt müssen Sie Ihrem Vater helfen. So kann es nicht weitergehen.« Sandra zeigte auf Bellers' Haus.

»Wie kann es nicht weitergehen?«

»Sie können Ihren Vater nicht länger bei sich behalten. Er muss in professionelle Betreuung. Dort weiß man mit ihm umzugehen und kann ihn fördern. Außerdem ...«

»Reden Sie von einem Heim? Niemals werde ich meinen Vater in ein Heim geben! Vergessen Sie es!«

»Aber so geht es doch auch nicht. Ich habe den Eindruck, Ihre Frau kann nicht mehr und ...«

»Lassen Sie meine Frau aus dem Spiel. Und überhaupt. Um meine familiären Angelegenheiten kann ich mich sehr gut alleine kümmern.« Er dachte einen Moment nach. Dann fragte er: »Was machen Sie eigentlich hier? Sind Sie mir gefolgt?«

»Ich? Ich habe hier ... eine Bekannte, nach der ich gelegentlich schaue. Sie ist ... ihr geht es nicht so gut.«

»So, so. Ausgerechnet hier. Und ich dachte, Sie sind im Präsidium und schreiben Ihre Berichte.«

Sandra zuckte nur mit den Schultern und ging rasch zu ihrem Wagen. Inges Plan war gründlich schiefgegangen. Jetzt wusste sie zwar, welches Geheimnis Bellers vor allen versteckte. Aber es nützte ihr gar nichts. Ganz im Gegenteil.

Nachmittags gelang es ihr, zwei weitere Personen von der Liste aufzutreiben. Danach erst ging sie ins Präsidium und schrieb die Berichte. Wenigstens diese kleine Eigenmächtigkeit musste sie sich herausnehmen. Anschließend brachte sie noch die Abendbesprechung hinter sich und war schließlich froh, als sie nach Hause gehen konnte. Sie hatte Bellers den ganzen Nachmittag über nicht gesehen. Und abends bei der Besprechung hatten sie so weit entfernt voneinander gesessen wie nur möglich. Kaum war die Besprechung beendet, war Bellers auch schon verschwunden, ohne dass sie noch ein Wort mit ihm gewechselt hatte.

Abends im Bett kreisten noch lange die Ereignisse des Tages durch Sandras Kopf. Bellers, sein Vater, seine Mutter. Inge, mit der sie noch telefoniert hatte, und die ihr empfohlen hatte, die Geschichte mit Bellers' Vater sehr wohl für sich auszunutzen. Aber das würde Sandra nicht fertig bringen. Inge hatte daraufhin bloß etwas von »windelweich« und »keinen Mumm« gemurmelt und einfach aufgelegt. Die ganze Sache war ein Reinfall gewesen und würde die Zusammenarbeit mit Bellers nicht gerade vereinfachen.

* * *

Der nächste Tag verging ebenfalls mit der Suche nach weiteren Drogenabhängigen. Sandra erfuhr nichts Neues, und ihre Frustration wuchs. Sie waren an einem Punkt in den Ermittlungen angelangt, an dem sich nichts mehr bewegte. Nicht nur ihr, sondern auch allen anderen machte das zu schaffen. Wobei es in diesem

Fall besonders schwierig war, weil sie zu wissen glaubten, wie alles abgelaufen war, es aber nicht beweisen konnten. Bei der Abendbesprechung waren alle gereizt, und die Nerven lagen blank. Die Ermittler waren erleichtert, als sie endlich nach Hause gehen konnten. Dass der nächste Tag neue Entwicklungen bringen würde, wagte schon niemand mehr zu hoffen.

Er brachte sie dann aber doch, wenn auch ganz anders, als es sich alle vorgestellt hatten. Als Sandra ins Präsidium kam, kam ihr Bellers schon auf dem Flur entgegen.

»Wir müssen los. Es gibt eine neue Explosion.«

»Was? Wo?«

»Bei Klages.«

»Bei Klages? Ist er ...«

»Nein, ist er nicht. Aber fast. Seinen Fahrer hat's allerdings erwischt.«

Wieder schossen Sandra Bilder durch den Kopf, in denen verwüstete Restaurants und mit Scherben übersäte Straßenzüge zu sehen waren. »Terroristischer Hintergrund?«, fragte sie.

»Wird natürlich überprüft. Aber ich glaube nicht daran. Bis jetzt gab es lediglich diese eine Explosion. Und die ausgerechnet bei Klages.«

Im Auto brachte Bellers Sandra auf den neuesten Stand. Kevin Klages hatte an diesem Morgen zu irgendwelchen Geschäften aufbrechen wollen und hatte seinen Fahrer beauftragt, den Wagen zu holen. Der tat wie geheißen und fuhr das Auto vor. Bis dahin war noch nichts passiert. Klages sei eingestiegen, der Wagen sei die Auffahrt hinuntergerollt, und da sei Klages eingefallen, dass er wichtige Unterlagen vergessen hatte. Er sei ausgestiegen, und der Wagen sei weiter die Auffahrt hinuntergefahren, um draußen auf der Straße zu wenden und wieder zum Haus zurückzufahren. In dem Moment, als er das Grundstück verlassen habe, sei er jedoch explodiert.

»Das ist ja ein Ding«, meinte Sandra. »Wollte sich da jemand an Klages rächen?«

»Sieht so aus. Es gibt ja genügend Personen, die ihn lieber tot als lebendig sehen würden.«

»Mich eingeschlossen«, stimmte Sandra zu.

Bellers warf ihr einen Seitenblick zu, sagte aber nichts.

Als sie in die Nähe der Straße kamen, in der Klages' Villa stand, war es wie ein Déjà-vu. Schon von Weitem sahen sie Krankenwagen, die mit kreiselnden Lichtern, aber zum Glück abgestellter Sirene am Straßenrand parkten. Mehrere Löschzüge der Feuerwehr warteten, und etliche Mannschaftswagen der Polizei standen an den Straßenrändern. Auch Übertragungswagen verschiedener Sender waren zu sehen. Am Himmel kreisten erneut Hubschrauber, und hinter den Absperrungen warteten Kameraleute und Reporter, die sich zum Teil gegenseitig interviewten, weil noch kein Offizieller für sie bereitstand.

Der Tatort war sehr weitläufig abgesperrt, daher konnte Sandra weder Klages' Anwesen noch das Auto sehen. Zum Glück auch keine Leiche. Aber sie entdeckte Fladerer, der gerade mit einem Mann in grüner Schutzkleidung und mit nach oben geschobener Sturmhaube sprach. Er nickte ihnen zu, als er sie kommen sah, und stellte sie gegenseitig vor. Zwar wuselte und wimmelte es ähnlich wie zehn Tage zuvor um sie herum, aber Sandra hatte dennoch das Gefühl, dass diesmal mehr Gelassenheit herrschte. Das mochte aber möglicherweise auch nur an ihr liegen. Sie war sich diesmal von Anfang an sicher, dass sie es nicht mit einem Terroranschlag zu tun hatten. Trotzdem wurde das Ganze natürlich vorläufig als Anschlag gewertet und die BAO, die besondere Aufbauorganisation, kam zum Einsatz, die Sandra von dem Anschlag in Sonnborn kannte.

Eben fuhr ein Krankenwagen mit heulender Sirene an ihnen vorbei.

»Gab es Verletzte?«, wunderte sich Sandra.

Der Uniformierte nickte. »Der Besitzer des Hauses, vor dem der Wagen expoldierte. Ein gewisser ...«

»Kevin Klages«, ergänzte Fladerer.

»Sie kennen ihn?«

»Und ob.«

»Könnte der Anschlag ihm gegolten haben? Nach Terror sieht es nämlich wieder nicht aus.«

»Sehr gut möglich.« Fladerer erklärte knapp, was es mit Klages auf sich hatte.

»Was ist denn genau passiert?«, fragte Sandra. »Soweit man das bis jetzt sagen kann.«

Der Uniformierte wiederholte, was Bellers Sandra bereits im Wagen erzählt hatte, und fügte noch hinzu: »Im Gegensatz zu dem Anschlag von letzter Woche ist der Sprengsatz diesmal nicht mit dem Anlasser des Wagens gekoppelt gewesen.«

»Sondern? Ist er mit Zeitzünder ausgelöst worden?«

»Können wir noch nicht sagen. Aber ich würde eher auf Fernsteuerung tippen. Ist jetzt aber nur meine Vermutung.«

»Und Klages? Wieso ist der verletzt?«

»Hat einen Kotflügel gegen den Kopf bekommen. Konnte von Glück sagen, dass er hinter einem dichten Busch stand. Sonst hätte es ihm vermutlich den Kopf abgerissen.«

Sandra nickte. »Ach so! Verstehe!«

»Was verstehen Sie?«, fragte Fladerer.

»Warum die Bombe gezündet wurde, obwohl er nicht im Wagen war. Ich hatte schon überlegt, warum jemand den Sprengsatz zündet, wenn man sieht, dass er durch seinen Park läuft. Der ist ja durch den Zaun ganz gut einsehbar. Und wenn Klages das Opfer sein sollte, hätte man doch gewartet, bis er wieder im Wagen saß. Aber wenn er natürlich hinter einem Busch gewesen ist ...«

»Dann war er von der Straße aus nicht sichtbar«, ergänzte der Uniformierte. »Und in den Wagen konnte man nicht hineinschauen, wegen der getönten Scheiben.«

»Das würde bedeuten, dass der Täter vor dem Anwesen gewartet haben muss«, meinte Bellers. »Haben Sie am Tatort Menschen angetroffen?«

Der in Tarnkleidung nickte. »Einige. Nicht so viele wie letzte Woche. Und evakuieren mussten wir auch nicht so viele, weil hier oben ja fast niemand wohnt. Aber einige sind natürlich schon zusammengekommen. Wir haben sie vorerst in der Turnhalle des Gymnasiums am Kothen untergebracht.«

»Und die Schüler?«, fragte Bellers.

»Sind nach Hause geschickt beziehungsweise abgeholt worden.«

»Haben Sie sichergestellt, dass niemand die Halle verlässt? Vor allem niemand, der sich am Tatort aufgehalten hat?«, fragte Bellers weiter.

Fladerer schüttelte den Kopf. »Herr Bellers. Glauben Sie vielleicht, die Leute hier machen so etwas zum ersten Mal?«

»Ich hab ja nur gefragt«, murmelte Bellers.

Aus dem Augenwinkel sah Sandra, wie sich ein Kamerateam auf sie zubewegte. Sie griff Bellers am Arm, und gemeinsam machten sie sich auf den Weg zu der Turnhalle. Im Weggehen hörten sie noch, wie der Uniformierte den üblichen Kommentar abgab: »Zum jetzigen Zeitpunkt kann noch nichts mit Sicherheit gesagt werden.«

Unterwegs fragte Sandra: »Meinen Sie, der Täter ist wirklich in der Turnhalle?«

Bellers verzog den Mund. »Eher nicht. Der hat sich wahrscheinlich verdrückt, sobald er die Bombe gezündet hatte. Aber wir müssen natürlich trotzdem ...«

»Ja, ja. Schon klar.« Normalerweise hätte sie wieder mit den Augen gerollt und innere Monologe geführt, wie unerträglich doch ihr Kollege, und wie arm dran sie selbst war, weil sie mit ihm zusammenarbeiten musste. Aber heute konnte er sie irgendwie nicht nerven. Ob das daran lag, dass sie ihn gestern hatte weinen sehen?

In der Turnhalle des Gymnasiums am Kothen summte es wie in einem Bienenstock. Menschen standen in Gruppen zusammen und unterhielten sich erregt gestikulierend, oder sie starrten auf ihre Handys. Um die Polizeibeamten herum hatten sich Grüppchen von Menschen gebildet, die von den Beamten wissen wollten, was los sei, was sie zu tun gedachten und wie lange es dauern werde, bis sie endlich wieder in ihre Häuser gehen konnten. Es waren längst nicht so viele Menschen versammelt wie bei dem Anschlag eine Woche zuvor. Was wohl daran lag, dass in dieser Lage Wuppertals die Bebauung deutlich weniger dicht war als überall sonst. Nicht jeder konnte sich die hektargroßen Grundstücke um den Tölleturm herum leisten.

Aber die hier versammelten Menschen machten ihre geringere Anzahl wett durch ein höheres Aggressionspotential. Sie empfanden es offenbar als persönliche Kränkung, dass sie wegen »irgendwelcher fanatischer Spinner« ihre Häuser verlassen mussten und nun auch noch in der Turnhalle festgehalten wurden, »als wären sie Verdächtige«. Außerdem waren sie pikiert, dass die Polizei eine halbe Stunde nach dem Anschlag noch immer nicht den oder die Täter gefasst und alles wieder in Ordnung gebracht hatte.

Bellers sah offenbar so sehr nach Polizei aus, dass er direkt nach Betreten der Turnhalle ebenfalls von mehreren Menschen umringt wurde, die von ihm wissen wollten, was los sei und wie es jetzt weitergehen werde. Sandra dagegen konnte sich ungestört in der Halle umblicken, ob sie vielleicht jemanden kannte. Und dies war tatsächlich der Fall.

Am anderen Ende der Halle, direkt neben den Sprossenwänden, entdeckte sie Klages' Mädchen für alles. Das kleine Männchen im grauen Kittel, das bei ihrem ersten Besuch in der Villa den Boden in der Eingangshalle gewischt hatte. Jetzt drückte er sich mit einem Rechen in einer Hand und einem Handy in der anderen zwischen den anderen Menschen herum. Sandra bemerkte, dass er jedoch nicht die Neuigkeiten im LifeStream verfolgte, sondern offensichtlich Fotos von dem Geschehen um ihn herum machte. Als er Sandra auf sich zukommen sah, versuchte er, ihr aus dem Weg zu gehen. Aber weit kam er nicht.

»Entschuldigen Sie bitte«, sagte Sandra, als sie ihn zwischen der Tür zu den Umkleidekabinen und den Sprossenwänden gestellt hatte.

»Was? Ich habe nichts gemacht«, antwortete er und schaute sich hektisch um. Dann ging er weiter in Richtung der Umkleiden.

»Das behaupte ich ja auch gar nicht. Nun warten Sie doch mal einen Moment.«

Jetzt stellte der Mann seinen Rechen auf den Boden und schaute zum Ausgang, zu den Umkleideräumen, aus dem Fenster. Überall hin, nur nicht zu Sandra.

»Sie arbeiten doch für Kevin Klages. Würden Sie mir Ihren Namen verraten?«, fragte Sandra.

»Lieber nicht«, sagte seine Körpersprache. Aber er antwortete folgsam: »Marius Feldmann.«

»Können Sie sich ausweisen?«

»Warum? Ja, kann ich.« Der Mann nestelte unter dem Kittel in seiner Hosentasche und holte schließlich ein Portemonnaie heraus. Als er es öffnete, um den Ausweis zu holen, sah Sandra einen ganzen Packen 50-Euro-Scheine.

»Danke«, sagte Sandra nach einem Blick auf den Ausweis. »Und Sie arbeiten als Gärtner für Herrn Klages?«

Was für eine Frage. Er würde wohl kaum mit dem Rechen einen Spaziergang in Klages' Park gemacht haben.

Der Mann nickte.

»Haben Sie mitbekommen, was geschehen ist?«

Der Mann nickte wieder.

»Haben Sie vielleicht irgendetwas beobachtet?«

Der Mann schüttelte den Kopf, sodass seine spärlichen Haare hin und her flogen.

»Oder kam Ihnen heute oder in den letzten Tagen irgendetwas seltsam vor?«

Wieder schüttelte der Mann den Kopf. »Ich weiß gar nichts«, murmelte er dann. »Kann ich jetzt gehen?«

»Noch nicht. Erst müssen noch Ihre Personalien aufgenommen werden. Wenden Sie sich dafür doch bitte an einen der uniformierten Beamten. Und ich würde gerne zu einem anderen Zeitpunkt noch mal mit Ihnen sprechen.«

»Aber warum? Ich weiß doch gar nichts!«, jammerte das Männchen.

»Manchmal weiß man doch etwas, obwohl man gar nicht weiß, dass man etwas weiß«, gab Sandra zurück.

Kapitel 30

Sandra und Bellers blieben eine Stunde in der Turnhalle, nahmen Personalien auf und hörten erste Zeugenaussagen, die zu nahezu hundert Prozent aus Mutmaßungen und Vorwürfen bestanden. Dann kehrten sie ins Präsidium zurück, weil Fladerer eine Besprechung abhalten wollte. Er hatte sein Handy vor sich liegen und nahm zwischendurch immer wieder die neuesten Informationen in Empfang.

Gerade als Bellers und Sandra den Raum betraten sagte er: »Also ein Handy? Ist das sicher? Hm hm. Okay. Keine Fingerabdrücke nehme ich an? Okay, wär ja auch zu schön gewesen. Danke für die Information.« Er legte auf und berichtete: »Es ist ein Handy gefunden worden, mit dem die Bombe vermutlich gezündet wurde. Natürlich lässt es sich niemandem zuordnen, so wie es aussieht.«

»Bis jetzt irgendwelche Hinweise auf einen terroristischen Hintergrund?«, fragte Lukas Mann.

Fladerer schüttelte den Kopf. »Keine. Aber immer mehr Hinweise, die dagegensprechen. Die Polizei vor

Ort muss es zwar erst mal so behandeln, als wäre es ein Terroranschlag. Aber ich denke, wir hier für uns können diese Option vorerst ausschließen. Oder ist jemand anderer Meinung?«

Niemand meldete sich.

»Gehen wir also davon aus, dass Klages das eigentliche Opfer sein sollte und nur verfehlt wurde?«, fragte Schweizer.

»Ich denke doch«, antwortete Fladerer. »Oder gibt es andere Informationen?«

Wieder sagte niemand etwas.

Fladerer richtete seinen Blick auf Bellers. »Niemand, der uns darauf hinweisen möchte, dass das eine bisher noch nicht bewiesene Annahme ist, und dass wir so lange, bis sie bewiesen ist, nach allen Richtungen hin offen bleiben sollten?«, fragte er unschuldig.

Bellers räusperte sich. »Es ist eine bisher noch nicht bewiesene Annahme, und wir sollten so lange, bis sie bewiesen ist, nach allen Richtungen hin offen bleiben.«

Sandra schaute ihn überrascht an. Tatsächlich. Das da in seinem rechten Mundwinkel sah nach der Andeutung eines Lächelns aus. Sollte ihr Kollege etwa doch über einen Funken Humor verfügen?

»Also schön«, grinste Fladerer. »Jetzt, wo wir das geklärt haben, schlage ich vor, dass sich trotzdem jemand um diesen Chauffeur und Bodyguard kümmert. Nur um nichts zu übersehen. Bongarz und Mann, übernehmen Sie das? Graben Sie sich nicht zu tief hinein, aber wir können es uns auch nicht leisten, das Opfer des Anschlags gar nicht zu beachten. Aber jetzt möchte ich Ihnen die Kollegen von der Drogenfahndung vorstellen. Katrin Fellmer und Mehmet Akdeniz.«

Ein Obsttörtchen und ein Müsliriegel, dachte Sandra.

»Wir bedanken uns, dass Sie heute gekommen sind und uns in unseren Ermittlungen unterstützen wollen«, fuhr Fladerer fort. »Und das, wo Sie selbst genug zu tun haben, wie man hört.«

Mehmet Akdeniz nickte. »Das kann man wohl sagen. Die ganze Szene ist in Aufruhr.«

»Warum?«, fragte Bongarz.

»Wie ihr ja schon gehört habt, tauchte vor einiger Zeit eine Person auf, die den Markt mit billigem Kokain und Heroin überschwemmte. Billig im Sinne von preiswert, nicht von schlecht.«

»Und?«

»Und das führte zu ähnlichen Effekten wie ein Fuchs im Hühnerstall. Alles rannte gackernd und schnatternd durcheinander«, erklärte Katrin Fellmer.

»Schnattern tun nur Enten«, warf Schweizer ein.

»Ach, wirklich?« Katrin Fellmer zog die Augenbrauen nach oben. »Vielen Dank, Kollege. Hab ich doch wieder was gelernt.«

Alle grinsten, nur Schweizer beugte sich noch tiefer über sein Tablet, als wollte er googeln, ob Hühner tatsächlich nicht schnattern können.

»Wie muss man sich diesen Aufruhr vorstellen?«, fragte Fladerer.

Mehmet Akdeniz räusperte sich. »Einfach so, dass alle kopflos durch die Gegend rennen und versuchen, diesen Typ aufzutreiben und ihm so viel wie möglich abzukaufen, bevor ihnen die anderen zuvorkommen.

Jeder fragte den anderen, ob er oder sie weiß, wo dieser Mann sich aufhält, und es entstehen die interessantesten Gerüchte. In diesem Fall zum Beispiel sollte unter anderem ein indischer Menschenfreund hinter den Verkäufen stehen, der angeblich dafür sorgen wollte, dass alle Menschen Drogen nehmen und dadurch Frieden auf der Welt einkehrt.«

Katrin Fellmer schnaubte. »Und wie gut das mit dem Frieden klappt, sehen wir ja jeden Tag bei unserer Arbeit.«

»Diejenigen, die tatsächlich wussten, wie und wo man den Mann finden konnte, hielten natürlich dicht oder führten die anderen absichtlich in die Irre«, fuhr Akdeniz fort.

»Was ebenfalls nicht zum Frieden beitrug, nehme ich mal an«, meinte Imke.

»Du sagst es.«

»Und Klages? Wann hat er davon erfahren? Und ist bekannt, wie er darauf reagierte?«, fragte Sandra.

»Der hat wahrscheinlich schon am ersten Tag davon gehört. Er hat doch seine Leute überall. Jedenfalls gehen wir davon aus, dass er bereits seine Suchtrupps ausschwärmen ließ. Und vermutlich auch schon seinen Killer in Bereitschaft versetzt hat. Der ja wohl auch schon tätig geworden ist, wie ihr glaubt.«

»Wissen Sie etwas über diesen Mann, der die Drogen auf den Markt gebracht hat?«, fragte Fladerer.

Mehmet Akdeniz schüttelte den Kopf. »Nichts Konkretes. Nur das, was die Gerüchteküche besagt. Gekauft haben alle bei einem Typ, den sie nur ›die Leiche‹ nennen. Soll sehr dünn sein. Was uns natürlich nicht weiterhilft, weil die meisten Kleindealer selbst süchtig sind, und die meisten Süchtigen dünn sind. Außerdem wird gesagt, er sei total fair. Verkaufe genau das, was er sagt, dass er verkauft. Zum richtigen Gewicht, und nicht vermischt mit Mehl oder anderem Zeug.«

»Also ein echter Gutmensch? Ein Wohltäter der Drogenabhängigen?«, fragte Bongarz.

»So in etwa«, nickte Akdeniz. »Das sagt uns allerdings nichts über denjenigen, der hinter den Verkäufen steht. Wenn wir mal davon ausgehen, dass das ein anderer ist als diese ›Leiche‹.«

»Die Tatsache, dass der Verkäufer seit vergangenem Montag nicht mehr in Erscheinung getreten ist, könnte jedenfalls darauf hindeuten, dass Lamprecht tatsächlich der Mann hinter ihm war, sodass die sogenannte Leiche nun keine neue Ware zum Verkauf bekam«, meinte Katrin Fellmer.

»Könnte, könnte«, rief Lukas Mann. »Es könnte aber auch sein, dass er später wiederkommt. Vielleicht liegt diese ›Leiche‹ mit einer Magen-Darm-Grippe im Bett. Oder er hat erst mal genug Geld gescheffelt und macht später weiter. Oder dies, oder das. Das sind doch alles nur Spekulationen.«

»Das ist zwar richtig«, sagte Fladerer. »Aber es ist trotzdem nicht sinnlos. Wir dürfen natürlich die Spekulationen nicht mit der Wahrheit verwechseln. Aber sie liefern uns Hypothesen. Und ohne Hypothesen ist es schwierig zu ermitteln.«

Lukas Mann brummte etwas Unverständliches, aus dem nur »Klages« und »immer noch frei herum« herauszuhören war.

Fladerer gab ihm einen Klaps auf die Schulter. »Das geht uns allen auf die Nerven, also müssen wir uns noch mehr anstrengen. Gut. Hellweg und Schweizer, können Sie bitte eng mit den Kollegen von der Drogenfahndung zusammenarbeiten und die gesamte Szene mit dem Läusekamm nach diesem Neuen, dieser ›Leiche‹ durchsuchen? Wenn er denn noch lebt. Zeigt zur Sicherheit auch Fotos von Lamprecht herum, vielleicht ist er ja doch mal persönlich in Erscheinung getreten. Was haben wir sonst noch?«

Sandra räusperte sich. »Ich schlage vor, mit allen zu sprechen, die durch Klages zu Schaden gekommen sind. Also in erster Linie die Angehörigen seiner Opfer.«

»In Ordnung«, nickte Fladerer. »Ich kümmere mich darum, dass eine Liste der infrage kommenden Personen zusammengestellt wird. Bis dahin fangen Sie doch schon mal mit den uns bekannten an. Mit Deutschmann und Abendroth. Wir sehen uns dann heute Abend um sechs wieder. Oder gibt es sonst noch was?«

»Ja. Ist schon klar, um welche Art von Sprengstoff es sich handelte? Ich meine, ist es wieder dieser selbst zusammengemixte Stoff?«, fragte Bongarz.

»Wie soll das gehen?«, fragte Imke zurück. »Dieser Sprengstoff ist doch von Klages' Killer hergestellt worden. Jedenfalls sind wir davon immer ausgegangen. Wenn der jetzt wieder verwendet worden wäre, würde das ja bedeuten ...«

»Das ist mir klar. Aber das wäre doch interessant zu wissen, oder nicht?«, unterbrach sie Bongarz.

»Vollkommen richtig«, stimmte Fladerer zu. »Die KTU arbeitet derzeit mit Hochdruck an der Untersuchung des Sprengstoffs. Wobei ich zugeben muss, dass ich gar nichts mehr verstehen würde, wenn es wirklich der gleiche wäre.«

Kapitel 31

Bellers und Sandra riefen bei Abendroth an, um zu erfahren, ob sie mit ihm sprechen könnten, aber er war nicht zu erreichen. Zur Sicherheit fuhren sie trotzdem zu ihm. Nach dem dritten Klingeln wurde der Vorhang vom Flurfenster beiseite geschoben, kurz darauf öffnete Abendroth die Tür.

»Gibt's was Neues?«, fragte er. Selbst seine Stimme klang, als wäre er überraschend auf über siebzig Jahre gealtert.

»Ja und nein. Dürfen wir kurz reinkommen?«

Mit müden Bewegungen winkte Abendroth sie ins Haus. Das Wohnzimmer sah noch so aus wie bei ihrem ersten Besuch. Mit Ausnahme einer dünnen Staubschicht, die sich auf allen Oberflächen abgelagert hatte. Die Wohnung sah aus, als hätte Abendroth sich vor Tagen in einen Sessel gesetzt und wäre seitdem nicht mehr aufgestanden.

»Haben Sie schon Nachrichten gehört?«, begann Bellers die Befragung.

Abendroth schüttelte den Kopf.

»Es hat einen weiteren Anschlag auf einen Wagen gegeben. Ein Mann ist dabei ums Leben gekommen.«

»So?« Es sah aus, als könnte Abendroth nichts weniger interessieren.

Sandra sagte: »Es handelte sich um den Wagen von Kevin Klages. Sagt Ihnen dieser Name etwas?«

»Ist er tot?«, fragte Abendroth zurück.

»Er nicht. Aber sein Fahrer. Es ist jedoch denkbar, dass der Anschlag eigentlich Klages galt und er nur durch Zufall mit dem Leben davonkam.«

»Aha.«

»Wir überlegen nun, ob es Zusammenhänge zu dem Anschlag auf den Wagen von Dieter Lamprecht gibt, bei dem Ihre Tochter ums Leben kam.«

»Welche Zusammenhänge denn?«

»Nun ... irgendwelche Zusammenhänge.«

»Hat dieser Mann etwas mit dem Tod meiner Tochter zu tun?«

»Das können wir noch nicht sagen. Wir stecken mitten in den Ermittlungen«, wich Sandra aus.

»Wenn ja, dann tut es mir leid, dass es ihn nicht erwischt hat.«

»Klages war zu dem Zeitpunkt des Anschlags in der letzten Woche gar nicht in Wuppertal«, erklärte Bellers.

»Er könnte jedoch jemanden damit beauftragt haben«, ergänzte Sandra.

»So? Dann sollte es diesen ›jemand‹ am besten auch erwischen«, murmelte Abendroth.

»Aber Sie können uns nichts über Kevin Klages sagen?«, vergewisserte sich Sandra.

Abendroth schüttelte langsam den Kopf, als wäre diese Anstrengung bereits zu viel für ihn.

»Puh. Der Mann ist völlig fertig«, sagte Sandra, als sie und Bellers wieder zum Auto gingen. »Ganz anders als Deutschmann.«

Bellers nickte. »Schauen wir mal, was der zum Anschlag auf Klages zu sagen hat.« Er telefonierte und vereinbarte mit Deutschmann ein Treffen am frühen Nachmittag bei ihm zu Hause, da sein kleiner Sohn immer von 13.00 bis 15.00 Uhr seinen Mittagsschlaf machte.

Obwohl es noch zu früh war, fuhren sie direkt nach Essen und suchten sich dort ein Bistro, in dem sie zu Mittag essen konnten. Unterwegs hörten sie im Radio die erste Pressekonferenz, in der, wie auch schon zehn Tage zuvor, betont wurde, dass in alle Richtungen ermittelt werde und es bislang aber keine konkreten Hinweise auf einen terroristischen Hintergrund der Tat gebe. Der Innenminister fügte noch hinzu, dass ein möglicher Zusammenhang mit dem Anschlag zehn Tage zuvor geprüft werde.

Im Bistro saßen sich Sandra und Bellers dann etwas unbehaglich gegenüber und warteten auf ihre Bestellung. Schließlich bekam Bellers einen Salat und Sandra das Steak, das sie geordert hatte. Bellers schaute neidisch auf ihren Teller.

»Ich frage mich, wie Sie so schlank bleiben können, wenn Sie so was essen.«

»Ich bewege mich viel«, antwortete sie.

»Müsste ich vielleicht auch mal machen«, meinte Bellers und kaute lustlos auf einem Salatblatt herum. »Ich weiß nur nicht, wann.«

Sandra nickte. »Sie kümmern sich abends wahrscheinlich um Ihren Vater, oder? Wie geht es ihm eigentlich?«

»Gut.«

»Ist er nicht noch mal weggelaufen?«

»Nein.«

Pause. Hier war vermintes Gelände, das spürte Sandra. Trotzdem machte sie weiter. »Und Ihre Frau? Wie geht es der?«

»Gut.«

»Ach so. Ich frage nur, weil ich den Eindruck gehabt hatte, sie fühlt sich mit Ihrem Vater überfordert.«

»Tut sie nicht. Sie war nur ... etwas gereizt. Aber aus anderen Gründen. Sie hat ... ach, ich weiß auch nicht.« Seine Stimme verlor sich in unverständlichem Gemurmel.

»Und Ihre Kinder? Leben die noch zu Hause?«

Bellers nickte.

»Helfen die denn ein bisschen mit? Ich meine, haben die vielleicht auch mal ein Auge auf Ihren Vater?«

»Nein. Die führen ihr eigenes Leben. Denen kann man doch keinen alten Mann aufbürden.«

»Was machen Sie eigentlich mit ihm, wenn Ihre Frau arbeiten ist? Bleibt er dann alleine?«

»Meine Frau geht nicht arbeiten. Schließlich haben wir drei Kinder. Da hat sie genug Arbeit.«

Wie viel Arbeit hatte man denn mit erwachsenen oder fast erwachsenen Kindern? Aber Sandra kommentierte das lieber nicht. »Und Ihre Schwester? Kann die vielleicht auch mal nach Ihrem Vater schauen?«, fragte sie.

»Schwerlich. Sie lebt in Neuseeland.«

»Ach so. Ja. Na, dann.«

Sandra fiel nichts mehr ein. Außer, dass es ihr ein Rätsel war, wie Bellers es aushielt, nach einem anstrengenden Arbeitstag nach Hause zu kommen und sich dann auch noch um seinen dementen Vater zu kümmern. Und um seine Frau, die inzwischen so weit war, dass sie den Vater am liebsten unter einem Laster gesehen hätte. Und um drei Kinder, die ihr eigenes Leben führten und denen ein alter Mann nicht aufgebürdet werden konnte.

»Wenn wir meine Familienverhältnisse zur Genüge besprochen haben, könnten wir vielleicht zahlen und zu Deutschmann gehen«, meinte Bellers schließlich.

Diesmal nahm Sandra es ihm nicht übel. »Klar. Können wir. Und wenn Sie irgendwann mal das Bedürfnis haben sollten, mit mir über Ihren Vater zu sprechen, können Sie das gerne tun. Ich hatte früher eine Oma, die dement geworden und schließlich in eine Wohngruppe gekommen ist. Ich könnte für Sie den Kontakt zu einer solchen Wohngruppe herstellen. Das ist anders als ein Heim. Die Bewohner leben wie in einer Familie zusammen, jeder übernimmt die Arbeiten, die er noch bewältigen kann. Sie ...«

»Kommt nicht infrage«, unterbrach Bellers. »Und jetzt kommen Sie schon.«

Wenig später klingelten sie erneut an Deutschmanns Tür. Deutschmann ließ sie hinein. Wie zuvor führte er sie in das Wohn- und Esszimmer, allerdings hing diesmal kein kleiner Junge an seinem Bein. Und der Raum war auch nicht geschmückt, dafür aber penibel aufgeräumt. Selbst die Plastikautos und -bagger standen in Reihe und Glied geparkt an der Wand.

»Nehmen Sie Platz. Etwas zu trinken? Einen Kaffee vielleicht?«

»Gerne«, sagte Sandra. Diesmal nicht, weil sie dem Zeugen einen Gefallen tun wollte. Sondern weil sie noch keinen Kaffee gehabt hatte und sich leichte Kopfschmerzen bemerkbar machten. Nach kurzem Zögern stimmte Bellers ebenfalls zu.

Durch die geöffnete Tür konnten sie sehen, wie Deutschmann mit geübten Handgriffen in der Küche hantierte. Er stellte Tassen, Zucker und Milch auf ein Tablett und füllte englisches Teegebäck in ein Schälchen. Sandra musste an Fladerer denken. Der hätte sofort das ganze Schälchen geleert.

Nachdem alle ihre Tassen vor sich stehen hatten – Sandra und Deutschmann tranken ihren Kaffee schwarz, Bellers mit viel Milch und drei Löffeln Zucker – schaute Deutschmann sie erwartungsvoll an. »Und? Was gibt es schon wieder?«, fragte er.

»Es sind noch einige Fragen aufgetaucht«, begann Bellers. »Im Zusammenhang mit einem erneuten Anschlag, dessen Zielperson diesmal Klages gewesen ist.«

»Jemand wollte Klages töten?« Deutschmann hob die Augenbrauen, sodass Sandra zum ersten Mal seine Augen vollständig sehen konnte. Sie waren braun, wirkten aber nicht sanft, wie Augen dieser Farbe es oft taten, sondern der Blick war sehr direkt, fast stechend. »Und? Hat's geklappt?«

»Kevin Klages ist verletzt, aber nicht tödlich.«

»Tss, so ein Pech«, sagte Deutschmann ungerührt und nahm einen Schluck Kaffee. Er ließ offen, was genau das Pech war.

»Und jetzt fragen wir uns natürlich ...«

»... ob ich unseren gemeinsamen Freund um die Ecke bringen wollte«, ergänzte Deutschmann den Satz.

»Na ja.«

»Schon gut. Ich verstehe das. Aber nein, ich bin es nicht gewesen. Auch wenn ich nicht traurig über seinen Tod gewesen wäre, wie Sie sich denken können.«

»Ähm, können Sie uns dann sagen, wo Sie zur Tatzeit gewesen sind?«

»Dazu müsste ich erst mal wissen, was die Tatzeit war.«

»Heute Morgen, sagen wir zwischen 7.00 und 9.00 Uhr.«

»Da war ich hier. Und nein, es gibt keine Zeugen dafür. Wenn Sie meinen Sohn nicht als Zeugen rechnen wollen, der war natürlich bei mir. Er hat mich um sechs geweckt, wie jeden Morgen.«

Sandra hatte alle Poren geöffnet, wie sie es nannte, um eventuelle Untertöne oder Unstimmigkeiten herauszuhören. Aber sie konnte nichts wahrnehmen, das in Richtung Lüge deutete. Sie konnte allerdings auch nichts wahrnehmen, das in Richtung Betroffenheit ging. Deutschmann schien Klages den Anschlag aus vollem Herzen zu gönnen.

»Da fällt mir etwas ein«, ergänzte Deutschmann. »Frau Buck, meine Nachbarin von unten, hat um halb acht geklingelt und sich über Fabian beschwert. Wie fast jeden Tag. Die könnte Ihnen also bestätigen, dass ich hier war. Wer hätte gedacht, dass die mal für etwas gut ist?«, fügte er kopfschüttelnd hinzu.

Sandra notierte sich den Namen. Dann fragte sie: »Sie haben doch damals, nach dem Tod Ihrer Frau, eigene Ermittlungen angestellt?«

»Nach dem Mord an meiner Frau. Nach dem durch Klages begangenen oder jedenfalls beauftragten Mord. Ja, das ist richtig. Und?«

»Und sind Sie in diesem Zusammenhang auf eine Person gestoßen, die Grund haben könnte, Klages zu töten?«

Deutschmann schnaubte. »Sie machen Witze, oder?«

»Eigentlich nicht.«

»Ich bin auf unzählige solcher Personen gestoßen.«

Sandra nickte. »Haben Sie Namen? War vielleicht jemand dabei, dem Sie einen Anschlag auf Klages in besonderem Maße zutrauen?«

»Wenn das so wäre, würde ich es Ihnen nicht sagen. Nehmen Sie es mir nicht übel. Stattdessen würde ich zu der Person gehen und ihr die Hand schütteln. Na ja, oder vielleicht auch nicht«, fügte er nachdenklich hinzu.

Sandras Radar schlug an, sie konnte es aber nicht genau fassen. In diesem Moment redete Deutschmann schon weiter: »Vergessen Sie nicht all die Süchtigen. Die fressen Klages aus der Hand, weil sie von ihm abhängig sind. Bei erstbester Gelegenheit würden sie allerdings zubeißen. Oder die Angehörigen der zahlreichen Opfer dieses Mannes. Also Menschen wie ich. Vielleicht war ich ja nicht der Einzige, der herausgefunden hat, dass dieser Mann hinter zahlreichen Verbrechen steht. Oder was ist mit den Frauen, die er ausgenutzt und weggeworfen hat? Oder, oder. Wenn Sie mit allen sprechen wollen, die ihn gehasst haben, werden Sie viel zu tun haben.«

»Das ist wohl wahr«, stimmte Bellers zu. »Na schön. Wenn Sie uns weiter nichts sagen können ...«

»Oder wollen«, ergänzte Sandra, was von Deutschmann mit einem Heben der Augenbrauen zur Kenntnis genommen wurde.

»Ja, also dann werden wir mal wieder gehen«, fuhr Bellers fort.

»Können Sie mir noch sagen, wie der Anschlag auf Klages verübt wurde?«, fragte Deutschmann.

Bellers zögerte einen Moment. Dann sagte er: »Es war wieder ein Sprengstoffanschlag. Sein Auto wurde in die Luft gesprengt. Er war allerdings kurz vorher ausgestiegen.«

Deutschmann nickte. »Gab es Tote?«

»Einen. Den Fahrer von Klages.«

Einen Wimpernschlag lang verzog Deutschmann schmerzlich das Gesicht. Dann schaute er wieder ausdruckslos.

* * *

Auf dem Weg zum Auto klingelten Bellers und Sandra noch kurz bei der Nachbarin von Deutschmann, die ihnen bestätigte, dass er und sein Sohn morgens zu Hause gewesen waren. Sie brauchte dafür mehr als fünf Minuten, in denen sie zeternd und keifend bemerkte, dass manche Menschen zu glauben schienen, sie müssten keinerlei Rücksicht auf andere nehmen. Und dass anscheinend niemand mehr in der Lage sei, seine Kinder anständig zu erziehen. Und dass ... Irgendwann ließen die Ermittler sie einfach stehen.

Auf der Fahrt nach Wuppertal fragte Bellers: »Und? Ihr Eindruck?«

»Wovon?«

»Von Deutschmann. Ist er glaubwürdig?«

Sandra schaute ihn an. »Fragen Sie mich jetzt wirklich nach meinem Eindruck? Ich dachte, Sie halten nicht viel von Eindrücken.«

»Nun, ich würde mich nicht darauf verlassen wollen, das ist richtig. Trotzdem könnte es ja doch etwas bringen, Eindrücke auszutauschen. Wenn man sich immer bewusst bleibt, dass es eben nichts anderes sind als Eindrücke.«

»Gut. Gerne. Mein Eindruck von Deutschmann war, dass er etwas zurückhält.«

»Meinen Sie, er hat den Anschlag auf Klages begangen?«

»Das nicht. Aber er weiß irgendetwas. Oder ahnt es zumindest.«

Bellers nickte.

»Wie war denn Ihr Eindruck?«, fragte Sandra.

»Meiner? Tja. Ich bin nicht so der Typ für Eindrücke, wissen Sie. Ich bin nicht so emotional oder empathisch.«

Und genau das stimmte nicht, dachte Sandra.

»Aber ich hatte zum Beispiel den Eindruck, dass es ihm etwas ausmachte, dass der Fahrer gestorben ist. Über Klages' Tod dagegen hätte er sich, glaube ich, aufrichtig gefreut. Aber nicht über den des Fahrers.«

Sandra hatte den kurzen Moment vor Augen, in dem Deutschmann sein Gesicht verzogen hatte, als hätte er Schmerzen. »Ja, das glaube ich auch«, stimmte sie zu. »Aber was heißt das jetzt? Hat er etwas mit dem Anschlag zu tun, oder nicht?«

»Ich kann ihn mir einfach nicht vorstellen, wie er mit dem Handy vor Klages' Haus steht, den Kinderwagen neben sich, und darauf wartet, das Auto in die Luft zu jagen«, meinte Bellers.

»Nein, da haben Sie wohl recht. Das kann ich auch nicht. Außerdem war er heute Morgen hier zu Hause.«

Den Rest der Fahrt brachten sie schweigend hinter sich.

Kurz vor Wuppertal klingelte Bellers' Handy, und Sandra nahm das Gespräch an. Telefonieren während der Fahrt war schließlich verboten. Also würde Bellers noch nicht mal den Versuch unternehmen, und wenn es um sein Leben ginge.

»Markus?«, keifte es aus dem Gerät, sobald Sandra auf den grünen Hörer getippt hatte. »Der Alte ist schon wieder weg. Ich hab echt keine Lust mehr. Wenn du nicht endlich ...«

»Moment. Bitte, warten Sie. Ich bin nicht ...«

»... deinen Scheiß alleine machen ...«

»... hören Sie, Moment ...«

»... echt keinen Bock mehr. Glaubst du vielleicht ...«

»... ich bin gar nicht ...«

Schließlich gab Sandra auf und ließ die andere so lange weiter sprechen, bis sie fertig war. Was eine ganze Weile dauerte, denn sie hatte viel zu sagen. Endlich kam sie zum Ende.

»Hier ist Sandra Santori, die Kollegin Ihres Mannes. Wir sitzen gerade im Auto, deswegen habe ich das Gespräch angenommen. Soll er Sie gleich zurückrufen?«

Die Frau schnaubte. »Nein, danke. Soll er nicht. Er soll endlich dafür sorgen, dass mir sein bekloppter Vatter nicht länger den letzten Nerv raubt.«

»Aber ...«, begann Sandra. Aber es kam nicht mehr an, die andere hatte aufgelegt.

Bellers hatte inzwischen wieder rote Ohren bekommen. Seine Frau hatte so laut gesprochen, dass er auch ohne Freisprechanlage jedes Wort verstanden haben musste.

»Ja, dann werde ich wohl ... Ich setze Sie am besten beim Präsidium ab.«

»Ja. Gut. Und denken Sie noch mal über die Sache mit der Wohngruppe nach, ja?«

Bellers antwortete nicht, und Sandra überlegte, ob sie noch weiter in ihn dringen sollte. Aber dann ließ sie es bleiben. Die Entscheidung, einen geliebten Menschen in Betreuung zu geben, brauchte Zeit. Damals bei ihrer Oma war sie diejenige gewesen, die sie nicht in die Wohngruppe ziehen lassen wollte. Sie hatte tagelang geheult, als ihre Oma schließlich doch weg war. Weil die alte Dame sich bestimmt dort nicht wohlfühlen würde. Sich abgeschoben vorkommen würde. So hatte Sandra es jedenfalls innerlich begründet. In Wahrheit ging es natürlich viel mehr um sie selbst. Ihre Oma war die Einzige, die lieb zu ihr gewesen war. Sandra wollte sie einfach nicht hergeben. So wie auch Bellers seinen Vater nicht hergeben wollte.

Ihr Kollege setzte sie am Präsidium ab und fuhr dann weiter. Sandra schrieb ihren Bericht, diesmal ohne innerlich gegen Bellers zu rebellieren. Das wurde ja auch langsam albern.

Kapitel 32

Pünktlich um sechs ging Sandra zur Besprechung. Bellers war noch nicht da, was kein gutes Zeichen war. Und als er um zehn nach sechs in den Raum huschte und sich mit einem Stuhl Abstand neben sie setzte, sah er aus, als wäre er inzwischen selbst dement geworden.

»Was ist?«, flüsterte sie ihm zu.

»Nichts«, brummte er. Und wenig später: »Ich habe ihn nicht gefunden.«

»Oh. Soll ich Ihnen nachher suchen helfen?«

»Nein.« Und wieder ein wenig später: »Oder vielleicht doch. Danke.«

Lukas und Bernd hatten gerade berichtet, was sie über den Fahrer von Kevin Klages herausgefunden hatten.

»Wäre er in einem anderen Zusammenhang getötet worden, hätte ich keinen Zweifel gehabt, dass der Anschlag ihm galt«, fasste Bongarz zusammen. »Seit er zehn ist, ist er aktenkundig. Hat als Intensivstraftäter sämtliche Hilfsprogramme durchlaufen, die jemals für schwierige Jugendliche ersonnen worden sind. War später dann sehr aktiv im Rotlichtmilieu und ist am Ende schließlich Speichellecker bei Klages geworden.«

»Ein Wunder, dass er sich ihm unterordnen konnte«, meinte Sandra. »Wo er sich doch vorher an nichts und niemanden angepasst hat.«

»Das stimmt. Aber als rechte Hand von Klages musste er sich ausschließlich ihm unterordnen. Allen anderen gegenüber hatte er automatisch das Sagen. So gesehen war es ein Aufstieg. Und außerdem, wer weiß: Vielleicht hatte er vor, eines Tages Tyrannenmord zu begehen und selbst ganz an die Spitze zu kommen.«

»Denkbar wäre es«, stimmte Fladerer zu.

»Vielleicht sollte ja doch er aus dem Weg geräumt werden. Und zwar von Klages. Der nur so getan hat, als gelte der Anschlag ihm«, schlug Bongarz vor.

»Möglich ist das«, nickte Fladerer.

Sandra nahm eines der Fotos, die auf dem Tisch lagen. Es zeigte das Opfer, Gott sei Dank in vollständigem Zustand. Vom Bild starrte sie der Gorilla an, den sie bei Klages bereits kennengelernt hatten. Wie immer war es für Sandra ein seltsames Gefühl, wenn jemand, den sie gekannt hatte, getötet worden war. Sie trauerte zwar nicht um diesen Menschen. Er wäre wohl kaum ein Freund von ihr geworden. Aber es war einfach nicht zu begreifen, dass jemand kurz zuvor noch genauso gelebt hatte wie sie jetzt, aber keine Ahnung davon gehabt hatte, dass sein Leben so bald schon vorbei sein würde. Was, wenn eines Tages jemand mit einem Foto von ihr dasitzen und dasselbe denken würde?

»Also, lassen Sie uns zusammenfassen: Wie wahrscheinlich ist es, dass dieser Gorilla das eigentliche Ziel des Anschlags war?«, fragte Fladerer gerade.

Alle im Team schüttelten die Köpfe.

»Sehe ich auch so. Lassen Sie uns die Möglichkeit nicht völlig aus den Augen verlieren, damit wir nichts übersehen. Aber wir werden uns nicht darauf konzentrieren. Santori und Bellers, was gibt es von Ihnen?«

Da Bellers gerade Kringel auf seinen Block malte und noch nicht mal die Frage mitbekommen hatte, erzählte Sandra von ihren Gesprächen mit Abendroth und Deutschmann.

Anschließend fragte Sandra: »Ist eigentlich schon raus, ob die Bombe wirklich mit dem Handy gezündet wurde?«

Fladerer nickte. »Ja. Angeblich eine ganz einfache Sache. Behauptet jedenfalls Mike Gehrling. Man kann Sprengzünder, die mittels Handy oder eines Funksignals aktiviert werden können, ganz einfach kaufen. Na, ganz einfach vielleicht nicht, wenn man nicht nachweisen kann, dass man beruflich legal mit Sprengungen zu tun hat. Aber es gibt sie eben zu kaufen, und der Täter wird wohl seine Bezugsquellen haben. Die eigentliche Sprengladung wird dann von diesen Zündern in Gang gesetzt.«

»Dann brauchen wir ja nur noch herauszufinden, wer Klages so unbedingt loswerden wollte«, meinte Lukas Mann seufzend.

»Hier ist übrigens die Liste, von der wir heute Morgen gesprochen haben.« Fladerer erhob sich ächzend ein paar Zentimeter von seinem Stuhl und ließ einen

Zettel über den Tisch zu Sandra und Bellers segeln. »Mit den Namen der Freunde und Angehörigen der Opfer, die bei Klages' Mordanschlägen sozusagen als Kollateralschäden mit ums Leben kamen.«

Sandra warf eine Blick auf die Liste. Sie enthielt Namen, Geburtsdaten und Adressen. Eine Menge Namen.

»Ich habe die Namen derjenigen markiert, die für uns wichtig sein könnten«, fügte Fladerer hinzu. Tatsächlich standen hinter einer Reihe von Namen ein bis drei Ausrufezeichen, hinter anderen gar keine. Der 2014 geborene Fabian Deutschmann zum Beispiel hatte kein Ausrufezeichen. Sein Vater hingegen hatte drei. Auch Abendroth hatte drei, genauso wie fünf oder sechs weitere Personen, die Sandra und Bellers als Erste aufsuchen würden.

»Wissen wir eigentlich schon etwas über den Sprengstoff?«, fragte Bongarz.

»Noch nicht«, antwortete Fladerer. »Aber Mike meint, sie würden die Ergebnisse heute noch haben. Er ruft mich dann sofort an. Gut, was haben wir noch. Was gibt es von der Drogenfront?«

Katrin Fellmer räusperte sich. »Nichts Neues. Es hat sich nur noch mal bestätigt, was wir sowieso schon wussten.«

»Irgendwelche Gerüchte über den Anschlag auf Klages?«, fragte Fladerer.

»Jede Menge«, antwortete Mehmet Akdeniz. »Auch ein paar wirklich gelungene. Die ›Russenmafia‹ muss natürlich wieder herhalten. Wie immer, wenn irgendetwas passiert. Aber auch der Geheimdienst oder der Verfassungsschutz.«

»Wir von der Kriminalpolizei wurden auch verdächtigt«, ergänzte Katrin. »Es gab sogar jemanden, der sich bei mir bedankt und mich ermuntert hat, es noch mal zu versuchen.«

»So, so. Allseits beliebt, unser Beinahe-Opfer, was?«, brummte Fladerer. »Ich habe übrigens mit der Klinik telefoniert. Wenn nichts dazwischenkommt, müsste Klages morgen vernehmungsfähig sein. Ich schlage vor, dass wir am späten Vormittag zu ihm fahren und mit ihm reden. Santori und Bellers, Sie begleiten mich bitte wieder.«

Sandra warf unwillkürlich einen Blick zu Imke hinüber. Einen entschuldigenden Blick, der aber nicht ankam, da Imke zu Boden schaute und eindeutig verletzt aussah. Wenn es nicht so seltsam gewesen wäre, hätte Sandra Fladerer gebeten, statt ihrer ihre Kollegin mit zu Klages zu nehmen. Aber das war natürlich Quatsch. Es ging Imke nicht darum, unbedingt mit Klages zu reden. Es ging darum, dass Fladerer sie fragte. Das vermutete Sandra jedenfalls.

»Fassen wir noch mal zusammen, wie es weitergeht«, begann Fladerer. »Hellweg und Schweizer unterstützen weiterhin die Kollegen der Drogenfahndung. Bongarz und Mann helfen Santori und Bellers bei der Liste, die ich zusammengestellt habe. Ich selbst werde ... Moment.« Sein Handy hatte geklingelt, aber bis Fladerer es mit seinen Pranken aus der weit unter dem Bauch liegenden Hosentasche genestelt hatte, war schon die Mailbox angegangen. Fladerer überprüfte die Nummer, sagte: »Gehrling«, und rief zurück.

Alle lauschten mit angehaltenem Atem, aber aus Fladerers Äußerungen war wenig zu entnehmen. »Ja?

Gut. Ach? Danke«, war alles, was er sagte. Er beendete das Gespräch und nahm sich dann erst mal Zeit, mit einer Hand seinen Bauch nach oben zu wuchten, damit er mit der anderen das Handy wieder verstauen konnte.

Sandra hielt es schließlich nicht mehr aus. »Und? Was sagt er?«

»Na endlich. Ich dachte schon, es fragt gar keiner mehr«, grinste Fladerer. »Er sagt, dass es sich definitiv um den gleichen Sprengstoff handelt, der auch bei dem Anschlag auf Lamprecht sowie bei der Explosion in Essen verwendet worden ist.«

Eine Weile war es ruhig, während alle die neue Information sacken ließen und überlegten, was das für ihre Ermittlungen bedeutete. Auch Bellers war bei der Sache und malte keine Kringel mehr.

»Ist das sicher?«, fragte er schließlich.

»Laut Gehrling gibt es keinen Zweifel. Er hat diese Grafik, die sich aus der ... na ...«

»Röntgenbeugung«, warf Sandra ein.

»Richtig. Die sich daraus eben ergibt noch mal durch den Computer gejagt und wieder keinerlei Übereinstimmung gefunden, außer zu den beiden uns bekannten Fällen. Und das wiederum legt die Vermutung nahe, dass es sich um immer den gleichen Attentäter handelt.«

»Oder dass es Verbindungen gibt«, ergänzte Sandra.

»Inwiefern?«, fragte Bongarz.

»Wenn der Anschlag auf Klages doch von einer der Personen auf dieser Liste begangen worden sein sollte ...« Sandra wedelte mit dem Blatt, das Fladerer ihr gegeben hatte, »... dann muss diese Person Kontakt zu dem Killer haben.«

»Wie denn das?«, fragte Imke. »Meinst du, der Killer bereut seine Taten und hilft jetzt den Angehörigen, sich an Klages zu rächen?«

Sandra schaute zu Bellers, ob ihm aufgefallen war, wie giftig Imke geklungen hatte. Von wegen, ihre Kollegin habe nichts gegen sie. Und wie sie das hatte, das war keine Einbildung.

»Mal angenommen, es war der Killer selbst«, mischte sich Fladerer ein. »Warum sollte er auf einmal seinen Auftraggeber töten wollen?«

»Und wollte er ihn wirklich töten?«, warf Bongarz ein. »Oder wollte Klages seinen Gorilla loswerden und hat mit seinem Killer abgesprochen, das Auto erst in die Luft zu jagen, wenn er selbst nicht mehr drinsitzt?«

»Das hätte er aber auch einfacher haben können. Warum hat er den Gorilla nicht einfach direkt töten lassen, wenn er ihn loswerden wollte?«, fragte Lukas Mann.

Bongarz überlegte. »Vielleicht gehörte der Gorilla zur Russenmafia, und Klages hätte sich vor Vergeltungsschlägen fürchten müssen?«, schlug er schließlich mit leisem Lächeln vor.

»Es könnte natürlich auch sein, dass der Gorilla in Wirklichkeit ein Agent des Geheimdienstes war. Oder für den Verfassungsschutz arbeitete«, sagte Katrin Fellmer, ohne eine Miene zu verziehen.

»Oder er war ein verdeckter Ermittler von uns«, meinte Mehmet Akdeniz. »So verdeckt, dass noch nicht mal wir ihn kannten.«

»Na schön, Leute. Das ist jetzt jedenfalls eine Herausforderung für unsere grauen Zellen«, meinte Fladerer. »Ich möchte, dass wir uns morgen um acht noch mal hier treffen. Bis dahin überlegt sich jeder, was diese Sache mit dem Sprengstoff bedeuten könnte. Schreiben Sie alles auf, was Ihnen dazu einfällt. Auch wenn es Ihnen absurd vorkommt.«

»Absurd ist das richtige Wort«, seufzte Bellers, als Fladerer sich erhoben hatte und alle den Raum verließen.

Kapitel 33

Sandra folgte Bellers zu ihrem Büro und fragte: »Es ist fast sieben. Wo suchen wir ihn? Ihren Vater meine ich.«

Bellers ließ Schultern und Mundwinkel sinken. »Ich frage erst mal meine Frau, ob er wieder da ist«, murmelte er.

Er telefonierte, und obwohl Sandra sich alle Mühe gab wegzuhören, konnte sie nicht vermeiden, Wörter wie Volltrottel, Idiot oder Weichei zu verstehen. Und sie hatte nicht den Eindruck, dass damit Bellers' Vater gemeint war.

Aber jedenfalls war der alte Mann noch nicht wieder aufgetaucht, und sie mussten handeln. Allerdings saß ihr Kollege mit dem Hörer in der Hand am Schreibtisch und wirkte, als hätte ihm jemand den Stecker gezogen.

»Wie wäre es, wenn wir erst mal zu Ihnen fahren und noch mal durch die umliegenden Straßen gehen?«, schlug Sandra schließlich vor. »Vielleicht irrt er dort irgendwo herum. Und in der Zwischenzeit überlegen Sie sich, welche Orte für Ihren Vater eine Bedeutung haben und wo er möglicherweise hingegangen sein könnte. Orte wie beispielsweise diese Wohnung in der Hindenburgstraße, von der er geredet hatte.«

»Hindenburgallee«, antwortete Bellers mechanisch. »Da haben wir früher mal gewohnt. Ist aber Jahre her. Jahrzehnte.«

»Das macht nichts. Es ist ja gerade typisch, dass sich die Erinnerungen an die lange vergangenen Sachen länger halten. Vielleicht fahren wir sogar zuerst dorthin.«

Bellers schüttelte den Kopf. »Es kann sein, dass er sich an diese Wohnung noch erinnert«, sagte er. »Aber er würde nie und nimmer den Weg dorthin finden.«

»Ach so. Ja, dann. Dann suchen wir wohl doch bei Ihnen in der Gegend.«

Auf dem Weg zu ihren Autos fragte Sandra: »Hat Ihr Vater schon mal Bus und Bahn benutzt? Ich meine, in der letzten Zeit. Seit er ...«

»Seit er dement ist? Nein. Was aber nicht heißt, dass er es diesmal auch nicht getan haben kann.«

Sandra nickte. »Glauben Sie jetzt doch, dass Ihr Vater dement ist?«, fragte sie nach einer Weile.

Bellers seufzte so tief, dass Sandra sich wunderte, wo er all die Luft dafür hernahm. »Ich will es nicht glauben. Am liebsten würde ich immer noch behaupten, er sei nur mal vorübergehend verwirrt.« Er schaute sie von der Seite an. »Aber so langsam wird das albern, oder?«

»Albern würde ich es nicht nennen. Bloß ... nicht zu den Tatsachen passend. Oder nicht vollständig rational. Oder Wunschdenken entspringend. Oder vielleicht ... Na ja, doch albern. Aber menschlich albern.«

Bellers musste lachen. »Vielen Dank.«

Wenig später trafen sie sich vor seinem Haus. Bellers ging gar nicht erst hinein, sondern sie vereinbarten, eine Stunde lang die Umgebung zu durchsuchen und danach wieder hierher zurückzukommen. Sollten sie ihn bis dahin nicht gefunden haben, würde Bellers ihn als vermisst melden.

»Auch wenn es sich dann im Präsidium herumspricht?«, fragte Sandra.

Bellers zuckte mit den Schultern.

Dann machten sie sich auf die Suche. Bellers rechts von seinem Haus, und Sandra links davon. Sie ging die Straßen entlang, spähte in Vorgärten und erntete misstrauische Blicke von Anwohnern, die die abendlichen Sonnenstrahlen genossen. Ab und zu fragte sie jemanden, ob ihm oder ihr ein alter Mann aufgefallen sei, der so gewirkt habe, als ob er etwas suche.

»Den verrückten Bellers meinen Sie? Nein, den haben wir nicht gesehen«, war die Antwort. Bellers' Versuche, den Zustand seines Vaters geheim zu halten, waren offensichtlich nicht sehr erfolgreich gewesen.

Nach einer Stunde trafen sie sich wieder vor Bellers' Haus. Beide deuteten nur ein Kopfschütteln an, und die Sache war klar.

»Jetzt rufe ich die Kollegen von der Vermisstenstelle an. Und wenn die sich dann darüber lustig machen, kann ich es auch nicht ändern.«

»Wenn die sich lustig machen, sagen Sie mir Bescheid, und ich haue denen eine rein«, entgegnete Sandra.

Bellers lachte freudlos. »Das würde ich Ihnen sogar zutrauen.«

Wie sich herausstellte, war es aber überhaupt nicht nötig, irgendwem eine reinzuhauen. Die Beamtin von der Vermisstenstelle war eine sehr direkte, aber auch mitfühlende Person. Bellers hatte das Handy laut gestellt, und Sandra hörte, wie sie sagte: »Och Mensch, das tut mir aber leid. Hab den Alten immer gemocht. Der hat mir mal geholfen, als ich von ein paar Kollegen fertiggemacht wurde. Die haben danach keinen Piep mehr gesagt. Na, ich werd's weitergeben, und wir halten die Augen offen. Machen Sie sich nicht zu viele Sorgen.«

Als sie sich verabschiedeten, sagte Bellers zu Sandra: »Ich danke Ihnen. Für alles. Und wenn mein Vater noch ... Also, wenn er wieder auftaucht, komme ich vielleicht auf die Sache mit der Wohngemeinschaft zurück.«

»Eine gute Idee«, sagte Sandra und nickte.

* * *

Am nächsten Morgen fragte Sandra Bellers als Erstes, ob es Neues von seinem Vater gebe. Aber es gab nichts. Weder war er nach Hause gekommen, noch hatte er sich irgendwo gemeldet. Er war nicht in einer Klinik eingeliefert geworden, und zum Glück befand er sich auch nicht in irgendeinem Leichenschauhaus. Bellers dagegen sah fast so aus, als wäre er aus einem Leichenschauhaus entflohen. Und zwar nicht als Mitarbeiter.

Um acht trafen sie sich mit den anderen zu einer erneuten Besprechung und tauschten ihre Gedanken zu der Sache mit dem Sprengstoff aus. Michael Schweizer hatte gleich sieben Theorien entwickelt. Unter anderem schlug er vor, dass der Auftragskiller vielleicht selbst den Wuppertaler Drogenmarkt übernehmen und daher seinen Arbeitgeber aus dem Weg räumen wollte. Oder dass jemand mit Gewalt oder auf andere Weise die Zusammensetzung des Sprengstoffs aus dem Auftragskiller herausgeholt hatte. Oder dass der Auftragskiller vielleicht ein besser bezahltes Angebot von einem Konkurrenten von Klages bekommen hatte.

All dies war möglich, es war aber nicht möglich zu entscheiden, in welche Richtung sie am ehesten denken sollten.

»Fahren wir noch schnell zu den Eltern von Nina Deutschmann?«, fragte Sandra, als sie mit Bellers den Raum verließ. »Die beiden haben ebenfalls drei Ausrufezeichen auf Fladerers Liste bekommen. Das schaffen wir gerade noch, bevor Fladerer um elf mit uns in die Klinik zu Klages geht. Ich habe uns heute früh schon bei ihnen angemeldet.«

»Echt? Sie?«

»Ist das so verwunderlich?«

»Nun, irgendwie schon. Ich hätte gedacht, dass Sie schon aus Prinzip nicht so vorausschauend vorgehen. Um es mir bloß nicht recht zu machen.«

Sandra starrte ihm überrascht hinterher, als er zu seinem Wagen ging. Gar nicht so dumm, ihr Kollege.

Nina Deutschmanns Eltern wohnten in Mettmann. Ihr Haus stand in einem ehemaligen Neubaugebiet, in das vor Jahren vermutlich lauter junge Familien gezogen waren, aus denen jetzt in die Jahre gekommene Ehepaare geworden waren. Zwanzig Jahre zuvor war die Gegend sicherlich von Kinderlachen und Kreischen erfüllt gewesen. Auf den verkehrsberuhigten Straßen würden unzählige Kinder mit ihren bunten Fahrrädern unterwegs gewesen sein, in den Vorgärten würden sich Spielsachen getürmt haben, die wieder mal nicht weggeräumt worden waren. Jetzt war alles ruhig und ordentlich.

Bellers hatte noch nicht fertig eingeparkt, als die Tür von einem groß gewachsenen Mann in den Siebzigern geöffnet wurde. So sah er jedenfalls aus. Sandra entdeckte später auf ihrer Liste, dass der Mann gerade erst sechzig geworden war. Er hatte schneeweiße Haare, ein zerfurchtes Gesicht und stand so gebeugt, als wollten ihn seine Muskeln an Brust und Rücken nicht mehr stützen.

»Die Polizei?«, fragte er.

Bellers nannte seinen Namen.

Der Mann nickte. »Günter Wallmann. Kommen Sie«, sagte er dann.

Er führte sie in ein Wohnzimmer, das zwar klinisch sauber und durch die großen Fensterfronten hell erleuchtet war. Trotzdem wirkte es düster. Die Wände waren geradezu tapeziert mit gerahmten Fotos, die Nina Deutschmanns Leben zeigten. Von den ersten Babybildern, noch im Krankenhaus, bis hin zu der strahlenden, jungen Frau, die ihr eigenes Baby auf den Armen trug. Und an dieser Stelle brach die Lebensgeschichte der jungen Frau ab. Es ging einfach nicht weiter, und es hätte doch weitergehen müssen. Die Fotos machten überdeutlich, dass dieses Leben nicht zu Ende gelebt worden war.

Auf dem Sofa saß eine Frau, die eine Sonnenbrille trug, hinter der sie vermutlich rot geweinte Augen versteckte.

»Meine Frau«, stellte Wallmann vor.

Auch Bellers stellte sich und Sandra vor.

»Nehmen Sie doch Platz«, sagte die Frau mit monotoner Stimme. »Worum geht es denn?«, fragte Wallmann. »Gibt es etwa Neuigkeiten über diesen Klages?«

»Nun, ja ... Wie kommen Sie auf Klages? Was wissen Sie über ihn?«

»Alles, was unser Schwiegersohn über ihn herausgefunden hat. Was im Übrigen mehr war, als die Polizei in Erfahrung gebracht hat. Nur genutzt hat es leider nichts.«

»Ja, das ist uns bekannt. Und es tut uns leid, das können wir Ihnen versichern«, sagte Sandra.

Der Mann schaute sie an, als wollte er überprüfen, ob sie es ernst meinte. Dann nickte er. »Und was wollen Sie nun von uns?«

»Wir möchten tatsächlich mit Ihnen über Kevin Klages sprechen. Ist Ihnen bekannt, dass ein Mordanschlag auf ihn verübt wurde?«

»Ja«, antwortete Frau Wallmann. »Bei dem er aber leider nicht ums Leben kam.«

»Woher wissen Sie das?«

»Uli hat es uns erzählt. Unser Schwiegersohn.«

»Verstehe. Haben Sie guten Kontakt zu ihm?«

»Er ist wie ein Sohn für uns«, erklärte Frau Wallmann. »Seine eigenen Eltern sind gestorben, als er noch ein Jugendlicher war. Da war er schon mit Nina zusammen. In uns hat er neue Eltern gefunden. Und wir in ihm einen Sohn.«

»Was glauben Sie, wie er mit dem Tod Ihrer Tochter fertig geworden ist?«, fragte Sandra.

»Genauso wie wir. Gar nicht«, entgegnete Herr Wallmann. »Es vergeht kein Tag, an dem wir nicht über Nina sprechen. Und um sie trauern.«

»Das tut mir sehr leid für Sie«, murmelte Sandra.

»Sie wissen ja, dass Ihr Schwiegersohn auf eigene Faust Ermittlungen angestellt hat, nachdem Ihre Tochter ums Leben gekommen war«, sagte Bellers.

»Sie ist nicht ums Leben gekommen. Sie ist ermordet worden«, stellte nun auch Wallmann richtig, genauso wie sein Schwiegersohn es am Tag zuvor getan hatte.

»Das ist richtig. Aber Sie wissen von diesen Ermittlungen?«

Der Mann nickte.

»Haben Sie Uli Deutschmann darin unterstützt?«

»Nein, das hat er nicht zugelassen. Aber wir haben uns um den Kleinen gekümmert, wenn Uli ihn nicht mitnehmen konnte.«

»Hatten Sie keine Angst um ihn?«, fragte Sandra.

»Doch. Sehr sogar«, antwortete Frau Wallmann. »Aber wir wussten, dass er es tun musste.«

»Haben Sie auch mitbekommen, warum Ihr Schwiegersohn schließlich seine Ermittlungen eingestellt hat?«

»Ja. Dieser Unmensch hat Fabian bedroht«, antwortete Ninas Vater.

»Und Sie sind sicher, dass Uli Deutschmann tatsächlich keine weiteren Untersuchungen mehr angestellt hat?«

Es war nur ein leichtes Zucken in Wallmanns Gesicht, das Sandra die Wahrheit verriet.

»Der Schutz des Kleinen kam immer an erster Stelle«, antwortete er dann.

Kapitel 34

»Haben wir jetzt etwas Neues erfahren?«, überlegte Bellers, als sie wieder im Auto saßen und zum Präsidium zurückkehrten. Kurz zuvor hatte er bei der Vermisstenstelle angerufen, aber es gab immer noch keine Nachrichten von seinem Vater. Stattdessen berichtete ihm der junge Beamte, der an diesem Morgen Dienst hatte, die ganze Abteilung bedaure, was mit dem alten Herrn passiert sei und hoffe, er tauche wohlbehalten wieder auf.

»Und ich habe gedacht, alle würden bloß ihre Witzchen reißen«, murmelte Bellers kopfschüttelnd.

»Da denken Sie wohl zu schlecht von den Menschen.«

»Ich habe eben geglaubt, dass außer mir niemand so etwas zu verbergen hat. So etwas wie geistige Krankheiten in der Familie.«

»Da denken Sie wohl zu gut von den Menschen.«

Jetzt verzog Sandra auf Bellers' Frage hin nachdenklich den Mund: »Ich denke schon, dass wir etwas Neues erfahren haben. Nämlich, dass Uli Deutschmann auch nach der Drohung nicht aufgehört hat, weiter gegen

Klages zu ermitteln. Da er und sein Sohn noch leben, hat er es aber offensichtlich sehr unauffällig getan.«

Bellers warf ihr einen Blick zu, wodurch er ein Stück von der Fahrbahn abkam. Hinter ihm hupte es. Als Bellers wieder auf die mittlere Spur zurückgekehrt war, überholte ihn der andere und zeigte ihm dabei einen Vogel.

»Na, Freundchen. So etwas kostet dich ein paar Euro«, murmelte Bellers, machte aber keine Anstalten, den anderen zu verfolgen oder gar zum Anhalten aufzufordern. »Wie sollte er das geschafft haben?«, fragte er stattdessen Sandra. »Meinen Sie nicht, Klages hätte es gemerkt, wenn Deutschmann einfach so weitergemacht hat?«

»Wenn er genauso weitergemacht hätte, schon«, entgegnete Sandra. »Deutschmann muss, wie gesagt, sehr vorsichtig gewesen sein.«

»Aber wie kommen Sie darauf, dass er weitergemacht hat?«

Sandra zuckte mit den Schultern. »Gefühl«, sagte sie nur.

»Gefühl? Das reicht mir nicht. Überlegen Sie: Warum genau haben Sie dieses Gefühl?«

Sandra wollte gerade entgegnen, dass man Gefühle nicht erklären könne, aber dann überlegte sie doch. Sicherlich war ihr Gefühl keine göttliche Eingebung gewesen, sondern setzte sich zusammen aus vielen kleinen Eindrücken und Beobachtungen, die sie teilweise unbewusst gemacht hatte. »Da war ein kleines Zögern«, begann sie schließlich. »Als Sie Wallmann danach gefragt haben, ob sein Schwiegersohn wirklich mit den Ermittlungen aufgehört hatte. Und ein Zucken. Na, kein richtiges Zucken. Nur die Idee eines Zuckens.« Sie schaute zu Bellers, ob er das vielleicht lächerlich fand. Die Idee eines Zuckens. Das war ihm doch bestimmt nicht konkret genug.

Aber er nickte bloß und fragte: »Und weiter?«

Sandra überlegte erneut. Dann sagte sie: »Als wir Uli Deutschmann letzte Woche gefragt hatten, ob er auf Klages' Drohung hin mit den Ermittlungen aufgehört habe, hat er nicht darauf geantwortet.«

»Nein? Ich dachte er hätte«, gab Bellers zurück.

»Ja und nein. Er hat gesagt: ›Mein Sohn lebt noch, wie Sie sehen.‹«

»Stimmt. Das war ausweichend.« Bellers nickte. Dann fragte er: »Wissen Sie immer so genau, wer was gesagt hat? Und wie?«

»Ja.«

»Verstehe.«

Bis Wuppertal hingen sie ihren Gedanken nach. Jedenfalls Sandra. Bellers dagegen war voll und ganz mit dem Stau beschäftigt, der sie mehr als eine halbe Stunde kostete und der dafür sorgte, dass sie um elf gerade erst von der Autobahn abfuhren, anstatt schon im Präsidium zu sein, wo sie von Fladerer erwartet wurden. Bellers fluchte und schimpfte, schaute alle zwanzig Sekunden auf die Uhr, raufte sich die Haare und schlug aufs Lenkrad. Er war nicht gut darin, zu spät zu kommen.

Vor dem Präsidium stand bereits Fladerer und hielt nach ihnen Ausschau. Bellers fuhr an den Bordstein und schüttelte seine verkrampften Hände aus.

Fladerer öffnete die Tür zur Rückbank und sagte: »Na endlich!« Dann schaute er zweifelnd auf den Abstand zwischen Rückbank und Vordersitz. Um hier einsteigen zu können, hätte er seinen Bauch im Präsidium deponieren müssen.

»Ich geh nach hinten«, bot Sandra an.

»Sehr aufmerksam, junge Frau«, sagte Fladerer.

Sandra schob den Beifahrersitz ganz nach hinten, bevor sie ausstieg.

»Und was wollen Sie mir jetzt damit sagen?«, fragte Fladerer, und schaute sie durchdringend an.

»Ähm ...«

Ein Grinsen ließ Fladerers Augen wieder fast vollständig hinter fleischigen Wülsten verschwinden. »Also los jetzt.«

Unterwegs erklärte Bellers so oft, warum sie zu spät gekommen waren, wie lang der Stau gewesen war, und dass sie ohne Stau sogar schon deutlich vor elf im Präsidium gewesen wären, dass Fladerer sich irgendwann die Ohren zuhielt und rief: »Ist ja gut. Ich werde es schon nicht in Ihrer Personalakte vermerken. Oder vielleicht doch, wenn Sie nicht endlich aufhören, es weiter zu erklären.« Das brachte Bellers zum Schweigen.

In der Klinik mussten sie sich durchfragen, um Klages' Station zu finden. Sie gingen zum Stationszimmer und fragten nach Klages' Zimmernummer. Sie hätten es allerdings auch so gefunden, denn es war das Zimmer, vor dessen Tür ein Zwillingsbruder des Gorillas saß. Jedenfalls vom Körperbau her, das Gesicht war dann doch ein anderes. Nur musste man das Gesicht vor lauter Schultern erst mal finden.

Der Gorilla erhob sich und verschränkte die Arme, als er die Ermittler auf sich zukommen sah. Auf dem rechten Unterarm prangte das Bild eines Totenschädels, aus dessen grinsendem Mund sich eine Schlange wand. Der Kopf war kahl rasiert. »Was wollt ihr?«, fragte er, ohne die Kiefer auseinanderzunehmen.

»Mit Kevin Klages sprechen. Hier.« Fladerer zeigte dem Mann seinen Dienstausweis.

Der Gorilla warf einen Blick darauf und ließ sie dann vorbei.

Klages lag nicht im Bett, sondern saß an einem kleinen Tisch vor dem Fenster. Ihm gegenüber saß schon wieder sein lästiger Anwalt und schaute ihnen unter zusammengezogenen Brauen entgegen. Klages' Brauen hingegen waren weit nach oben gezogen.

»Ah! Die Herren von der Polizei!«, rief er aus. »Und die Damen natürlich, entschuldigen Sie bitte.« Er zuckte mit einer Braue. »Kommen mich besuchen, jetzt wo alles vorbei ist und ich schon selbst für meinen Schutz gesorgt habe.«

»Was meinen Sie mit: alles vorbei?«

»Na, die Gefahr.« Die Augenbrauen senkten sich. »Wenn man beinahe in die Luft gesprengt wurde, kann man doch wohl davon ausgehen, dass man in Gefahr war, oder nicht?«

»Was mein Mandant sagen möchte, ist, dass er doch sehr erstaunt ist, dass kein Personenschutz angeordnet worden ist«, schnarrte Mannsdorf. »Und das, wo doch wohl von einer akuten Gefährdungssituation ausgegangen werden musste.«

Das war leider vollkommen richtig, ging es Sandra

auf. Bellers sah das offensichtlich genauso und starrte auf seine Finger.

Fladerer versuchte, die Situation geschickt zu überspielen. »Sie wollen doch nicht sagen, dass wir Ihren Schutz besser gewährleisten könnten als Ihre eigenen Leute.«

»Nein, das will ich wirklich nicht sagen«, meinte Klages, und seine Augenbrauen hoben sich wieder.

»Trotzdem wäre es die Pflicht der Polizei gewesen, für die persönliche Sicherheit meines Mandanten zu sorgen«, mischte sich der Anwalt ein.

Fladerer gab es auf. »Ja. Sie haben recht. Ich entschuldige mich für dieses Versäumnis.«

Klages nickte hoheitsvoll.

»Aber jetzt möchten wir dringend herausfinden, wer Ihnen nach dem Leben trachten könnte.«

»Ja, das würde mich allerdings auch interessieren«, stimmte Klages zu. »Nehmen Sie doch Platz. Ich kann Ihnen leider nur einen Stuhl anbieten, der für Ihre Ausmaße recht ungenügend ist, wie ich befürchte. Und die lieben Kollegen müssen sich entweder auf mein Bett setzen oder stehen bleiben. Mit frisch gebrühtem Kaffee kann ich auch nicht dienen. Ich bin ja hier nicht zu Hause.«

Beinahe hätte Sandra darauf hingewiesen, dass sie bei ihm zu Hause auch keinen Kaffee bekommen hatten, ließ es aber zum Glück bleiben. So etwas hätte Klages vermutlich nur ein belustigtes Zucken der Augenbrauen entlockt.

Fladerer ließ sich ächzend auf dem Stuhl nieder, und tatsächlich gab es nach allen Seiten hin deutliche Überhänge. Aber wenigstens hielt der Stuhl seinen Massen stand.

Als er saß, fixierte er einen Moment sein Gegenüber, und der fixierte zurück. Beide lächelten ein falsches Lächeln, dann eröffnete Fladerer den nächsten Akt des Schauspiels.

»Wir sind natürlich sehr betroffen über den Anschlag auf Ihre Person und möchten alles daran setzen, den Fall aufzuklären. Dazu benötigen wir einige Auskünfte von Ihnen.«

»Aber gern«, behauptete Klages.

»Zunächst ganz direkt: Können Sie sich vorstellen, wer einen solchen Anschlag auf Sie verübt haben könnte?«

»Mein Mandant hat keine Idee«, griff Mannsdorf wieder ein. »Er ist ein ehrbarer Geschäftsmann. Als solcher hat er natürlich geschäftliche Konkurrenten. Aber geschäftliche Konkurrenz regelt man im Normalfall ja nicht mit Bomben.«

»Nun, das kommt auf die Art des Geschäfts an, nicht wahr?«, lächelte Fladerer. »In den eher illegalen Regionen des Geschäftslebens ...«

»Was wollen Sie damit sagen?«, unterbrach ihn Mannsdorf und sprühte einige Speicheltröpfchen über den Tisch. »Ich möchte Sie darauf hinweisen, dass mein Mandant beinahe Opfer eines schlimmen Verbrechens geworden ist. Wenn Sie jetzt versuchen sollten, ihm selbst die Schuld dafür zuzuweisen, werde ich Klage beim ...«

»Schon gut.« Klages machte eine Handbewegung, als verscheuchte er eine lästige Fliege. »Ich habe keine

Ahnung, wer den Anschlag verübt haben könnte. Geschweige denn, warum«, fuhr Klages fort, und es klang seltsamerweise glaubwürdig.

»Haben Sie Feinde?«, fragte Fladerer weiter.

»Konkurrenten schon. Das ist normal im Geschäftsleben. Aber Feinde? Ich denke nicht.«

»Ich darf darauf hinweisen, dass Herr Klages alljährlich eine nicht unbedeutende Summe Geldes für wohltätige Zwecke spendet. Er ist sich also der gesellschaftlichen Verantwortung bewusst, die er als erfolgreicher Geschäftsmann trägt.«

»Von welchen Geschäften sprechen wir hier?«, fragte Fladerer.

»Nun, von den Geschäften meines Mandanten natürlich. Den Geschäften, die Sie von der Polizei bereits mehrfach überprüft haben. Genauso wie die Herren und Damen von der Steuerfahndung.«

»Also von der sogenannten Unternehmensberatung«, sagte Fladerer. »Was ist mit den anderen Geschäften? Mit den Drogen?«

»Ich weiß nicht, wovon Sie sprechen«, behauptete Klages mit Augenbrauen, die maximal hochgezogen waren.

»Ich denke doch«, widersprach Fladerer.

»Was fällt Ihnen ein?«, kreischte der Anwalt, aber wieder wurde er von seinem Mandanten zurückgewunken.

»Kommen Sie mir wieder damit?«, fragte Klages. Die ruhige Stimme signalisierte, dass es nun ernst wurde. »Seit Jahren verfolgen Sie mich mit Ihren haltlosen Vorwürfen, und noch nie war auch nur ein Funken davon zu beweisen.«

Der Anwalt schielte zu Klages, um zu schauen, ob er etwas sagen durfte. Da sein Mandant anscheinend fertig war, rief er: »So etwas nennt man Polizeiwillkür. Wir werden uns dagegen wehren, und wenn wir bis zum EGMR gehen müssten.«

»Na schön. Das können Sie natürlich tun. Tatsache bleibt aber, dass Ihnen jemand nach dem Leben trachtet. Und dass Sie diese Person möglicherweise sogar kennen.«

»Ach? Inwiefern?«

»Insofern, als bei dem Anschlag auf Sie derselbe Sprengstoff verwendet wurde wie bei den Anschlägen auf Lamprecht vor zehn Tagen und auf Ludger Friedrich vor zwanzig Monaten in Essen. Da dieser Sprengstoff noch nie zuvor oder danach verwendet worden ist, und da er in dieser Form nicht zu kaufen ist, gehen wir davon aus, dass derselbe Täter für alle drei Anschläge verantwortlich ist. Das wiederum bedeutet, dass sich Ihr eigener Killer scheinbar gegen Sie gewandt hat.«

Es dauerte eine ganze Weile, bis Klages aus der Fülle aller Emotionen und aller möglichen Reaktionen eine ausgewählt hatte:

»Ich weiß nicht, wovon Sie sprechen«, sagte er. »Ich weiß von keinem Killer. Und was die beiden anderen Anschläge angeht, die Sie angesprochen haben: Ich bin in diesem Zusammenhang aufs Gründlichste durchleuchtet worden, wie Sie nur zu gut wissen. Und es hat sich kein Anhaltspunkt für eine wie auch immer geartete Beteiligung meiner Person an diesen Verbrechen gegeben. Also lassen Sie mich endlich in Ruhe damit.«

Kapitel 35

»Und? Was sagen Sie?«, fragte Fladerer, als sie über die Klinikflure liefen und den Ausgang suchten. Den sie nicht sofort fanden, stattdessen landeten sie in einem Flur mit sogenannten Funktionsräumen und drückten sich an Betten und Nachtschränken vorbei. Wobei Fladerer nicht die Möglichkeit hatte, sich hindurchzuschlängeln. Stattdessen schob er alles beiseite und hinterließ eine Schneise, als wäre ein Wirbelsturm durch den Flur gefegt.

»Der Sache müssen wir weiter nachgehen«, sagte Bellers. Und es war weder klar, welcher Sache, noch, wie er ihr nachgehen wollte.

»Ja, schon. Aber was sagen Sie?« Diesmal schaute Fladerer Sandra ganz direkt an.

»Ich?«

»Ja, Sie. Welchen Eindruck haben Sie von Klages?«

»Nun. Der Mann lügt bei fast allem, was er sagt.«

»Gut. Weiter.«

»Aber bei einer Sache nicht. Ich hatte den Eindruck, er wusste wirklich nicht, wer den Anschlag auf ihn verübt hatte. Und er war ehrlich erstaunt, als er erfuhr, dass es höchstwahrscheinlich sein eigener Killer war.«

»Wie würden Sie weiter vorgehen?«

»Nun, es sieht ja so aus, als habe sich der Killer gegen Klages gestellt. Was dazu führen dürfte, dass Klages ihn als nächsten eliminieren wird.«

»Ja. Und?« Fladerer schaute sie auffordernd an.

»Eigentlich würde ich ihn jetzt beschatten lassen. Oder seinen Gorilla. Oder beide. Vielleicht führen sie uns zu dem Killer.«

»Perfekt. Aber wieso: ›eigentlich‹?«

Sandra machte nur: »Hm.« Weil sie sich ein Hintertürchen offenhalten wollte für den Fall, dass er ihren Vorschlag idiotisch fand? Damit sie dann sagen konnte, sie habe es ja gar nicht so ernst gemeint? Inge würde ihr wieder mal »windelweiches Verhalten« vorwerfen.

Fladerer dagegen klatschte ihr eine Pranke auf die Schulter, was sie fast in die Knie gehen ließ. »Genauso hatte ich es geplant. Ich organisiere das. Und Sie beide kümmern sich weiter um die Liste mit den Angehörigen, ja? Das heißt, wenn Sie nicht lieber auf die Suche nach Ihrem Vater gehen wollen.« Er schaute Bellers an, der rasch beiseite schaute.

»Also ...«

»Machen Sie ruhig. Vorher kreist es Ihnen ja doch nur im Kopf herum und Sie sind nicht bei der Sache.«

Bellers betrachtete voller Interesse das abgetretene Linoleum und antwortete nicht.

»Aber erst fahren Sie mich ins Präsidium. Dann können Sie abschwirren.«

Und so machten sie es. Bellers setzte Fladerer und Sandra vor dem Präsidium ab und fuhr selbst weiter, nachdem er mit der Vermisstenstelle telefoniert hatte, die aber immer noch nichts über seinen Vater in Erfahrung gebracht hatte. Sandra fuhr zu den Eltern von Marvin Degenhardt. Dort verbrachte sie eine extrem unangenehme halbe Stunde damit, sich anzuhören, warum »die Ausländer« am Untergang Deutschlands schuld seien. Diese Eltern waren jedenfalls nicht aus allen Wolken gefallen, als sie festgestellt hatten, dass ihr Sohn sich in rechtsradikalen Kreisen herumtrieb.

Nachmittags besuchte sie zwei weitere Familien von der Liste, erfuhr aber nichts Interessantes von ihnen. Die Eltern eines von Klages eliminierten Möchtegern-Dealers hatten Mühe zu erfassen, um wen es eigentlich ging, so betrunken waren sie. Als sie schließlich verstanden hatten, dass Sandra von ihrem Sohn sprach, nuschelten sie lediglich: »Iss 'ne Schande.« Was ihr Sohn getrieben hatte, wussten sie nicht, und von Klages hatten sie noch nie etwas gehört. Oder wenn doch, war es inzwischen aus ihrem Hirn gespült worden. Der Ehemann eines anderen Opfers dagegen hatte »mit der Sache abgeschlossen und zum Glauben gefunden«. Er wollte natürlich nicht gerade behaupten, der Tod seiner Frau sei gut für ihn gewesen. Aber dieser Schicksalsschlag habe eben doch dazu geführt, dass er ein Erweckungserlebnis gehabt habe und daraufhin ein neues Leben begann. Ein Leben in Christus.

In der Abendbesprechung wurden alle über das Gespräch mit Klages informiert und darüber, dass er und seine engsten Mitarbeiter fortan unter Beobachtung standen. Klages war tatsächlich am frühen Nachmittag aus der Klinik entlassen worden, hatte aber seitdem sein Haus nicht verlassen.

Die Kollegen von der Drogenfahndung berichteten, dass derjenige, der in der Szene »die Leiche« genannt wurde, definitiv nicht Lamprecht gewesen sei. Und dass diese »Leiche« lediglich für wenige Wochen aufgetaucht sei und Waren verkauft habe. Seit dem Anschlag auf Lamprecht hatte ihn niemand mehr gesehen.

»Dann hat Lamprecht wohl gerade erst anfangen wollen, sein Geschäft aufzubauen«, meinte Bongarz. »Mit dieser sogenannten ›Leiche‹ als Verkäufer.«

»So sehen wir das auch«, stimmte Mehmet Akdeniz zu.

»Wieso er das wohl gemacht hat«, überlegte Sandra. »Immerhin ist es gefährlich. Und er hatte doch genug Geld.«

»Oh Mann, wie naiv!«, stöhnte Imke. »Als würde ein Verbrecher seine Verbrechen einstellen, weil er genug auf dem Konto hat und seine Rente gesichert ist.«

Sandra hatte schon ein patziges: »Was willst du eigentlich von mir?« auf den Lippen, als sie Petras Blick auffing. Sie bewegte sacht die flachen Hände auf und ab und schüttelte den Kopf. Fing die jetzt auch noch so an wie Bellers? So empfindlich war Sandra doch gar nicht. Oder doch?

»Außerdem: Kann man wirklich genug Geld haben?«, grinste Lukas. »Vielleicht hatte er nicht die größte, sondern nur die zweitgrößte Segelyacht. Da kann man schon mal unzufrieden werden.«

Auch von Lukas Mann und Bongarz gab es nichts Neues. Nur eine Person von ihrem Teil der Angehörigen-Liste hatte gewusst, dass Klages für den Tod ihres Enkels verantwortlich war. Aber das war eine 86-jährige Dame, die seit Jahren im Rollstuhl saß. Sie würde wohl kaum eine Bombe gebastelt und versucht haben, Klages in die Luft zu jagen. Schon gar nicht mit dem besagten Sprengstoff.

Fladerer beendete die Sitzung um kurz vor halb sieben mit dem Hinweis, dass nun definitiv nicht mehr von einem terroristischen Anschlag ausgegangen wurde, und Sandra konnte endlich Bellers nach seinem Vater fragen.

»Immer noch nichts«, murmelte ihr Kollege und schaute beiseite. Trotzdem sah Sandra, dass es in seinen Augen glitzerte.

Petra Oberrath kam zu ihnen. »Und, Markus? Hast du etwas gehört?« Inzwischen wusste es vermutlich das gesamte Präsidium.

Bellers schüttelte den Kopf.

»Tut mir leid, wirklich. Wie wär's, wenn ihr zwei heute Abend mit zu mir kommt? Ein Abendessen in der Großfamilie könnte euch auf andere Gedanken bringen.«

»Nein, lass mal. Ist nett gemeint, aber ich fahre lieber nach Hause«, sagte Bellers. Er nahm seinen Notizblock und verließ grußlos den Raum.

»Das nimmt ihn wirklich mit«, meinte Sandra.

»Stimmt. Er ist schon ein Herzchen.«

Sandra nickte.

»Erinnerst du dich noch daran, dass wir schon mal über ihn gesprochen haben? Und du der Meinung warst, er habe etwas gegen dich?«

»Ja. Okay, da habe ich mich getäuscht.«

»Und jetzt täuschst du dich gerade schon wieder.«

»Was meinst du?«, fragte Sandra, obwohl sie es sehr gut wusste.

»Imke«, sagte Petra nur.

Sandra unterdrückte den Impuls einfach wegzugehen. Oder nicht »einfach«, sondern dabei am besten noch irgendeine Tür zuzuschlagen, sodass der Putz von der Wand bröselte.

»Willst du mir sagen, dass sie auch nichts gegen mich hat und ich mir das nur einbilde?«, fragte sie stattdessen, unter Aufbietung aller ihr möglicher Selbstkontrolle.

»Sie zickt dich ganz schön an, das schon«, sagte Petra.

»Na, wenigstens gibst du das zu«, murmelte Sandra.

»Aber du beziehst das zu persönlich auf dich.«

»Auf wen denn sonst?«

»Auf Imke selbst. Sie zickt immer herum, wenn es ihr nicht gut geht. Und irgendwann kriegt sie sich wieder ein. Das hat mit dir gar nichts zu tun.«

»Und ich soll mir das also einfach anhören und ruhig bleiben?«

»Na ja, du kannst ihr schon mal was sagen, unter vier Augen. Aber das mit dem Ruhig-bleiben wäre tatsächlich keine schlechte Idee.«

»Hm«, machte Sandra. Und einige Sekunden später: »Welche Probleme hat sie denn?«

»Das bleibt aber unter uns?«

»Natürlich.«

»Imke versucht schon seit Jahren erfolglos, schwanger zu werden. Jetzt ist sie 42, da hat sie es natürlich langsam aufgegeben und hat sich darauf eingestellt, es sich mit ihrem Mann eben zu zweit schön zu machen.

Nur hat dieser Mann sie vor wenigen Monaten verlassen. Und weißt du auch warum?«

»Oh nein!«

»Oh doch. Weil eine andere von ihm schwanger geworden ist. Übrigens eine, die noch nicht mal dreißig ist. Das ist doch wohl ein Grund zum Zicken, oder?

Sandra nickte. Und fragte dann: »Und ich? Darf ich trotzdem mit zu dir kommen?«

»Natürlich! Was denkst du denn?« Im Weggehen murmelte Petra etwas, das wie: »Dummerchen« klang. Aber vielleicht hatte Sandra sich auch verhört.

Sie waren eine halbe Stunde vor dem Abendessen auf dem Hof. Petra half ihrem Mann eine Weile bei der Reparatur des Traktors, Sandra dagegen wurde von Petras Großmutter eine Mistgabel in die Hand gedrückt und sie wurde zu den Pferden geschickt, um deren Stall auszumisten. Sandra schuftete wie eine Wilde und schaffte bis zum Abendessen beide Boxen, was der alten Frau ein anerkennendes Nicken entlockte. Auch Sandra war zufrieden mit ihrem Werk, und die beiden Pferde offenbar auch. Jedenfalls schnoberten sie im frischen Stroh, und eines blies ihr seinen warmen Atem in den Nacken, als wollte es sich bedanken.

Luise wich ihr nicht von der Seite, seit sie den Hof betreten hatte. Sie redete ohne Pause auf sie ein, aber da sie meist keine Antwort erwartete, war auch das angenehm. Als plätschere ein Bach neben Sandra entlang.

Als es dann Essen gab, hatte sie richtig Appetit und fühlte sich sehr zufrieden. Es hatte etwas für sich, eine Arbeit zu tun, bei der man anschließend auch sah, was man getan hatte.

Kapitel 36

Der nächste Tag brachte zwei wichtige Veränderungen. Die erste bereits um sieben. Sandra stand gerade eingeseift unter der Dusche, als ihr Handy klingelte. Schimpfend stieg sie aus der Kabine und hinterließ eine nasse Spur bis ins Schlafzimmer, wo ihr Handy lag.

»Ja?«, sagte sie, nicht eben freundlich.

»Frau Santori? Sind Sie es?«

»Ja.« Immer noch nicht freundlicher.

»Ich bin ... Hier ist Bellers. Markus Bellers. Ich bin ...«

»Ja?«, machte Sandra nun schon zum dritten Mal, und diesmal war sie aufmerksam. Wenn ihr Kollege sie um diese Uhrzeit anrief, gab es entweder eine wichtige neue Entwicklung in ihrem Fall. Oder es war etwas mit seinem Vater. »Was ist los? Haben Sie etwas von Ihrem Vater gehört?«

»Ja«, sagte Bellers. Mehr nicht.

»Und? Wo ist er? Wie geht es ihm?«

»Gut. Es geht ihm gut.«

Aber Bellers selbst ging es nicht gut, das war deutlich zu hören.

»Jetzt erzählen Sie mal von Anfang an. Wo ist Ihr Vater?«

»In Bonn.«

»In Bonn? Warum denn in Bonn?«

»Er wollte nach Magdeburg. Da hat er als Kind gewohnt.«

Sandra ließ die Frage, warum er in Bonn auftauchte, wenn er nach Magdeburg wollte, erst mal offen. »Wer hat Sie informiert?«

»Die Polizei. Aber gefunden hat ihn jemand anderes.«

»Ja? Wer denn?«

Es folgte eine längere Pause, in der Sandra lediglich lautes und zittriges Atmen hörte. Dann presste ihr Kollege hervor: »Er wurde in der Kanalisation gefunden. Völlig unterkühlt. Weiß der Himmel, was geschehen wäre, wenn nicht zufällig Arbeiter an dieser Stelle etwas zu tun gehabt hätten. Er dachte ...« Erneute Pause mit heftigem Atmen. »Er dachte, es sei Krieg und er sitze in einem Keller.«

»Oh je«, seufzte Sandra.

Bellers räusperte sich. »Na, jedenfalls fahre ich jetzt nach Bonn und hole ihn ab. Ich wollte Ihnen nur Bescheid sagen, dass Sie heute nicht auf mich warten brauchen. Bis acht schaffe ich es vermutlich nicht.«

Nein, wohl kaum, dachte Sandra. Die Fahrt nach Bonn würde schon mehr als eine Stunde dauern.

»Können Sie denn fahren?«, fragte sie.

»Sicher. Warum denn nicht?«

»Nun, Sie wirken gerade etwas ... aufgewühlt.«

»Bin ich aber nicht. Oder vielleicht ein wenig. Ist doch wohl verständlich, wenn man hört, dass der eigene Vater möglicherweise zwei Nächte und einen Tag in der Kanalisation verbracht hat. Das ist ... Entschuldigung.« Er brach ab, und jetzt hörte Sandra ihn eindeutig weinen, obwohl er offenbar den Hörer zuhielt. Erst nach einer knappen Minute konnte er weitersprechen. »Entschuldigen Sie, meine Frau wollte gerade etwas. Jedenfalls fahre ich jetzt zu ihm und weiß nicht, wann ich wieder hier bin.«

»Nein, das machen Sie nicht«, widersprach Sandra. »Ich fahre Sie. In Ihrem Zustand bauen Sie noch einen Unfall.«

»Ich weiß nicht, von welchem Zustand Sie sprechen.«

»Damit meine ich, dass Sie nicht nur aufgewühlt, sondern völlig von der Rolle sind.« Wieder hörte sie unterdrücktes Weinen. »Und wenn Sie nicht auf mich warten, schicke ich Ihnen eine Streife hinterher. Ich bin in einer Viertelstunde bei Ihnen.«

Ein paar Sekunden lauschte sie noch in den Hörer, dann legte sie auf. Ohne die Seife abzuspülen, trocknete sie sich ab und zog sich an. Zwei Minuten später saß sie im Auto, und elf weitere Minuten später hielt sie vor Bellers' Haus. Sein Auto stand noch an der Straße, er hatte also wirklich gewartet.

Als er ihr die Tür öffnete, hatte er sich wieder leidlich gefangen, auch wenn seine Augen noch verschwollen und rot waren. »Ich weiß nicht, warum Sie das tun wollen«, begrüßte er sie. »Ich hätte auch sehr gut selbst fahren können.«

»Vielleicht. Aber jetzt bin ich nun mal da. Sollen wir direkt los?«

Bellers nickte. Er holte zwei Thermobecher, die unter der Garderobe gestanden hatten. »Ich habe uns Kaffee gemacht. Sie hatten bestimmt noch keinen.«

Sandra war gerührt. Dass ihr Kollege daran noch hatte denken können. Wenn er jetzt auch noch Schuhe angezogen hätte, bevor er nach draußen ging, hätte sie ihn vielleicht tatsächlich für fahrtüchtig gehalten.

»Ihre Schuhe«, rief sie ihm hinterher, und Bellers kehrte auf Socken zum Haus zurück.

»Vielleicht ist es ja doch ganz gut, dass Sie mitkommen«, murmelte er.

Die Fahrt verlief größtenteils schweigend. Der Berufsverkehr setzte ein, sie brauchten eineinhalb Stunden bis Bonn. Sandra hing ihren Gedanken nach, und auch Bellers war in sich versunken. Aber sicherlich dachte er nicht über den Fall nach.

In der Klinik erfuhren sie, dass Bellers' Vater auf der geriatrischen Station lag. Dort wurden sie sehr freundlich aufgenommen.

»Ah, der Sohn. Das ist aber schön, dass Sie so prompt kommen«, begrüßte sie eine Schwester, die noch nicht mal zwanzig sein konnte. Sie wirkte sehr vergnügt. »Wollen wir mal sehen, ob er schon wach ist. Er hat vermutlich nicht viel geschlafen in den letzten beiden Nächten.«

In Bellers' Augen schwammen schon wieder Tränen, aber er nickte nur. Dann folgten sie der Schwester über den Flur bis zu einem der Patientenzimmer. Die junge Frau klopfte an, aber es kam keine Antwort, was sie wohl gewohnt war. Jedenfalls ging sie ohne weiteres Klopfen hinein.

In dem Zimmer standen vier Betten, von denen derzeit offensichtlich drei belegt waren. Ein alter Mann saß an einem Tisch vor dem Fenster und stopfte sich gerade eine Pfeife. Ein anderer lief hin und her wie ein Tier im Käfig.

»Herr Michalski, Sie dürfen hier doch nicht rauchen«, sagte die Schwester zu dem Mann am Tisch.

»Ich rauche ja auch nicht. Ich stopfe nur«, gab er ungerührt zurück. Da seine Hände zitterten, krümelte er Tisch und Fußboden mit Tabak voll.

»Und was haben Sie nach dem Stopfen vor?«, fragte die junge Frau mit einem Lächeln.

»Dann gehe ich aufs Klo und rauche dort heimlich«, gab der Alte zurück.

Das Lächeln der Schwester wurde breiter. »Sie wissen schon, dass das ungesund ist?«

»Und Sie wissen schon, dass ich 93 bin? Meinen Sie wirklich, ich gewöhne mir in meinem Alter noch das Rauchen ab?«

»Nein, das meine ich nicht. Lassen Sie sich wenigstens nicht erwischen.«

Dann zeigte die Schwester auf das Bett rechts neben der Tür. Es lag jemand darin, aber das konnte nicht der alte Bellers sein. Es musste ein Kind sein, so klein und schmal wirkte der Hügel unter der Bettdecke.

Beim Näherkommen sah Sandra aber, dass es doch Bellers' Vater war, der in diesem großen, weißen Bett wie ein Zehnjähriger aussah. Wenn man von den vielen Runzeln im Gesicht absah. Er schnarchte mit offenem Mund, und sein Gesicht wirkte eingefallen, wie es oft der Fall war, wenn ältere Menschen ihr Gebiss herausgenommen hatten.

»Ich rufe den Arzt an. Sie wollen ja sicher mit ihm sprechen«, sagte die Schwester, und verließ das Zimmer.

Bellers setzte sich auf die Bettkante und griff nach der Hand seines Vaters. »Immer noch kalt«, flüsterte er und streichelte die faltige Haut. Sein Vater schnarchte weiter. In seinem anderen Arm steckte eine Infusionsnadel. Über einen Schlauch tropfte eine klare Flüssigkeit langsam in seinen Körper.

Etwa fünf Minuten blieb Bellers so sitzen und betrachtete seinen Vater. Ab und zu strich er ihm über die Wange, aber der alte Mann reagierte nicht. Sandra hielt sich im Hintergrund und ließ ihm Zeit.

Dann öffnete sich die Tür, und ein Mann in weißem Kittel kam herein. Er war klein, fast kahlköpfig und sah so alt aus, dass man sich vorstellen konnte, wie er abends gar nicht nach Hause ging, sondern direkt hier auf der geriatrischen Station in sein Bett schlüpfte.

»Ah, der Sohn ist da. Das ist schön«, sagte auch er und schüttelte Bellers die Hand.

»Wie geht es meinem Vater?«

»Nun, im Moment ist er stabil. Als er zu uns kam, war er allerdings stark unterkühlt, wir müssen also abwarten, was noch kommt.«

»Wieso? Was könnte denn noch kommen?«

Eine Lungenentzündung, dachte Sandra, sagte aber lieber nichts. Auch der Arzt sprach es nicht aus. »Nun, bei einer starken Unterkühlung könnte sich anschließend eine Infektion bilden. Eine Erkältung mit anderen Worten. Das möchten wir gerne noch abwarten.«

»Dann kann ich ihn noch nicht mit nach Hause nehmen?«

Der Arzt schüttelte den Kopf. »Tut mir leid, das ist ausgeschlossen. Und was das Zuhause angeht, da müsste ich mit Ihnen noch etwas besprechen. Sollen wir in mein Büro gehen?«

Bellers schaute auf seinen Vater und zögerte.

»Ihr Vater wird in der nächsten halben Stunde gewiss nicht aufwachen«, beruhigte ihn der Arzt. »Er schläft wie ein Murmeltier, seit er vor drei Stunden hier eingeliefert wurde. Wer weiß, wie lange er vorher nicht geschlafen hat.«

Bellers nickte und wischte sich verstohlen über die Augen. »Dann lassen Sie uns gehen«, sagte er schließlich.

»Und Ihre Frau?«, fragte der Arzt.

»Was ist mit ihr?«

»Soll sie nicht bei dem Gespräch dabei sein?«

»Hm? Wie denn?«

»Ich bin nicht seine Frau«, erklärte Sandra. »Ich bin eine Kollegin. Ich habe ihn nur hierher gefahren.«

»Verstehe«, sagte der Arzt. »Warten Sie dann hier?«

Sandra nickte, und die beiden Männer verschwanden.

Es dauerte mehr als eine halbe Stunde, bis Bellers wieder zurückkam. Er wirkte kleiner, gebeugter, kraftloser. Man konnte sich ihn auf einmal gut als alten Mann vorstellen.

»Wir können dann fahren«, sagte er mit heiserer Stimme. Er blickte zu seinem Vater, der noch immer in der gleichen Stellung dalag und schnarchte. Noch einmal strich er ihm über die Wange, und dann verließen sie die Station.

Auf dem Weg nach Wuppertal sagte Bellers zunächst kein Wort. Irgendwann stöhnte er.

»Was hat der Arzt denn mit Ihnen besprechen wollen?«, fragte Sandra.

»Dass mein Vater dement ist. Aber das wusste ich ja schon.« Er brach ab und kaute an seiner Unterlippe. Sandra ließ ihm Zeit.

»Und er hat gesagt, dass mein Vater besser in ein Pflegeheim gehen sollte.«

Sandra nickte nur.

»Er meinte, es gehe ihm bei uns nicht gut«, fügte Bellers mit erstickter Stimme hinzu.

»Ja?«, machte Sandra, als wäre sie erstaunt. Aber genau das hatte sie ja auch so empfunden, als sie Bellers' Frau gesehen und gehört hatte.

»Ja. Er ist wohl in sehr schlechtem Ernährungszustand. Zum Beispiel.«

»Na, vermutlich hat er in den letzten beiden Tagen nichts gegessen«, meinte Sandra.

Aber Bellers schüttelte den Kopf. »Nach Angaben des Arztes deuten die Blutwerte darauf hin, dass er schon seit Längerem nicht mehr angemessen ernährt ist. Und außerdem ...« Er brach ab und biss sich so fest auf die Unterlippe, dass ein kleiner Blutfleck entstand. »Und außerdem hat er wohl blaue Flecken. Eine Menge blauer Flecken.«

Sandra schaute ihn überrascht an. »Können die nicht aus den letzten beiden Tagen stammen?«

»Das habe ich ihn auch gefragt. Aber die meisten sehen älter aus, meint er. Und sind wohl auch typisch für ... na ja, für so was eben. Zum Beispiel blaue Flecken, die rund um den Oberarm gehen. Wenn jemand zu fest zupackt.«

Sandra schwieg eine Weile. Dann sagte sie: »Das tut mir leid.«

»Ich hätte sie niemals mit ihm alleine lassen dürfen«, brach es aus Bellers heraus. »Sie war überfordert. Ich hätte mich kümmern müssen.«

»Dann wären Sie überfordert gewesen«, entgegnete Sandra. »Es ist doch sowieso schon alles sehr viel für Sie.«

»Trotzdem. Es war meine Verantwortung.«

Sandra seufzte. »Sie haben nur das Beste gewollt. Machen Sie sich keine Vorwürfe.«

Ihr Kollege erwiderte nichts. Aber es war klar, dass er den letzten Rat nicht befolgen würde. Nicht befolgen konnte.

In Wuppertal sagte Sandra: »Wissen Sie was? Sie sind heute bestimmt nicht in der Lage zu arbeiten. Nehmen Sie sich den Tag frei und kommen Sie erst heute Abend zur Besprechung. Am besten gehen Sie ein paar Stunden durch den Wald, das hilft immer. Und wenn Sie wieder einen klaren Kopf haben, können Sie sich schon mal schlaumachen, in welches Heim oder in welche Wohngemeinschaft Ihr Vater gehen könnte.«

Bellers stimmte sofort zu, womit sie gar nicht gerechnet hatte. Es musste ihm wirklich schlecht gehen.

Kapitel 37

Das zweite wichtige Ereignis des Tages geschah kurz vor der Abendbesprechung. Sandra hatte am Nachmittag drei weitere Angehörige von Klages' Opfern besucht, war aber mit den Gedanken nur halb bei der Sache gewesen. Jetzt saß sie am Computer und schrieb die Berichte der Vernehmungen. Bellers war kurz zuvor im Präsidium eingetroffen. Er erzählte, dass er voraussichtlich schon einen Platz für seinen Vater gefunden habe. Es sei mehr eine Wohngemeinschaft als ein Heim. Aber es seien rund um die Uhr Pfleger mit in der Wohnung. Er habe es sich bereits angesehen, und das Ganze mache einen guten Eindruck.

»Haben Sie schon mit Ihrer Frau darüber gesprochen?«

Bellers schüttelte den Kopf. Er sah nicht so aus, als würde er sich auf dieses Gespräch freuen.

Es war kurz vor sechs, als Fladerer in ihr Büro polterte. »Es hat eine Schießerei gegeben«, keuchte er. »Abendroth ist schwer verletzt, ein anderer ist tot.«

»Abendroth? Was hat der denn mit einer Schießerei zu tun?«, fragte Sandra.

»Das müssen wir ihn fragen. Beeilen Sie sich. Er ist ins Klinikum eingeliefert worden und soll sofort operiert werden. Wir müssen ihn unbedingt noch erwischen, bevor er in Narkose ist.«

Unterwegs in Bellers' Auto löcherte Sandra ihren Chef. »Warum ist Abendroth angeschossen worden? Von wem? Und wo?«

»Das ›Warum‹ möchte ich ja gerade herausfinden. ›Wo‹ ist einfach: in Abendroths eigenem Garten. Und von wem wissen wir auch, nämlich von Klages' neuem Gorilla.«

»Wieso das denn? Abendroth hat doch gar nichts mit ihm zu tun.«

»Frau Santori, das weiß ich doch alles selbst nicht. Warten Sie es ab.«

Wenige Minuten später hetzten sie über den Parkplatz der Klinik und eilten schließlich durch die Notaufnahme in Richtung der OPs, wo sich ihnen ein Pfleger in den Weg stellte.

»Wohin wollen Sie?«

»Zu Jürgen Abendroth. Wir sind von der Polizei«, gab Fladerer zurück.

»Sie können jetzt nicht zu dem Patienten. Er wird gerade zur OP fertig gemacht, und ...«

Fladerer schob ihn einfach beiseite und riss die erstbeste Tür auf. Es war die zur Damenumkleide.

»Wo ist Abendroth? Wo ist der Vorbereitungsraum für die OPs?«, bellte er in den Raum, in dem zwei Frauen mit der Hose in der Hand beziehungsweise dem T-Shirt halb über dem Kopf ihn verdutzt anstarrten. Die eine zeigte nach links. »Da entlang«, sagte sie. Und erst als Fladerer wegging, rief sie ihm hinterher: »Wer sind Sie eigentlich?«

Fladerer reagierte nicht, und wieder einmal staunte Sandra, wie schnell er seine drei Zentner Körpermasse bewegen konnte.

Sie folgten den Schildern zu den OPs, und Fladerer riss dort die nächste Tür auf. Diesmal war es die richtige. Eine Ärztin und zwei Pfleger schauten überrascht auf, und Abendroth setzte sich auf seiner Liege halb auf, als er sie erblickte.

»Na endlich«, sagte er mit gepresster Stimme. Sein Gesicht war schweißüberströmt, und er hielt sich den Oberschenkel, der mit einem inzwischen durchgebluteten Verband umwickelt war. »Ich muss mit Ihnen reden.«

»Ja, wir müssen auch mit Ihnen reden«, entgegnete Fladerer.

»Was soll denn das?«, ärgerte sich die Ärztin. Eine winzig kleine Asiatin mit so viel Autorität, dass es für zehn Personen gereicht hätte. »Sie können hier nicht einfach so hereinmarschieren. Der Patient wird gerade zur OP vorbereitet und ...«

»Tut mir leid«, begann Fladerer. »Aber ...«

Abendroth legte eine Hand auf den Arm der Ärztin. »Nur einen Moment, ja? Ich muss ganz dringend mit der Polizei sprechen.«

»Das geht nicht. Sie haben viel Blut verloren durch die Schusswunde im Bein. Wenn wir Sie nicht sofort operieren, wird das sowohl für den verletzten Knochen als auch für die Blutgefäße ...«

»Einen Moment, bitte«, unterbrach Abendroth.

»Ich kann das nicht verantworten.«

»Dann verantworte ich es selbst. Es ist unbedingt notwendig, dass ich mit der Polizei spreche.«

Die Ärztin zögerte. Dann schüttelte sie den Kopf. »Auf Ihre Verantwortung. Aber sobald ich den Eindruck habe, dass Sie kollabieren, fange ich an.«

Abendroth nickte und wischte sich ein Schweißrinnsal weg, das über die Stirn in sein rechtes Auge lief.

Dann wandte er sich an die Beamten. »Sie fragen sich sicherlich, was geschehen ist?«

»Allerdings«, stimmte Fladerer zu. »Wie kam es zu dieser Schießerei?«

»Das war nur eine Frage der Zeit.« Abendroths Stimme klang immer gepresster. »Ich wusste, dass Klages mir jemanden schickt. Deswegen habe ich seit zwei Tagen auf der Lauer gelegen und ihn bei mir im Garten erwartet. Hätte nur nicht gedacht, dass er noch dazu kommt, auf mich zu schießen.«

»Wie sind Sie Klages auf die Schliche gekommen?«

»Warum wussten Sie, dass Klages versuchen würde, Sie zu töten?«

»Haben Sie ihn irgendwie bedroht? Oder erpresst?« Die Ermittler redeten alle durcheinander.

Abendroth hob mühsam die Hand. Sein Arm zitterte dabei. »Ich erkläre es ja. Viele Zusammenhänge haben Sie bereits verstanden. Dass der Anschlag in Essen von dem gleichen Täter verübt wurde wie der von letzter Woche. Und dass Klages dahintersteckt und es um Drogen geht. Sie wissen auch, glaube ich, dass Klages die Anschläge nicht selbst begangen, sondern einen Killer beauftragt hat?«

»Wir vermuten es jedenfalls«, sagte Fladerer. »Aber woher wissen Sie das alles?«

»Ganz einfach. Ich bin dieser Killer.«

Die Stille, die sich nach diesen Worten ausbreitete, dröhnte in Sandras Ohren. Fladerer und Bellers standen mit offenem Mund vor der Liege und starrten den großen Mann an. Auch die Ärztin und die beiden Pfleger waren wie in einem Standbild erstarrt. Erst als der jüngere der beiden Pfleger »Voll krass« sagte, kam wieder Leben in die Menschengruppe.

»Das kann nicht sein«, sagte Fladerer.

Abendroth sagte nichts dazu, sondern legte sich mit geschlossenen Augen wieder auf den Rücken.

»Das kann nicht sein!«, wiederholte Sandra.

Abendroth wendete den Kopf und blinzelte sie an.

»Warum denn nicht?«

»Sie können doch nicht ... Ich meine ... Ihre Tochter!«

Jetzt wurde Abendroth so blass, dass die Ärztin mit gerunzelter Stirn neben ihn trat und seinen Puls fühlte.

Abendroth hauchte: »Ja, meine Tochter. Ich habe meine eigene Tochter getötet.«

»Aber warum ... Ich meine ...«

»Ich wusste nicht, dass sie im Auto sitzt.« Abendroth war kaum noch zu verstehen.

»So, das reicht«, mischte sich die Ärztin ein. »Ich werde jetzt den Anästhesisten rufen. Und Sie möchte ich bitten zu gehen.«

»Sofort. Gleich«, nickte Fladerer. »Nur eine Frage noch: Herr Abendroth, stimmt das denn wirklich? Oder wollen Sie nur Klages hinter Gittern bringen, indem Sie ihn belasten und behaupten, Sie hätten seine Aufträge ausgeführt?«

»Es stimmt alles«, murmelte Abendroth. »Gehen Sie in meinen Keller. Den Heizungskeller. Hinter dem Öltank ist ein Safe verborgen. Darin finden Sie Beweise. Der Schlüssel zum Safe ist in meiner Jacke.« Er zeigte mit einer müden Bewegung zu einem Stuhl, über dem seine Lederjacke hing. »Und schauen Sie auch in meinen Geschäftsräumen.« Er keuchte jetzt. »Nach der OP kann ich Ihnen mehr erzählen.« Die Augenlider flatterten, bevor sie sich schlossen.

»Verlassen Sie sofort diesen Raum«, sagte die Ärztin. Und diesmal taten die Ermittler, was sie verlangte.

Kapitel 38

Noch am nächsten Mittag hatte Sandra das Gefühl, jemand habe ihr mit dem berühmten »stumpfen Gegenstand« vor die Stirn geschlagen. Sie saß in ihrem Büro, sollte eigentlich einen Bericht über die Vernehmung Abendroths an diesem Vormittag schreiben und ließ stattdessen alles durch ihren Kopf kreisen, was sie seit dem gestrigen Abend erfahren und erlebt hatten. Und das war so viel gewesen, dass es kaum in einen halben Tag hineinpassen konnte.

Am Abend zuvor war sie direkt von der Klinik aus zu Inge gefahren. Sie hatte praktisch auf dem ganzen Weg ohne Unterlass den Kopf geschüttelt und war sicher, dass es Fladerer und Bellers nicht anders erging. Auch Petra Oberrath hatte ein langgestrecktes »Waaas?« hören lassen, als Fladerer sie über die Neuigkeiten informierte. Er hatte sie noch aus der Klinik heraus telefonisch benachrichtigt und zu Abendroths Haus geschickt. Aus dem weiteren Telefonat, in dem Fladerer immer wieder: »Doch!«, »Wirklich«, und »So hat er es uns aber erzählt« sagte, entnahm Sandra, dass Petra genauso große Schwierigkeiten hatte wie sie, die neuen Informationen zu glauben.

Inge dagegen hatte sich voller Begeisterung auf die Neuigkeiten gestürzt und wild spekuliert wie es dazu gekommen sein könnte, dass ausgerechnet Abendroths eigene Tochter im Wagen gesessen hatte.

»Das ist kein Zufall, glaub mir«, hatte sie immer wieder gesagt.

»Abendroth sagt aber, es war einer.«

»Unsinn. Da steckt was dahinter, wart's ab. Dieses Mädchen ist nicht einfach so gestorben.«

Nach einer weitgehend schlaflosen Nacht war Sandra dann am Morgen mit Bellers zusammen zu Abendroth gegangen. Sie hatten mehr als zwei Stunden in seinem Zimmer verbracht. Und als sie gingen, waren sie noch entgeisterter als am Abend zuvor.

Sandra seufzte und startete die Tonaufnahme, die sie von der Vernehmung Abendroths gemacht hatten. Nicht weil sie nicht mehr wusste, was er gesagt hatte. Sondern weil sie sich vergewissern wollte, dass sie sich das alles nicht bloß eingebildet hatte.

Als Erstes hörte sie Bellers' Stimme, der Ort, Datum und anwesende Personen festhielt. Dann begann er: »Herr Abendroth, Sie haben uns gestern gesagt, Sie selbst hätten den Anschlag auf den Wagen verübt, bei dem Dieter Lamprecht, Marvin Degenhardt und Ihre Tochter ums Leben gekommen sind.«

»Das ist richtig. Diesen und vierzehn weitere Anschläge. Bei denen insgesamt 27 Menschen ums Leben gekommen sind. Wenn ich die beiden Mitarbeiter von Klages dazurechne, habe ich 29 Menschen getötet.«

An dieser Stelle hatte Bellers nicht mehr weiter gewusst und Sandra hatte übernommen: »So viele?«

»Ja. So viele.«

»Aber warum?«

»Klages hat mich dafür bezahlt. Das mit dem IT-Unternehmen, dessen Geschäftsführer ich bin, ist nur ein Teil meiner geschäftlichen Verbindungen zu Klages.«

Nach einer Pause fragte Sandra: »Sie sind also tatsächlich ein Auftragsmörder?«

»Tatsächlich.«

»Aber haben Sie nicht darüber nachgedacht, was Sie da tun? Und dass Sie auch unschuldige Menschen töten? Nicht, dass es in Ordnung wäre, schuldige Menschen zu töten.«

»Ich habe über gar nichts nachgedacht. Nur darüber, wie ich den jeweiligen Auftrag wunschgemäß und fehlerfrei ausführe. Über die betroffenen Menschen habe ich mir keine Gedanken gemacht.«

Sandra erinnerte sich noch, wie unheimlich ihr seine Aussage gewesen war. Sie hatte gespürt, dass es genau so war, wie der Mann gesagt hatte: Er hatte nicht an die Menschen gedacht. Sandra konnte sich das zwar nicht vorstellen, sie selbst dachte immer darüber nach, wie andere Menschen fühlten und dachten. Das war manchmal sogar lästig, aber sie konnte es nicht abstellen. Und jetzt sagte ihr jemand, er habe überhaupt nicht an die Menschen gedacht. Wie sagte Inge immer wieder? Man sollte nie davon ausgehen, dass andere Menschen so sind, wie man selbst.

Dann hatte Bellers weitere Einzelheiten erfragt. Sie hatten erfahren, dass Abendroth vor jedem neuen Auftrag einen Briefumschlag erhielt, der ihm persönlich in den Kasten geworfen wurde. Dieser Umschlag enthielt Namen und Adresse der Zielperson, die gewünschte Art des Tötens sowie einen ungefähren Zeitraum, in dem die Tat ausgeführt werden sollte. Der genaue Zeitpunkt, an dem Abendroth tätig werden sollte, wurde ihm dann per SMS mitgeteilt, auf ein eigens dafür angeschafftes Prepaid-Handy.

»Und Sie wollten Klages also töten, weil ...«, fragte Bellers gegen Ende der Vernehmung.

»Er meine Tochter auf dem Gewissen hatte. Jedenfalls indirekt«, ergänzte Abendroth. »Es hat vielleicht ein bisschen gedauert, aber nachdem das mit meiner Tochter passiert ist, habe ich auch verstanden, dass er ein schlechter Mensch ist«, fügte er mit einem Blick auf Sandra hinzu.

»Und Sie?«, fragte Sandra. »Sind Sie kein schlechter Mensch?«

»Oh doch.«

An dieser Stelle hatte Sandra erneut eine Gänsehaut bekommen.

»Warum haben Sie tagelang damit gewartet, Klages zu töten?«, fragte Bellers.

»Zum einen musste ich eine gute Gelegenheit abwarten. Und musste natürlich das mit dem Fernzünder regeln. Er sollte genau so sterben wie meine Tochter.«

»Und das hat so lange gedauert?«

»Ich bin ein gründlicher Mensch. Deswegen ist nie auch nur ein einziger Auftrag schiefgegangen. Nur Klages ist mir davongekommen!« Er schnaubte. »Der Kerl hat mehr Leben als eine Katze.«

»Und dann? Nach dem aus Ihrer Sicht missglückten Anschlag?«

»Dann wusste ich, dass er wusste, wer ihn töten wollte. Was bedeutete, dass er nun mich töten würde. Oder es versuchen würde. Ich wollte ihm zuvorkommen und als Erster schießen. Aber er ist natürlich nicht selbst gekommen, das hätte ich mir eigentlich denken können. Nun ja. Jetzt muss ich ihn eben anders in den Abgrund stürzen.«

»Wie meinen Sie das?«

»Indem ich eine vollständige Aussage mache. Und der Polizei die Beweise liefere, die Sie brauchen. Aus dieser Sache kommt er nicht mehr raus.«

Sandra tippte auf *Stopp* und ging dann zum Fenster, aus dem sie den Parkplatz überblicken konnte. Eben kam Bellers zurück, der kurz weggefahren war, um den Vertrag für den Platz in der Wohngemeinschaft für Demenzkranke zu unterschreiben.

Sandra wartete auf ihn und dann gingen beide zur Besprechung, die aufgrund der besonderen Ereignisse, und weil es ein Samstag war, schon am frühen Nachmittag abgehalten wurde. Petra Oberrath erhielt als Erste das Wort:

»Wir haben alles so vorgefunden, wie Abendroth gesagt hat. Im Heizungskeller war der Safe, darin fanden wir zahlreiche Briefe mit Anweisungen, Fotos der geplanten Opfer mit Namen und Adressen und – sofern bekannt – mit ihren Gewohnheiten und Besonderheiten. Ludger Friedrich war mit dabei, genauso wie Dieter Lamprecht.«

»Fingerabdrücke?«, fragte Lukas Mann.

»Spinnst du?«, mischte sich Imke ein. »Was glaubst du eigentlich, wie schnell die KTU arbeiten kann? Mit Überschallgeschwindigkeit?«

»Ich frag ja nur«, entgegnete Lukas.

Er sagte es ganz ruhig, fiel Sandra auf. Und noch etwas fiel ihr auf: Wenn man Imkes Art nicht auf sich bezog, sondern berücksichtigte, mit welchen Problemen die Kollegin gerade zu kämpfen hatte, dann waren ihre spitzen Bemerkungen tatsächlich nicht mehr so schlimm. Dann konnte man gelassen bleiben. Auch sie. Wobei die Tatsache, dass diese letzte Bemerkung nicht sie selbst, sondern einen Kollegen getroffen hatte, natürlich auch ein wenig beim Gelassen-bleiben half.

»Die Untersuchung der Fingerabdrücke läuft«, antwortete Petra. »Dauert aber noch ein bisschen. Erst mal müssen wir alles sichern, und das ist viel. Da gibt es nämlich auch noch die Geschäftsräume dieses IT-Beratungsunternehmens.«

»Und?«

»Und im Keller dieses Unternehmens haben wir ein gut ausgestattetes Labor gefunden. Mit Ammoniumnitrat und diversen anderen Substanzen, aus denen sich Sprengstoffe herstellen lassen. Es gab sogar noch einen Vorrat an Sprengstoff, den Mike gerade daraufhin untersucht, ob es der uns bekannte ist.«

»Bestimmt. Was sonst?«, brummte Bongarz.

Fladerer nickte. »Haben Sie etwas über dieses IT-Unternehmen herausgefunden?«, fragte er Schweizer.

»Ja. Zum einen arbeitet Abendroth wohl tatsächlich als IT-Berater. Er berät Kleinunternehmen in der Auswahl geeigneter Software, richtet auch deren Computer ein, und so weiter. Macht er wohl gar nicht schlecht, sagen die Kunden, mit denen ich gesprochen habe. Aber Abendroth ist nur der Geschäftsführer, das Unternehmen gehört einem anderen.«

»Lassen Sie mich raten«, meinte Fladerer.

»Genau. Auf verschlungenen Wegen und nur mithilfe der Kollegen von der Wirtschaftskriminalität habe ich es bis zu Klages zurückverfolgen können. Es gehört zu seinem ... na, wie soll ich es ausdrücken?«

»Seinem Vernebelungs-Imperium«, schlug Lukas Mann vor.

»So könnte man sagen.«

»Na schön«, sagte Fladerer. »Dann werde ich also Klages herbeischaffen lassen und mir ein schönes Wochenende mit ihm machen.« Er rieb sich buchstäblich die Hände. »Kollegen, ich will's ja nicht beschreien, aber es könnte sein, dass wir ihn diesmal tatsächlich an der Angel haben.«

»Sollen wir dabei sein?«, fragte Bellers.

»Nein. Diesmal nicht. Holen Sie morgen Ihren Vater ab. Und die Kollegin Santori macht sich einen schönen Sonntag. Genau wie alle anderen. Außer Ihnen und Ihren Leuten, Frau Oberrath, tut mir fürchterlich leid.«

Petra winkte ab. »Für mögliche Beweise gegen Klages opfere ich sogar meinen Sonntag.«

Im Rausgehen fragte Sandra Bellers, ob mit dem Vertrag für die Demenz-Wohngruppe alles glattgegangen war. Bellers nickte.

»Und das andere?«, fragte Sandra.

»Welches andere?« Bellers drehte den Kopf hin und

her, als müsste er hier, in dem Gebäude, in das er seit Jahren ein und aus ging, nach dem Weg suchen.

»Haben Sie schon mit Ihrer Frau gesprochen?«

»Sicher.«

»Auch über das, was der Arzt in Bonn Ihnen mitgeteilt hat?«

Jetzt schaute Bellers sie endlich an. »Hören Sie, Frau Santori. Ich hätte meiner Frau niemals die Pflege für meinen schwer dementen Vater aufbürden dürfen. Das hat sie überfordert. Aber es war mein Fehler, nicht ihrer. Und daher werde ich nicht mit ihr über das reden, was der Arzt gesagt hat.«

Wäre er nicht Bellers, sondern ein anderer gewesen, hätte er an dieser Stelle noch »Basta« hinzugefügt.

Kapitel 39

Am Montagmorgen kam Sandra ausgeruht und voller Tatendrang ins Präsidium. Sie hatte den Sonntag genutzt, um mit Inge eine lange Wanderung durchs Windrather Tal zu machen. Sie hatten auch einen kurzen Abstecher zum Hof der Oberraths gemacht und waren mit Kaffee und Kuchen bewirtet worden. Petra war zwar nicht da gewesen, aber es gab ja noch genügend andere Familienmitglieder. Inge wurde von Luise der Kätzchen- und Kinder-Probe unterzogen und wurde anschließend von der Prüferin höchstselbst ins Wohnhaus und an die Kaffeetafel geführt. Sie durfte sogar neben Luise sitzen, genau wie Sandra.

Abends war Sandra dann so müde gewesen, dass sie schon vor acht ins Bett gegangen war und bis zum nächsten Morgen durchschlief.

Als sie nun das Präsidium betrat, begegnete ihr schon in der Eingangshalle ein bestens gelaunter Fladerer. »Wir haben ihn!«, strahlte er sie an.

»Klages?«

»Jawoll! Er hat gestanden! Das war's!«

Er deutete sogar ein Tänzchen an, was er bei seiner Leibesfülle besser gelassen hätte.

»Wissen Sie was? Darauf sollten wir ein Schlückchen nehmen, Sie und ich. Sie, weil es Ihr erster Fall hier bei uns war. Und ich, weil mich dieser Klages schon seit Jahren juckt wie eine Laus im Pelz. Oder sind das Flöhe? Egal. Siebert, lassen Sie mal einen springen«, wandte er sich auf einmal an den Pförtner.

Der zögerte, wurde rot und holte dann ein flaches Fläschchen aus seiner Tasche. Aus irgendwelchen Regionen unterhalb des Tresens zauberte er sogar zwei Schnapsgläser hervor.

Sandra machte große Augen. »Sie wollen doch nicht Alkohol trinken? Jetzt?«

»Warum nicht? Weil ich nie im Dienst trinke?« Fladerer war schon damit beschäftigt, in jedes der Gläschen einen kleinen Schluck zu füllen. »Ich trinke ja gar nicht. Ich stoße bloß mit Ihnen an. Also, Kollegin Santori! Auf unseren ersten gemeinsamen Erfolg.«

Sandra nahm ein Glas und schüttete sich die scharfe Flüssigkeit in den Mund. Es brannte im Hals, war aber anschließend angenehm warm.

Der Pförtner trank zur Gesellschaft einen Schluck mit, allerdings direkt aus der Flasche.

»Sagen Sie, dieser Siebert«, begann Sandra, als sie mit Bellers zu den Fahrstühlen ging. »Kann es sein, dass er ... also ...«

»Alkoholiker ist?«

»Ja.«

»Ist er. Aber jedes Jahr immer nur vom 3. bis zum 27. Juni.«

»Wie das?«

»Vor sieben Jahren hatte sein Sohn am 3. Juni einen schweren Unfall, fiel ins Koma und verstarb am 27. Juni.«

»Oh!«

»Übrigens im Einsatz. Er war Streifenpolizist. Seitdem rettet sich Siebert über diese Tage hinweg, indem er eben tut, was er tut. Wir haben alle gelernt, es zu tolerieren. Sogar Bellers. Und Sie wissen, was das bedeutet«, fügte er mit einem Augenzwinkern hinzu.

Als sie in den Besprechungsraum kamen, hoffte Sandra aufrichtig, dass niemand gewisse Dinge aus ihrem Mund roch. Alle warteten bereits auf sie und schauten ihnen neugierig entgegen. Nur Petra war noch nicht da.

Fladerer setzte sich. »So, meine Damen und Herren Kollegen. Wir haben ein Geständnis von Klages!«

Die anderen johlten und pfiffen.

»Ich kann's kaum glauben«, rief Lukas Mann.

»Ist aber so. Die Beweise waren wohl so erdrückend, dass selbst er das einsehen musste. Jetzt versucht er, einen Deal hinzubekommen. Volles Geständnis gegen Strafnachlass.«

»Wer ist der zuständige Staatsanwalt?«, wollte Bongarz wissen.

»Klamm. Und der Richter ist Menning.« Fladerer grinste, und alle anderen mit ihm.

»Was ist mit denen?«, fragte Sandra und schaute in die lachenden Gesichter.

»Weder Marlies Klamm noch Eduard Menning werden sich auf einen Deal einlassen«, erklärte Fladerer. »Marlies Klamm war schon zweimal vor Gericht gegen

Klages unterlegen und hat bald ihren Schreibtisch vor Freude umgeworfen, als ich gestern mit ihr geredet und einen Haftbefehl beantragt habe. Menning ist auch nicht gerade für Milde bekannt, wenn es um Gewaltverbrechen geht. Klages ist das Lebenslänglich mit anschließender Sicherheitsverwahrung sicher.«

»Na, da wird Mannsdorf ja bald seinen letzten großen Auftritt haben«, meinte Schweizer.

»Den hat er schon gehabt. Klages hat ihn gefeuert«, gab Fladerer zurück.

»Der Glückspilz! Gerade noch so vom sinkenden Schiff gesprungen«, meinte Schweizer.

»Allerdings ohne Beute«, entgegnete Lukas Mann.

»Hat Klages wirklich alles gestanden?«, vergewisserte sich Bongarz.

»Im Wesentlichen, ja. Nur bei dem letzten Anschlag, dem auf Lamprecht, mauert er seltsamerweise. Er behauptet steif und fest, er habe diese Sache nicht in Auftrag gegeben. Er habe keinerlei Veranlassung dazu gehabt. Er kannte Lamprecht nicht mal.«

»Aber Lamprecht hat versucht, sich ins Drogengeschäft einzumischen«, rief Imke. »Da musste Klages ihn gar nicht persönlich kennen, um ihn aus dem Weg räumen zu wollen.«

»Das ist richtig. Trotzdem behauptet Klages, das sei so nicht gewesen. Es sei ihm zwar zu Ohren gekommen, dass jemand zu Schleuderpreisen Drogen auf den Markt warf. Aber diese Person sei dermaßen dilettantisch vorgegangen, dass sie sowieso keine Chance gegen ihn gehabt hätte. Wenn er ihn erwischt hätte, hätte er ihm zwar auf die Finger geklopft, aber mehr wäre da nach Klages' Angaben nicht nötig gewesen«, fuhr Fladerer fort. »Er glaubt auch nicht, dass da wirklich jemand ernsthaft ins Geschäft einsteigen wollte. Dilettantisch hin oder her. Er hält das Ganze für etwas anderes.«

»Nämlich für was?«, fragte Sandra.

»Das wusste er selbst nicht. Irgendeine Art von Falle vielleicht.«

»Aber von wem? Und warum?«, überlegte Bellers.

»Das ist die Frage«, nickte Fladerer. »Wir warten nur noch auf einige abschließende Untersuchungen der KTU. Die sind etwas im Verzug durch die Menge an Beweisen, die uns Abendroth geliefert hat.«

»Was müssen sie denn noch machen?«, fragte Sandra.

»Die Briefe, die Abendroth erhalten hat, miteinander vergleichen. Nach Fingerabdrücken suchen. Staubkörnchen sortieren. Was die KTU eben so macht. Dieses spezielle Handy, auf dem Abendroth die SMS erhielt, wann genau er losschlagen sollte, ist übrigens bereits ausgewertet. Die letzte eingegangene SMS stammte tatsächlich von dem Tag vor dem Anschlag auf Lamprecht. Sie ist von einem anderen Prepaid-Handy gesendet worden.«

»Und von wo wurde sie abgeschickt? Aus der Gegend rund um den Tölle-Turm?«, fragte Bongarz. Also aus der Gegend, in der Klages' Villa stand.

»Nein. Aus einer Gegend zwischen Wuppertal und Bochum. Vermutlich aus einem Auto oder Zug, denn außer der A 43 und der Bahnlinie gibt es dort nur Pampa.«

»Tja. Könnte also jeder gewesen sein«, meinte Bongarz.

»Trotzdem seltsam, dass Klages diese eine Sache nicht zugeben will«, meinte Imke. »Als käme es darauf noch an. Im Gegenteil, er setzt sich nur in ein schlechtes Licht, wenn er nicht kooperativ ist.«

»Oder er sagt die Wahrheit«, rutschte es Sandra heraus, bevor sie den Satz noch mal überdenken konnte.

»Wie kommen Sie darauf?«, fragte Fladerer.

Sandra spürte, wie sie rot wurde. »Ich weiß nicht. Nur so.«

»Nein, nein. Überlegen Sie. Es wird einen Grund haben.«

»Na ja. Es ergibt ja tatsächlich keinen Sinn, diesen einen Anschlag abzustreiten, wenn er alles Übrige zugibt.«

»Das ist schon richtig. Aber was ist mit dem Vorgehen? Das war bei dem Mord an Lamprecht dasselbe wie bei den anderen Morden. Angefangen von dem Brief, den Abendroth vorgefunden hat, bis hin zu dem Anruf, der den Killer in Gang setzte. Wer sollte das alles so genau wissen?«

»Das ist richtig. Entweder müsste es jemand aus Klages' engstem Kreis sein. Oder er war es eben doch selbst, das stimmt.«

Einen Moment dachten alle nach, ob ein enger Vertrauter von Klages für die letzte Tat verantwortlich sein könnte. Wenn ja, wer? Und warum?

In diesem Moment kam Petra Oberrath in den Raum. Sie wedelte mit einigen Papieren in ihrer Hand. »Es gibt etwas Neues«, begann sie. »Aber ich warne euch: Es wird euch nicht gefallen.«

»Wieso?«, fragte Fladerer.

»Ich habe hier die Briefe, die Abendroth erhalten hat.«

»Und? Haben Sie Fingerabdrücke gefunden, oder was?«

»Nein, keine. Auf keinem der Briefe, Umschläge oder Fotos. Aber etwas anderes habe ich gefunden: Alle sind in ähnlichem Stil geschrieben, und alle auf demselben Drucker ausgedruckt worden. Der Drucker hat nämlich einen technischen Defekt. Zwar nur geringfügig, aber doch zu erkennen. Hier.«

Sie ließ mehrerer Kopien der Briefe kreisen, und alle Köpfe beugten sich darüber. »Sehen Sie?«, fragte sie.

»Also ... Nein«, antwortete Fladerer, und auch alle anderen schüttelten den Kopf.

»Schauen Sie genau hin«, forderte Petra alle auf, aber noch immer wusste niemand, was sie meinte.

»Achten Sie auf den Buchstaben N«, forderte sie sie auf. Und jetzt konnte Sandra es sehen. Bei jedem kleinen n war am linken oberen Ende ein winziger Knubbel zu sehen. Fast nicht zu erkennen, aber doch vorhanden.

»Da ist eine Verdickung«, rief Schweizer.

»So ist es«, stimmte Petra Oberrath zu. »So etwas kommt vor, selbst bei hochwertigen Druckern. Fällt ja auch im Allgemeinen nicht auf. Und jetzt schauen Sie hier.«

Wieder ließ sie einige Kopien herumgehen. Es handelte sich um den letzten Brief. Den, bei dem es um Lamprecht gegangen war.

»Kein Knubbel beim n!«, platzte Bongarz heraus.

»So ist es. Und es gibt noch etwas. Hier habe ich die Originale der Briefe.« Sie fächerte fünfzehn Zettel vor sich auf. Den letzten legte sie etwas abseits. »Wem fällt etwas auf?«

Wieder schauten alle angestrengt auf die Papiere. Hier und dort schüttelte jemand den Kopf. Imke war es, die es schließlich bemerkte: »Der letzte Brief ist anders gefaltet.«

»So ist es. Alle Briefe wurden gedrittelt, sodass sie in einen länglichen Umschlag passten, der gemeinsam mit den Fotos und sonstigem Material in einem größeren Umschlag steckte. Beim letzten Brief wurde jedoch das untere Drittel nach hinten und anschließend das obere Drittel ebenfalls nach hinten geknickt. Während bei den Briefen davor das obere Drittel nach hinten und das untere Drittel nach vorne gelangte.«

»Na und?«, fragte Lukas Mann.

»Nichts: na und. Das ist wichtig. Beobachten Sie sich mal, wie Sie Briefe falten. Sie werden es in der immer gleichen Art und Weise tun.«

»Und was heißt das jetzt alles?«, fragte Fladerer.

»Nun, das müssen Sie natürlich selbst überlegen. Aber wenn Sie mich fragen, wurde der letzte Brief mit hoher Wahrscheinlichkeit von einer anderen Person geschrieben, als die vierzehn davor.«

Einen Moment lang sagte niemand etwas.

Es war Lukas Mann, der schließlich zum Ausdruck brachte, was allen durch den Kopf ging: »Scheiße!«

»Das kann man wohl sagen«, seufzte Bongarz. »Können wir den Fall also doch noch nicht zu den Akten legen.«

»Was könnte das jetzt bedeuten?«, fragte Fladerer.

»Es könnte ein Trick von Klages sein«, schlug Imke vor. »Er könnte absichtlich den letzten Brief anders geschrieben haben. Damit wir denken, es sei jemand anderes gewesen.«

»Warum sollte er das tun?«, fragte Fladerer. »Bringt ihm doch nichts. Außerdem ist es auch deshalb unwahrscheinlich, weil es, wie er mir erzählt hat, die Absprache mit Abendroth gab, sämtliche Briefe und sonstige Informationen sofort nach der Tat zu vernichten. Da er Abendroth für durch und durch korrekt hielt, war er fest davon ausgegangen, dass er das auch tut.«

Bellers fügte hinzu: »Uns hat Abendroth das Gleiche erzählt. Also, dass er die Briefe eigentlich vernichten sollte. Er hat sie aber behalten, weil er Klages nicht über den Weg traute. Wie er sagte, war er davon ausgegangen, dass Klages ihn irgendwann eliminieren werde. Und im Falle seines gewaltsamen Todes wäre ein Brief, den Abendroth bei einem Notar hinterlegt hat, von diesem geöffnet worden. Dieser enthalte ein Geständnis und den Hinweis, wo die Beweise zu finden wären.«

»Dann muss auf jeden Fall eine Person diesen letzten Brief geschrieben haben, die über die anderen Briefe gut, aber nicht perfekt informiert war«, überlegte Sandra.

»Und das heißt?«, fragte Fladerer.

»Das heißt, dass diese Person entweder ein Mitarbeiter von Klages ist, der oder die an den bisherigen Anschlägen zumindest beobachtend beteiligt war. Oder aber die Person kannte einen Mitarbeiter von Klages und hat diesen ausgefragt.«

»Und der hat gesagt: ›Na klar erzähle ich dir, wie mein Chef das mit den Auftragsmorden regelt. Mach ich doch gern‹, oder wie?«, meinte Imke.

»Na, so vielleicht nicht«, antwortete Sandra und bemerkte, dass sie es ganz ruhig sagte. Das mit dem Nicht-auf-sich-beziehen funktionierte tatsächlich.

»Vielleicht hat er ihn erpresst? Oder bestochen?«, meinte Bellers.

»Na, ich weiß nicht ...«, begann Schweizer, aber Fladerer unterbrach ihn erneut.

»Das ist wenigstens eine Möglichkeit. Besser als nichts. Kennen wir zufällig jemanden aus Klages' Umkreis, der auf einmal besonders viel Geld hatte? Oder besonders wenig, falls er erpresst wurde?«

Alle schwiegen. Sandra sah goldene Kettchen vor ihrem inneren Auge, wusste das aber gerade nicht genauer einzuordnen.

»Angenommen, es wäre ein Mitarbeiter von Klages gewesen«, begann Fladerer. »Warum sollte er diese Briefe schreiben? Sozusagen im Namen seines Chefs?«

»Vielleicht hatte er etwas gegen Lamprecht«, schlug Sandra vor. »Oder gegen eines der beiden anderen Opfer. Möglicherweise wollte er sie beseitigen, das unangenehme Geschäft aber nicht selbst erledigen. Und außerdem verhindern, dass der Verdacht auf ihn fällt.«

»Möglich wär's«, brummte Fladerer. »Dann würden wir jemanden suchen, der zum Beispiel einen Hass auf Lamprecht hat. Damit sind unter anderem die Damen von *Womens together* wieder im Rennen.«

»Und seine sonstigen Feinde«, ergänzte Imke.

»Und die Nazis, die mit diesem Degenhardt Krieg führten«, meinte Bellers. »Mit anderen Worten ist auf einmal alles wieder offen.«

Kapitel 40

Die Stimmung war gedrückt, als die Abendbesprechung beendet wurde. Jeder von ihnen hatte seine Aufgaben für den nächsten Tag bekommen, und alle hatten das Gefühl, dasselbe doch schon einmal getan zu haben.

Sandra und Bellers würden wieder die Frauen von *Womens together* aufsuchen. In Sandras Fall wieder mit dem unguten Gefühl, hier eigentlich die Falschen zu belästigen.

Und immer noch spukten die goldenen Kettchen durch ihren Kopf. Bis sie plötzlich wusste, wessen Armbänder sie da vor ihrem inneren Auge sah: Der Angestellte von Klages hatte sie getragen. Marius Feldmann, der kleine Gollum mit dem Wischtuch. Beziehungsweise mit dem Rechen. Der ihr nach dem Anschlag auf Klages' Wagen so auffällig ausgewichen war. Sandra erinnerte sich noch an den kurzen Moment der Irritation, als sie den teuren Schmuck gesehen hatte, der unter den grauen Ärmeln des Arbeitskittels hervorschaute. Gut, vielleicht zahlte Klages attraktive

Löhne, um sein Personal bei der Stange zu halten. Ein Alleinherrscher wie er war auf die Loyalität seiner Leute angewiesen. So viel Druck konnte ein Mensch gar nicht aufbauen, dass ihn niemand hintergehen würde. Aber ob er so viel Geld an einen unbedeutenden Handlanger zahlen würde?

Je länger sie darüber nachdachte, desto sicherer wurde sie, dass mit diesem Mitarbeiter von Klages irgendetwas nicht stimmte. Sie kehrte noch einmal ins Büro zurück und gab Marius Feldmann in den Computer ein. Es gab mehrere Einträge über Vorstrafen. Alle wegen Bagatelldelikten wie Betrug oder Diebstahl. Das brachte sie nicht weiter, aber ihr seltsames Gefühl blieb bestehen. Mit wem konnte sie darüber reden?

Sie nahm allen Mut zusammen, griff zum Hörer und erreichte Fladerer auf dessen Mobiltelefon. Als sie ihm von ihrem Verdacht erzählte hatte, schwieg er zunächst eine Weile.

Dann sagte er: »Da könnte was dran sein. Wir kümmern uns morgen gleich als erstes um diesen Mann.«

* * *

Fladerer hatte nicht lange gefackelt und alles in die Wege geleitet. Schwungvoll öffnete er am nächsten Morgen die Tür zum Vernehmungsraum, in dem Klages' Angestellter ihnen mit großen Augen entgegenschaute.

»Was wollen Sie von mir?«, fragte er. Er wirkte wie ein Zwölfjähriger, der beim Ladendiebstahl ertappt worden war.

»Nur ein paar Fragen stellen. Nichts Wildes. Lediglich Routine«, beruhigte Fladerer. Um im nächsten Moment fortzufahren: »Möchten Sie einen Anwalt hinzuziehen?«

Die Augen des Mannes traten noch weiter hervor als sowieso schon. »Brauche ich denn einen?«

»Das weiß ich doch nicht. Brauchen Sie einen?«

»Ich ... Ich habe mir nichts zuschulden kommen lassen.«

»Na, dann ist es doch gut. Fangen wir erst mal damit an, Sie über Ihre Rechte zu belehren. Sie haben das Recht zu schweigen ...« Wieder rasselte er den Text herunter, und Sandra konnte sehen, dass der Mann vor ihnen diesen nicht zum ersten Mal hörte.

»Gut. Können wir beginnen? Oder wollen Sie etwa doch einen Anwalt?« Die Frage legte die gewünschte Antwort mehr als nahe. Der Mann machte nur große Augen.

Fladerer schaltete das Tonbandgerät ein. »Fürs Protokoll: Der Zeuge wurde über seine Rechte belehrt und verzichtet darauf, einen Anwalt hinzuzuziehen.« Das hatte der Zeuge zwar so nicht gesagt, aber er widersprach auch nicht. »Beginnen wir mit den Personalien«, lächelte Fladerer.

Der Mann schaute ihn eine Weile ausdruckslos an. Dann sagte er: »Was?«

»Namen und Adresse bitte«, präzisierte Bellers und zückte seinen Notizblock.

»Ach so. Ja. Marius Feldmann.« Pause. Unsicherer Blick.

»Wohnsitz?«, fragte Bellers weiter.

»Ja.« Pause. Dann: »Ach so. In Barmen. Fischertal 27.«

Bellers schrieb es auf. »Beruf?«

»Ich bin Facilitymanager«, antwortete der Mann, nicht ohne Stolz.

»Bitte was?«, fragte Fladerer.

»Facilitymanager«, wiederholte Bellers. »Das ist so etwas wie ein Hausmeister.«

Der Mann presste die Lippen zusammen und schaute Bellers finster an, aber er sagte nichts.

Fladerer räusperte sich. »Herr Feldmann. Sie fragen sich bestimmt, was wir von Ihnen wollen.«

Feldmann nickte.

»Es geht um Ihren Chef, Herrn Kevin Klages. Arbeiten Sie ausschließlich für ihn?«

»Ja. Und das ist auch genug Arbeit, das könnense mir glauben. Sein Haus hat ...« Er brach ab und schob seine Unterlippe vor, während er sich am Kopf kratzte. »Es hat jede Menge Zimmer«, fuhr er schließlich fort. »Und dazu noch zwei Garagen und den Garten. Na gut, für den Garten hat er 'nen Gärtner. Jedenfalls das meiste, ab und zu helfe ich aus. Und Reparaturen im Haus erledigt so'n Pole. Einer, der alles kann, wissense? Und zum Putzen kommt 'ne Firma.«

»Aber den ganzen Rest erledigen Sie?«, fragte Fladerer mitfühlend lächelnd, wobei nicht klar war, woraus »der ganze Rest« eigentlich noch bestand.

»So ist es!« Der Mann nickte stolz mit dem Kopf.

»Zahlt Ihr Chef denn gut?« Fladerer ließ es beiläufig klingen, als säßen sie miteinander am Tresen.

»Doch, schon.«

»Wie viel denn?«

»Das ... Das hab ich jetzt nicht so genau im Kopf.«

»Wirklich nicht? Na, macht nichts. Sie haben sicher nichts dagegen, wenn wir bei Ihrer Bank einige Auskünfte einholen? Sie haben ja gewiss nichts zu verbergen.«

Der Mann schaute ihn mit großen Augen an.

»Oder fällt Ihnen jetzt doch ein, wie hoch Ihr Gehalt ist?«

Feldmann murmelte etwas Unverständliches.

»Bitte? Ich habe Sie nicht verstanden.«

»1200 Euro im Monat«, wiederholte er.

»Ach? Das ist ja gar nicht so viel. Wenn man bedenkt, was Sie alles zu tun haben.«

»Nee, ist es echt nicht. Da hamse recht«, stimmte Feldmann zu, jetzt etwas eifriger.

»Aber wissen Sie, was mir aufgefallen ist? Sie tragen recht teuren Schmuck. Die Kettchen sind aus echtem Gold, oder? Und Ihre Uhr sieht auch nicht billig aus.«

»Schon ...«

»Und das mit 1200 Euro im Monat. Sie müssen gut im Sparen sein.«

Der Mann betrachtete die Tischplatte.

»Wie sieht es aus: Sagen Sie uns von alleine die Wahrheit, oder sollen wir uns die Erlaubnis holen, Ihre Kontobewegungen zu überprüfen?«

Der Mann schwieg weiter und steckte seine Hände in die Taschen. Auf dem Tisch blieben zwei feuchte Handabdrücke zurück.

»Sie wissen sicher, dass Ihrem Chef mehrere Morde zur Last gelegt werden?«

Feldmann zuckte mit den Schultern und verschränkte nun die Arme vor dem Körper. Inzwischen ging ein strenger Schweißgeruch von ihm aus.

»Das könnte auch für Sie sehr eng werden. Beihilfe zum Mord wird mit Freiheitsstrafe von... na, von wie viel Jahren bestraft?« Er schaute Bellers an.

»Wieso denn Beihilfe?«, jammerte Feldmann los. »Ich hab mit den Morden doch nix zu tun!«

»Aber Sie wussten davon?«

»Nee! Nur aus Versehen.«

»Aus Versehen, verstehe.« Fladerer nickte scheinbar nachdenklich mit dem Kopf. »Wissen Sie was, Herr Feldmann? Ich habe eine Idee.« Wieder lächelte Fladerer sein schönstes Lächeln. »Warum sagen Sie uns nicht einfach die Wahrheit? Wir finden es doch sowieso heraus. Und so könnten wir vielleicht noch etwas für Sie tun. Wegen der Beihilfe, Sie verstehen?«

»Ich ...« Feldmann kramte ein offensichtlich schon lang benutztes Taschentuch aus der Hose und wischte sich damit über die Lippen. Sandra sah, wie sich die Härchen auf Bellers' Arm vor Ekel aufstellten.

»Was uns vor allem interessiert: Gab es in letzter Zeit irgendjemanden, der sich auffällig für die Geschäfte Ihres Arbeitgebers interessiert hat? Außer der Polizei«, fuhr Bellers fort.

Feldmann überlegte scheinbar minutenlang. Dann gab er sich einen Ruck. »Also gut, ich sag's Ihnen. Aber Sie dürfen es nicht Klages erzählen. Der bringt mich um.«

»Klages sitzt in Untersuchungshaft.«

»Das ist egal. Der bringt mich trotzdem um. Oder lässt mich umbringen, wie er es mit schon mit zig anderen gemacht hat.«

Fladerer nickte. »Er wird es nicht erfahren. Sie können sich darauf verlassen.«

»Es war vor ... Es war so Anfang April«, begann Feldmann. »Ich war draußen und hab den Müll weggebracht. Jede Menge Flaschen. Der Klages hatte wieder gefeiert. Da gab's immer Schampus vom Feinsten. Und gekokst haben die auch, ich hab immer die Reste davon auf so silbernen Tabletts gefunden.«

Und garantiert zusammengekratzt und selbst geschnupft, dachte Sandra.

»Und mir zahlte er bloß diese paar Kröten, wo ich echt für ihn schufte. Ich meine, das ist doch nicht fair. Sogar diese blöden Muskelmänner bekommen mehr. Und die stehen immer bloß dumm rum.«

»Das ist nicht fair, da haben Sie recht«, nickte Fladerer, immer noch freundlich lächelnd. »Und an diesem Tag Anfang April. Was geschah da?«

»Moment, jetzt weiß ich's. Das war am 5. April. Am Tag vorher war nämlich dieses unglaubliche Champions-League-Spiel, bei dem ...«

»Herr Feldmann! Das ist nicht so wichtig. Erzählen Sie jetzt einfach, was passiert ist!«

»Ähm, ja. Gut. Also, ich war aufm Weg zu den Mülltonnen. Oder Müllcontainern. Der Chef braucht ganze Container, 'ne Tonne reicht für den nicht. Das muss man sich mal vorstellen. Ich mein, wer braucht denn ...«

»Herr Feldmann!« Fladerer schlug mit der flachen Hand auf den Tisch, dass es nur so krachte.

»Lassen Sie mich mal, Chef«, murmelte Bellers. Und dann, zu Feldmann: »Sie gingen als zu den Containern?«

»Ja. Und da spricht mich jemand an. Von hinterm Zaun. Hat mich zu Tode erschreckt, wie er da plötzlich ausm Busch flüsterte. Da is nämlich so'n großer Busch vor dem Zaun. Rode... Rota...«

»Rhododendron. Haben wir gesehen. Und weiter? Was hat er gesagt?«, fragte Bellers.

»Er wollte ganz viel wissen. So wie Sie. Fragte, ob ich da arbeite. Was ich so mache. Ob ich zufrieden bin und so was. Wollte auch wissen, wie viel Geld ich verdiene. Und meinte, das wär ja viel zu wenig, dafür was ich alles mach.«

Das hatte der Mann nicht ungeschickt angestellt, bemerkte Sandra. Er hatte zunächst Feldmanns Loyalität seinem Chef gegenüber abgeklopft und ausgehöhlt.

»Und dann?«

»Und dann wollte er wissen, was ich so über Klages weiß. Er war nämlich so'n Dschornel... so'n Mensch, der für 'ne Zeitung schreibt. Und er wollte was über Klages schreiben. Dazu brauchte er aber noch jemanden, der ihm was erzählen kann.«

»Und das haben Sie dann getan?«, fragte Bellers.

»Nee, da noch nicht. Ich mein, ich stand ja mitten im Garten von Klages. Wenn der das rausgekriegt hätte, dass ich über ihn rede, der hätt mich 'nen Kopf kürzer gemacht. Oder machen lassen, dafür hatte der ja 'nen Killer.«

»Das wussten Sie?« Bellers tat erstaunt. »Woher denn? Hat Klages mit Ihnen darüber geredet?«

»Pff! Der doch nicht! Der hat mich mit'm Arsch nicht angeguckt. Und genau deswegen konnte ich ab und zu was mitkriegen. Ich hab sogar mal einen dieser Briefe an den Killer gesehen. Der lag da einfach offen herum und ...«

»Niemals lag der da einfach offen herum!«, widersprach Fladerer.

Feldmann verstummte wieder. Fladerer seufzte und machte Bellers ein Zeichen fortzufahren.

»Vielleicht haben Sie den Brief ja woanders gesehen?«, baute Bellers eine goldene Brücke. »Wenn man gründlich sauber macht, sieht man ja so dies und das.«

»Ja, ja. Genau. So war das. Er lag in einer Schublade im Schreibtisch. Ich hab ihn dann ...«

»Ja?«

»Ach. Nichts.«

»Herr Feldmann. Je mehr Sie uns helfen, desto besser ist das für Sie.«

Feldmann holte tief Luft: »Also gut. Ich habe ihn fotografiert. Mit meinem Handy. Dachte, er könnte vielleicht noch mal wichtig werden, oder so.«

»Das ist interessant«, sagte Bellers.

»Wissen Sie, ich fotografiere immer viel. Macht Spaß. Und manche Sachen kann man vielleicht mal brauchen.«

Wofür, dachte Sandra, für eine Erpressung?

»Sagen Sie, dieser Journalist. Hat der sich auch für den Brief interessiert?«

Feldmann nickte. »Der wollte mir das Foto sogar abkau... ähm, also er wollte es haben.«

»Wie viel hat er denn gezahlt?«

»Zwanzigtausend«, kam es leise zurück.

»Na, das ist doch was. Und dafür haben Sie ihm alles erzählt, was Sie wussten?«

Feldmann nickte.

* * *

Fladerer brauchte lange, bis er sich über »diesen hirnlosen Vollidioten« beruhigte. Sie saßen zu dritt in Fladerers Büro und überlegten, was sie erfahren hatten.

»Es war also vermutlich tatsächlich ein Racheakt«, sagte Sandra. »Jemand wollte sich an Klages rächen, indem er ihm einen Mord anhängte. Oder jemand wollte Lamprecht fertigmachen.«

»Oder jemand wollte sich an Abendroth rächen, indem er ihn ein Auto in die Luft sprengen ließ, in dem seine eigene Tochter saß«, fügte Bellers hinzu.

Sandra schüttelte den Kopf. Das war unglaublich. Das war eine Rache, wie sie sich Shakespeare nicht schlimmer hätte ausdenken können.

»In diesem Fall wäre gar nicht Lamprecht Ziel des Anschlags gewesen, sondern in Wahrheit Maria Abendroth. Oder genau gesagt: Jürgen Abendroth.«

Bellers nickte. »Sein Leben ist jedenfalls zerstört. Und das erheblich schmerzhafter, als wenn man ihn einfach getötet hätte.«

Auch Fladerer schüttelte den Kopf. »Wer macht denn so etwas? Wer rächt sich auf eine dermaßen ... diabolische Art? Und wer ist dermaßen intelligent und abgebrüht, eine solche Sache zu planen und durchzuziehen?«

»Jedenfalls jemand, der von Hass getrieben ist«, sagte Sandra, noch ehe sie überlegen konnte, ob das sachlich war. »Jemand, der Abendroth vernichten will.«

»Und wer könnte das sein?«

»Einer der Angehörigen der bisherigen Opfer, zum Beispiel.«

»Da gibt es viele. Kennen wir jemanden, dem wir das zutrauen würden?«, fragte Fladerer.

Sandra wusste jemanden.

»Spucken Sie's aus«, meinte Fladerer.

Sandra holte tief Luft. »Na ja. Ich habe an Uli Deutschmann gedacht. Dem würde ich das zutrauen. Und ihm würde ich auch zutrauen herauszufinden, wer Klages' Auftragskiller war.«

»Na klar«, rief Bellers. »Der hat doch auch herausgefunden, dass Klages hinter dem Anschlag stand.«

»Und er ist dünn. Sehr dünn«, fügte Sandra hinzu.

»In Ordnung. Wir werden ihn auf Herz und Nieren überprüfen. Und wenn wir auch nur den kleinsten Hinweis finden, knöpfen wir ihn uns vor«, beschloss Fladerer.

Kapitel 41

In den nächsten Stunden durchleuchteten sie das Leben von Uli und Nina Deutschmann. Nachmittags trafen sie sich zu einer Sonderbesprechung.

»Gut. Was wissen wir über Deutschmann?«, eröffnete Fladerer.

»Ich habe mich noch mal mit dem Kollegen aus Essen in Verbindung gesetzt«, berichtete Bellers. »Er bestätigte, dass Deutschmann wie besessen davon war, den Mord an seiner Frau aufzuklären. Wo sie auch hinkamen, und mit wem auch immer sie sprachen, Deutschmann war schon vor ihnen da gewesen.«

»Wie hat er das bloß gemacht, mit einem kleinen Baby?«, wunderte sich Bongarz.

»Der Kleine war viel bei Nina Deutschmanns Eltern. Mit denen hat Sandra gesprochen.«

Bellers schaute Sandra auffordernd an. »Ja, ich bin heute zu ihnen gefahren, weil ich es nicht am Telefon besprechen wollte. Ich habe nicht durchblicken lassen, welchen Verdacht wir gegen ihren Schwiegersohn haben. Aber ich fürchte, sie haben es trotzdem geahnt.«

»Und was haben sie gesagt?«

»Sie haben bestätigt, dass Fabian, der kleine Sohn, im Anschluss an den Mord an ihrer Tochter tatsächlich häufig bei ihnen war, während Uli, ihr Schwiegersohn, unterwegs war und herumgeschnüffelt hat.«

»Wussten sie da schon, was er machte?«

Sandra nickte. »Ja, das wussten sie. Sie haben sich zwar Sorgen gemacht, aber sie fanden es auch gut, dass er den Mörder ihrer Tochter finden wollte. Aber dann kam der Brief, in dem der kleine Fabian bedroht wurden.«

»Und dann gab Deutschmann seine Nachforschungen auf?«

»Nach Angaben der Schwiegereltern, ja. Angeblich hat er nie wieder Betreuung für Fabian gebraucht, hat sie aber weiter regelmäßig mit dem Kleinen besucht. Ich habe sie übrigens auch nach der Zeit vor zwei Monaten gefragt. Zwischen Anfang und Mitte April. Ob er da vielleicht doch mal Fabian zu ihnen gebracht hat. Wenn wirklich er es war, der mit Feldmann gesprochen hat, und der am Bahnhof war und die Drogen verkauft hat, muss er den Kleinen ja irgendwo gelassen haben.«

»Und?«

»Angeblich war es nicht so. Sie beharren darauf, dass er ihn seit bestimmt einem Jahr nicht mehr zu ihnen gebracht hat.«

»Und warum sagen Sie schon zum zweiten Mal: angeblich?«, erkundigte sich Fladerer. »Glauben Sie ihnen nicht?«

»Na ja. Also, nein. Ich glaube ihnen nicht.«

»Gut. Was haben wir noch?«

»Ich habe mich um Deutschmanns Finanzen gekümmert«, sagte Schweizer. »Nach dem Tod seiner Eltern hat er eine Menge Geld geerbt. Seine Eltern besaßen einen mittelständischen Betrieb, den sie vor einigen Jahren verkauften, weil ihr Sohn keinerlei Interesse zeigte, ihn zu übernehmen, sondern unbedingt Lehrer werden wollte. Er war Alleinerbe und hat nach dem Tod seiner Mutter einen siebenstelligen Betrag geerbt.«

»Also mehr als eine Million?«, fragte Imke.

Schweizer nickte. »Viel mehr.«

»Tss«, machte Lukas. »Von meinen Eltern habe ich höchstens ein paar Schulden zu erwarten.«

»Du armes Kind«, meinte Bongarz.

»Gab es in letzter Zeit Bewegung auf seinem Konto?«, wollte Fladerer wissen.

»Die gab es in der Tat«, antwortete Schweizer. »In den letzten drei Monaten hat Deutschmann mehrmals Beträge im fünfstelligen Bereich abgehoben.«

»Die sind dann wohl für die Bestechung von Feldmann und für die Drogen draufgegangen«, überlegte Bellers.

»Apropos«, meinte Sandra. »Müssen wir nicht davon ausgehen, dass auch die Drogen, die wir bei Lamprecht gefunden haben, von Deutschmann stammen?«

»Das halte ich für sehr wahrscheinlich«, stimmte Fladerer zu. »Schließlich waren sie so schlecht versteckt, als hätten sie gefunden werden sollen. Die Frage ist, warum Deutschmann ihn eigentlich ausgewählt hat? Ob das Zufall war?«

»Jedenfalls hat es keinen erwischt, um den es mir wirklich leid tun würde«, meinte Lukas Mann.

»Trotzdem. Warum Lamprecht?«, fragte Fladerer. »Ich habe nicht den Eindruck, dass Deutschmann irgendetwas dem Zufall überließ. Es muss einen Grund geben, dass er ausgerechnet ihn auswählte.«

»Apropos Zufall«, unterbrach Lukas Mann. »Wie konnte er eigentlich so sicher sein, dass Maria Abendroth im entscheidenden Moment in Lamprechts Auto sein würde?«

»Da gab es doch diese Geschichte mit der falschen Visitenkarte«, sagte Bernd Bongarz. »Maria Abendroth wurde von einem Mann angesprochen, der behauptete, Dieter Lamprecht beziehungsweise Dino Lambardo zu sein, und der ihr einen Agenturvertrag in Aussicht stellte. Als sie dann in die Agentur kam, stellte sich die ganze Sache als falsch heraus. War es im Übrigen nicht ein sehr dünner Mann, der sie angesprochen hatte?«

Sandra nickte.

»Also, noch mal für Langsame«, sagte Fladerer. »Uli Deutschmann spricht Maria Abendroth nach ihrem Auftritt an und überreicht ihr eine Karte von Dino Lambardo mit der Aufforderung, bei ihm in der Agentur vorbeizukommen. In der Hoffnung, dass sich Lambardo an sie heranmacht.«

»Nein, nicht in der Hoffnung«, widersprach Bongarz. »In der Gewissheit.«

»Na schön. Maria geht zu dieser Agentur, und es entwickelt sich alles genau so, wie Deutschmann geplant hatte.«

»Dann muss er sie aber beobachtet haben«, warf Lukas ein. »Sonst hätte er ja nicht gewusst, wann sie zu Lambardo geht. Und wann sie dementsprechend am nächsten Morgen betäubt in seinem Wagen sitzt, um in irgendeinem Park abgelegt zu werden.«

»Entweder das, oder er hat wieder jemanden bestochen. Diese Sonja Kluge zum Beispiel. Die junge Frau, die in Lambardos Agentur arbeitet«, schlug Sandra vor.

»Das überprüfen wir«, entschied Fladerer. »Santori, Sie kommen mit mir. Ihr anderen macht mal eine Viertelstunde Pause.«

Sandra folgte ihrem Chef in sein Büro und saß zehn Minuten vor seinem Schreibtisch, während er die junge Frau zunächst sehr freundlich, dann etwas weniger freundlich und schließlich ausgesprochen scharf in die Mangel nahm. Es war nicht ganz klar, was Sandra dabei zu suchen hatte. Er hatte noch nicht mal das Telefon auf Mithören gestellt.

»Alles klar«, meinte Fladerer schließlich und marschierte zurück in den Besprechungsraum, wo die anderen schon auf sie warteten.

»Ich habe mit der jungen Frau gesprochen«, erklärte er seinen Mitarbeitern. »Und sie hat bestätigt, dass sie tatsächlich für Auskünfte über Maria Abendroth bezahlt wurde. Ein Mann sei auf sie zugekommen und habe erzählt, er sei der Verlobte von Maria. Und er mache sich Gedanken, ob er seiner Verlobten trauen könne. Ob Sonja Kluge sich vorstellen könne, ihn über alles, was in der Agentur vor sich ging, auf dem Laufenden zu halten.«

»Und Sonja Kluge konnte es sich vorstellen?«, fragte Bongarz.

»Nachdem 20.000 Euro geflossen waren schon. Sie hat dem angeblichen Verlobten alles erzählt. Von den ersten Annäherungsversuchen Lambardos in der Agentur, die von Maria noch nicht mal bemerkt wurden, bis hin zu der entscheidenden Einladung zu sich nach Hause.«

»Und sie hat sich nicht überlegt, dass der angebliche Verlobte es wohl kaum dulden würde, dass seine Zukünftige mit zu Lamprecht geht, um von ihm vergewaltigt zu werden?«, fragte Imke.

»Ich glaube, bei Sonja Kluge handelt es sich um eine junge Frau, die sich insgesamt herzlich wenig überlegt«, entgegnete Fladerer.

»Aber Deutschmann ist ein Risiko eingegangen«, meinte Lukas. »Es hätte ja sein können, dass Maria die Einladung nicht annimmt. Oder dass sie Lamprechts Wohnung sofort wieder verlässt, sobald ihr etwas seltsam vorkommt. Und zwar zu Fuß.«

»Das stimmt. Aber wenn das der Fall gewesen wäre, hätte er es sicherlich noch mal versucht. Hass kann ein sehr ausdauerndes Gefühl sein«, meinte Imke.

»Tja. Ich denke das reicht, um ihn uns vorzuknöpfen, was?«, fragte Fladerer. »Ich fahre mit Santori und Bellers nach Essen. Bellers, informieren Sie bitte die dortigen Kollegen. Wäre gut, wenn sie schon mal einen Streifenwagen zu Deutschmanns Haus schicken. Nicht, dass er uns im letzten Moment noch durch die Lappen geht.«

Kapitel 42

Die Fahrt nach Essen erschien Sandra sehr lang. Obwohl Fladerer am Steuer saß, der Geschwindigkeitsbegrenzungen lediglich für unverbindliche Empfehlungen zu halten schien. Bellers neben ihm stand wieder pausenlos auf der imaginären Bremse.

Nachdenklich betrachtete Sandra ihren Kollegen. Wie es wohl sein mochte, wenn man immer so korrekt war? Wenn man gar nicht anders konnte? Es musste wie ein Gefängnis sein, allerdings eines im eigenen Inneren.

Dann überlegte sie, ob sein Vater wohl schon in die Wohngemeinschaft eingezogen war. Und wie es bei Bellers zu Hause zuging, jetzt wo der alte Mann nicht mehr dort lebte. Sie nahm sich vor, ihren Kollegen bei passender Gelegenheit danach zu fragen. Das hieß, sobald sie Deutschmann festgenommen und den Fall endgültig abgeschlossen haben würden.

Als sie zu Deutschmanns Haus kamen, sahen sie schon von Weitem einen Streifenwagen, der direkt vor seiner Haustür parkte. Für alle gut sichtbar, auch für den Verdächtigen. Im Wagen saßen zwei junge Beamte, die offensichtlich Karten spielten und keinen Blick auf das Haus warfen. Deutschmann hätte in der Zwischenzeit vermutlich mit sämtlichen Möbeln ausziehen können, und sie hätten es nicht mitbekommen.

Fladerer verzog die Lippen und marschierte auf den Wagen zu. Sandra und Bellers grinsten sich an.

»Die können gleich was erleben«, flüsterte Bellers.

Und so war es. Sekunden später standen die beiden jungen Männer stramm neben ihrem Auto und betrachteten angestrengt ihre Schuhe. Und Fladerer legte los. Sandra hatte das Gefühl, wenn er nicht bald stoppte, würden sich die beiden Jungs noch einnässen.

Nachdem Fladerer alles losgeworden war, was es zu sagen gab, ging er zum Haus und klingelte mehrmals bei Deutschmann. Es kam keine Reaktion. Er wandte sich an die beiden jungen Beamten, die gerade in ihren Streifenwagen stiegen, um sich unauffällig aus dem Staub zu machen.

»Wir müssen hier rein. Ruft einen Schlüsseldienst an. Wenn ihr das wenigstens könnt.«

Dann klingelte Fladerer bei allen Nachbarn gleichzeitig. Kurz darauf tönte ein mehrstimmiges: »Wer ist denn da?« aus der Sprechanlage. Und es schnarrte der Türöffner. Es gab immer irgendjemanden, der einfach öffnete ohne zu fragen. Sie betraten das Haus ohne zu antworten und eilten die Treppe hinauf. Als sie im dritten Stock ankamen, schnaufte Fladerer wie eine Dampflok. Sein Gesicht war so rot, dass Sandra sich Sorgen machte. Wer hätte diesen Koloss das Treppenhaus heruntertragen sollen, wenn er hier oben einen Schlaganfall bekam?

Aber Fladerer war nicht so schnell zu verwüsten. Innerhalb weniger Sekunden beruhigte sich sein Atem, und die Gesichtsfarbe wurde normal. Nur um wenig später wieder auf Rot zu wechseln, als eine der Nachbarinnen zu ihnen kam und sofort loszeterte. Sandra erkannte Frau Buck aus der Wohnung unter Deutschmann, die sich immer über den kleinen Fabian beschwerte. Die Frau warf Fladerer vor, dass sie keine Antwort bekommen habe, wer sie seien. Erst nachdem Fladerer ihr seinen Polizeiausweis gereicht hatte, beruhigte sie sich. Sie habe doch schon immer gewusst, dass mit diesem Deutschmann etwas nicht stimme. Wie der sie immer angeschaut habe!

Endlich kam der Schlüsseldienst, und Fladerer wies sich erneut aus. Die Nachbarin hörte auf zu reden, reckte aber den Hals, um ja nichts zu verpassen. Aber dann war die Tür offen, und sie betraten Deutschmanns Wohnung. Bevor die Nachbarin noch hinterherkommen konnte, schlugen sie ihr die Tür vor der Nase zu.

Sie gingen zunächst von Zimmer zu Zimmer, aber die Wohnung war leer. Jedenfalls menschenleer. Ansonsten sah es hier so aus, als wäre Deutschmann nur mal eben zum Einkaufen gegangen, was ja durchaus sein konnte.

»Gut. Wir schauen jetzt nach allem, was uns nützlich sein könnte«, bestimmte Fladerer. »Damit wir ihn direkt festnageln können, wenn er nach Hause kommt.«

»Müssten wir nicht erst eine Genehmigung ...«, begann Bellers.

»Nein. Hier ist Gefahr im Verzug«, schnitt ihm Fladerer das Wort ab.

Jeder von ihnen nahm sich ein Zimmer vor und durchsuchte es. Sandra schaute sich im Bad um, das ebenso aufgeräumt und sauber war wie alle übrigen Räume. Sie öffnete das Schränkchen über dem Waschbecken und fand zwei Zahnputzbecher. Einen blauen mit einer großen, und einen bunten mit einer kleinen Bürste. Sie standen vorbildlich mit dem Kopf nach oben. Die Becher waren abgespült, und wiesen nicht etwa wochenalte Zahncremeflecken auf, wie das bei Sandra der Fall gewesen war, als sie noch Zahnputzbecher benutzt hatte. Sandra fand Rasierzeug und -creme, weiterhin eine Handcreme und ein Päckchen Papiertaschentücher. Sonst nichts.

In einem anderen Schränkchen weit oben an der Wand fand sie Medikamente. Angefangen von Nasenspray und Pflastern bis hin zu Beruhigungs- und Schlafmitteln. Sandra nahm eine Packung Benzodiazepine heraus und schaute auf das Verfallsdatum. Es war vor einigen Monaten abgelaufen. Und die Packung war nicht geöffnet. Das galt auch für die Schlafmittel. Irgendjemand hatte Deutschmann diese Sachen verschrieben, vielleicht nach dem Tod seiner Frau. Aber er hatte sie nicht genommen. Scheinbar hatte er sich nicht beruhigen wollen.

Gerade als Sandra die Tür zur Duschkabine öffnen wollte, obwohl dies eigentlich überflüssig war, weil die Tür dermaßen sauber war, dass man das Glas gar nicht erkannte, rief Bellers aus dem Wohnzimmer: »Ich habe was!«

Sie und Fladerer eilten zu ihm.

Bellers hielt einen Brief in der Hand. Natürlich trug er dabei Handschuhe. Der Umschlag war beschriftet mit den Worten: *An die Polizei.*

»Oha!«, rief Fladerer aus und nahm Bellers den Brief aus der Hand. Ohne Handschuhe. Er schob seine dicken Finger unter die Lasche und riss den Umschlag halb entzwei, als er den Brief öffnete. »Ist er etwa abgehauen?«, murmelte Fladerer vor sich hin. Er überflog die Zeilen, und als er fertig war, sagte er: »Scheiße!« Er ließ den Brief sinken. Sandra nahm ihn, ebenfalls ohne Handschuhe. Aber das dürfte ja nun egal sein. Und während Bellers über ihre Schulter schaute, begann sie zu lesen:

»An die Polizei. Nun sind Sie mir also doch auf die Spur gekommen, ich gratuliere. Nur für den Fall, dass noch Fragen offen sind, möchte ich hier ein vollständiges Geständnis ablegen.

Nach dem Tod meiner Frau habe ich, wie Sie wissen, eigene Nachforschungen angestellt. Ich habe, wie Sie ebenfalls wissen, sehr schnell herausgefunden, dass Kevin Klages hinter dem Anschlag auf Ludger Friedrich steckte und dass er somit für den Tod meiner Frau verantwortlich war. Was Sie nicht wussten, war, dass ich auch recht schnell herausgefunden hatte, wer den Anschlag durchgeführt hatte. Nämlich Jürgen Abendroth, der Killer von Klages. Nun hatte ich also die beiden Männer gefunden, die Schuld am Tod meiner Frau trugen, aber es würde ihnen nichts geschehen. Jedenfalls nicht, wenn ich zur Polizei gehen würde, wie ich leider feststellen musste, als ich den hiesigen Beamten von Kevin Klages erzählte.«

Sandra musste unwillkürlich nicken, als sie diese Zeilen las. Sie konnte nachvollziehen, wie Deutschmann sich gefühlt haben mochte. Hilflos, ohnmächtig. Und wütend!

»Also beschloss ich, die Gerechtigkeit selbst in die Hand zu nehmen. Denn – entschuldigen Sie, dass ich das so sagen muss – auf die Polizei und die Justiz war kein Verlass. Ich beschloss, den beiden Männern das zu geben, was sie jeweils verdienten. Und nicht nur ihnen, sondern auch Dieter Lamprecht, der meine Frau an Körper und Seele so sehr verletzt hat, dass sie sich nie wieder davon erholte.«

Sandra blinzelte. Was meinte er damit? Die nächsten Zeilen ließen dann jedoch das letzte Mosaiksteinchen an seinen Platz fallen:

»Dieser Mann hat meine Frau zu sich eingeladen, als sie wegen einer Reportage Kontakt zu ihm aufgenommen hatte«, hieß es. Sandra hätte sich fast mit der Hand vor die Stirn geschlagen. Natürlich! Die Reportage über den Musikbetrieb in Deutschland, von der Deutschmann gesprochen hatte. Sie las weiter:

»Dieter Lamprecht hat meine Frau betäubt und vergewaltigt. Und niemand hat ihr geholfen. Darüber ist sie nie hinweggekommen.

Somit habe ich also gleich an drei Personen Rache genommen: Abendroth sollte seine eigene Tochter töten. Unwissentlich. So, wie er auch meine Frau unwissentlich getötet hatte, als er den Anschlag auf Friedrich verübte. Lamprecht sollte sterben, damit er niemals wieder einer Frau das antun konnte, was er meiner Frau angetan hat. Und Kevin Klages sollte vor den Augen Abendroths als der Auftraggeber des Anschlags dastehen, daher die Sache mit den Drogen, die bei

Lamprecht gefunden wurden. Ich wollte, dass Abendroth sich an Klages rächt. Klages hätte so sterben sollen, wie er seine Opfer sterben ließ: zerrissen von der Wucht einer Explosion. Und getötet von seinem eigenen Killer.

Wie wir alle wissen, ist es anders gekommen. Aber auch wenn Klages nicht in Stücke gerissen wurde, so wird er doch wenigstens den Rest seines Lebens hinter Gittern verbringen. Denn ich bin überzeugt, dass Abendroth auspacken und sich wenigstens so noch an ihm rächen wird. Vielleicht ist das sogar die bessere Rache, als wenn Klages einfach nur gestorben wäre.

Was Abendroth angeht, muss ich mich um ihn nicht weiter kümmern. Der Mann ist in der Hölle, und dort wird er so lange bleiben, bis er sein Leben beendet. Was, wie ich ihn einschätze, nicht lange dauern wird.

Auf der beiliegenden zweiten Seite habe ich Ihnen sämtliche Details meines Vorgehens genau aufgelistet. Damit keine Fragen offen bleiben.

Zwei Dinge bleiben mir noch zu sagen. Zum einen: Lassen Sie meine Schwiegereltern aus dem Spiel. Sie haben Sie angeschwindelt, ja. Auf meinen ausdrücklichen Wunsch hin. Sie haben in den letzten Monaten wiederholt auf Fabian aufgepasst, wenn ich in meinen Angelegenheiten unterwegs gewesen war. Aber sie hatten keine Ahnung, was ich tat. Ich habe sie in dem Glauben gelassen, ich hätte mich neu verliebt und würde nicht wollen, dass irgendjemand davon erfuhr.

Und das Zweite ist: Ich bereue aufrichtig, dass ich Unbeteiligte für meine Rache sterben lassen musste. Dies gilt insbesondere für Maria Abendroth, die nichts weiter als eine unschuldige, junge Frau war. Ich habe sie geopfert und habe damit schwere Schuld auf mich geladen. Und das im vollen Bewusstsein über die Verwerflichkeit dessen, was ich tue. Zu sagen, dass ich einer unbekannten Anzahl von Personen das Leben gerettet habe, indem ich Klages und Abendroth aus dem Verkehr zog, wäre eine billige Ausrede. Ich habe Schuld auf mich geladen, die ich niemals in meinem Leben wiedergutmachen könnte.

Und damit komme ich zum letzten Akt.«

Sandra hätte am liebsten nicht weitergelesen.

»Ich würde gerne von mir behaupten, ich würde mein Leben beenden wegen dieser Schuld, die ich auf mich geladen habe. Das hätte doch wenigstens etwas Erhabenes. Die banale Wahrheit ist jedoch, dass ich ohne meine Frau nicht weiterleben möchte. Ich habe nur so lange durchgehalten, weil ich nicht gehen wollte, ohne ihren Tod gerächt zu haben. Das ist nun erledigt, und ich werde unsere kleine Familie wieder zusammenführen.

Ich bitte Sie zum Abschluss um Entschuldigung für alle Unannehmlichkeiten, die ich Ihnen bereitet habe. Und möchte aber hinzufügen, dass das nichts ist gegen die Unannehmlichkeiten, die Sie von der Polizei und der Justiz mir bereitet haben.

Leben Sie wohl!«

Damit endete der Brief. Sandra überflog rasch die zweite Seite. Die Details zur Tat. Sie fand nichts, was sie sich nicht bereits selbst zusammengereimt hatten.

Als sie den Brief sinken ließ, zitterten ihre Hände.

»Und? Was denken Sie?«, fragte Fladerer.

»Er will sich umbringen«, antwortete Bellers düster. »Oder hat es bereits getan.«

»Und seinen kleinen Sohn nimmt er mit«, ergänzte Sandra.

»Ja«, seufzte Fladerer. »Ist das nicht zum Kotzen?«

Kapitel 43

Fladerer löste eine Großfahndung nach Deutschmann und dessen Sohn aus. Unzählige Beamte würden nun nach seinem Auto Ausschau halten. Hotels, Pensionen, aber auch Krankenhäuser der näheren Umgebung würden überprüft werden. Aber solange sie nicht wenigstens wussten, wo ungefähr er mit seinem Sohn hingefahren sein könnte, würde es schwierig werden, ihn zu finden. Und die Einzigen, die dazu vermutlich etwas sagen konnten, waren Nina Deutschmanns Eltern.

Wenig später fuhren sie vor dem Haus der Wallmanns vor. Sie hatten sich nicht angemeldet, weil sie den Eltern keine Gelegenheit geben wollten, sich irgendwelche Geschichten auszudenken.

Die Wallmanns waren zu Hause und ließen sie mit ernsten Gesichtern eintreten. Sandra schaute sie an. Wussten sie etwas? Oder ahnten sie es? Hatte sich Uli Deutschmann vielleicht ihnen anvertraut? Aber sie hätten doch wohl nicht zugelassen, dass er den kleinen Fabian mit in den Tod nahm?

»Wir müssen Ihnen etwas zeigen«, begann Fladerer, und überreichte dem Ehepaar, das sich auf der Couch dicht nebeneinandergesetzt hatte, den Brief. Es dauerte einige Minuten, bis sie ihn gelesen hatten, und Sandra konnte in dieser Zeit nicht eine einzige Regung erkennen.

»Nun?«, fragte Fladerer, als die beiden schließlich das Blatt sinken ließen.

»Ich weiß nicht, was ich sagen soll«, murmelte Herr Wallmann.

»Zum Beispiel, ob Sie von den Machenschaften Ihres Schwiegersohns wussten.«

»Nein«, sagte er und schaute auf seine Hände.

Seine Frau wischte immer wieder über eines der Sofakissen, als gäbe es dort etwas wegzuwischen.

»Egal, das klären wir später«, sagte Fladerer. »Im Moment müssen wir ganz dringend Ihren Schwiegersohn und Enkel finden. Bevor er sich und dem Kleinen etwas antut.«

»Ja«, sagte Edith Wallmann und legte sich nun das Kissen auf den Schoß, wo sie es umklammerte, als wäre es ihr Enkel.

»Können Sie uns sagen, wo er sein könnte?«, fragte Sandra.

Und jetzt schaute die Frau zum ersten Mal auf. »Nein«, sagte sie.

»Weil Sie es nicht wissen? Oder weil Sie es nicht wollen?«, fragte Fladerer nach. »Hören Sie: Ihr Schwiegersohn will sich umbringen. Und den Kleinen gleich mit. Das können Sie doch nicht zulassen. Er ist Ihr Enkel. Er ist doch nur ein kleines Kind.«

»Wir können Ihnen nicht helfen«, sagte Günter Wallmann dumpf.

»Wir wissen doch gar nicht, wo er genau ist«, fügte seine Frau hinzu.

Sandra war irritiert. Warum blieben die beiden so starr auf dem Sofa hocken? Hätten sie nicht aufspringen und alles dafür tun müssen, ihren Schwiegersohn zu finden? Aber vielleicht standen sie unter Schock.

»Gibt es einen Ort, der für Ihren Schwiegersohn eine besondere Bedeutung hat?«, fragte Fladerer.

»Tja.« Die beiden sahen sich an. »Er mag das Meer. Vielleicht die Stelle, an der er und Nina sich kennengelernt haben?«

»Wo war das?«

»Das war in der Normandie. Dort sind sie sich zum ersten Mal begegnet und haben sich direkt ineinander verliebt. Sie sind danach noch öfters dort gewesen, aber nie mit dem Kleinen. Das ging ja auch nicht. Unsere Tochter ist gestorben, als der Kleine noch keine drei Monate alt war.«

Fladerer wurde hektisch. »Zeigen Sie uns bitte genau, wo das ist.«

Herr Wallmann holte einen Autoatlas und zeigte auf eine bestimmte Stelle. Fladerer telefonierte mit Bongarz und wies ihn an, sofort die französische Polizei zu benachrichtigen. Dann wandte er sich wieder Ninas Eltern zu. »Wann haben Sie Ihren Schwiegersohn zuletzt gesehen? Oder gesprochen?«

Die beiden schauten sich erneut an, und es dauerte einige Sekunden, bis Herr Wallmann antwortete. »Das ist schon ein bisschen her. Vor zwei Tagen, oder?«

»Oder waren es drei, ich weiß auch nicht so genau«, stimmte seine Frau zu.

»Haben Sie ihm nichts über das gesagt, was wir heute Morgen besprochen haben?«, fragte Sandra.

»Sie wollten das doch nicht.«

Was keine Antwort auf ihre Frage war, stellte Sandra fest.

»Wir müssen herausfinden, wann Deutschmann zuletzt in seinem Haus gesehen wurde«, wandte sich Fladerer an Sandra und Bellers. »Wie lange fährt man von Essen bis in die Normandie?«

Bellers zuckte mit den Achseln. »Fünf Stunden vielleicht. Je nach Verkehrslage.«

»Dann könnte er also schon dort sein, selbst wenn er erst heute Vormittag losgefahren ist«, brummte Fladerer. »Trotzdem. Rufen Sie in Essen an und lassen Sie die dortigen Beamten in Deutschmanns Haus nachfragen, wann er oder sein Sohn zuletzt gesehen wurden. Aber die sollen nicht die beiden Hampelmänner von heute Morgen losschicken!«

Bellers zückte sein Handy und verließ das Wohnzimmer.

»So, und Sie beide denken noch mal scharf nach, ob Ihnen noch ein weiterer Ort einfällt, den Ihr Schwiegersohn aufsuchen könnte, um sich und seinen Sohn zu töten.« Fladerer drückte sich absichtlich drastisch aus, erkannte Sandra. Aber das ältere Ehepaar vor ihnen zuckte noch nicht mal mit einer Wimper. »Sagen Sie uns alles, was Ihnen in den Sinn kommt.«

Fast eine Stunde blieben sie bei den Eltern von Nina Deutschmann, die ihnen erzählten, wo ihre Tochter und ihr Schwiegersohn einkauften, wo und mit wem sie ihre Freizeit verbrachten, in welchen Clubs oder Vereinen sie sich aufhielten, und welche Freunde oder Bekannte sie benennen konnten. Außerdem zählten sie sämtliche Urlaubs- und Ausflugsziele auf, die ihrer Tochter und dem Schwiegersohn etwas bedeutet hatten, und berichteten alles, was sie über die Recherchen ihrer Tochter wussten.

Als sie auf Lamprecht zu sprechen kamen, fragte Fladerer: »Wussten Sie, was er Ihrer Tochter angetan hat?«

Wallmann nickte.

»Und warum haben Sie uns das nicht gesagt? Das wäre wichtig für uns gewesen!«, sagte Fladerer, und seine Gesichtsfarbe wechselte zu einem ungesunden Rot.

Frau Wallmann nahm wieder ihre Wischerei über das Kissen auf, Herr Wallmann schaute auf seine Hände und murmelte: »Sie haben ja nicht gefragt.«

»Wir haben Sie nach allem gefragt, was wichtig sein könnte! Und Sie haben ... Ach, was rege ich mich eigentlich auf.« Fladerer stemmte sich aus dem Sessel hoch und stampfte hinaus, wobei er die Tür so heftig aufriss, dass sie gegen die Wand schlug.

Sandra schaute ihm mit offenem Mund hinterher und wollte ihm gerade folgen, als er bereits wieder zurückkam.

»Kommen Sie, Santori. Es gibt Neuigkeiten.«

»Ja? Was denn?«, fragte Sandra, während sie den Wohnzimmertisch umrundete.

»Deutschmanns Wagen wurde gefunden. Ich bin gerade angerufen worden. Übrigens an genau der Stelle, die die Wallmanns genannt haben. Dort gibt es eine Steilküste.« Fladerer schaute die Wallmanns durchdringend an. »Das Auto ist leer. Nur der Personalausweis Ihres Schwiegersohns liegt darin. Und ein kleiner Plüschhase. Wie würden Sie das deuten?«

Herr und Frau Wallmann saßen stumm auf der Couch. Sandra wollte Mitleid mit ihnen haben, aber sie spürte nichts.

Auf dem Weg ins Präsidium berichtete Bellers, was er von den französischen Kollegen erfahren hatte. Sie hatten Deutschmanns Auto oben an einer Stelle der Steilküste gefunden, von der aus die Aussicht auf das Meer geradezu atemberaubend war. Und von der aus die Küste mehr als zwanzig Meter tief ins Meer abfiel. Direkt unterhalb der Stelle, an der das Auto stand, ragten Felsen aus dem Wasser. Auf einem von ihnen hatten die französischen Beamten eine nicht unerhebliche Menge an Blut gefunden, das sie bereits sichergestellt und zur weiteren Analyse nach Deutschland geschickt hatten. Die Leichen von Vater und Sohn hatten sie nicht gefunden, was jedoch bei den dort herrschenden Strömungsverhältnissen nichts zu sagen hatte.

Im Auto fanden die Beamten neben dem Personalausweis und dem Plüschhasen eine leere Packung Rohypnol. Also hatte Deutschmann wenigstens nicht ein zappelndes und weinendes Kleinkind in die Tiefe geworfen, sondern war vermutlich mit seinem tief schlafenden Sohn im Arm gemeinsam gesprungen. Möglicherweise hatte er das starke Schlafmittel ebenfalls eingenommen. Dasselbe Schlafmittel, mit dem Lamprecht seine Frau betäubt hatte, damit er sie anschließend vergewaltigen konnte.

Und so schloss sich der Kreis. Endgültig, wie es schien.

Nur, dass es sich für Sandra nicht so anfühlte.

Kapitel 44

In den folgenden Tagen wurden die Arbeiten getan, die immer bei Abschluss eines Falles getan wurden. Noch fehlende Berichte wurden geschrieben und gespeichert, Beweismittel wurden so archiviert, dass man sie zum Prozessauftakt nicht in ganz Wuppertal suchen musste, sondern auf Anhieb wiederfinden würde. Einige Tage waren die Ereignisse um Klages und Abendroth noch Gespräch auf den Fluren und in den Büros, dann wurde die Aufmerksamkeit durch neue Fälle und durch private Themen abgelenkt.

Bellers hatte seinen Vater in der Wohngruppe untergebracht. Der alte Mann hatte lediglich eine starke Erkältung, aber keine Lungenentzündung entwickelt. Seine Demenz war dagegen weiter fortgeschritten. Er redete fast gar nicht mehr, und das, was er sagte, ergab noch nicht mal einen falschen Sinn. Er schien auch vergessen zu haben, was man als Mensch üblicherweise tat. Er verließ nur noch auf Aufforderung sein Bett, um sich dann aber, noch im Schlafanzug, direkt in den nächsten Sessel zu setzen, bis ihm erneut jemand sagte, was er tun sollte. Hätte man ihm nichts gesagt, hätte er weder gegessen noch getrunken noch sich aus dem Sessel wegbewegt. Somit bestand immerhin keine Gefahr mehr, dass er wieder weglaufen würde. Und er beschwerte sich auch nicht darüber, dass er nicht zu Hause war. Was auch immer er unter seinem Zuhause verstand.

Doch schon nach wenigen Tagen in der Wohngemeinschaft veränderte er sich. Er nahm Anteil an dem Treiben um sich herum, beteiligte sich an den Dingen des täglichen Lebens wie Kochen und Einkaufen und schloss Freundschaft mit einem der Mitbewohner, den er allen als seinen Vater vorstellte. Der Mitbewohner tat dasselbe mit ihm. Einmal besuchte Sandra ihn gemeinsam mit Bellers, und er führte sie mit sichtlichem Stolz durch sein »Revier«. Zwar erkannte er seinen Sohn nicht, aber er wirkte so ausgeglichen, dass Bellers seinen Frieden mit der Situation machen konnte.

Abendroth setzte tatsächlich seinem Leben ein Ende, sobald er sicher sein konnte, dass Klages unter Anklage gestellt worden war. Obwohl er aufgrund erheblicher Suizidgefahr viertelstündlich kontrolliert wurde, war es ihm gelungen, sich in der Zeit zwischen zwei Kontrollgängen mit seinem Handtuch zu erdrosseln. Niemand wusste so recht, wie er das geschafft hatte. Es sah so aus, als hätte er einfach das Tuch um seinen Hals geschlungen, die Enden am Bettgestell befestigt, und sich mit seinem ganzen Gewicht nach vorne fallen lassen, sodass sich die Schlinge um seinen Hals zuzog. Bei jedem anderen wäre der Überlebenswillen irgendwann so groß geworden, dass er sich wieder nach hinten bewegt hätte. Nicht so bei Abendroth. Er war so entschlossen zu sterben, dass er vermutlich sogar einfach seinem Herz hätte befehlen können, nicht mehr zu schlagen.

Somit wurde die Akte Abendroth geschlossen, während die Akte Klages unter Hochdruck von der Staatsanwaltschaft bearbeitet wurde. Noch im selben Jahr sollte der Prozess gegen ihn beginnen.

In der Wuppertaler Drogenszene brach ein Krieg aus. Kleinere und mittlere Dealer versuchten, sich ein Stück vom großen Kuchen zu sichern. Gleichzeitig machten sich zwei rivalisierende Rockerbanden breit, die alles unter Druck setzten, was nicht in einer großen und gewalttätigen Bande organisiert war, und die für einen deutlichen Anstieg der Mord- und Totschlagfälle in der Wuppertaler Kriminalstatistik sorgten. Der Abteilung Drogenkriminalität würde jedenfalls so bald die Arbeit nicht ausgehen.

Sandra dachte noch lange an den Fall. Immer wieder überlegte sie, wie Uli Deutschmann sich gefühlt haben mochte, als er den entscheidenden Schlag plante und durchführte. Und was ihn bewegt haben mochte, sich und seinen kleinen Sohn zu töten. Er hatte wie ein liebevoller Vater gewirkt. Sandra konnte sich nicht vorstellen, wie er es übers Herz gebracht hatte, sein kleines Kind zu töten. Und sie konnte sich nicht vorstellen, wie Nina Deutschmanns Eltern mit dem erneuten Verlust weiterleben konnten. Sie konnte es sich einfach nicht vorstellen.

Ihre Überlegungen führten schließlich zu einigen Anrufen, über die sie mit niemandem sprach. Noch nicht mal mit Inge, und das wollte wirklich etwas heißen. Mit ihren Kollegen redete sie schon gar nicht darüber. Die waren froh, dass der Fall abgeschlossen war. Niemand von ihnen schien Sandras Zweifel zu teilen, und dementsprechend würde niemand von ihnen Verständnis dafür haben, dass sie immer noch keine Ruhe gab. Also setzte sie auf eigene Faust einige Dinge in Bewegung und musste jetzt nur noch warten, bis es zu einer Reaktion auf ihre Anrufe kommen würde.

* * *

Günter und Edith Wallmann verbrachten nach den Geschehnissen einige Wochen von allen abgeschottet zu Hause. Es gab keine Beerdigung, da die Leichen ihres Schwiegersohns und Enkels nie gefunden wurden. Es würden noch Monate vergehen, bevor sie die beiden für tot erklären und eine Trauerfeier abhalten konnten.

Nach knapp sechs Wochen packte das Ehepaar Wallmann seine Koffer und flog nach Haiti. Im Handgepäck befand sich neben Erfrischungstüchern, Büchern, ein wenig Obst und gebügelten Stofftaschentüchern auch ein kleiner Plüschhase.

In Haiti wartete ein Mann auf sie. Er hatte blonde, kurz geschnittene Haare, die nicht recht zu seinen dunklen, tief liegenden Augen passen wollten. Ohne ein Wort umarmten sich die drei und verließen schweigend den Flughafen.

Erst im Auto fragte der jüngere Mann: »Gab es noch irgendwelche Schwierigkeiten?«

»Nein«, antwortete Günter Wallmann, und: »Ja«, sagte im selben Moment seine Frau.

»Was war denn los?«, fragte der Jüngere.

»Diese Polizistin, diese Frau Santori hat etwas geahnt. Das glaube ich jedenfalls«, antwortete die Frau.

»Aber sie hat uns doch in Ruhe gelassen. Wie die anderen«, widersprach ihr Mann.

»Trotzdem«, beharrte seine Frau.

Ihr Mann zuckte mit den Schultern. »Ich weiß nicht. Aber jedenfalls ist alles so gelaufen, wie du geplant hattest. Sie haben dein Blut auf dem Felsen gefunden und haben den Fall daraufhin geschlossen.«

Der junge Mann rieb sich unwillkürlich über die Ellenbeuge. Aber der Einstich von der Blutabnahme war schon lange nicht mehr zu sehen.

»Ich denke, ihr werdet in einigen Monaten für tot erklärt werden«, schloss Günter Wallmann, und der junge Mann nickte. Nachdem sie ihr Gepäck in dem kleinen Haus verstaut hatten, das der Mann mit seinem zweijährigen Sohn und einem Kindermädchen bewohnte, gingen sie zu viert zum Meer, wo ein kleines Motorboot auf sie wartete. Der blonde Mann trug ein verschlossenes Gefäß von der Größe einer Blumenvase in seinen Händen, das Ehepaar Wallmann hatte jeweils eine Hand des kleinen Jungen ergriffen, der den Plüschhasen fest mit seiner kleinen Faust umklammerte.

Nachdem sie etwa zehn Minuten aufs offene Meer hinausgefahren waren, ließ der blonde Mann den Fahrer anhalten und bat ihn, sie einige Minuten alleine zu lassen. Der Fahrer zog sich in eine winzige Kabine zurück, die ihm bei schlechtem Wetter Schutz gewähren sollte. Dann öffnete der blonde Mann den Verschluss des Gefäßes, hielt es einige Sekunden reglos über die Reling, und ließ schließlich feinen Staub herausrieseln. Der kleine Junge rannte sofort zur Reling und beobachtete, wie der Staub eine Weile auf den Wellen tanzte, bevor er sich mit Wasser vollsog und nach unten sank.

»Leb wohl, Nina. Ich werde dich nie vergessen«, murmelte der blonde Mann mit erstickter Stimme und wischte sich verstohlen über die Augen.

Der kleine Junge blickte zu ihm auf. »Papa weint?«

Der Mann wandte sich ab und seine Schultern zuckten. Edith Wallmann beugte sich über den Kleinen. »Ja. Papa ist traurig, weil die Mama nicht mehr da ist.«

»Mama?«, fragte der Kleine. Dann schaute er auf die Wellen. »Mama da?«

»Ja. Die Mama ist jetzt da«, flüsterte Edith Wallmann.

»Mama Nisse?«, sagte der Kleine. Er hatte kurz zuvor ein Buch über Wassermänner und -frauen geschenkt bekommen.

Der blonde Mann erstickte ein Schluchzen und nahm seinen Sohn auf den Arm. »Das stimmt, mein Kleiner. Mama ist jetzt eine Nixe. Und wenn wir mal mit ihr reden wollen, müssen wir nur zum Meer gehen.«

* * *

Zur gleichen Zeit, Tausende Kilometer entfernt, trabte Sandra durch den Nordpark und dachte an die Familie Deutschmann/Wallmann. Am vorherigen Nachmittag war der Anruf gekommen, auf den sie gewartet hatte. Die Wallmanns waren nach Haiti geflogen. Und dies ganz gewiss nicht, um ein paar nette Tage am Strand zu verbringen. Sandra wusste, was sie dort taten, und sie würde nichts dagegen unternehmen. Diese Familie hatte bereits genug gelitten. Ganz kurz überlegte sie, ob sie nicht doch wenigstens Bellers davon erzählen sollte. Immer wieder hatte ihr Kollege in den vergangenen Wochen von dem kleinen Fabian gesprochen. Es schien ihn ehrlich zu beschäftigen, dass ein Vater seinen kleinen Sohn getötet hatte. Zwar gab es dafür keine Beweise, das Blut auf dem Fels in der Normandie stammte ausschließlich vom Vater. Aber wo sollte ein zweijähriges Kind schon alleine hingegangen sein?

Aber dann beschloss Sandra, nicht mit Bellers zu reden. Es hätte ihn in große Konflikte gebracht. Einerseits würde er als Familienmensch Verständnis für Deutschmann aufbringen, mit ihm leiden und mit ihm hoffen. Andererseits war er nun mal der sture Paragraphenreiter, dem es geradezu Schmerzen bereitete, gegen Regeln oder gar Gesetze zu verstoßen. Sandra wollte ihm diesen Zwiespalt ersparen. Ihr wurde bewusst, dass ihr das noch vor wenigen Wochen herzlich egal gewesen wäre. Vielleicht hätte sie sich sogar heimlich gefreut, wenn Bellers innerlich endlich mal in Zwiespalt geraten wäre, und nicht immer so verdammt rechtschaffen, stur, zwanghaft, besserwisserisch …

So ganz war sie wohl doch noch nicht mit seiner Art im Reinen, und er nicht mit der ihren. Jedenfalls hatte er vor Kurzem bemerkt, sie hätten inzwischen eine bemerkenswerte Arbeitsteilung entwickelt: Sie verursache Chaos, und er bringe es wieder in Ordnung. Aber er hatte es mit einem Lächeln gesagt. Und als sie konterte, er habe dringend jemanden gebraucht, der ihm seinen festgefahrenen Kopf etwas freischüttle, hatte er nur gelacht und sie Frau Holle genannt.

So langsam ließ es sich jedenfalls mit ihm aushalten. Und wenn sie beide so weitermachten und voneinander profitierten, würde Sandra vielleicht irgendwann tatsächlich ihre Berichte noch am selben Tag tippen. Und Bellers würde mit einem Einkaufszettel einkaufen gehen, den er nicht vorher ins Reine geschrieben hatte.